P.ça 15 NOVEMBRO
607
E. DE FERRO
1º DE MARÇO
607

Crônicas inéditas I

MANUEL BANDEIRA Crônicas inéditas I 1920-1931

ORGANIZAÇÃO, POSFÁCIO E NOTAS
Júlio Castañon Guimarães

COSACNAIFY

CAMISARIA PROGRESSO

320
2689

O primeiro encontro

Não esquecerei nunca o meu primeiro encontro com ele. Foi em sua casa, aonde me levara a necessidade de lhe agradecer com um abraço a bondade de haver incluído no *Jardim de Heloísa* o elogio de um livro meu. Ia conhecê-lo e dar-me a conhecer. Logo ao entrar em sua casa, ouvi-o dizer do aposento contíguo, onde ele falava ao telefone:

— Ó Manuel, tem paciência. Espera um momento que eu venho já!

Daí a segundos apareceu. Não teve para mim um olhar de exame. Dir-se-ia que sua alma já me julgara, e, segura do seu julgamento, dispensava o testemunho dos olhos. Estendeu-me as mãos ambas, abraçou-me e com encantadora naturalidade entrou a conversar.

A obra deixada por Castro Meneses, apesar de escassa, é uma das mais formosas do nosso momento literário. Entretanto ela está longe, bem longe de representar o que havia de possibilidades naquele espírito excepcional. Os seus artigos de economia e finanças, como as suas crônicas e contos, não são, de fato, mais que fragmentos de conversa. Porque era assim a sua conversa! Escrevia-os ele no tempo rigorosamente indispensável para o trabalho material de fixar as suas idéias numerosas e ágeis. Quanto ao seu livro de versos, por publicar, convém advertir que se compõe de poesias ainda da primeira mocidade. É uma obra que poderia ter vindo à luz dez anos atrás. Durante esse lapso de tempo, o poeta fora traído, levado para outro campo do pensamento, absorvido todo ele pelo formidável labor de economista. Não havia sossego para cristalização das obras de arte. Todavia o poeta não morrera, como o atesta a evolução por que passou no seu espírito o seu ideal de poesia. Dos poemas da *Estrada de Damasco* só os sonetos do "Lar desfeito" lhe pareciam em verdade "poesia". Tudo o mais eram versos apenas.

— Os nossos poetas, dizia-me ele, na maioria contam-nos o que sabem e não o que sentem. Eu fazia como os outros... Isso tudo junto (e isso tudo eram os admiráveis sonetos das "Rainhas", do "Sonho da esfinge", dos "Alabastros") não vale uma só coisa do Pereira da Silva. Poesia é emoção. E a minha poesia está nestes sonetos singelos que fiz a minha primeira mulher.

O poeta não escondia o receio de os publicar.

— Se me saísse um bruto a debochar estes carinhos!

Receio bem infundado. Os versos do "Lar desfeito" impõem às almas, ainda as mais rudes, o respeito da sua saudade. E são com efeito a parte melhor da *Estrada de Damasco*, aquela onde achou expressão a sua sensibilidade profunda.

De tudo isso íamos falando, pois por uma coincidência feliz para mim, Castro Meneses nessa tarde estava a rever os manuscritos do seu livro de versos. Leu-o todo, interrompendo-se a cada passo para perguntar com verdadeira modéstia: se aquilo não era uma grandíssima borracheira! E fumava e tomava e tomava café incessantemente... No cinzeiro já havia uma montanha de pontas de cigarros. A impressão que me deu foi de uma surpreendente vitalidade. Era em verdade uma organização vertiginosa. Saí de sua casa cativo para sempre da sua inteligência e da sua bondade.

A sua bondade! Ele foi para mim, e desde o primeiro momento, um irmão. E por quê? Só porque o comovera a tristeza dos meus versos. A ele devo o papel em que se imprimiu o meu *Carnaval*. Fez tudo para que eu lhe desse consentimento de reeditar a *Cinza das horas*.[1] E para esquivar-me a essa generosidade, que nada justificava, tive que me valer de pretextos de ordem literária, pois

---

1 No texto estampado na revista, lê-se "Ânsia das horas", erro evidente, pois a passagem se refere aos primeiros livros de Bandeira, *A cinza das horas* (1917) e *Carnaval* (1919).

de modo nenhum queria ele aceitar o meu verdadeiro escrúpulo. Era assim o seu coração.

Como dói pensar que não o verei mais, nunca mais! que não ouvirei mais a sua voz, grave e afetuosa, saudar-me onde me encontrasse com o verso do *Só*:

— Manuel! anda ver meu país de procissões![2]

◆

Meu querido Castruccio. Tu falavas freqüentemente da tua morte.

— Sei lá se para o ano estou vivo!

— Também quando eu cair é de vez!

Eram frases que voltavam como um estribilho de agouro à tua boca. E mergulhavas, ansioso e febril, na corrente da vida...

Adivinhaste...

◆

Mas como morreste cedo! Para tua esposa... Para tua mãe... Para os teus filhinhos... E teus irmãos... E teus amigos...

Revista Souza Cruz, Rio de Janeiro, abril de 1920

---

2 No poema "Lusitânia no Bairro Latino", do livro *Só* (1892), do poeta português António Nobre, lêem-se estes versos: "Georges! anda ver meu país de romarias/ E procissões!".

Apologia de um poeta

Neste livro do *Jardim das confidências*, poemas de Ribeiro Couto, São Paulo acaba de dar aos seus irmãos de nacionalidade uma lição marcante. Este livro é, em todos os sentidos, uma obra-prima: no seu feitio, como na sua essência espiritual. Os senhores Monteiro Lobato & Cia., que já nos haviam revelado tantos nomes novos no romance e no conto, começam agora a fazer o mesmo na poesia. Depois de editar lindamente o formoso *Livro de horas de Sóror Dolorosa*, de Guilherme de Almeida, apresentam-nos hoje no *Jardim das confidências*, de Ribeiro Couto, um mestre de 23 anos.

A mocidade deste poeta vai diminuí-lo, já sei, aos olhos de muitos críticos. Esses repetirão aquela banalidade das estréias que são mais que uma promessa. Eu, por mim, digo alto e bom som que Ribeiro Couto é um mestre de 23 anos. A sua arte é sutil e profunda: ora, é a arte que faz os mestres. Se a alma deste livro é a da adolescência, a inquietação dessa adolescência exprime-se nele pela voz de uma arte absoluta. Fingir maturidades formidáveis seria pastichismo[1] indigno de um verdadeiro artista. É isto que muita gente não compreende.

Essa arte é tanto mais admirável quanto, na sua serenidade de expressão, implica o domínio da inteligência sobre um temperamento dionisíaco. Ribeiro Couto é uma mistura dos melhores e dos piores instintos, alma de uma instabilidade que raia pela agitação. Não tem outra paixão senão a curiosidade de viver e de exprimir a vida. Picou-o nos calcanhares o demônio do delírio

1 No jornal, lê-se "partichismo", provavelmente erro tipográfico. Embora não dicionarizado em português, *pastichismo* (de *pastiche*) é corrente em espanhol.

ambulatório. É um sensual incontentável. É um ambicioso incontentável. Tem 23 anos. É assim na vida...

Na poesia todos esses instintos de fera nova, todas as volições e veleidades se subordinam a uma inteligência de uma sutileza precocíssima, chegada já a um conceito magistral da sua arte. O rapaz tem 23 anos, mas o artista não tem idade.

A sua poesia, de tão suave cristalização, tão mansa, tão enternecida, é, no entanto, profundamente subversiva dos velhos hábitos parnasianos. A imaginária luminosa, a pedraria das rimas difíceis, a ourivesaria dos fechos surpreendentes, tudo aquilo que os críticos impagáveis chamam "as galas faiscantes e as sorridentes louçanias do estilo", é por este poeta superiormente desdenhado. As imagens sugerem, simplesmente; as rimas nunca são escolhidas, mas aceitas; o último verso é apenas o último verso.

Falei, há pouco, em hábitos parnasianos; deveria ter dito pós-parnasianos, porque, na realidade, se trata de vícios e mazelas, nascidos da corrupção da escola. Bilac, Raimundo[2] e Alberto de Oliveira são autores de uma obra equilibrada e harmoniosa. Ela reagiu contra a incorreção e a eloqüência derramada dos românticos, criando em nossa língua uma técnica precisa e comedida. Mas essa técnica degenerou depois em mãos pesadas, afeitas a só carpintejar. A tradição camoniana, tão sensível nos três mestres, não foi assimilada pelos epígonos. Mais do que a deles, marcou entre os últimos neoparnasianos a poesia de Emílio de Meneses, enfática e enfadonha. Emílio de Meneses, satírico, foi um grande mestre: o lírico, salvo em três ou quatro sonetos, era empolado e oco. Pois foi o lírico que imitaram. O resultado é que a poesia recaiu na eloqüência inexpressiva.

---

2 Raimundo Correia.

Faz umas trovas tam frias,
Tam sem graça, tam vazias
Que é mesmo pera haver dó![3]

Foi bela a liturgia dos primeiros mestres parnasianos, honra lhes seja! Mas para os acólitos as fórmulas não tinham sentido, e acabado o ofício, veio o foguetório no adro, o pó-pó-pó, e ainda hoje anda gente retardatária de nariz para o ar...

A poesia de Ribeiro Couto caracteriza-se, em substância, pelo subjetivismo que elabora e refaz todas as realidades objetivas. Não que lhe falte o senso de tais realidades. Ribeiro Couto é um observador arguto e cínico. Haja vista esta ferina "Mascarada":

Passastes a sorrir, frívolas Colombinas,
A sorrir... Para mim? Eu entre a multidão,
Eu também vos lancei confete e serpentinas...

Em torno a multidão agitava pandeiros.
A berrar, toda a praça era uma aclamação.
"Bravos!" E eu via rir vossos olhos brejeiros.

Fostes passando... Tive uma fina tristeza.
Perdido, o meu olhar errava sobre vós...
Seria Momo o deus do amor? Ah! que incerteza!

E ao desaparecer da linda mascarada,
Entre ruflos e o guizalhar dos dominós,
Levei ao rosto a minha mão: voltou molhada...

---

3 Na farsa *Quem tem farelos*, de Gil Vicente, lê-se: "Faz hũas trovas tam frias,/ Tam sem graça, tam vazias,/ Qu'he cousa pera haver dó.".

Seria Momo o deus do amor? Pobres de nós!

Nos cérebros pobres as realidades objetivas morrem em apercepções medíocres. Nas imaginações férteis elas ganham sentido mais alto, alongam-se em perspectivas mais fundas, quando não se transmudam a realidades astrais:[4]

Na amurada do cais uma mulher doente,
Como uma ave que desce o vôo, vem pousar.
E fica junto a mim, melancolicamente,
Olhando o mar, olhando o mar, olhando o mar.

Asas além no céu de cinza... O vento é frio.
E a mulher, apoiando o rosto sobre a mão,
Contempla no horizonte o vulto de um navio,
E os velames que vêm... e os que vão...

Chega-se para mim... Estará comovida?
Ela sofre... No estranho olhar dessa mulher
Noto a fulguração de quem sonha na vida
Uma felicidade inédita qualquer.

Chega-se mais... A tarde tem uns tons antigos.
Abraçamo-nos... Anda uma carícia no ar...
E ficamos os dois, como velhos amigos,
Olhando o mar... olhando o mar... olhando o mar...

Alguém, que é um poeta e um crítico, disse-nos, a propósito desses versos, que lhe repugnava aquele abraço em poesia tão rica de

---

4 Trata-se do poema "Cais".

sugestões desgraçadas; preferia que cada um ficasse à parte, olhando o mar na sua solitude. A observação é sutil. De fato, todos sentem que aquele abraço é absurdo neste mundo de duras realidades: nem por isso ele deixou de ter uma realidade subjetiva naquele mundo em que se adora o Senhor em espírito e em verdade. E foi esse o pequenino Suave Milagre da poesia...

No que respeita à forma dos versos do *Jardim das confidências*, a força de emoção e sugestão lhes vem muito da sua musicalidade. Rodrigo Melo Franco já fez, nestas mesmas colunas, uma análise curiosa da técnica de Ribeiro Couto, assinalando que todas as poesias dele são canções.[5] De fato, os versos deste livro comovem e sugerem por processos puramente musicais. Entenda-se musicalidade no sentido da estrutura e não só no melódico. Assim a volta intencional de certas frases e palavras dão-lhes o caráter musical de um tema. E todos esses temas são temas de *lied*. "A velha praça" é um verdadeiro *lied* em palavras. Um crítico com cultura musical, como o senhor Roberto Gomes, poderia levar mais longe um exame dessa ordem. A influência da música é cada vez maior na poesia moderna. Como estamos longe do conceito escultural dos parnasianos! Os simbolistas faziam *lieder*. Em Poe há muitas vezes desenvolvimento e oposição de motivo, num balbucio naturalmente inconsciente e intuitivo, da forma sonata. Atualmente, Ricciotto Canudo faz os primeiros ensaios de uma poética estreitamente inspirada nos processos musicais. Li dele, há meses, nos *Feuillets d'Art*, um poema em que havia, como na forma musical da sonata, a exposição de dois temas de caráter oposto (a água e o fogo), temas que agiam e lutavam num rico desenvolvimento,

---

5 Trata-se do artigo "Um poeta novo", publicado em 25 de setembro de 1921 no jornal *O Dia* e republicado em *Rodrigo e seus tempos* (Rio de Janeiro: Fundação Nacional Pró-Memória, 1986).

a que se seguia uma reexposição, que é na forma sonata como o epílogo da ação musical. Ribeiro Couto não vai até lá, mas muitos poemas seus lembram, na forma, como na sensibilidade melancólica e terna, certas melodias de MacDowell.

Livro moderno e de sensibilidade cosmopolita pela sua inquietação e pela delicadeza das suas intuições artísticas, o *Jardim das confidências* é, na sua sintaxe e na sua prosódia, um livro brasileiro. Essa prosódia e essa sintaxe são quase sempre as do estilo familiar, com os seus hiatos, o seu abandono, as expressões comuns e até os galicismos correntes: é a língua portuguesa viva e falada no Brasil. É o instrumento maravilhosamente adequado a um espírito que se compraz na poesia do humilde quotidiano. Outro elemento do seu poder emotivo:[6]

> Nestas alegres vizinhanças
> aí abaixo, pelos morros,
> quanta algazarra de crianças,
> de galináceos, de cachorros!
>
> Vozes quentes de lavadeiras,
> que batem roupa ensaboada,
> cantam ao sol, horas inteiras,
> a mesma canção fatigada.
>
> Nos meus finíssimos ouvidos
> essas vozes pousam de manso,
> em sons quase que diluídos,
> maternalmente, bem de manso,
> de embalar a recém-nascidos...

---

6 Trata-se do poema "Carícia"

E assim todo rumor de fora
chega ao meu quarto de doente
chega de manso, lá de fora...
Perde a intensidade sonora...
Vem leve, amortecidamente...
Como se a vida, lá por fora,
soubesse que eu estou doente.

Como se vê, o espírito e a técnica deste livro são novos e obedecem a ideais ainda não compendiados em nossas arcaicas artes de metrificação. Por isso, os atrasados dirão que há nele versos frouxos e alexandrinos e octossílabos errados. Quem diz isso, diz asneira. Amá-lo-ão os poetas de verdade e os simples, aqueles simples que passam por não entender de poesia...

O Dia, 9 de outubro de 1921

Mário de Andrade

Acaba de vir à publicidade um livro que vai escandalizar o meio literário carioca assim como, ainda inédito, já havia suscitado a indignação[1] da paulicéia convencional: é a *Paulicéia desvairada*. O nome já tinha chegado ao Rio há mais de um ano. Dizia-se que o senhor Monteiro Lobato não a tinha querido editar, com receio de falência. Houvera lá muita murmuração, descomposturas pelos jornais, brigas e bofetadas líricas no Trianon...

Estou curioso de ouvir o que dirão aqui os "Orientalismos convencionais".[2] É sabido que também amam, como em São Paulo:

> Nas arquiteturas renascença gálica;
> Na música Verdi; na escultura Fídias;
> Corot na pintura; nos versos Leconte;
> Na prosa Macedo, D'Annunzio e Bourget!

Dirão uns que este poeta é um louco. Os que já cheiraram Cocteau e outros modernos, dá-lo-ão de plagiário de franceses "futuristas, dadaístas, cubistas e outras bobagens em ista".

No entanto que não pensariam eles se se lhes dissesse que esta *Paulicéia desvairada* é já um livro passadista no conceito do autor, que se sente hoje tão longe dele! O Mário de Andrade atual está todo naquela admirável "Noite de São Pedro" que

---

1 No jornal, lê-se "indesignação".

2 Coro que é uma das vozes do poema de Mário de Andrade "As enfibraturas do Ipiranga".

ARVORE NOVA

REVISTA DO MOVIMENTO CULTURAL DO BRASIL

ANNO I	RIO DE JANEIRO, OUTUBRO DE 1922	NUM. III

SUMMARIO:

os que se interessam pela poesia nova poderão encontrar na *Klaxon*, nº 5.[3]

A *Paulicéia desvairada* é um livro impressionista. O desvairismo é escrever sem pensar tudo o que o inconsciente grita quando explode o acesso lírico. Os românticos escreviam assim. Foi assim também que Rimbaud escreveu as *Iluminações*. Rimbaud — avô de Blaise Cendrars! Ora, Mário de Andrade evoluiu para o simultaneísmo e para o verticalismo. Isso pede algumas explicações. Ofereço-as aos espíritos de boa vontade.

Em vez de fazer o verso como uma melodia simples, serve-se o poeta de palavras soltas, de frases soltas, que, por isso mesmo que são desconexas, ficam vibrando em nossa imaginação, que as compõe depois numa síntese harmônica. É o verso harmônico. Foi, meus caros passadistas, uma aspiração de Victor Hugo. É claro que essa harmonia poética não tem lugar nos sentimentos como a harmonia musical e sim na inteligência. É toda subjetiva. O simultaneísmo domina toda a arte moderna, na poesia pelo verticalismo das imagens, nas artes plásticas pela interpenetração dos planos e dos volumes.

A *Paulicéia desvairada* não é um livro que tenha sido composto na intenção de ser moderno. Nem mesmo na sujeição de qualquer sistema técnico. São poemas impressionistas, intuitivistas, desvairistas. Numa grande comoção de ternura e sarcasmo, o poeta cantou, chorou, riu e berrou, como confessa no "Prefácio interessantíssimo". Em suma — viveu os seus poemas. A diferença dos poetas modernos é que eles amam e confessam amar a sua época, com os aeroplanos, os automóveis, o cinema, o asfalto — tudo aquilo enfim que para os falsos poetas é banal

---

3 *Klaxon* foi uma revista modernista publicada em 1922 e 1923. O poema, com o título "São Pedro", saiu, na verdade, no nº 4 da revista.

e prosaico. A vulgaridade e o prosaísmo são outra cousa. A lua, por exemplo.[4]

Mário de Andrade é moderno. E desabafando com sinceridade a sua impulsão lírica, fez este livro estranho e delicioso, tão brasileiro, e até tão paulista que em muitos pontos se torna incompreensível a quem desconhece o ambiente de São Paulo. O "Noturno", todavia, é amplamente sugestivo:

> Luzes do Cambuci pelas noites de crime...
> Calor!... E as nuvens baixas muito grossas,
> Feitas de corpos de mariposas,
> Rumorejando na epiderme das árvores...
> [...]
> Um mulato cor de ouro,
> Com cabeleira feita de alianças polidas...
> Violão. "Quando eu morrer..." Um cheiro pesado de baunilhas
> Oscila, tomba e rola no chão...
> Ondula no ar a nostalgia das Baías...
>
> E os bondes passam como um fogo de artifício,
> Sapateando nos trilhos,
> Ferindo um orifício na treva cor de cal...
>
> — Batat'assat'ô furnn!...

Faço mal em citar um fragmento. A arte de Mário de Andrade é de uma unidade inatacável. É preciso ler e sentir em bloco todos os poemas deste livro.

---

4 Na publicação em revista, lê-se "sua", erro apontado por Bandeira em carta para Mário de Andrade de 6 de janeiro de 1923.

◆

Para muita gente a arte moderna não passa de uma enorme mistificação. Sem dúvida aqui, como em todos os movimentos, e nem só os artísticos, há os aproveitadores, os adesistas, os débeis, os Camille Mauclair, que mais tarde viram a casaca de empréstimo com que a princípio acompanhavam a procissão. Guillaume Apollinaire, porém, sugeriu que não se conhece em toda a história das artes um só exemplo de mistificação coletiva. Esse corajoso movimento que alastrou toda a Europa e agora suscita em São Paulo um grupo de artistas como Brecheret, Mário de Andrade, Oswald de Andrade, Anita Malfatti, Rubens de Morais, Sérgio Buarque e tantos outros (leiam a *Klaxon*!) não é uma mistificação efêmera, mas a integração definitiva na consciência artística de uma porção de cousas que antes oscilavam pesadamente e penosamente nos limbos do instinto. E que alegria ver refletido na arte o momento que vivemos!

> A passiflora! o espanto! a loucura! o desejo!
> Cravos! mais cravos para a nossa cruz![5]

Árvore Nova, outubro de 1922

---

5 Versos de "As enfibraturas do Ipiranga".

Crônicas do Rio

Concertos... Concertos... É raro o dia em que ficam fechadas as portas do nosso Instituto de Música. Infelizmente o público ainda é escasso para tão grande abundância de artistas. O espetáculo das salas quase vazias é melancólico para os olhos dos cronistas musicais... Em todos os programas, quase todos, uma ausência completa de novidades, de atualidades. Meu Deus, será verdade que vivemos mesmo em 1924? Foi preciso que viesse por cá o novo Rubinstein para ouvirmos Granados e Albéniz. Então sim, todo o mundo passou a tocar Albéniz e Granados. Quando virá um terceiro Rubinstein revelar-nos Falla? Há dias o Centro de Cultura Musical deu-nos uma audição de músicas nossas. O programa explicava a renovação do Grupo dos Cinco! Havia mais os nomes de Scriabine e Liadov ... De Stravinsky nada!

Bem haja o senhor Alfredo Oswald que incluiu no programa de um dos seus concertos a *Prole do bebê* do nosso Villa-Lobos. Tocou-a admiravelmente e foi aplaudidíssimo. Delicioso detalhe: na assistência criancinhas que pediam bis. Alfredo Oswald repetiu o "Polichinelo".

Boneco de sorte! Foi também requisitado para o recital de Guiomar Novais, o terceiro deste ano, no Teatro Municipal. Essa tem sempre casa cheia, coisa que só o Paderewski conseguiu até hoje.

Alfredo Oswald trouxe-nos um excelente violoncelista na pessoa do senhor Bart Wirtz, artista holandês.

Muito mecanismo e temperamento revelaram em dois concertos as senhoritas Suchowolski (piano e violino).

Mais um menino-prodígio: o italianozinho Luciano Sgrizzi, muito aplaudido no Municipal.

A revista *Brasil Musical* promoveu uma série de cinco concertos históricos, para os quais o professor Charley Lachmund escreveu alguns sóbrios e claros comentários. Ele mesmo tomou a si a parte dos cravistas. Para o concerto dos românticos nos tinha sido prometido o regalo de Antonieta Rudge Miller. Desgraçada-

PAIM.

CHRONICAS DO RIO

CONCERTOS... Concertos... E' raro o dia em que ficam fechadas as portas do nosso Instituto de Musica. Infelizmente o públic o ainda é escasso para tão grande abundancia de artistas. O espectáculo das salas quási vazias é melancólico para os olhos dos cronistas musicais... Em todos os programas, quási todos, uma ausência completa de novidades, de actualidades. Meu Deus, será verdade que vivemos mesmo em 1924 ? Foi preciso que viésse por cá o novo Rubinstein para ouvirmos Granados e Albeniz. Então sim, todo o mundo passou a tocar Albeniz e Granados. Quando virá um terceiro Rubinstein revelar-nos Falla ? Há dias o Centro de Cultura Musical deu-nos uma audição de músicas nossas. O programa explicava a renovação do grupo dos Cinco ! Havia mais os nomes de Scriabine e Liadof... De Strawinsky nada !

Bem haja o sr. Alfredo Oswald que incluiu no programa de um dos seus concertos a **Prole de Bébé** do nosso Villa-Lobos. Tocou-a admiravel-

— 356 —

ARIEL

mente e foi applaudidissimo. Delicioso detalhe: na assistencia criancinhas que pedim bis. Alfredo Oswald repetiu o **Polichinelo.**

Boneco de sorte ! Foi tambem requisitado para o recital de Guiomar Novais, o terceiro deste ano, no teatro Municipal. Essa tem sempre casa cheia, coisa que só o Paderewski conseguiu até hoje.

Alfredo Oswald trouxe-nos um excellente violoncelista na pessoa do sr. Bart Wirtz, artista holandês.

Muito mecanismo e temperamento revelaram em dois concertos as senhoritas Suchowolski (piano e violino).

Mais um menino-prodigio: o italianozinho Luciano Sgrizzi, muito applaudido no Municipal.

A revista **"Brasil Musical"** promoveu uma série de cinco concertos históricos, para os quais o prof. Charley Lachmund escreveu alguns sóbrios e claros comentários. Ele mesmo tomou a si a parte dos Cravistas. Para o concerto dos românticos nos tinha sido prometido o regalo de Antonieta Rudge Miller. Desgraçadamente a revolução... Antonieta Miller ! Quando chegará o dia de matarmos a saudade em que todos do Rio vivemos há oito anos que não a ouvimos !

Registre-se ainda aqui o sucesso alcançado em dois recitais de declamação por uma encantadora artista de São Paulo, Mlle. Helena Magalhães Castro.

Quando aparecerem estas linhas já estará inaugurada no Municipal a temporada lirica. O empresario Mocchi traz-nos este ano a novidade do quadro russo em **Boris Godunof, Prince Ygor, Dame de Pique, etc.**

E ouviremos, Deus louvado, a **Hora Espanhola** de Ravel !

MANUEL BANDEIRA

— 357 —

mente a revolução...[1] Antonieta Miller! Quando chegará o dia de matarmos a saudade em que todos do Rio vivemos há oito anos que não a ouvimos!

Registre-se ainda aqui o sucesso alcançado em dois recitais de declamação por uma encantadora artista de São Paulo, mlle. Helena Magalhães Castro.

Quando aparecerem estas linhas já estará inaugurada no Municipal a temporada lírica. O empresário Mocchi traz-nos este ano a novidade do quadro russo em *Boris Godunov*, *Príncipe Igor*, *Dame de pique* etc.

E ouviremos, Deus louvado, a *Hora espanhola* de Ravel!

Ariel, julho de 1924

---

1 O autor provavelmente se refere à Revolução Paulista de 1924.

Carta do Rio

Os espetáculos líricos encheram quase todo o mês de setembro de interesse musical, renovado todas as noites. Estávamos ameaçados este ano de ficar privados da temporada de ópera, visto que o concessionário do Teatro Municipal, o senhor Mocchi, preferia rescindir o contrato a continuá-lo nas condições pesadas a que se submetera anteriormente. Todos os seus esforços nos anos antecedentes foram inúteis para atrair grandes concorrências. O empresário luta aqui em primeiro lugar com a impropriedade do edifício. É suntuoso o nosso Municipal. Mas... suntuoso demais, é grande demais também para os espetáculos de comédia a que era destinado – a comédia brasileira, até hoje sem casa, sem atores e sem público... Grande erro do grande Passos.[1] Ficou o chamado "elefante branco" reservado às *tournées* estrangeiras. É, sobretudo, a nossa Ópera. Para isso, porém, não serve comercialmente. A sua platéia é acanhada, e o resultado é que os preços das localidades são excessivos, e não pode ser de outra maneira senão dá prejuízo ao empresário. O senhor Mocchi em anos anteriores procurou resolver as dificuldades criando um segundo turno de assinantes. Não foi feliz. As galerias estavam sempre abarrotadas, mas as poltronas, os camarotes e os balcões ficavam às moscas. É que as assinaturas para essas localidades representam sempre uma... dorzinha de coração, e havia muita gente pronta para o sacrifício,

---

1 Trata-se de Francisco Pereira Passos, prefeito do Rio de Janeiro em cuja administração a cidade passou por grandes reformas urbanas e durante a qual teve início a construção do Teatro Municipal, com base em projeto arquitetônico de seu sobrinho Francisco de Oliveira Passos.

contanto que fosse para entrar no primeiro turno, aquele onde figura tudo quanto manda e pode no Rio... No livro da Prefeitura havia muitos pretendentes a frisas, camarotes e poltronas do turno A; nenhum, porém, queria entrar no turno B. Diabo de teatro que só é bonito por dentro e é dispendioso para toda a gente – Prefeitura, empresário e público! Bota impossível de descalçar. E pé cheio de calos!

Felizmente a Prefeitura aquiesceu em modificar, aliviar o contrato, de sorte que mais uma vez o senhor Mocchi trouxe, de volta da Argentina, a sua *troupe lírica*, excelente este ano, com algumas vozes de reputação mundial, como as das senhoras Claudia Muzio, Gilda Dalla Rizza e Gabriela Besanzoni, todo um quadro russo tendo à frente o maestro Emil Cooper e o barítono Zalevski, e um repertório onde as banais velharias são poucas.

Dos espetáculos deixaram magnífica impressão em todos, crítica e público, o *Orfeu* de Gluck, a *Traviata*, *Sansão e Dalila* e *Saldunes*, pelo menos até à hora em que são escritas estas linhas. Os demais espetáculos foram apenas inferiores e só o *Fausto* representou, como de praxe para a infeliz ópera de Gounod, um insucesso. Insucesso relativo aliás. *Orfeu* foi uma delícia, um repouso de cadência perfeita no cromatismo do pós-wagnerismo em que vivemos. (Estamos agora admirando furiosamente Wagner e principiamos a gostar de Debussy...)

Foi pena a deficiência do corpo de bailados na noite de *Orfeu*. Porque a terceira grande personagem da ópera de Gluck é, além de Eurídice e seu amante, a Dança. À luz de uma interpretação mais livre, *Orfeu* é todo ele um bailado. Há lindas mulheres, entre as dançarinas da companhia, que sabem saltar com encantadora eurritmia. Isto, todavia, não basta, e é preciso a grande arte da escola russa das Karsavinas, Tchernichevas e Lopokovas

ARIEL
Agosto 1924
Anno 1°, N.° 11
Gilda Dalla Rizza

ou a de Isadora Duncan para atingir a serenidade dolorosa dos bailados dos Campos Elísios no segundo ato de *Orfeu*.

Sansão e Dalila foi o espetáculo mais igual. Admirável triunfo para a senhora Besanzoni, que em *Orfeu* também foi cantora e atriz de exceção.

A empresa do senhor Mocchi e o maestro Bellezza merecem todos os elogios pelo carinho com que montaram e ensaiaram a ópera de Miguez, ressuscitada após um largo sono de vinte anos. Houve um pequeno bate-boca nos jornais a propósito do papel de Eva, que foi retirado da senhora Lídia Salgado e entregue à cantora italiana Zamboni.

Alguns brasileiros, entre os quais um filho do falecido compositor, ficaram suscetibilizados pelo que julgaram uma afronta à arte nacional. Entretanto o móvel do empresário e do seu maestro foi, ao contrário, o desejo de dar maior realce à apresentação de *Saldunes*, confiando o papel de Eva a uma artista mais traquejada no palco lírico. Que o senhor Mocchi não tem preocupações de nacionalidades na sua empresa prova o desaguisado em que andou com Mascagni o ano passado, acusado injustamente por este de deprimir a arte italiana em face da música alemã e francesa.

Saldunes foi vivamente festejada e será dada segunda vez em récita extraordinária.

◆

A concorrência no Municipal afugentou um pouco os recitalistas. Houve, entre outros concertos, os dos senhores George James e Andrade (canto e piano), e da senhora Soeiro (canto), no Instituto.

No Municipal apenas, até hoje, um concerto sinfônico, com a infalível *Quinta sinfonia*, o *Poema sinfônico* de Scriabine, dois trechos do compositor paulista Mignone, de quem se espera o *Contratador de diamantes*, e com a grande Guiomar,[2] o *Concerto* de Saint-Saëns. Guiomar negou à Rádio-Sociedade do Rio licença para irradiar esta parte do concerto. Gesto de encantadora modéstia: ela não tem o sentimento de que os interesses da sua arte estão acima, muito acima da contingência de perder em virtude de uma irradiação que, por perfeita que seja, não suprirá nunca a sua presença pessoal.

Ariel, agosto de 1924

2 Trata-se da notável pianista brasileira Guiomar Novais (1894-1979).

Carta do Rio

"E louvado Deus, ouviremos *A hora espanhola* de Ravel!" Assim acabamos a nossa carta anterior. Entretanto não ouvimos *A hora espanhola*, e Deus seja louvado apesar de tudo e da mesma maneira... Força foi consolar-nos com o *Príncipe Igor* e com a excelente reapresentação do *Falstaff*.

A dama de espadas deixou antes a impressão de uma Dama de Paus. Há dois Tchaikovskys: um bom e o outro. *A dama de espadas* é do outro. Que libreto!

Foi tirado de um conto de Puchkin – a "Pikovaya Dama", traduzido para o francês por Mérimée, que o publicou juntamente com *Carmen* e outras histórias. O conto é muito interessante, o que não acontece com o libreto da ópera, que é fraquíssimo.

A temporada terminou com *O contratador de diamantes* do jovem maestro paulista Francisco Mignone. Como a ópera será também levada em São Paulo, deixo ao diretor de *Ariel* a tarefa de julgá-la. Aqui o que faço é conversar fiado... Como faz muita gente boa em se tratando de música ainda não analisada, classificada e etiquetada em compêndios. Banville exclamou no ritornelo de uma balada: "*Je suis un poète lyrique!*".[1] Eu gaguejarei com modéstia que não passo de cronista musical... Procurei nos jornais a opinião dos críticos: todos se queixaram da falta de espaço, no que perdiam ainda (ou ganhavam...) um bom pedaço de espaço, e a seguir narravam o entrecho da ópera, ajuntando "aqui uma bela ária de Cotinha" ou "Vem depois um coro que começa em pianíssimo", etc. Apurava-se ao cabo que o senhor Mignone exibira frescura e

---

1 Em francês, "sou um poeta lírico".

espontaneidade de inspiração, de par com uma ciência orquestral notável para a sua idade.

◆

Entre as sociedades que se esforçam por desenvolver o gosto musical entre nós contam-se o Centro Artístico Musical e a Sociedade de Cultura Musical. Ambas realizaram em setembro corrente duas ótimas audições no salão do Instituto Nacional de Música.

O concerto do Centro apresentou-nos um excelente quarteto, composto dos professores Lorenzo Templer, Augusto Brandão, George Kolman e Newton Pádua, o qual executou os dois quartetos em ré maior e dó menor, op. 18 de Beethoven, a quem era aliás consagrado todo o programa. A música de conjunto, especialmente a de câmara, é a modalidade artística em que estamos mais atrasados. Como é rara a ocasião de se ouvir um quarteto! E quando se nos proporciona o ensejo de escutar quartetos ou trios, o que se vê geralmente é a disparidade dos temperamentos dos executantes, a ineficiência de ensaios ou ainda o destaque vaidoso, ou simplesmente inatento, de uma parte a sacrificar o equilíbrio da polifonia.

O quarteto Orfeu, que assim se intitula o que se apresentou no concerto do Centro Artístico, merece todos os elogios pela admirável coesão e afinidade dos seus elementos. Violinos, viola e violoncelo concertavam-se de molde a se fazer sentir como uma só voz. Ainda nesse concerto fizeram-se ouvir a senhora Hilda Teixeira da Rocha Canejo, na grande *Sonata 110*, escolho dos pianistas, vencido por ela com fino estilo, e a senhora Roseta Costa Pinto, cujo suave timbre encantou, como sempre, o auditório.

O concerto da Sociedade de Cultura Musical foi todo ele consagrado a César Franck, de quem ouvimos o "Coral nº 2", a *Sonata para violino e piano*, alguns *lieder* e o *Prelúdio, coral e fuga*.

As peças para piano estiveram a cargo da jovem e laureada pianista, senhorita Irene Nogueira da Gama. Ela distingue-se por um rico e robusto temperamento, assim como pela sonoridade empolgante que arranca do instrumento. A sua execução teve a força de evocar o órgão, e em certas passagens de caráter mais marcadamente organístico a ilusão era mesmo perfeita.

O senhor Humberto Milano dialogou com ela a sonata, e a senhora Maria Ema Freire cantou alguns *lieder*, entre os quais o maravilhoso "Nocturne".

No dia 27 a senhorita Margarida Lopes de Almeida deu no Instituto um recital de declamação, e mais uma vez verificou quanto é querida, pela concorrência que abarrotou o grande salão e pelos aplausos calorosos e prolongados, que a saudaram ao fim de cada número do programa. Margarida acaba de conquistar o prêmio de viagem do curso de escultura da nossa Escola de Belas-Artes. Como declamadora, porém, ela nunca teve mestres: fez-se por si exclusivamente. Em língua portuguesa pode-se dizer que ninguém a sobrepuja na declamação lírica. A sua prosódia é pura e bem brasileira, a presença, a máscara e os jeitos põem em destaque expressivo todas as intenções virtuais dos poemas recitados. Se tivéssemos um teatro de verdade, Margarida estava fadada a ser a nossa grande trágica.

Ariel, setembro de 1924

Villa-Lobos

Villa-Lobos acaba de chegar de Paris. Quem chega de Paris espera-se que venha cheio de Paris. Entretanto Villa-Lobos chegou de lá cheio de Villa-Lobos. A ardente fé, a vontade tenaz, a fecunda capacidade de trabalho que o caracterizam, renovam a cada momento em torno dele aquela atmosfera de egotismo tão propícia às criações verdadeiramente pessoais. A maioria dos artistas estrangeiros que vão a Paris estudar ou trabalhar, quase nada logram fazer nos primeiros tempos, se é verdadeiro o depoimento de muitos deles. Fica-lhes a sensibilidade como que desnorteada pelo tumulto de todo um mundo novo de sensações. A sensibilidade de Villa-Lobos, porém, resistiu ao choque traumático Paris. Lá ele é o mesmo Villa-Lobos que seria se vivesse toda a sua vida em Cascadura. Cascadura ou Paris, tudo serve. A formação dos outros como que vem de fora para dentro; a dele, de dentro para fora. Formação vulcânica, não sedimentária. A qualidade dominante do seu espírito é a imaginação, a que deve a sua música aquela prodigiosa riqueza de ritmos e de combinações de timbres que espantou a Schloezer. Villa-Lobos não precisava ouvir com os ouvidos do corpo as excelentes orquestras de Paris. Pela sua imaginação alucinatória ele as antecipava interiormente. Para um espírito dessa feição a surpresa é difícil. Todavia uma cousa o abalou perigosamente: o *Sacre du printemps* de Stravinsky. Foi, confessou-me ele, a maior emoção musical da sua vida. Mas se o ambiente artístico de Paris não afeta em essência a sua arte, influi por outro lado sobre ela com incalculáveis benefícios em efeitos morais e sociais.

Com um só ano de estadia Villa-Lobos sentiu o conforto de sólidas admirações e amizades da parte de músicos eminentes como Roussel, Prokofiev, Vincent d'Indy, tantos outros, que não só o consideram em seu justo valor como compositor, mas também, o que é uma surpresa para nós, como regente. As suas composições figuram já agora com freqüência nos concertos das grandes capitais. É que os grandes intérpretes de cada instrumento reconhecem na música, sempre praticável mesmo nas passagens mais difíceis, desse compositor que não toca nenhum instrumento, a sua específica genuinidade. Alfredo Oswald e Rubinstein testemunharam-no em relação ao piano. Kochanski, o grande violinista polaco, um dos maiores da atualidade, disse o mesmo a propósito de uma suíte para violino e canto (sobre versos de Mário de Andrade).

Um ano bastou a Villa-Lobos para se impor em Paris. Com que escassos auxílios! Numa terra em que a multiplicidade de manifestações artísticas deu à publicidade uma feição odiosamente comercial. Onde Stravinsky e Prokofiev tanto lutaram e sofreram, apesar de amparados pela riquíssima e generosa colônia russa.

Villa-Lobos vai demorar-se apenas três meses entre nós. Terá de voltar à Europa para se desobrigar de alguns compromissos, entre os quais a regência de quatro concertos sinfônicos na Ópera de Paris e outros tantos em Barcelona.

Os primeiros correrão a cargo da firma Dandelot & Fils e constarão de música inteiramente inédita para a França. Não são, porém, de música moderna exclusivamente. Dois serão consagrados aos velhos mestres: Bach, Mozart, Palestrina etc. A esse respeito Villa-Lobos diz cousas muito interessantes, manifestando a sua profunda veneração por Mozart, em quem saboreia deliciadamente o contraste de um pensamento irônico — oh, irônico! — exprimindo-se em formas musicais deliberadamente restritas e quase sempre tão singelas, tão unas, e nunca, mas nunca, triviais. A banalidade é que Villa-Lobos não tolera. Nos concertos dedicados aos modernos o nosso patrício regerá uma sinfonia que Roussel está compondo especialmente para ele, e outra de Prokofiev, também escrita na mesma intenção. Sobre ambos Villa-Lobos fala com viva admiração, assim como de Honegger.

A todos, porém, sobrepuja Stravinsky. Esse, no sentir de Villa-Lobos, é um colosso, um verdadeiro gigante.

Noto aqui, maliciosamente, que o nosso querido amigo voltou brabo com os modernos. Não é moderno! Acabaram-se as blagues! Honegger separou-se dos seis e a música que escreve não é nem politônica, nem polifônica, mas consonante! E por aí afora. Entendamo-nos. Os gênios, um Stravinsky ou um Villa-Lobos, podem ser formidáveis mas alguma cousa há mais forte do que eles e é o gênio impessoal da época. Um momento houve em que espíritos muito diversos se uniram no propósito necessário de negar, de arrasar, de destruir. Foi o período da blague dissolvente, da análise que desmontava com um riso mau os mecanismos mais especiosos. Hoje a época é de reconstrução. Espírito clássico. Clássico no sentido precisamente de esforço formal e construtivo, não de regrinhas defuntas. A este respeito isenção cada vez maior. Não só agora se procura fugir ao estilo das *côteries*,[1] mas até ao próprio estilo pessoal. Eu não tenho estilo! protesta Villa-Lobos. Aqui há um mal-entendido sobre palavras.

O estilo não pode faltar, visto que ele é a categoria pessoal de cada verdadeiro artista. Digamos antes maneira. Tanto Stravinsky como Villa-Lobos, todos os modernos, procuram impersonalizar-se na arte pura, e é este o sentido profundo daquele objetivismo dinâmico que Graça Aranha quis explicar aos seus confrades da Academia. Sei bem que a impersonalização é falaz, mas o esforço que ela exige é amplamente compensador por desembaraçar a

---

1 Em francês, "grupos".

obra de arte de muitas manifestações parasitárias da personalidade. Todos nós renunciaríamos aos nossos estilos pessoais em troca do grande estilo humano.

Ariel, outubro de 1924

Canudo

A literatura, arte intelectual por excelência, tem relações muito sabidas com as outras artes e até, sobretudo, com a mais estreitamente sensorial delas todas — a música.

É raro o escritor que, como Machado de Assis, possua um temperamento exclusivamente literário ou, quando dotado com a sensibilidade e o gosto de outras artes, restrinja deliberadamente os seus processos tão só àqueles de essência intelectiva. Cada escritor é transpositor literário de elementos espirituais ou técnicos da pintura, da escultura ou da música. Alguns mesmo são espíritos cíclicos, e realizam literariamente a síntese de todas as artes.

Ricciotto Canudo foi um caso desses. O elemento intelectual é riquíssimo na sua obra. Como que a urdidura sólida que mantém coesa a vária matéria incessantemente fornecida à criação do artista pela sua forte sensualidade. Era um pensador sempre alerta, mas quando escrevia, pintava ou esculpia também. Todavia foi soberanamente um temperamento musical.

Quando, seduzido pelo gênio francês, deixou a cidade natal de Bari e fixou residência em Paris (Guillaume Apollinaire chamou-o uma vez *le Barisien*), tinha então uns 23 anos, vivia de algumas lições de estética musical e preparava o seu livro de estréia, que foi a *Visão da Nona sinfonia de Beethoven*. Era o tempo da batalha artística em torno da obra de Wagner, e Canudo, espírito de vanguarda, bateu-se com belo entusiasmo ao lado dos que impunham contra a estúpida assuada o gênio incompreendido.

Gênio incompreendido de hoje será amanhã ídolo de medíocres e de repetidores.

Outra batalha. Debussy. *Pelléas e Mélisande*. A memorável noite da primeira representação é contada por Canudo no seu romance *Les Transplantés*, e intitula-se "O acontecimento de arte sobre a cidade".

> Um acontecimento de arte agitava naqueles dias os meios intelectuais de Paris, e espalhava-se, em eco, pelo mundo. Contra a imagem pujante de Wagner dominador, um músico novo, um Latino real e vivo, não imaginado pelo cérebro de um romancista em Veneza, reerguia de novo o orgulho da raça criadora. A emoção suscitada no meio dos artistas havia sido tão grande, dividida como sempre entre os insultos de uns e a exaltação dos outros, que se podia ter a segurança, por causa mesmo da exageração sintomática dos dois partidos, de que se tratava de uma afirmação artística importante. Dos rincões perdidos de Montmartre, onde vivem os *rapins*;[1] do Quartier Latin, onde se agitam estudantes e aspirantes jornalistas; de Montparnasse, onde a atmosfera parisiense se obscurece na massa mole e móvel dos pintores e escultores estrangeiros que domina a áspera fealdade anglo-saxônia e a desordem sexual eslava, a turba variegada dos artistas descia para coroar o Salão Favart cheio, na platéia, da vaga luxuosa dos *snobs* vindos dos quarteirões elegantes...

Depois a impressão da música:

> A obra do músico latino era realmente a obra de um renascimento. Sem alcançar a plenitude da obra-prima, continha tais elementos novos, a um tempo inovadores e tradicionais, que um caminho se abria ali para toda a música moderna. Aquele músico tinha bebido prodigiosamente em nossas fontes antigas e nas fontes recentíssimas dos russos.

---

1 Em francês, "jovens estudantes de pintura, maus pintores".

> De volta a Paris mergulhou uma mão invulnerável no grande cadinho e de lá tirou um anel cintilante para a sua glória e uma pedra estranha para a coroa nova da raça. É um espantoso Precursor...

Hoje a reação chegou contra Debussy e, de uma maneira geral, contra todo impressionismo, na música, na poesia, na pintura, por toda a parte.

O segundo livro de Canudo, *La Ville sans chef*, isenta-se da obsessão musical, mas o seguinte, *Les Liberés*, está todo ele como que impregnado dela. A música é empregada ali por um alienista como meio terapêutico para satisfazer a nevrose sexual dos reclusos. Episódios admiráveis. Vem depois o romance, a que já aludimos, dos *Transplantados*. Aqui já não somente o espírito musical, mas até a construção, a estrutura musical aparece. Canudo tentou realizar, e para mim falhou, o romance que fosse esteticamente o equivalente da sinfonia.

Uma obra verdadeiramente artística, romance ou poema, tinha que ser para ele uma imagem, uma evocação, tão precisa quanto possível, de análises absolutas: uma sinfonia.

Disse que a estrutura do romance é musical. Sendo a evocação da vida total de um ser (ele próprio, Canudo) no ambiente de uma coletividade prodigiosamente complexa (Paris), a ação se desenvolve em torno de quatro grandes temas, dois individuais (o motivo do Fogo e o motivo das Rosas), dois coletivos (o motivo do Presente expresso plasticamente pela romana Cúpula de São Pedro, e o motivo do Porvir, representado pelo Arco do Triunfo napoleônico).

Posteriormente Canudo compôs alguns admiráveis poemas nos quais se serviu da forma musical da sonata. Sabe-se que a forma sonata consiste na exposição, desenvolvimento e reexposição de dois temas de natureza antagônica, um masculino, de caráter acentuadamente rítmico, outro feminino, pronunciadamente melódico. E é a luta dessas duas personagens (porque os temas de uma sonata são verdadeiras personagens) que cria o patético dessa forma musical. Lembra-me ter lido no *Mercure de France* um poema-sonata de Canudo, cujo assunto era um episódio da guerra nos Bálcãs, e cujos temas eram o Fogo e a Água. O fogo foi, como se vê, uma imagem-obsessão em Canudo. De resto o espírito de Canudo era o de um obsesso. A música e a sexualidade – os focos da sua elipse mental. Ambas assumiam nele não sei que gravidade mística, absorvente, um pouco charlatanesca também. Uma das suas fantasias era a criação de uma Igreja da Música.

> Ela está em todos os desejos profundos dos artistas, dizia ele. Cem vezes observamos a paixão que leva multidões de artistas aos grandes concertos do domingo, idêntica à que levava nossos avós à igreja: a paixão do abandono de si próprio numa harmonia total, a necessidade do esquecimento estético, que as religiões davam pelo Espetáculo do ritual e pela Estética da arte templária. A Música torna todos os seres iguais, unanimemente ligados, como o fazia outrora a cerimônia religiosa.

A obra deixada por Canudo ressentiu-se profundamente do *transplantamento* do poeta. Ele era visceralmente um italiano e um italiano sem o senso da ironia. Além do que, e ninguém o deve censurar por isso, ele escolheu sempre na sua arte o esforço porventura superior às próprias forças. Foi um herói-poeta.

Se tivesse querido mercantilizar a extraordinária sensibilidade do patético que era o seu dom primacial, teria alcançado um renome talvez superior ao de D'Annunzio.

Em vez da estrada real da fama fácil, preferiu nobremente a picada solitária dos batedores de terras virgens.

Honra lhe seja.

Brasil Musical, 15 de novembro a 30 de dezembro de 1924

Concertos

SOCIEDADE DE CONCERTOS SINFÔNICOS

Sob a regência do maestro Francisco Braga, realizou-se, no domingo 15 de novembro, o 99º concerto desta Sociedade, sexto e último da série de Concertos Populares de 1925.

Em homenagem à data da proclamação da República, foi executado o seguinte programa:

1ª PARTE

I Francisco Manuel — "Hino Nacional"
II Carlos Gomes — Protofonia do *Salvador Rosa*
III A. Nepomuceno — "Serenata"
H. Oswald — "Serenata"
IV R. Wagner — *Tannhäuser* (*Torneio dos bardos*), solo pelo barítono Corbiniano Vilaça

2ª PARTE

V Leopoldo Miguez — "Ave, Libertas!", poema sinfônico
VI Leopoldo Miguez — "Hino da Proclamação da República"

Apreciando os belos resultados de uma audição como esta, que agradou ao seleto auditório, dando ensejo a que fosse bisado a "Serenata" de H. Oswald, um mimo de inspiração e fatura, não podemos ocultar a nossa admiração pelo trabalho hercúleo que tem tido o doutor Duque Estrada, presidente da Sociedade Sinfônica, e o maestro Francisco Braga, seu diretor artístico, na sua reorganização.

Representa um quase heroísmo a realização dos concertos num meio que cada vez mais vai-se tornando adverso a tudo que é arte!...

A invasão do *morbus*[1] *fox-trot* alucinou a nossa população, desviou-a do caminho que conduz à civilização, desorientou-a com a liberdade expressiva tolerada por uma sociedade que só pensa em diversões...

Vencer esse meio, atrair uma parte dos fascinados pelos *sports*, pelos cinemas e pela dança licenciosa, não é tarefa das mais fáceis, mas a pertinácia do doutor Duque Estrada, do maestro Francisco Braga e de seus excelentes auxiliares que formam a Orquestra da Sociedade de Concertos Sinfônicos, tem alcançado algumas vitórias.

O público já procura ouvir Mozart, Beethoven e Wagner, deseja conhecer os nossos compositores, percebe que temos um meio artístico, aos poucos vai fugindo da formidável atração dos *sports*, cinemas e *dancings*.

RECITAL DE MLLE. CECÍLIA RUDGE

Mlle. Cecília Rudge deu no dia 12 de novembro o seu primeiro recital de canto, no Cassino-Teatro de Copacabana. O local não era favorável para atrair grande público. Quem realiza um concerto naquele salão pequenino, elegante e... quentíssimo não pode contar senão com uma assistência diminuta, embora também elegantíssima.

Mlle. Rudge pode gabar-se de possuir muitos admiradores e amigos, pois apesar do calor inclemente que fazia na noite do seu concerto, teve um público bastante numeroso para aplaudi-la. Lamentamos, porém, que ela não tivesse escolhido um salão no centro urbano para que ela fosse ouvida por um auditório mais concorrido.

---

1 Em latim, "morbo", "doença".

E no interesse do público é que o lamentamos, porquanto vozes e dons artísticos como os que se requintam na pessoa de mlle. Cecília Rudge são raros entre nós e precisam de maior divulgação para regá-lo de entendidos e formação de desentendidos...

Mlle. Cecília não tem apenas uma linda voz, de timbre fresco, seguro e agradável, que ela, mercê de inteligência própria e dos mestres excelentes que escolheu — mme. Guerra Duval e professor Francell —, educou com apuro, obtendo impecável igualdade em toda a escala: à altura dos méritos da cantora estão os da intérprete sensibilíssima ao pensamento de cada autor, que se comove e sabe passar ao ouvinte a emoção experimentada. O programa, de resto, proporcionava ocasião de se lhe avaliar a rica versatilidade afetiva. Na primeira parte cantou os italianos Paisiello, Pergolesi, Marcello, Bononcini e Legrenzi; na segunda parte disse o poema da *Vida e amor de uma mulher*, de Schumann; finalmente na última deu-nos Debussy, Ravel, Gretchaninov, Borodine, Granados e Falla.

A versatilidade de que se falou atrás ressalta do fato de não se poder destacar esta ou aquela parte: clássicos italianos, o terno e caprichoso romântico francês, russos e espanhóis modernos foram interpretados como se para cada um fosse a afinidade da cantora. Apenas num ponto queremos dar um conselho a mlle. Cecília Rudge, e é o de estudar alemão para não se ver forçada a cantar Schumann com o alambicado e estúpido texto francês. Bastam os *lieder* de Schumann e Schubert para justificar o sacrifício. Mlle. Rudge levaria de quebra o gozo incomparável de sentir essa coisa única no mundo e verdadeiramente intraduzível que é a poesia de Heine.

Brasil Musical, novembro-dezembro de 1925

A estética da capital - Concertos

Não podemos passar nas estreitíssimas ruas do Centro do Rio de Janeiro sem tristeza. Além de serem insuficientes para o trânsito e causarem a cada instante atrasos e confusões desagradáveis, as nossas ruas coloniais estão atualmente se enriquecendo com prédios magníficos, ricos e custosos, que ficam perdidos para nós. Com efeito, quem passa pela rua da Alfândega, por exemplo, não pode ter uma impressão de conjunto dos edifícios do Banco Francês e Italiano ou do Banco Português do Brasil, para somente citar estes dois.

Tínhamos a esperança de que a nova parte da capital que se vai elevar na área do morro do Castelo fosse apresentar um aspecto mais moderno e mais adequado à vida intensa da nossa bela cidade. Contávamos ter somente ruas largas e bem arejadas, visto que desta vez não se podia pretextar que as desapropriações são custosas demais para as finanças municipais.

Enganávamo-nos. Estão construindo o primeiro prédio da rua do México. O propósito de manter aquela rua na mesma largura fica assim ostensivo, o que é para lamentar. Podia-se fazer ali uma avenida de desafogo do centro urbano, mesmo porque não só a Escola de Belas-Artes como a Biblioteca e o Supremo Tribunal terão de construir suas fachadas dando para ela. Aqueles estabelecimentos têm fundos apenas, falhos de toda a estética.

O plano geral da cidade, que ali se vai erguer, feito por técnicos da escolha da Prefeitura, não cogitou do detalhe. Abrangendo o conjunto do novo trecho urbano, porém, esse plano poderia bem ter corrigido o que se está fazendo. Há poucos dias foi dito que o empréstimo em andamento entregará dentro de pouco tempo à construção as enormes áreas conquistadas ao morro e ao mar.

Conclui-se que não demoraria muito a se estabelecer como que uma cidade completamente nova.

A prática nos ensinou que as ruas estreitas produziram um excessivo congestionamento do centro urbano. Não se compreende portanto que se tracem ruas naquele trecho que não possam estabelecer o desafogo do tráfego tão necessário já. Se com a rua do México — que poderia ser a avenida México — está acontecendo o que registamos para estranhar, é o caso de fazer votos para que as outras vias públicas, que se vão traçar nas áreas conquistadas, não fiquem sujeitas a idêntico critério.

◆

O 32º concerto da Sociedade de Cultura Musical foi consagrado à música russa. Havia no programa notas biográficas inteligentemente apresentadas pela senhora Julieta Teles de Meneses, que também tomou parte na audição, dizendo, com a linda voz e a fina arte que a distinguem, *lieder* de César Cui, Rimsky-Korsakov, Liadov, Balakirev, Mussorgsky e Borodine. A senhorita Jacira Amorim foi muito aplaudida na *Fantasia* de Scriabine e "Grande porta de Kiev" de Mussorgsky. O concerto fechou com o *Quarteto*, op. 64 de Glazunov, executado pelos professores senhorita Paulina d'Ambrosio, Humberto Milano, Artur Strutt e Iberê Gomes Grosso.

O *scherzo* foi um triunfo para a senhorita d'Ambrosio que nele tinha parte saliente. A sala estava inteiramente repleta e festejou com entusiasmo a todos os artistas.

É de lamentar que não tenha figurado no programa o nome de Stravinsky, o que aleijou por assim dizer a intenção cultural daquela festa de arte. O magnífico surto da música russa iniciado por Glinka, também ausente no programa, e o grupo dos Cinco, veio atingir no autor de *Mavra* o momento extremo da sua fascinante parábola. Por que essa exclusão? Desdém pelo modernismo?... Mas a música de Stravinsky, por mais extravagante que possam parecer a sua estética e a sua técnica, repousa em sólidos alicerces tradicionais. Não se esqueça que ele foi discípulo de Rimski-Korsakov e as suas primeiras composições revelam a influência dos Cinco e depois a do ecletismo de Glazunov e o impressionismo de Scriabine.

Os amigos dos modernos tiveram os seus minutos de alegria no segundo concerto de Alfredo Oswald e Bart Wirtz, vendo o público, que não era a injuriada claque de Graça Aranha, aplaudir e fazer bisar com júbilo as deliciosas miniaturas da *Prole do bebê* do nosso Villa-Lobos. Foi um sucesso para o compositor e para o intérprete, o senhor Alfredo Oswald, que animou com surpreendente versatilidade os oito bonequinhos heteróclitos.

Com grande brio os senhores Bart Wirtz e Oswald executaram a *Sonata em fá* de Strauss, com que fechou o programa.

A revista *Brasil Musical* promoveu uma série de cinco concertos históricos, três dos quais, abrangendo os períodos clássico e romântico, já tiveram lugar no salão do Instituto. Infelizmente a assistência não tem sido tão numerosa como fora para desejar. O intuito didático absolutamente não prejudica o jogo musical desses concertos, ao contrário, visto que a direção e comento deles foi entregue ao senhor Charles Lachmund que é sem contestação o mais fino e o mais culto dos nossos artistas e professores. Atesta-o a excelência dos programas e a sóbria clareza dos textos que ilustravam as audições.

O senhor Lachmund foi muito aplaudido no segundo concerto, interpretando os cravistas, e a senhora Silvia Figueiredo Mafra no terceiro concerto (*Carnaval*, op. 9, de Schumann). Ainda neste último concerto a senhora Roseta Costa Pinto encantou o auditório em *lieder* românticos.

A senhora Mafra e os professores Chiaffitelli e Hess de Melo interpretaram com felicidade o grandioso *Trio*, op. 1 de César Franck. A bravura do piano abafou por vezes as vozes do violoncelo. Que importa? O conjunto estava realmente caloroso, comovente e a religiosidade formidável de Franck era de levantar os corações.

A Idéia Ilustrada, 15 de agosto de 1924

A temporada lírica no Municipal

Como sucede todos os anos a noite de estréia da temporada lírica reuniu no Municipal a sociedade mais prestigiosa do Rio. É sempre a maior noite da estação. A sala em si já é um espetáculo. Enchente sempre. Pois bem, até nesses dias os balcões do nosso primeiro teatro ficam às moscas como um lugar em que deu a peste. Ao passo que as assinaturas de frisas, camarotes, poltronas e galerias são logo cobertas, e ainda fica registrada no livro da empresa uma lista enorme de pretendentes às possíveis vagas futuras, os balcões, esses não alcançam um terço de assinaturas. Foi assim ainda este ano. Eles são regularmente uma fonte de prejuízos para o empresário.

Parece que o caso tem em sua explicação um caráter mundano e por isso recomendamos a solução dele ao nosso distinto confrade Waldemar Bandeira. Cremos que desvirtuaram desde a inauguração do teatro a categoria daquelas cadeiras. Elas deviam ser um lugar aonde se poderia ir em simples *toilette* como se vai às galerias. Tanto que o arquiteto lhes chamou também galerias. Lá está gravado no mármore cinzento da porta que dá para a Avenida: *Galerias de 1ª classe.*

Há as outras, as galerias de segunda classe, com bancos de dura peroba, que deveriam ser para o povo e onde, todavia, vemos diariamente uma sociedade elegantíssima. Compreende-se. A platéia é uma localidade em evidência e que requer o trajo de rigor. Muitas vezes a evidência não convém. Muitas vezes pessoas da melhor sociedade querem ir como estão ao fim de um jantar.

— Vamos ouvir *Orfeu*?

Sans façons,[1] sem casaca, sem decote. O recurso é a galeria.

Mas por que não vão para os balcões? Ah! aí é que pega o carro. Começaram a freqüentá-lo com casacas, smokings, decotes. A pequena burguesia. Funcionários públicos com fraques também. Aquilo ficou malvisto. Nem peixe, nem carne. Deixou de ser galeria de primeira classe para ser considerado *fauteuil*[2] de segunda. E a galeria faz troça. Realmente quem está assentado nos balcões parece *nouveau-riche*. É injusto, mas é assim. Na realidade é um público entendido e simpático – artistas, cronistas musicais e burgueses tranqüilos. Calam-se durante e depois da música, o que é positivamente fino. (As galerias, meu Deus, depois que as melindrosas deram em freqüentá-las, parece o largo da Carioca às cinco e meia da tarde!)

◆

... Se acabássemos com o trajo de rigor nos balcões? Os cronistas mundanos – aqui fica o apelo – auxiliem a campanha de desrigorização dos balcões, o deserto frio do nosso lindo Municipal.

◆

A *troupe* trazida este ano pelo senhor Mocchi confirmou as notícias telegráficas de Buenos Aires e as *réclames* aparecidas na imprensa. Excelentes todos os quadros, entre os quais havia a novidade do regente e dos cantores russos. O senhor Emil Cooper é um belo chefe de orquestra, cheio de compreensão e vivacidade. O barítono Zalevski conquistou a platéia desde

---

1 Em francês, "sem cerimônias".

2 Em francês, "poltrona".

Julieta Azevedo, "Amor".
Em baixo: corpo de baile.

O R P H E U

Gabriella Bezansoni Lage
na sua grande creação.

a primeira noite, em *Boris Godunov*. Se como ator deixou a desejar e fez saudades de Cirino, que o ano passado viveu com extraordinária comoção a cena final da morte, em compensação como cantor fez-se admirar pela voz segura e possante, de bela escola.

Espetáculo delicioso foi a representação do *Orfeu* de Gluck. Que bom seria nos desse sempre o senhor Mocchi nos seus repertórios regalos como esse em vez das grandiosas banalidades como a *Tosca*, já tão sovada!

A ópera causa sempre aqui e ali uma impressãozinha de ridículo pela impraticabilidade de uma realização perfeita.

Exige tanta cousa!

Daí a sensação de fresco repouso que produz um enredo de linhas simples, como o do *Orfeu*, e onde entretanto nos comove a beleza de um dos mais belos símbolos da mitologia.

Orfeu encantou a sala, apesar das dançarinas bisonhas. É que a orquestra do senhor Cooper traduziu com impecável delicadeza a alta espiritualidade da música de Gluck e a senhora Besanzoni revelou a grande cantora e atriz que é, encarnando superiormente a personalidade do amante de Eurídice.

Do começo ao fim foi admirável, mas sobretudo na ária soluçada do último ato. O público ficou de tal modo transportado que não resistiu ao desejo de a aplaudir com calor, deixando a artista na crítica posição de interromper o movimento dramático para agradecer...

Vieram ainda este ano velhos conhecidos: a senhora Dalla Rizza que foi aplaudidíssima na *Traviata*, a senhora Claudia Muzio, irrepreensível na *Forza del destino*, o tenor Fleta etc.

O repertório deste ano é escolhidíssimo. Basta dizer que em vinte récitas de assinatura há seis novidades: *Orfeu*, *Dama di Picche* de Tchaikovsky, *L' Heure espagnole* de Ravel, *Le Furie di Arlecchino* de Lualdi, *L'Anima allegra* de Vittadini e *O contratador de diamantes* de Mignone, nosso patrício.

Entre as óperas conhecidas *Boris*, *Príncipe Igor*, *Cavaleiro da Rosa*, *Louise*, *Saldunes*, *Falstaff*, *Lohengrin... j'en passe*.[3]

A Idéia Ilustrada, 31 de agosto de 1924

---

3 Em francês, "e assim por diante", "deixo de mencionar outros".

Arte. Diversas notas

No Automóvel Club de São Paulo, o cantor Corbiniano Vilaça e a pianista Magdalena Tagliaferro realizaram, no mês passado, um grande concerto que contou com a presença do doutor Carlos de Campos, presidente do Estado, e da fina elite da grande capital. O programa do brilhante festival de arte do Automóvel Club foi magnífico e os seus intérpretes aplaudidíssimos.

◆

As duas pianistas patrícias Inocência e Valina da Rocha acabam de alcançar em Paris, com o seu notável concerto realizado na Sala Érard, o mais lisonjeiro êxito, conseguindo da crítica unânimes manifestações de louvor.

Damos abaixo o resumo da crítica do *Excelsior*:

> *Um belo concerto* — Sábado à noite na Sala Érard, duas jovens e notabilíssimas pianistas, mlles. Inocência e Valina da Rocha, realizaram um concerto patrocinado pelo senhor Sousa Dantas, Embaixador do Brasil. O êxito destas duas robustas e ágeis artistas foi considerável. Aplausos entusiásticos acolhiam constantemente as duas pianistas, quer executassem os modernos, quer os clássicos: Beethoven, Bach, Schumann, Chopin, Liszt, Wagner, Saint-Saëns, Debussy. Mas o inigualável triunfo verificou-se com as *Variações sobre um tema de Beethoven*, para dous pianos, executadas magnificamente pelas duas admiráveis *virtuosi* em toda a plenitude de um talento jovem e ao mesmo tempo perfeito. — *Brichanteau*

◆

A 22 de agosto, no salão do Jockey Club de Santos, os barítonos brasileiros A. B. Paula de Sousa, professor de canto em São Paulo, e Corbiniano Vilaça realizaram um magnífico concerto que teve o concurso do compositor Paulo Florence.

Programa habilmente organizado. Intérpretes brilhantes. Assistência de elite.

Da renda desse festival foram entregues à *Tribuna de Santos* 500$000[1] para as vítimas da recente revolução.[2]

A TEMPORADA LÍRICA

Tem sido excepcionalmente interessante a temporada lírica deste ano.

Para dar brilho e interesse a uma temporada lírica não bastam uma ou duas grandes vozes mundiais como as das senhoras Muzio e Besanzoni, nem a novidade de todo um quadro como o dos russos, entre os quais se contam artistas e cantores do valor dos senhores Zalevski, Bielina e Zaporogetz, magnífico baixo, nem ainda um repertório escolhido, onde aparecem seis óperas dadas pela primeira vez.

Tudo isso é essencial, mas não basta. A última demão são dois ou três escandalozinhos de bastidores... E estes pratinhos apetitosos já foram saboreados, servido um pelo tenor Fleta, que na noite da representação da *Manon*, de Massenet, abandonou o teatro mesmo no momento em que ia subir o pano, e em trajos de Des Grieux deu o *suite*, bancando o século XVIII num automóvel de praça pelas ruas do Rio.

---

1 Quinhentos mil-réis.

2 Trata-se da Revolução Paulista, ocorrida em julho de 1924.

Diante da impaciência do público, que de nada sabia e protestava contra a demora, parece que houve a intervenção da polícia.

Des Grieux teve de voltar do hotel para o teatro, onde nos braços de Manon mais uma vez encantou os cariocas. O senhor Fleta tem a habilidade de prolongar um som filado até o cair da tarde do dia seguinte, o que sempre delicia o público. Foi o que ele fez na conhecida ária do "Sonho", e por essas alturas já a platéia tinha esquecido a meia hora de espera extraprograma.

O outro escandalozinho foi a propósito da ópera *Saldunes* do nosso Miguez.

O papel de Eva havia sido distribuído à senhora Lídia Salgado. O empresário, porém, mudou de idéia e passou o papel à senhora Zamboni, o que irritou extremamente os amigos da cantora brasileira. Houve várias interpelações e cartas na *Noite*, mas afinal quem cantará *Saldunes* será mesmo a artista italiana.

Infelizmente temos de entregar esta crônica aos compositores antes da noite nacional lírica.

Entre os melhores espetáculos sobressaíram uma *Aida* e uma *Sansão e Dalila*, como poucas vezes nos tem sido dado ouvir: aquela, cantada pelas senhoras Besanzoni e Muzio e pelo tenor Crimi; a peça de Saint-Saëns, por Besanzoni, Bielina, Zaporopt e Segura-Tallien nos papéis principais. Todos os demais artistas secundaram-nos com discrição. Bailados por lindas mulheres chefiadas por Olenewa e Nemanoff. Tanto o senhor Cooper como Bellezza foram muito festejados. Este merece todos os louvores pelo belo ardor com que animou e rejuvenesceu a *Traviata*. Triunfo de Dalla Rizza, dada três vezes nesta temporada.

A Idéia Ilustrada, 15 de setembro de 1924

Crônica musical

Com a representação da ópera *O contratador dos diamantes*, do jovem maestro paulista senhor Francisco Mignone, acabou a temporada lírica deste ano. Dadas as dificuldades imprevistas com que teve de lutar o senhor Mocchi, não há senão felicitá-lo pela seriedade e brilho com que se desobrigou do seu contrato.

Infelizmente não nos foi proporcionado o prazer, tão esperado, de ouvir *A hora espanhola* de Ravel. Fazemos votos para que sejamos contemplados no ano que vem com o espetáculo dessa fina jóia da escola francesa.

O contratador dos diamantes agradou francamente, sobretudo nos dois primeiros atos. No terceiro ato há uma apoteose que, sinceramente, ficaria melhor nos teatrinhos do largo do Rocio.[1]

A música tem espontaneidade e a frescura dos 23 anos, que era a idade do autor ao tempo em que a compôs.

Os críticos dos nossos diários reconheceram-lhe uma precoce ciência orquestral ratificando assim o juízo do público, manifestado nas palmas abundantes com que foi a ópera recebida.

Ouvimos mais o *Mefistófeles* de Boito, a infalível *Boêmia*, *Príncipe Igor* de Borodine e o *Falstaff* de Verdi.

Estas duas últimas óperas constituíram com *Sansão e Dalila* e *Orfeu* os melhores espetáculos da temporada. O barítono Zalevsky foi um Falstaff completo a começar pela caracterização.

◆

---

1 Trata-se da atual praça Tiradentes, na região central do Rio de Janeiro.

TEMPORADA
1924
Theatro Municipal
EMPREZA WALTER MOCCHI
PUTTKAMER
RED STAR
MOBILIARIOS MODERNOS
E INSTALAÇÕES DE LUXO
69 RUA GONÇALVES DIAS. 71

No dia 20 realizou o Centro Artístico Musical o seu décimo concerto, no salão do Instituto Nacional de Música. O programa todo dedicado a Beethoven e pecava por desmedido tamanho: dois quartetos, duas grandes sonatas, cinco *lieder*, e antes de tudo isso uma conferência! O resultado foi o que se viu: grande parte da assistência debandando no meio do concerto e, diga-se para vergonha dos que procederam assim, a meio do *Quarteto em dó menor*! No palco os quatro artistas do quarteto Orfeu, os senhores Lourenço Templer, Augusto Brandão, George Kolman e Newton Pádua, olhavam ironicamente para aquela gente que ia com tanta pressa de jantar...

E eles estavam tocando admiravelmente! É um quarteto que Deus conserve sempre reunido para regalo dos amadores de música de câmara. Finos artistas os professores que o compõem, primam pela igualdade e harmonia em que todas as vozes dos quatro instrumentos se fundem para dar a impressão de um instrumento único. Foi o que se notou no *Quarteto em ré maior*, mas sobretudo no outro em dó menor.

A senhora Hilda T. da Rocha Caneja mostrou uma bela coragem, aventurando-se às duas grandes sonatas 110 e 111.

O tempo só permitiu que ela executasse a primeira. Saiu-se com brilho de tão difícil prova e foi aplaudidíssima como de justiça.

A senhora Roseta Costa Pinto disse com emoção os *lieder*. Mas como eles ficam desbeethovenizados em francês!

A conferência de Paulo Silveira foi um cotejo da música francesa e da alemã, uma evocação rápida da figura gigante com imagens robustas e luminosas.

A Idéia Ilustrada, 30 de setembro de 1924

Música e declamação

O RECITAL DE MARGARIDA LOPES DE ALMEIDA

O grande salão do Instituto Nacional de Música encheu-se completamente de uma sociedade distintíssima para ouvir a nossa grande declamadora no dia 27 do mês passado. Havia na assistência muitos grandes nomes dos nossos meios intelectuais, como a ilustre poetisa dona Rosalina Coelho Lisboa, de quem se ouviu o admirável soneto feito à filhinha, o grande Alberto de Oliveira, recentemente coroado Príncipe dos nossos poetas, Adelmar Tavares, o amável poeta que levou Medeiros e Albuquerque a reabilitar com toda a justiça o adjetivo mimoso, Austregésilo de Ataíde, em caminho de se tornar atleta possante, e tantos e tantos outros, sem falar na presença obrigada da família da artista, a notável romancista dona Júlia Lopes de Almeida e seus queridos filhos, que todos se viam com orgulho em Margarida. Mas o orgulho era de todos nós, brasileiros, por ver a altura a que uma patrícia nossa conseguiu levar a arte difícil de declamação, e unicamente pela intuição e esforço próprio, pois Margarida não teve mestres, e tudo aprendeu por si mesma. A sua figura prestigiosa, o jogo da fisionomia, das mãos e dos braços, a articulação nítida e natural, o timbre da voz, da qual se pode dizer o que disseram da de Wilde ("*His very voice was wonderful*")[1] e a penetrante emotividade de suas interpretações impressionaram fundamente o auditório. E com que agilidade ela passava de uma peça humorística para um grave poema! Foi assim que choramos com as "Palavras ao mar" de Vi-

1 Em inglês, "Até sua voz era maravilhosa".

cente de Carvalho, com o soneto de seu irmão Albano,[2] com o conto "Casa dos mortos", de sua ilustre mãe,[3] e sorrimos ao ouvir os versos graciosos de Maria Eugênia Celso, e de Bastos Tigre, este também príncipe – o Príncipe dos nossos humoristas.

O voto íntimo de cada pessoa naquela numerosa assistência, ao deixar a sala, era poder tornar a ouvi-la antes da sua partida para a Europa, onde ela vai em breve, como prêmio de viagem da Escola de Belas-Artes, aperfeiçoar os seus estudos de escultura.

CONCERTOS

Depois de uma ausência de dezoito anos, apresentou-se novamente ao público do Rio o ilustre pianista senhor Miecio Horszowski. Era grande a ansiedade por ouvi-lo depois de homem feito, e todos quantos o tinham admirado como menino prodígio queriam verificar se as esperanças do passado haviam amadurecido em realidades esplêndidas. Miecio não nos deu uma decepção, mas também é força reconhecer que o presente está aquém das promessas do passado. Certamente ele é um pianista excepcional e bastava a execução do *Prelúdio, coral e fuga* de César Franck para patentear o seu mecanismo vertiginoso e seguro. A sua sensibilidade, entretanto, sem ser mesquinha, não apóia suficientemente aquelas riquezas da técnica. Na verdade é um tanto tarda e pesada às vezes. O senhor Miecio é um grande pianista, mas não é um poeta. Nos três concertos que realizou no Instituto de Música foi ele vivamente aplaudido pela assistência, onde se contavam os nossos melhores artistas de piano, e estes manifestavam uma admiração muito significativa. Entre os números dos programas destacam-se

---

2 Trata-se de Albano Lopes de Almeida.

3 Trata-se da escritora Júlia Lopes de Almeida (1862-1934).

pela finura e colorido da interpretação os *Quadros de uma exposição* de Mussorgsky e *Le Coin des enfants* de Debussy. Pareceu-nos que o senhor Miecio se sente mais à vontade na música dos modernos. Por isso lamentamos que ele não tivesse dado programas onde fizesse maior lugar para ela.

◆

Como é lamentável o escasso gosto que há entre nós pela música de câmera! No dia 15 de outubro teve lugar o primeiro concerto da série promovida pelo Instituto Nacional de Música e era triste ver o aspecto da sala quase inteiramente vazia! Descontando os que lá estavam por dever de ofício creio que nem trinta pessoas pagantes havia na assistência. Muita vez se alude aos preços altos das localidades nos recitais e atribui-se à carestia da vida a fraca concorrência a essas festas do espírito. Qual nada! O que há é nenhum gosto. O concerto de que falamos era a preços baratíssimos, dois mil-réis a galeria. E sabem quantas pessoas lá estavam? Cinco, contadas a dedo! Balcões vazios... Poltronas quase sem ninguém. Uma tristeza.

Entretanto o programa era magnífico: dois quartetos, um de Borodine, e outro de Debussy (1º, op. 10). Entre os dois uma fantasia sobre temas russos, de Korsakov. Os executantes eram os distintos professores do Instituto senhores Chiaffitelli, Spedini, Orlando Frederico e Alfredo Gomes.

O quarteto de Borodine, de encanto tão oriental sobretudo no andante e no *scherzo*, foi admiravelmente interpretado. A execução do quarteto de Debussy foi mais fraca. Não tinha a mesma coesão. O segundo tempo *Assez vif et bien rythmé*[4] não foi... *assez vif et bien rythmé*.

---

4 Em francês, "muito vivo e bem ritmado".

Na fantasia de Korsakov o senhor Chiaffitelli mais uma vez exibiu a sua bela escola.

◆

Será a 8 de novembro próximo, às dezesseis horas, que Maria Antônia, a maravilhosa pianista menina e moça dará, no Municipal, o seu anunciado concerto.

A ansiedade com que as rodas cultas do Rio esperam esse acontecimento artístico é grande e bem corresponde ao brilhantismo do nome dessa nossa querida patrícia, primeiro prêmio do Conservatório de Paris.

O concerto, que será o único da ilustre pianista, terá o concurso da orquestra da Sociedade de Concertos Sinfônicos do Rio de Janeiro, sob a regência do nosso insigne colaborador maestro Francisco Braga.

Aguardemos, também com ansiedade, tão agradável tarde de arte.

PINTURA

A 1º de novembro vindouro, Mora, o fino desenhista que todo o país conhece e admira através das formosas capas do nosso distinto confrade *Para Todos...*, inaugurará, no saguão da Associação dos Empregados no Comércio, a sua esperada exposição de desenhos.

O êxito desse novo acontecimento artístico está, mui justamente, sendo aguardado com ansiedade, dado o conceito de que goza nas nossas rodas artistas o delicioso desenhista patrício que é Mora.

A sua exposição será encerrada no dia 10 e constará de 140 trabalhos, dentre os quais podemos citar os nomes de alguns: *Carioca*,

A estatueta, *Cena antiga*, *Adamastor*, *Silhuetas*, *Kis and Kis*, *Vaporosa promenade* e vários estudos.

◆

Tem constituído um acontecimento artístico de elegância e finura a exposição que Gilberto Livramento inaugurou no salão do Palace Hotel, no dia 22 do corrente e que se encerrará a 12 de novembro.

A Idéia Ilustrada, outubro de 1924

Música

— Este mês de novembro, que é dos mortos e dos santos, foi também este ano dos artistas, pois nos trouxe a revelação de uma pianista e de um violinista verdadeiramente excepcionais. Falo de Maria Antônia e de Leônidas Autuori. E como ambos são brasileiros, encheu-se-nos o coração de júbilo patriótico: o povo ainda anda desinteressado da arte e em matéria de música o que o enleva é de preferência a opereta fácil. Mas, louvado Deus, já há ambiência musical que permita o surto de alguns artistas completos e capazes de ombrear com as celebridades estrangeiras que temos acolhido. Maria Antônia e Leônidas Autuori estão neste caso. Ambos já se haviam apresentado anteriormente ao público carioca, porém quando ainda não estava acabada a sua educação musical. Hoje está ela feita e, na verdade, perfeita.

Maria Antônia começou os estudos com Mima Oswald, passando logo depois para as mãos do maestro Henrique Oswald, e deste para a classe do professor Philipp em Paris. Tem apenas catorze anos, mas já é gente grande...

O seu concerto no Municipal, com a colaboração da orquestra nos concertos de Saint-Saëns e Chopin, foi para ela o triunfo definitivo. Mostrou-se pianista impecável, artista habilíssima e intérprete de fina inteligência. O seu Chopin não tem a *sensiblerie*[1] daquela gente desmanchada que se lambuza toda de mel romântico. É nobre.

Quanto a Leônidas Autuori, me parece, pelo senso profundo da matéria musical, maior que os grande virtuoses do violino que

---

1 Em francês, "sensibilidade afetada".

nos têm visitado. Como para eles, não existe segredo nem obstáculo de mecanismo para Leônidas. O descabelamento dionisíaco em que às vezes descai vem do abandono a que se entrega quando o empolga o demônio da virtuosidade. Quem não gostar da tempestade feche os olhos... Que pureza de som! Que equilíbrio das massas sonoras!

O programa do seu concerto não foi o que costuma ser um programa de malabarista embasbacante: ressurgia a velha música pura dos setecentistas e oitocentistas italianos. Sonata de Nardini, sonata de Veracini, chacona de Vitali, prelúdio de Pugnani e *allegretto* de Martini. Convidado a tocar mais pela assistência maravilhada, não quebrou a composição estilística do programa e executou com infinita delicadeza de pianíssimo – era um perfume, um sonho, um pensamento – o minueto de Boccherini, e mais uma ária de Tenari.

– A distinta professora de canto senhora Matilde de Andrade Bailly realizou no pequeno salão do Instituto um recital dedicado exclusivamente a canções. Voz agradável, escola honesta. Foi um prazer ouvi-la passar da malícia francesa à ternura alemã, à *sauvagerie*[2] eslava, à ardência espanhola (moderna, "Polo" de Falla), à mediterrânea sensualidade italiana, para acabar, com acompanhamentozinhos saltitantes na "flor merencória de três raças tristes"[3] – a modinha brasileira.

– O professor Luciano Gallet exibiu na pessoa de sua aluna, a pianista Nélia Ponte e Sousa, a excelência do seu método de ensino.

O recital da senhora Nélia Ponte e Sousa compreendia a *Apassionata*, peças de Chopin e Liszt.

---

2 Em francês, "selvageria".

3 No soneto "Música brasileira", de Olavo Bilac, o último verso diz "Flor amorosa de três raças tristes".

— O senhor Felício Mastrangelo, nosso confrade, diretor da revista *Brasil Musical*, vai levando a cruz ao calvário na empreitada em que se meteu de fazer executar uma série educativa de cinco concertos históricos. Encontrou uma enfiada de tropeços, inclusive duas revoluções![4] Mas não desanimou.

Homem ousado!

O quarto concerto era consagrado à época da virtuosidade, sobre o qual o professor Lachmund escreveu os habituais comentários. A destacar no concerto os solos de Leônidas Autuori e o Liszt de dona Dyla Tavares Josetti, pianista completa e admirável de clareza e ímpeto.

A Idéia Ilustrada, novembro de 1924

---

4 Provavelmente se trata de referência à revolução paulista e à sul-rio-grandense.

Música

– Durante alguns dias do mês passado apareceu no porta-cartaz do suntuoso Municipal o anúncio de uma série de concertos de Souza Lima. A reputação que o nosso jovem patrício já ganhou na Europa e em São Paulo encheu-nos de uma viva curiosidade de ouvi-lo. Infelizmente, e não sabemos por que motivo, o cartaz foi arrancado e os concertos não tiveram lugar.

Façamos votos para que proximamente tenhamos ocasião de conhecer Souza Lima. A seu respeito vem no último número da revista musical *Ariel*, excelente publicação paulista que honra a cultura brasileira, uma crônica assinada por Mário de Andrade, na qual o ilustre professor do Conservatório de São Paulo tece os mais significativos elogios a Souza Lima, classificando-o como o maior pianista que o Brasil tem.

Juízo que impressiona, vindo, como vem, de um crítico cuja severidade e isenção são bem conhecidas no meio musical paulista.

Mário de Andrade assinala sobretudo a inteligência e universalidade das interpretações de Souza Lima. Tão bem toca Bach como os românticos e os modernos. E executando os românticos reage contra o exagero de sensibilidade, aquele exagero muito dona-mariquinhas, que acabou promovendo um recital Chopin em cada *tournée* de pianista célebre – e todo pianista que desembarcava no cais Mauá era apregoado como "o maior intérprete de Chopin".

Escreveu Mário de Andrade:

> Os *Estudos sinfônicos* foram ritmados estupendamente e executados com uma estilização surpreendente, nova e viril, repito: viril. Suponhamos que se tenha perdido um pouco da poesia que há nas peças

românticas. Antes teríamos de discutir o que é poesia, se é o que está em Homero e Dante, se o que está nos sonetos de Camões e no episódio de Lindóia, se o que está nas choradeiras impulsivas de Lenau ou de Casimiro de Abreu. Há poesia e poesia. Mas dado que os *Estudos sinfônicos* tenham perdido um pouco da sua poesia na edição deles que nos deu Souza Lima, ganharam em compensação uma pureza de estilo, um significado universal e um equilíbrio clássico que jamais tiveram quando executados por dedos... poéticos.

Palavras que nos deixaram água na boca... com uma dorzinha de ver maltratado o grande e nobre Lenau.[1]

— Os concertos têm sido escassos e de fraco interesse. Sente-se que a estação está acabada. O Grêmio Arcangelo Corelli deu uma audição à altura dos créditos que desfruta entre artistas e professores o seu mentor artístico o professor Orlando Frederico, tão cheio de merecimento como de modéstia.

Deu-nos ele uma boa realização da sonata de César Franck.

— A professora dona Mirna Oswald Marchesini, a iniciadora de Maria Antônia, apresentou-nos outra menina que promete bastante, mlle. Honorina Silva.

— Decididamente os brasileiros têm falta de imaginação em matéria de iniciativa. Uma das nossas sociedades musicais deu há pouco um concerto dedicado à escola russa. Logo outra, não querendo ficar atrás, arranjou também o seu programazinho russo. Foi o 13º concerto do Centro Artístico Musical. Ouvimos um trio de Amani, delicioso de banalidade melódica, o *Quarteto em lá maior* de Borodine, executado sem o apuro a que já nos habituou o con-

---

1 O poeta austríaco Nikolaus Lenau (1802-1850) é tema de um poema de Bandeira, "A sereia de Lenau", do livro *Carnaval* (1919); é de Lenau a epígrafe do poema "Toante", do mesmo livro.

junto Orfeu, e finalmente, as únicas partes interessantes, *lieder* de Borodine, Rachmaninoff e Gretchaninov, fraseadas com fino estilo por Frederico Nascimento.

– O ator dramático, senhor Jaime Paraíso, realizou um excelente recital de declamação, dedicado à Liga de Defesa Nacional, ao Centro de Cultura Brasileira e a numerosas outras sociedades, ligas e centros pró e contra a cultura nacional.

Jaime Paraíso disse lindamente o soberbo "Canto Real" de Goulart de Andrade, os versos iluminados de Murilo Araújo, a poesia tão meditativa de Tasso da Silveira, cujo último livro *A alma heróica dos homens* constituiu o sucesso literário do fim do ano, o "Canto de cisne" do grande Pereira da Silva, e enfim a "Exortação à vitória", de Adelino Magalhães, o sisudo organizador da Antologia de Soros marca Freitas Bastos & Spicer, o vesperal Adelino.

A Idéia Ilustrada, Natal de 1924

Música

A senhora Nícia Silva, professora do nosso Instituto Nacional de Música, deu no mês passado uma eloqüente prova de uma competência didática, apresentando ao público um grupo de discípulas do seu curso de canto.

A senhora Nícia Silva foi, se não nos enganamos, aluna do saudoso professor Gillaud e, como cantora, sempre obteve o favor das platéias, quer em nosso país, quer no estrangeiro.

A concorrência que afluiu ao salão do Instituto na noite do concerto, e a maneira por que se exibiram as vozes confiadas à sua experiência, mostraram que a professora não está abaixo da artista, no valor e na popularidade.

Tomaram parte na audição as alunas Nair Benevides, Gilda Abreu, Edith Gonçalves, Edelznith Galvão, Olga Clemente Pinto, Helena Caribé da Rocha, Lalinha Tavares e Branca de Barros.

◆

Entre os poucos recitais desta quadra morta sobressaiu o do distinto violoncelista senhor Newton Pádua.

Grande parte do programa reservado aos compositores nacionais, o que parece indicar que a prata de casa também pode prestar serviços. A verdade é que já temos músicos perfeitamente dignos de ombrear com a estranja. Homero Barreto, talento tão cedo roubado às nossas esperanças e cuja obra está sendo revista por Villa-Lobos, Henrique Oswald, Nepomuceno honram qualquer recital, e Newton Pádua deu-nos a ouvir o *Romance* do primeiro, o *Romance* do segundo, e a *Tarantela* do terceiro.

O público mostrou preferências pela serenata de Otaviano Gonçalves e por um improviso de Assis Republicano, este sobre tema brasileiro, peças essas que foram bisadas.

A bravura da sua técnica mostrou-a o senhor Pádua nos concertos de Goltermann e de Haydn. O artista foi secundado pelo seu acompanhador, o pianista patrício senhor Álvaro Pinto.

◆

Foram os seguintes os resultados dos concursos a prêmio dos alunos dos cursos de piano do Instituto de Música:

Dia 26, concursos de acordo com o regulamento de 1915, isto é, uma medalha de ouro para cada classe.

Inscreveram-se cinco alunas e o júri decidiu não conceder nenhum primeiro prêmio, dando as medalhas de prata às senhorinhas Míriam Accioli Antunes, do curso do professor Henrique Oswald, por unanimidade, e Gilda de Faria Spinola Pinto, aluna do professor Alfredo Bevilacqua, por desempate.

Menção honrosa, por unanimidade, às alunas Elena Stamile, aluna do professor Barroso Neto; Maria do Carmo Nery e Marília Lisboa da Cunha, alunas do professor livre-docente Custódio Góis.

Dia 27, pelo regulamento atual:

Medalhas de ouro — Senhorinhas Araci Navarro de Lima Coutinho, aluna do maestro Henrique Oswald, por unanimidade; Nair Soledade, aluna da senhora Alcina Navarro, por maioria; e Haydée Viana Guimarães, aluna do curso da professora Eugênia Bevilacqua, por desempate.

A aluna Leonor Bridon da Graça, do curso do professor Silva Maia, obteve a medalha de prata, por unanimidade, e o senhor maestro H. Oswald, menção honrosa.

Esses resultados não passaram sem protestos. Sabe-se o que são as assistências desses concursos: o salão divide-se em partidários apaixonados deste ou daquele candidato e nenhum quer se conformar com a derrota dos seus amigos. Esses protestos ecoaram na imprensa, provocando comentários mordazes do conhecido crítico e professor, senhor Oscar Guanabarino. A atitude do crítico do *Jornal do Comércio* em parte é justa. A verdade inteira é que esses concursos do Instituto sempre se caracterizaram por uma facilidade camarada em distribuir os prêmios, que assim perdem toda a alta significação que deveriam ter. Quantos *primeiros prêmios* conhecemos, que nunca passaram de medíocres eternos-aprendizes? A benevolência dos professores é razoável durante o curso, como acoroçoamento a temperamentos fracos ou tímidos, não nos concursos a prêmios, pois aí se trata de uma distinção que terá alcance cá fora e em que se refletirá o prestígio de nossa primeira casa de ensino musical.

◆

A revista paulista *Ariel* divulgou em seu último número que o nosso grande compositor Villa-Lobos se acha empenhado numa obra que, levada a cabo, será de incalculáveis benefícios para o nosso futuro musical. Trata-se de uma vasta compilação folclórica, com harmonização, classificação genérica e estudo crítico da nossa música popular. Seria, quando pronta, o riquíssimo manancial, único onde deveriam beber inspiração os artistas de alma genuinamente brasileira.

Ninguém duvida da força que terá um dia a nossa música. Ora, a riqueza dos ritmos populares são penhor certo da pujança do nosso instinto musical. Até agora, muito cretinamente, considerávamos inferior isso de maxixes, sambas e cateretês. Entretanto de toda a música que se faz entre nós é a que mais interessa os mestres estrangeiros porque nela se encontra aquele caráter diferencial que é tudo nas criações artísticas.

Villa-Lobos lançou por *Ariel* um apelo no sentido de lhe ser enviada qualquer contribuição do nosso *folklore*. Todo o brasileiro que conheça qualquer elemento pouco conhecido de música popular, prestará útil serviço à arte nacional, remetendo-o ao grande compositor patrício.

A Idéia Ilustrada, fevereiro de 1925

Música

A estação musical deste ano começou valentemente.

Os recitalistas acorrem dos estados e do estrangeiro.

Os concertos sucedem-se. Só a Sociedade de Cultura Musical proporcionou aos seus membros três excelentes audições, uma para apresentação das composições classificadas no Concurso Musical Internacional de 1924 e mais duas consagradas ao quarteto paulista que pela primeira vez nos visitava. Infelizmente não me foi possível comparecer ao primeiro concerto. Foram as seguintes as peças laureadas constantes do programa:

Trio para piano, violino e violoncelo:
1º prêmio – *Trio brasileiro* – Oscar Lorenzo Fernandez, brasileiro
2º prêmio – *Trio em sol menor* – E. Guillaume, belga
Menção honrosa – *Trio* – Marie Delmasure, francesa

Composição para violoncelo e piano:
1º prêmio – "Poème dramatique" – Pierre de Breville, francês
2º prêmio – "Elegia" – Oscar Lorenzo Fernandez
Menção honrosa – *Segunda Sonata*, em sol – Alexander Tcherepnine, russo
Idem – "Deuxième Romance" – E. Guillaume
Idem – "Ici-bas" – Lucie Henrion, belga
Idem – "Aria" – Lucie Henrion

Composições para piano:
2º prêmio (único concedido) – "Prelúdio" – Oscar Lorenzo Fernandez

Composições para canto e piano:
1º prêmio — "Canção sertaneja" — Oscar Lorenzo Fernandez
2º prêmio — "As estrelas" — Oscar Lorenzo Fernandez
Menção honrosa — "Noite cheia de estrelas" — Oscar Lorenzo Fernandez

A respeito do *Trio brasileiro* do jovem compositor Oscar Lorenzo Fernandez, dizia o comentário musical do programa:

> criação de imenso valor e que vai marcar época na história da nossa música, pois é o primeiro trabalho de música de câmera feito entre nós com o emprego exclusivo de temas brasileiros, obra que é um ciclo que abrange o Brasil de norte a sul.

Quanto ao quarteto paulista, baste dizer que confirmou a fama de que veio precedido pelos sucessos já obtidos em São Paulo. Valor individual de cada um dos seus componentes, disciplina e coesão de conjunto, tudo concorria para a eficiência da realização artística. O concerto mais interessante, pela novidade do programa, foi o segundo, em que tivemos ocasião de ouvir um quarteto de Villa-Lobos e o célebre "Rispetti e Strambotti" de Malipiero. A apresentação dessas duas admiráveis composições ao lado uma da outra parece que veio conflagrar as rodas musicais, onde cotejos descabidos apoiados em *partis pris* ainda mais descabidos suscitaram discussões e juízos igualmente injustos para os dois campeões modernistas. A verdade é que ambos são geniais e se podem contar entre os cinco ou seis grande nomes da atualidade musical moderna. O quarteto de Villa-Lobos é antigo, o que facilmente se depreende da sua estrutura tradicional, sem o dinamismo, os *loopings*, as elipses mentais modernistas — obra admiravelmente equilibrada e a esse respeito verdadeiramente clássica. Com o quarteto de Malipiero estamos em plena zona revolucionária: nada que lembre sequer de longe os cânones formais mas uma sucessão de movimentos, de uma deliciosa frescura e agilidade de emoções. Esse quarteto é uma maravilha.

Pode-se afirmar que a arte de *madame* Kendall não desapareceu com a morte prematura da ilustre senhora. Nos poucos anos em que ela lecionou aqui no Rio, teve tempo para educar um grupo admirável de vozes, entre as quais realça a de dona Heloísa Bloem Mastrangioli, tão festejada do nosso público. Se como cantora ela já ganhou há muito tempo reputação invejável, como professora acaba de dar o mais eloqüente atestado na apresentação de duas de suas alunas, as senhoritas Celeste Brandão e Lucília Faria, em concerto que teve lugar no salão do Instituto no dia 12 de maio. Ao par da justa impostação, respiração oportuna, convém sobretudo salientar o fino estilo de fraseado com que ambas deram conta de um longo e vário programa próprio a patentear a excelência do ensino que receberam. Mlle. Brandão cantou – suspirou, diríamos melhor – de modo impecável o *lied* "Du bist die Ruh", a "Berceuse" de Gretchaninov e "A flor e a fonte" de Félix de Otero. A mlle. Faria coube um dos números mais belos do programa, "Nebbie" de Respighi, e mais entre outras coisas a "Viola" de Villa-Lobos. A assistência, que enchia todo o salão, manifestou a sua satisfação, fazendo bisar alguns números com aplausos, partilhados também pela senhora Julieta Gomes de Meneses, que ao piano replica sempre aos solistas com um senso tão justo do conjunto.

Registremos também nesta crônica o concerto de violão do nosso Levino Conceição. Levino tem um mecanismo vertiginoso. Raramente se atropela e quando tal lhe sucede, sente-se que foi por traição do tato, desajudado da vista que lhe falta.

A sonoridade é redonda, vibrante, comovente. Como compositor do instrumento, é ótimo nos trechos característicos, o que mostrou no maxixe "Há quem resista?", de fato irresistível, e no romance "Alma apaixonada".

É pena que os violonistas não organizem os seus programas com alguns números de canto. Afinal o violão é por excelência instrumento acompanhador e irmão gêmeo da modinha. Como os concertos de violão ficariam agradáveis, pondo-se de parte as reduções pobríssimas de músicas clássicas e óperas em favor do canto característico da nossa gente! O sucesso seria outro. Haja vista o agrado que causou a modinha intercalada na "Terra caída" de Catulo, cantada pelo autor e deliciosamente acompanhada por Levino.

Não passe sem referência a inauguração do novo grande órgão da Catedral Metropolitana. A cerimônia foi imponente e reuniu no templo uma grande assistência de artistas.

O reverendíssimo frei Pedro Sinzig, a bela figura de franciscano que estamos habituados a ver em todos os concertos, organizou para a solenidade um forte programa, em que se destacaram a fuga e coral de Bach "Do fundo do coração tenho saudades", o adorável "Duo" de Clérambault, o "Allegretto-pastoral" de Capocci, admiravelmente executados por Franceschini, o organista de Santa Efigênia de São Paulo; a "Seqüência" da missa de São Bento pelos beneditinos do Rio e São Paulo; o "Andante" de Vivaldi, com tanta unção rezado pelo violino de Paulina d'Ambrósio e a "Ave Maria" de Oswald, cantada por um coro de senhoras.

A Idéia Ilustrada, junho de 1925

Música

– Quando Vicente Fittipaldi realizou o seu recital de violino em fins de maio passado, já estava composta a nossa crônica para o mês de junho. Apesar disso, dado o mérito invulgar do artista, redigimos depressa uma *coda* que infelizmente se perdeu na redação desta revista. Lembro-me ainda que eu só pusera restrição à maneira por que o senhor Fittipaldi executara a "Chaconne" de Bach. Mas a alva formidável do *Cantor* é tal que dificilmente os violinistas se mantêm à mesma altura do começo ao fim. Ainda não apareceu aqui nenhum que dominasse a obra, cuja unidade assim aparece prejudicada em sua monumental grandeza. Fittipaldi foi como os outros intérpretes – os melhores – feliz aqui, menos feliz ali. Outro número forte do programa era o "Concerto" de d'Ambrosio. Forte para revelar os recursos de um violinista, pois musicalmente é banalíssimo na sua linha melódica. O senhor Fittipaldi teve ocasião de exibir todos os seus dons: bela sonoridade, afinação justíssima, elegância de fraseado, ímpeto. Duas pequenas peças do programa eram da autoria do próprio recitalista – um minueto e uma serenata. O público fez bisá-las, o que diz bem do agrado com que foram ouvidas. Fittipaldi tocou sem monóculo.

– Dias depois outro violinista se revelava ao público, e no mesmo salão do Instituto de Música, na pessoa de Oscar Borgerth Filho. Este acaba de fazer os seus estudos e prepara-se para disputar com Célio Nogueira e mlle. Nogueira da Gama o prêmio de viagem.

À hora em que aparecerem estas linhas já se saberá a quem coube a palma da vitória. Do recital de Borgerth se conclui que ele será no aludido concurso um competidor temível: já tem uma técnica perfeita, é calmo e senhor de si. Bastava para consagrá-lo o apuro e bravura com que executou as cadências de Joachim no *Concerto em ré* de Beethoven.

— Afinal ouvimos Lúcia Branco. O seu concerto no Municipal foi mais um sucesso para a arte paulista. Lúcia Branco é uma pianista da raça das Antonieta Miller: sóbria, severa, empregando toda a sua inteligência em traduzir com fidelidade o pensamento dos mestres. Foi grandiosa no "Coral" de Bach-Busoni e no *Prelúdio, ária e final* de Franck, deliciosamente impressionista na *Suite bergamasque* de Debussy, empolgante no mecanismo lisztiano da "Chasse sauvage".

— Mlle. Xenia Próchorowa, uma jovem pianista russa de vinte anos, veio mostrar a estas longes terras que o bolchevismo continua as belas tradições da cultura musical russa. Mlle. Próchorowa fez os seus estudos no Conservatório de Moscou. A sua arte diz bem do ensino que recebeu. É uma pianista completa. Mais que uma pianista: uma intérprete admirável, em quem só lamentamos a falta de gosto pelos modernos.

— Brailowsky passou... outro "maior intérprete de Chopin"...

— Brailowsky despediu-se no dia 23 do público carioca e do Brasil. O artista vai partir para uma ausência de muitos anos. E a sua despedida foi com um magistral programa, que foi na íntegra o seguinte:

1ª parte — *Sonata*, op. 53 (*Aurora*), Beethoven. Allegro com brio — Molto Adagio — Rondo — Prestissimo

2ª parte — *Quatro baladas*, Chopin. Sol Maior, fá maior, lá bemol e fá menor

3ª parte — "Repique de sinos", Lyapunov; "Scherzo", Borodine; "O rouxinol" (sobre um canto russo), Liszt; "Le Rossignol", de Alabiev; "Dança de gnomos", Liszt; "Rapsódia húngara nº 12", Liszt

— O Lírico vem sendo preferido para a realização de concertos, devido às suas condições admiráveis de acústica ainda agora postas em evidência durante as audições de Brailowsky.

Foi naturalmente por isso que a notável pianista senhora Antonieta Rudge Miller preferiu-o para realizar o seu concerto do dia 30 do corrente.

Os admiradores da boa música vão ter, com a audição da senhora Antonieta, ensejo de assistir a uma grande pianista que pode, sem exagero, figurar ao lado dos grandes concertistas mundiais.

A Idéia Ilustrada, julho de 1925

Música

— A propósito de música, poesia e artes plásticas é comum ouvir falar em forma, técnica, arte como puras realidades físicas e estas palavras aparecem na linguagem de quem assim as emprega como esvaziadas do seu conteúdo espiritual, indispensável ao verdadeiro conceito delas. Existe na forma uma realidade ideal subjetiva que escapa a essa gente. Forma para eles é uma realidade tátil, nada mais. Arte, fabricação. Ouve-se freqüentemente dizer: Fulano tem muita técnica mas não tem sentimento. Esse Fulano, dizemos nós, poderá ter muito mecanismo, mas não terá técnica nenhuma se não tem sentimento. A técnica, como a arte, é essencialmente expressiva.

Essas considerações nos acudiram ao escutar Antonieta Rudge Miller, a genial pianista, que há sete anos não tocava em público e reapareceu finalmente no dia 2 de agosto num recital que teve lugar no velho casarão do Lírico.

Antonieta Rudge Miller é o exemplo acabado da técnica tomada não em seu conceito grosseiramente materialista, mas entendida à luz daquela realidade subjetiva de que falamos atrás. É uma arte que parece despojar-se da matéria que a condiciona. Nietzsche disse uma vez que no verdadeiro amor a alma envolve o corpo. Assim também na arte de Antonieta Rudge Miller a alma é que parece envolver a substância musical. Não há uma só nota morta no jogo pianístico daquela intérprete finamente vibrante de vida requintada. Grande técnica, em verdade, pelo que há nela de humanidade quintessenciada e profunda.

O programa do recital compreendia uma grande variedade de formas e estilos musicais, desde os clássicos até os modernistas.

A primeira parte abriu com um "Prelúdio e fuga" de Bach e fechou com a "Chaconne" de Bach-Busoni.

Como ela tocou a "Chaconne"! Pela primeira vez em terras cariocas se nos revelou a unidade daquela obra monumental, reduzida por intérpretes medíocres à condição de uma espécie de rapsódia. Antonieta acentuou bem o caráter de variação sobre um tema de três tempos, de sorte que mesmo debaixo dos arabescos mais especiosos a linha melódica transparecia em toda a sua pureza.

A segunda parte foi consagrada a Chopin. Um Chopin sem pieguice, embora de incomparável ternura.

Na terceira parte, modernos e modernistas. O moderno era Ravel, cujos "Jeux d'eau" encontraram em Antonieta uma intérprete insuperável. O público sentiu-o e fez bisar aquela jóia de composição e de interpretação. O modernista era o nosso Villa-Lobos, com a "Alegria na horta", em que aparece um motivo português musicalmente aproveitado com aquela veia que refoge sempre à vulgaridade, tão querida dos ouvidos preguiçosos.

Antonieta Rudge Miller recebeu do público manifestações de aplauso e carinho como raramente temos presenciado em nossos salões de concerto. Aos pedidos de *mais* (digamos *mais* em vez de *bis*, pois o *bis* é repetição), ela teve de dar um verdadeiro concerto extra de seis peças. As palmas ainda continuaram na rua, à saída da artista, que foi cercada e festejada por um grupo numeroso de artistas, amigos e simples admiradores.

– A senhorita Maria do Carmo Monteiro, que deu um recital de piano no Teatro Municipal, nos últimos dias do mês passado, é laureada por dois conservatórios – o nosso Instituto de Música e o Conservatório de Paris, onde foi aluna de Philipp. É um talento que promete muito, pois tem temperamento, força e brilho. Por enquanto o ímpeto ainda lhe empana a clareza do fraseado. É uma personalidade a amadurecer.

– Amadurecido e saborosamente amadurecido está o cantor senhor Nascimento Filho, cujo recital, também no Municipal, foi um verdadeiro regalo para a assistência. Plasticidade surpreendente! O senhor Nascimento Filho, que neste momento se prepara para uma temporada de ópera, resolve dar um recital exclusivamente composto de *lieder* e ei-lo dizendo deliciosamente o "Madrigal" do Châtelain de Concy e descendo as idades através de Monteverdi, Caldara, Méhul, Schubert e Schumann, Borodine, etc., até o moderno Louis Aubert, dificilíssimo como todos esses modernos *qui se fichent pas mal*[1] das dificuldades do intérprete.

Nascimento cantou admiravelmente.

– A senhorita Helena de Magalhães Castro realizou no Teatro Fênix um recital misto de declamação e canto ao violão. Helena de Magalhães Castro recita bem. Numa época em que as *dictrizes* (parece que esse neologismo pernóstico foi especialmente inventado para essa gente) deram de imitar desastradamente a senhora Berta Singerman, é um gozo ouvir essa menina dizer com simplicidade, sem tremeliques de voz nem demasias de gestos, os versos dos nossos poetas. Helena, cultivando essa naturalidade, que ela sim, é emocionante, apurando aquela sobriedade de meios que já a caracteriza, pode matar na cabeça todos esses gênios dalilais[2] e paulificantes.

Na modinha brasileira Helena não tem rival. Essa graça nacional que chamamos dengue, adquiriu credenciais artísticas pela voz dessa menina que assim, inconscientemente, se revelou uma criadora, pois até hoje nada ouvíramos de comparável à sensação-Brasil que ela nos dá cantando a "Cabocla bonita" de Catulo.

A Idéia Ilustrada, setembro de 1925

---

1 Em francês, "que menosprezam, que não se importam com".

2 De "dalila", acompanhamento musical para declamação de poemas.

Música

O concerto de peças para pequeno conjunto que o compositor Villa-Lobos realizou em setembro passado no salão do Instituto Nacional de Música despertou um interesse como raramente se observa neste mangue estagnado em que vivemos.

A música de Villa-Lobos interessa – eis uma excelência que é essencial. Depois discuta-se. Exalte-se. Meta-se o pau. Como quiserem. Caceteado é que ninguém fica. Ou tem raiva ou gosta.

O segredo de tal interesse está na personalidade do compositor que é forte, inesperada, poderosamente versátil.

O senhor Coelho Neto, que fez a apologia do músico antes de começar a segunda parte do programa, citou as palavras ditas por Villa-Lobos em Buenos Aires ao crítico musical da revista *Nosotros*. Villa-Lobos afirmou que não era músico; apenas se servia dos sons, como um pintor se serve das cores e o escultor dos volumes para exprimir os seus pensamentos e emoções. Isso, com licença, é tapeação. Villa-Lobos para mim é músico e nada mais. Pensamento? Nunca vi mentalidade mais confusa. Temperamento? Ouvido? Isso sim. A música de Villa-Lobos é uma festa de timbres, uma golfada de ritmos, onde os motivos selvagens constituem o substrato de humanidade profunda que sustenta o edifício sonoro. Villa-Lobos pensa que é ele quem acrescenta a profundeza humana daqueles motivos folclóricos. Na realidade ele não sente a grandeza do *folklore*. Toma-o como material que carece de sublimação. Villa-Lobos é impotente para sair de dentro de Villa-Lobos. Todo o mundo conhece o epigrama irônico e sentimental de Ronald de Carvalho: "A verdade é talvez um momento feliz: o teu momento mais feliz".

Quem conhece a obra do poeta sabe como isso deve ser dito. Villa-Lobos conhece pessoalmente Ronald. Pois musicou esses dois versos à maneira de ópera lírica! É estupendo. É interessantíssimo. Mas não tem nem um tiquinho de Ronald ali dentro. É um contra-senso.

Quem vê, pensa que eu não gosto de Villa-Lobos. Não é verdade. Sou dos que acreditam sinceramente na genialidade do nosso patrício. E se Oswald de Andrade vier aqui com história eu boto ele na cadeia...

A música de Villa-Lobos é dificílima e exige dotes excepcionais nos seus intérpretes. Dona Julieta Teles de Meneses e mlle. Paulina d'Ambrosio tinham a seu cargo uma das partes mais perigosas do programa: uma coleção de três peças para canto e violino, nas quais o compositor parece aportado em desafiar o sarcasmo público. Não há como louvar a nobre coragem com que mme. Teles de Meneses enfrentou aquele passo difícil. Saiu-se lindamente. O público entusiasmou-se e fez bisar as silabas indígenas e as palavras sem nexo.

Nascimento Filho cantou com acompanhamento de pequeno conjunto o epigrama "Verdade" que foi bisado, o "Epigrama", de psicologia interessantíssima na parte instrumental, "Tristeza" e "Tempos depois", onde se encontra um Villa meigo, coisa que não é muito comum.

O "Choro nº 2" para clarineta e flauta foi dialogado um tanto lerdamente, nos pareceu. O "Setimino" (Choro nº 7), mau grado alguns senões de execução, constituiu um número delicioso. Compreende-se que muita gente tenha rido ou vociferado quando mme. Teles de Meneses disparou a gritar bahu'! bahu'! na peça de que falamos atrás: negar, porém, a beleza, a emoção, a riqueza de timbres e ritmos do "Setimino", tão claro, tão equilibrado, de tamanha frescura e novidade de inspiração, é dar ou testemunho de má-fé ou de inteira inaptidão musical, ainda mesmo que o inepto tenha o curso completo de harmonia, contraponto e fuga do Instituto.

O mesmo se poderia dizer do "Carnaval das crianças brasileiras" em que dona Lucília Villa-Lobos estava à vontade para traduzir o pensamento de seu esposo, ela que primeiro e melhor que ninguém sentiu a grandeza daquela música, compreendendo-a em suas menores intenções.

◆

A Sociedade de Cultura Musical ofereceu aos seus sócios mais duas audições, sobre as quais passaremos ligeiro, pois não foram muito felizes. Sobretudo a de uma celebridade estrangeira que foi um desapontamento...

◆

... Tanto mais que na véspera uma senhora brasileira encantara a assistência com os primores da sua arte, herdeira da arte da inesquecível cantora que foi mme. Kendall. Referimo-nos à senhora Heloísa Bloem Mastrangioli. A sua voz de timbre belíssimo profundamente emocionante, a ciência com que a conduz, a inteligência com que fraseia, articulando sempre com absoluta nitidez de modo a se fazer ouvir até ao fundo do salão, palavra por palavra, tanto em português como em francês, espanhol, italiano e inglês, tão a gosto no *lied* como no trecho da *Cenerentola* em que se revelou apta também para a cena lírica, todos esses predicados que justificam a sua crescente reputação como uma das nossas mais raras cantoras, obtiveram um vivo sucesso no seu último recital. Em "Le Tilleul" de Schubert, em "Ton regard" e "Fanfare" de

Schumann (esta última bisada), em "Messe de minuit" de Fontenailles (bisada), em "La Rose et le rossignol" de Korsakov (bisada: como vêem o público infestou quase todo o programa), no "El paño moruno" de Falla, por que enumerar? em todos os números a ilustre cantora foi aplaudidíssima e ao fim do programa ainda teve que dar extras.

◆

O senhor Marcelo Tupinambá, que como compositor de música típica popular ganhou o amor de todos os brasileiros, para os quais é ele um motivo de grande orgulho, está criando agora um repertório de canções brasileiras estilizadas que se ouvem com agrado, mas estão longe de despertar o mesmo interesse dos seus sambas e dos seus choros. Foi a impressão que nos ficou do seu recital de 9 de outubro. A música de "Versos escritos na areia" e "Trovas" foi a que mais nos agradou, porque nelas ainda encontramos o velho Tupinambá que tanto queremos e admiramos.

◆

Acabada a temporada lírica, voltou a atividade à benemérita Sociedade de Concertos Sinfônicos que já no dia 12 deste mês realizou no Municipal uma boa audição, cujo programa constava da *Primeira sinfonia* de Beethoven, "Minueto para cordas", do maestro Francisco Braga, "Barcarola-noturno" do senhor Sílvio Frois, "Sarabanda" e "Serenata" do maestro Henrique Oswald e finalmente a *ouverture* do *Guarani*. Infelizmente o público era escasso. Mas as poucas pessoas que lá estavam deram por bem empregado o seu tempo. O maestro Braga regeu com a habitual correção a sinfonia; foi por sua vez muito festejado pelo seu "Minueto"; imprimiu grande delicadeza à "Serenata" de Oswald, proporcionado o bis reclamado; e com toda a orquestra, na qual um outro músico sorria, despertou mais uma vez o nosso entusiasmo pela *malagueta portuguesa, carregada de café! Café, café!* E o resultado é que tivemos de pedir bis.[1]

A Idéia Ilustrada, outubro de 1925

---

1 Este trecho provavelmente está truncado na revista.

Música

Quando na tarde de 24 de outubro me encaminhei para o Instituto de Música, onde ia assistir ao espetáculo de danças organizado pela professora Klara Korte, que apresentava pela primeira vez em público as suas alunas, estava bem longe de supor que passaria três horas de tão movido enlevo artístico, pois de ordinário o que se vê em matéria de bailados é apenas... ridículo. Haja vista o que presenciamos na última temporada lírica...

Pois bem: aquelas meninas, que de um ano para cá, tão-somente, começaram a ser iniciadas na arte de despertar emoções pela dinâmica das expressões plásticas, conseguiram o que não consegue muita pseudo-artista impingida por empresários atribulados de *deficits*. Com a graça natural de meninas — e de meninas brasileiras, um caso sério! — e as excelentes lições que, estava-se vendo, receberam de *miss* Klara Korte, elas proporcionaram a um auditório que encheu o vasto salão do Instituto um delicioso espetáculo de ritmos.

O programa constava de vinte *divertissements* ideados pela mestra que só tomou parte na dança russa *gopak*, bailada por ela com alma, nervos e músculos de verdadeira russa que é. Secundou-a nesse número a senhorita Maria Elisa Modesto Guimarães, um *moujik* bonitinho e limpinho, como, sem dúvida, não houve nunca nenhum em todas as Rússias, nem antes nem depois dos sovietes.

Mlle. Maria Elisa Modesto Guimarães foi uma revelação. Dançou admiravelmente uma "Dança oriental" e o "Arlequim", mostrando-se a vontade quer no que respeita à eurritmia dos gestos como ao jogo fisionômico. É uma verdadeira vocação para este gênero de canções características.

Mas havia outros gêneros no programa, pois *miss* Klara Korte adota um inteligente ecletismo. Mlle. Angela Ramos era a Isadora Duncan do elenco aprendiz. A dança da "Amazona", tão difícil tecnicamente, e a prece do conjunto da "Oração grega" foram realizadas por ela com muito sentimento.

Falamos acima na graça das brasileiras. Todavia, não são brasileiras as senhoritas Nara Haynes e Anny Hogg, que alcançaram vivo e merecido sucesso na pantomima-bailado "O escravo e o senhor", um dos melhor números.

Mlle. Ruth Gama e Silva, numa dança de Grieg; Helena Castro Silva, em "Mattinata"; Gilda Rocha Miranda, na "Dança do pom-pom"; Gilda Faria, na "Gavotte"; Elizabeth Mercio de Castro, em "Poupée"; Evely Maroin, na "Canção do berço", encantaram todos os olhos.

Muito sucesso obtiveram também os conjuntos do "Minueto" de Boccherini, os "Palhaços" (que palhacinho estupendo estava mlle. Gilda Rocha Miranda!) e a "Dança húngara", de Brahms.

Pode-se dizer que o Rio possui atualmente na pessoa de *miss* Klara Korte uma excelente professora de dança e ginástica rítmica. — Tivemos no dia 25 do mês passado e no dia 8 do corrente duas belas audições da Sociedade de Cultura Musical, a primeira em homenagem ao professor Oscar Lorenzo Fernandez, atual diretor artístico interino da Sociedade, a outra dedicada exclusivamente a Schumann.

Lorenzo Fernandez é já um nome consagrado em nosso meio musical. Depois de um curso brilhante no nosso Instituto de Música, onde aprendeu com aquele grande mestre que foi Frederico Nascimento, veio afirmando nos concertos e concursos onde apareciam as suas obras um talento pouco vulgar e ardoroso entusiasmo pela sua arte, trabalhando no sentido de orientá-la entre nós para os assuntos e os motivos da terra. A única restrição que lhe teríamos a fazer é a de ainda manter-se adstrito às estruturas clássicas incompatíveis com a nossa substância musical. Achamos um hibridismo compor motivos folclóricos nossos em forma de sonata. Uma matéria musical nova quer novas formas.

A senhorita Nair Gusmão Lobo foi muito aplaudida na execução das peças de piano (*Visões infantis*, "Rêverie", *Segunda miniatura* e *Prelúdios do crepúsculo*); o quarteto da Sociedade, ainda pouco ensaiado, executou as páginas despretensiosas e agradáveis das *Historietas maravilhosas*; e o senhor Adacto Filho cantou, com acompanhamento de quarteto três *Canções brasileiras* e a "Canção sertaneja", na qual a flauta se juntou às cordas, produzindo delicioso efeito.

O concerto terminou pelo *Trio brasileiro*.

No concerto consagrado a Schumann tivemos a fortuna de ouvir o fino, o raro e avaro pianista senhor Charles Lachmund nos doze *Papillons*, no *Noturno*, op. 23, nos *Intermezzi*, op. 4, nº 3 e 6, e na "Elevação".

Mlle. Marieta Bezerra cantou com o brilho e a expressão de sempre alguns números dos *Amores do poeta*, tendo que bisar o "J'ai pardonné".

Mme. Gomes de Meneses acompanhou com a tampa do piano abaixada, o que está irritando cada vez mais o doutor Imbassahy... Mas mme. Gomes de Meneses sabe o que faz.

— Registamos mais um concerto ajantarado da Sociedade de Concertos Sinfônicos. Havia pouca gente, embora a audição fosse boa, como costuma acontecer quando a regência é do velho maestro Francisco Braga. Mas a hora! Uma hora da tarde! Domingo... Digestão pesada... Um vatapá eventual... Não há forças para Mozart!

— Dulce Oiticica é pequetitinha assim, ingênua e linda como um ritmo curto de verso livre, do verdadeiro verso livre, que seu pai poeta detesta porque não há meio de se fazer regrinhas para ele (que bom!).

Dulce vai dar uma pianista valente. Tem mecanismo preciso, expressividade, calma e memória. O seu concerto foi um sucesso. Imaginem: a filhinha do meu querido José Oiticica ainda não teve idade para recitar “Os meus oito anos”!

A Idéia Ilustrada, novembro de 1925

Música

A Sociedade de Concertos Sinfônicos realizou no mês passado mais duas boas audições. A do dia 15 quase não teve concorrência, sem dúvida devido à hora, inteiramente imprópria para os nossos hábitos. É inútil alegar que na Europa etc. Europa é Europa, e no Rio, em um domingo quente de rachar, o que se quer depois do ajantarado é arejar e não manter-se numa estufa, para ouvir o quê, meu Deus? a protofonia de *Salvador Rosa* e o *Ave Libertas!*. O presidente da Sociedade explicou a um crítico que a hora não podia ser outra visto que os músicos, a partir das três horas, tinham que tocar em teatros e cinemas. Era o caso então de não realizar os concertos aos domingos, continuando a dá-los, como de costume, nos dias úteis às quatro e meia.

O concerto do dia 15 esteve, aliás, muito bom e o melhor número foi o Torneio dos Bardos do *Tannhäuser*, cujo solo ficou a cargo do senhor Corbiniano Vilaça.

Foi com muita satisfação que o ouvimos, pois guardáramos uma impressão péssima de uma feita que ele cantou na Pro Arte uma das partes da *Paixão segundo São Mateus*. (Por falar nisso, que fim levou a Pro Arte tão valentemente começada?) Com certeza alguma indisposição física impedira o simpático barítono de dar a medida dos seus méritos que, vimos no concerto do dia 15, são reais e grandes. O senhor Corbiniano Vilaça é um fino cantor e sabe tirar todo o partido da sua voz de timbre seguro e agradável.

O concerto do dia 28 era o centésimo da Sociedade, para comemoração do que foi oferecida ao maestro Braga uma linda medalha trabalhada pelo escultor Landucci, que no fundo do seu jardim da rua d. Luísa está criando uma porção de coisas admiráveis. Além da *Oitava sinfonia* de Beethoven, deram-nos uma romança, sem grande interesse, do maestro Braga ("Oh! Se te amei"), "A morte de Isolda", muito bem regida, a *ouverture* de *Tannhäuser* e, em primeira audição, o *Capricho espanhol* de Rimsky-Korsakov. Korsakov viu a Espanha, como todo o mundo a tem visto — uma voluptuosa festa de cores e de ritmos, com castanholas, pandeiros e *salero*. A suíte é viva, alegre e cheia daquelas surpresas que sabem introduzir a cada momento a veia e a ciência orquestrais do grande mestre russo. Agradou muito e é de esperar que nos futuros concertos volte a figurar nos programas.

Mais de uma vez nos temos referido ao jovem violinista brasileiro senhor Oscar Borgerth. O seu concerto de 21 do mês passado confirma todos os nossos juízos anteriores: é já um concertista consumado, embora saído há tão pouco das classes do Instituto. O seu mecanismo é preciso e seguro, mesmo nas passagens mais encrencadas e rápidas, e a mim me parece que lhe fazem injustiça quando lhe increpam a falta de sentimento. O senhor Oscar Borgerth parte breve para a Europa. Lá a audição dos maiores mestres acabará de amadurecer-lhe o talento, já tão de vez.

Foi uma data memorável na história da música no Rio essa de 22 de novembro de 1925. Pela primeira vez, creio, cantou-se "em português" um grande oratório, e a iniciativa deste importante acontecimento coube ao venerando frei Pedro Sinzig, o franciscano que não perde ocasião de adorar a Deus pela música. A adoração do dia 22, que se repetiu ainda com mais completo êxito uma semana depois, era mais direta, pois não só se tratava do Oratório da *Criação* de Haydn, uma obra monumental, divulgadíssima na Europa, como foi o próprio frei Pedro o regente, cheio de solicitude e unção. O coro de cem vozes era formado pelas sociedades Arcangelo Corelli, Frauenchor, Lira, Maennerchor, Schuetz Chorvereinigung e alunos de vários dos nossos melhores professores de canto. Dos solistas o único que se desempenhou de forma aceitável foi a senhora Schrader; aos outros dois, baixo e tenor, não faltou boa vontade e desejo de acertar, mas as vozes é que não estão à altura daquela obra grandiosa, e isso empanou o brilho da execução. Apesar de tudo na sétima parte o dueto de Adão e Eva impressionou profundamente a assistência que — louvado Deus! — era compacta e saudou com grande satisfação e respeito a figura benemérita de frei Sinzig.

A Idéia Ilustrada, dezembro de 1925

Ravel no Municipal

Jacques Rivière disse, a propósito da *Rapsódia espanhola*, que a virtude expressiva da música de Ravel estava na sua maneira de ser uma atmosfera em que tudo se evapora. Eu preferia acabar: em que tudo se transmuta. Assim, na comédia lírica da *Hora espanhola* as personagens humanas são faceciosamente reduzidas a verdadeiros bonecos de mamulengo. E não é realmente isso o arrieiro que leva todo o tempo a carregar aqueles baitas relógios catalães de lá pra cá, de cá para lá? e a esposa do relojoeiro que, descorçoada de dois amantes ineficientes, se satisfaz afinal com o arrieiro? Títeres também o bacharel, o gordo banqueiro e o relojoeiro toledano. Em compensação toda a maquinaria da oficina de Torquemada como que se humaniza ao toque da varinha de condão que é a música de Ravel, e há ternura nas pancadas das horas, no canto dos cucos, na descarga dos despertadores, em todos os ruídos de molas e balancins que criam a ambiência meditativa de uma casa de relógios. E a face mais cativante da ópera é precisamente esta, desde o prelúdio onde, apoiado em uma série de acordes perfeitos, se desenrola uma sucessão de efeitos curiosos de timbres, evocando aquela atmosfera a um tempo sossegada e alerta.

Não seria de esperar que a *Hora espanhola* agradasse ao nosso público numa primeira audição. Ravel é um temperamento aristocrático e esquivo, um desses artistas que não se entregam nunca e cuja arte dir-se-ia uma perpétua vigilância. A sua prosódia musical apenas sublinha as inflexões verbais. A própria prosódia verbal de Ravel é, segundo o depoimento de amigos, peculiaríssima. Observe-se, por exemplo, a inflexão do arrieiro quando diz, ao soerguer o relógio onde se ocultara o bacharel: "*C'est seulement que l'on dirait que ça ballotte...*".[1] É preciso muita atenção pra seguir a declamação lírica e o comentário orquestral. A música esfuzia ou interrompe-se bruscamente, sempre irônica, ali, arremedando um *leitmotiv* da *Tetralogia*, aqui parodiando a velha valsa "Amoureuse"... Em suma — uma trama apertada de intenções e efeitos que escapam inteiramente ao ouvinte desprevenido.

O que sucedeu é que uma parte do público, felizmente reduzida, impacientou-se e rompeu a patear, justamente no começo do quinteto final, espécie de vocalise a cinco vozes, delicioso de graça e musicalidade. A maioria da assistência, porém, reagiu, aclamando a ópera e os seus intérpretes, que eram mme. Yvonne Gall e os senhores Crabbé, Huberdean, Ovido e Girardi. Verdade é que muita gente aplaudia por *snobismo*; outros apenas em consideração aos intérpretes: uma mocinha a meu lado dizia, irritada com a vaia: "Os cantores não têm culpa que a ópera não preste!".

Os que patearam fizeram que nem uns pobres homens que escrevem as críticas musicais de certa imprensa: trataram Ravel como um futurista aparecido à última hora pra tapear a gente. Ora, *L'Heure espagnole*, composta em 1907, é hoje considerada uma obra-prima e como tal aclamada em toda a Europa. Podem gostar que é consagrado...

Revista do Brasil, 15 de setembro de 1926

---

1 Em francês, "mas diríamos que isso sacode".

Concerto Germana Bittencourt

Mlle. Germana Bittencourt realiza no próximo dia 7 de outubro, às quatro e meia, no Casino do Passeio Público, um recital que promete ser interessantíssimo, não só pelos dotes pessoais da cantora que ela é, como pela escolha do programa, todo ele consagrado à música brasileira. Assim é que ouviremos duas harmonizações de temas índios: "Canindé-iune sabá", fusão de dois temas indígenas colhidos por Jean de Léry no ano de 1556, e "Teiru", tema pareci fonogramado pelo sábio Roquette-Pinto em 1912, ambas melodias formidáveis de melancolia bárbara. Vem depois a música negra representada por dois temas religiosos de macumba: o já famoso "Macumbebê" e "Papai Curumiassu".

A seguir "Jangada" de Nepomuceno e "Aos sinos" de H. Oswald. As duas melhores coisas de Francisco Braga para canto: "Virgens mortas" e o delicioso "Gavião de penacho". A segunda parte é toda do grande Villa-Lobos, de quem ouviremos em primeira audição a série das *Serestas*, nove melodias sobre versos dos nossos poetas Ronald,[1] Álvaro Moreyra, Ribeiro Couto, Carlos Drummond, Dante Milano, Guilherme de Almeida e Manuel Bandeira. Estas *Serestas* vão revelar um novo aspecto da personalidade genial de Villa-Lobos, embevecendo a gente pela simplicidade e ternura brasileira da melodia, ele que já surpreendera o difícil Boris de Schloezer pela riqueza espantosa de ritmos e combinações de timbres.

Pela primeira vez aparece num programa o nome de Jaime Ovalle, figura tão conhecida e tão querida em nosso meio musical.

---

1 Ronald de Carvalho.

Dele ouviremos duas melodias sobre versos de Olegário Mariano: "Zé Reimundo" e "Caboclinho".

Fecha o concerto Luciano Gallet com três harmonizações de "Tutu marambá", do "Bambalelê" e da modinha carioca "Foi numa noite calmosa"... Uma delícia, sobretudo esta última, capaz de ressuscitar mesmo num dia de chuva o luar assassinado pelos futuristas.

Em suma — um concerto em que haverá dezenove números de música brasileira em primeira audição! Mme. Villa-Lobos prestará concurso a mlle. Germana Bittencourt, acompanhando as peças de seu esposo.

Revista do Brasil, 30 de setembro de 1926

Crônica da quinzena

O concerto de despedida do Quarteto de Londres teve a colaboração da grande pianista dona Antonieta Rudge Miller no *Quinteto em fá menor* de César Franck e no *Quinteto*, op. 44 de Schumann. O quinteto de Franck tem um defeito: faz saudades da *Sonata para violino*. A memória reconhece nele certos fragmentos temáticos da sonata, e o resultado é que a gente desejaria estar ouvindo a sonata e não o quinteto. O conjunto aliás não inspirava a absoluta segurança a que nos habituara o quarteto. A execução do quinteto de Schumann foi bem superior, sobretudo no andante e no *scherzo*. Dona Antonieta Miller recebeu do público uma ovação calorosa, e tão insistente que para satisfazer a saudade da platéia teve de tocar três peças — aperitivo do seu próximo recital naquele mesmo Teatro Lírico.

◆

A réplica nacional do *Bataclã*, o *Rataplã* está na sua segunda revista, que se intitula *Elas*, e é da parceria Abadie Faria Rosa e Luís de Barros. Tem o que o nosso público requer do gênero: vivacidade, nudezas, luxo. Os cenários e costumes de Luís de Barros demonstram a elegância e riqueza de fantasia do artista. A destacar o cenário de abertura e o do bailado de Salomé. Dos intérpretes sobressaem Araci Cortes e Elza Gomes pelo ar verdadeiramente revista com que representam: porque é preciso representar uma revista como o senhor Abadie as escreve: sem dar muita importância àquilo. É delicioso ver Araci fazer de francesa, de chinesa, de holandesa (foi no Trololó), sem tomar nada disso ao trágico, como, por exemplo, faz o senhor Barreira no espanhol da cortina *O querido das mulheres*.

Revista do Brasil, 30 de outubro de 1926

O idioma nacional

Antenor Nascentes. *O idioma nacional*. Rio, 1926.

O senhor Antenor Nascentes é um nome feito no magistério, desde a sua tese de concurso à cadeira de espanhol do Colégio Pedro II. Versava ela sobre um ensaio de fonética diferencial luso-castelhana e os elementos gregos encontrados no espanhol. Foi isso em 1919. Depois, entre outros trabalhos menores, deu-nos ele uma importante contribuição à dialetologia no seu livrinho acerca d'*O linguajar carioca em 1922*. Agora, tendo passado a reger a cadeira de português do mesmo colégio, iniciou um novo escrito, que abrangerá cinco volumes, e constituirá, a julgar por este primeiro, um utilíssimo e seguro depositário de fatos concretos da nossa linguagem. As pequenas dificuldades de flexões nominais e verbais, em que são tão omissos o comum dos compêndios, estão aqui quase exaustivamente destrinçadas. O senhor Antenor Nascentes declara em prefácio querer respeitar as legítimas tendências da língua portuguesa no Brasil, por entender "que todas as modalidades fonéticas, semânticas e sintáticas, correntes no Brasil e *corretas*, devem ser preferidas pois representam o genuíno modo de falar do nosso povo". Nos alegramos de ver tais palavras em boca de tal prestígio lingüístico.

Revista do Brasil, 15 de novembro de 1926

Vocabulário gaúcho

Roque Callage. *Vocabulário gaúcho*. Livraria do Globo, Porto Alegre, 1927.

Valiosíssima contribuição para a nossa dialetologia. Mais de 2 mil termos usados no linguajar rio-grandense, com a vantagem de muitas vezes se esclarecer o sentido da palavra com citas de literatura regionalista. Se em todos os estados algum estudioso procedesse à mesma tarefa, teríamos em breve a possibilidade de organizar a síntese do léxico brasileirista, onde há tanta riqueza de expressão. Saber-se-ia o que é propriamente regional, e depois, uma vez registrados todos esses regionalismos, a literatura se encarregaria de os desregionalizar, estendendo-os a todo o país.

Revista do Brasil, 31 de janeiro de 1927

Amar, verbo intransitivo

Mário de Andrade, o grande poeta paulista, acaba de dar o seu primeiro romance, intitulado *Amar, verbo intransitivo*, romance que ele ironicamente inculca de idílio imitado de *Paulo e Virgínia*, mas que na realidade é obra da mais forte e peculiar originalidade, obra macanuda, que possui a gente, como o *Dédalo* de Joyce, cuja comparação se impõe. Não que tenha entre as duas nenhum ponto de contato, senão este: ambas são profundamente nacionais — brasileira, gostosissimamente brasileira a de Mário; irlandesa a do outro; todas duas, porém, revolvendo no leitor a mais reflexiva, a mais comovida humanidade, e portanto — obras universais.

Tive a fortuna de ouvir Mário ler o seu romance em casa de Ronald de Carvalho. Mário é senhor absoluto das inflexões: lê de maneira admirável. Enfeitiça. Pois encontrando aqui o romance impresso adquiri-o, e confesso que gozei ainda mais com a sua leitura, pelas múltiplas perspectivas que, como a de espelhos defrontantes, se escancaram de súbito na prosa vai-não-vai, pensa-que-pensa de Mário, prosa que não se nos depara feita, mas como que se faz à vista da gente. Prosa moderníssima e todavia tão tradicional que muitas vezes lembra o sabor de vagaroso cavaco dos clássicos portugueses, a sarcástica hesitação de Machado de Assis (oh! mas um Machado sensual, crente, ortodoxamente católico), os românticos e mais lumes verbais da língua.

A língua! É preciso prevenir o público destes nortes da tentativa nobilíssima de Mário. A linguagem do romance está toda errada. Errada no sentido portuga da gramática que aprendemos em meninos do ponto de vista brasileiro, porém, ela é que está certa, a de todos os outros livros é que está errada. Mário se impõe à sistematização dos nossos modismos. Emprega com denodo simples prosódia e sintaxe correntes na linguagem despretensiosa de todos os brasileiros bem-educados. Estamos procedendo assim muitos poetas e escritores do sul. Procedo eu. Prudente de Morais, neto, honesto como o pai e o avô, Sérgio Buarque de Holanda, Carlos Drummond de Andrade, mineiro poetão, João Alphonsus, poetão e prosadorão também, filho do saudoso Alphonsus de Guimaraens, e alguns outros, mandaram às urtigas o preconceito besta do purismo português. Viva o falar gostoso, arrastado e molenga destes carões morenos do Brasil! Podem nos desprezar à vontade: sabemos fazer também "Quintilhas de frei Antão". É só pedir por boca. Não insistirei sobre isso. Quis só avisar.

O enredo do idílio? — A iniciação sexual de um rapazote de quinze anos por uma professora alemã. Professora de quê? Sim, de alemão. Só de alemão, não, senhor. Sobretudo de amor. Perfeitamente. Contratada para isso pelo pai do pequeno. Oito contos de réis, fora as mensalidades. Não digo mais nada. Apenas saliento ainda as deliciosas páginas de psicologia infantil, que enchem o livro. Há também as de psicologia das raças. Mas os povos não são também crianças?

Belém, 19 de fevereiro de 1927

A Semana, Belém, 23 de março de 1927

De música

Entre os nomes de artistas que, no nosso meio, gozam do amável prestígio da popularidade, J. Otaviano é um dos que mais se evidenciam.

Personalidade curiosa, a quem a natureza concedeu a generosa graça de um talento não vulgar, J. Otaviano, no terreno da música, tem conseguido manter-se sempre numa constante evidência, que se manifesta sob aspectos os mais variados: professor, conferencista, pedagogo, diretor artístico, compositor e pianista, ele é, sem dúvida, o artista que, aqui, mais freqüentemente enfrenta o público.

Dessa forma, vai ele realizando a sua finalidade, porque, como tive oportunidade de dizer, falando sobre a sua personalidade artística, na noite que lhe foi consagrada pela Rádio Sociedade, J. Otaviano não é criatura que tenha nascido para passar despercebido ou anônimo. Ao contrário, toda a sua vida vem sendo uma trepidação constante, mercê, antes de tudo, do seu temperamento desinquieto, que lhe não permite repousos prolongados.

J. Otaviano tem dado provas disso, desde os seus tempos de aluno. E se, de vez em quando, o seu nome se conserva afastado do cartaz, é porque ele se prepara para aparecer de novo, pondo em prática novos planos e iniciativas.

Presentemente, ele surge como pianista, quando ainda ecoava a linda homenagem que a Rádio Sociedade prestara ao seu talento de compositor. E talvez não haja exagero em afirmar que nunca J. Otaviano me pareceu tão seguro da sua técnica e tão senhor da sua personalidade. É que o seu recital foi precedido de um longo período de meditação e de estudo, resultando daí que o pianista se apresentou aparelhado, não só para vencer as dificuldades técnicas

PARA TODOS...
ANNO IX — NUM. 464
5 NOVEMBRO 1927

mais transcendentes, como para controlar os impulsos do seu próprio temperamento. Ele deu, por isso, uma excelente execução do seu programa, primorosamente aberto com a "Melodia", de Gluck-Sgambatti, e encerrado brilhantemente com a "Rapsódia nº 13", de Liszt. Destacarei, ainda, a bela interpretação dada à *Sonata Aurora*, de Beethoven, e registrarei a excelente impressão causada pela "Berceuse" de J. Otaviano, página típica realizada com suprema felicidade. Toda a segunda parte foi dedicada a Chopin, de quem foram tocados um prelúdio, uma mazurca, um noturno, um estudo e uma *polonaise*.

O recital de J. Otaviano deu-me a impressão de que não nos será muito difícil possuir nele o nosso grande pianista.

Basta que ele o queira, para o que nada mais lhe restará fazer senão colocar os interesses da carreira de virtuose acima de quaisquer outros interesses.

◆

Ricardo de Aragão: que belo nome! Um desses nomes que de tão belos parece que predestinam. Neste caso predestinou. Aos dezessete anos apenas, ainda nas vésperas de deixar o Instituto, Ricardo de Aragão apresenta todas as qualidades de que se fazem os grandes violinistas: agilidade manual, forte e cativante sonoridade, afinação impecável, temperamento vivacíssimo disciplinado pelas forças espirituais da elegância e da ternura. Tudo isso demonstrou no seu recital de aluno do professor Chiaffitelli, no dia 17, no salão do Instituto, executando Corelli, Mozart, Bach e Lalo. Não foi o último recital de um aluno, mas o primeiro de um verdadeiro artista, excepcionalmente dotado.

Para Todos, 5 de novembro de 1927

Onestaldo e Ascenso

Nesta cidade grande, onde os escritores para conseguirem agrado e respeito têm que passar descomposturas, um poeta contente de ser poeta é um elogio da Vida. Onestaldo de Pennafort pertence à pequena tribo feliz. *Interior e outros poemas*, livro que acaba de aparecer, editado pelo Anuário do Brasil, traz de Onestaldo aquela fina sensibilidade, aquela compreensão meiga das almas que passaram perto dele e das paisagens por ele vistas e amadas. É o livro-adeus de 1927. É o livro-boas-vindas de 1928. Livro fetiche. Uma boneca que fosse uma rosa desfolhada... A...

◆

É grande nas quatro dimensões.

Natural de Palmares, onde viveu até os 26 anos.

— De que você vivia?

— De política...

Mas é mentira. Viveu de pastoris, de maracatus, de boi-bumbás, de emboladas, de reisados. A substância e os ritmos dessas formas populares dão um cunho personalíssimo aos seus poemas. Foi o primeiro de nós a se servir em poesia culta do ritmo do "martelo":

— Lá vem Pé-de-Vento!
— Lá vem Tira-Teima!
— Lá vem Fura-Mundo!
— Lá vem Sarará!

E é admirável como de medida tão fortemente ritmada ele sabe passar sem transição aos ritmos mais dissolutos do verso livre:

— Danou-se! vai tirar a argolinha!

O poema "Cavalhada", a que pertencem estes fragmentos, é formidável como "ritmo" e delicioso como evocação do tradicional festejo popular.

Ascenso Ferreira veio pessoalmente ao Rio trazer o seu livro *Catimbó*. O livro em si já é belo: primoroso trabalho gráfico de José Maria de Albuquerque e Melo, com alguns desenhos de outro artista e poeta pernambucano, Joaquim Cardoso.

Na cavalhada da poesia de inspiração popular brasileira a gente sente que Ascenso vai tirar a argolinha...

— Tirou!!!
— Música, seu mestre!
— Palmas, negrada!

Para Todos, 17 de dezembro de 1927

A exposição de Lasar Segall

Pintura: eis a atualidade mais considerável da vida artística do Rio nestes últimos dias. As exposições se sucedem. Neste momento umas quatro ou cinco atraem aos respectivos salões uma multidão de visitantes. Não há muito foi a estréia curiosíssima de um rapaz pernambucano — Cícero Dias, revelação de uma estranha e forte imaginação inteiramente libertada das artinhas acadêmicas de desenho e da perspectiva. Cícero Dias expôs-se corajosamente aos debiques da incompreensão e do atraso, mas ficou muito cotado entre os artistas que realmente contam nesta época de renovação. Ismael Nery, Di Cavalcanti, Oswaldo Goeldi, Lasar Segall reconheceram a qualidade poética da obra do nosso conterrâneo, assim como a força de síntese construtiva afirmando-se paradoxalmente nas deformações de uma fantasia que a muitos se afigura delirante e no entanto é apenas a transcrição plástica de um sistema de representações comum a todos nós. Com efeito todos nós, artistas e não artistas, recriamos interiormente e incessantemente o universo. O que caracteriza o artista é o maior poder de organização construtiva e a faculdade de comunicação. O grande artista é aquele que não só comunica, mas impõe o seu mundo interior.

É dessa categoria privilegiada o pintor russo Lasar Segall, que pela primeira vez expõe no Rio. A sua exposição tem importância capital para nós, pois se trata de nome considerado na Europa como um dos grandes mestres do movimento moderno. Se não fosse a circunstância de haver o artista contraído matrimônio numa família estrangeira habitualmente residindo em São Paulo, é certo que não teríamos nunca a oportunidade de conhecer-lhe a obra, como nos acontece em relação aos outros mestres europeus — os Picasso, os Lhote, os De Chirico, cujas criações só nos chegam em reproduções gráficas.

Acresce ao interesse que essa arte desperta em si mesma pelos seus caracteres pessoal e social, ambos de excepcional intensidade, a consideração da influência profunda que exerceu no espírito e na técnica do artista o ambiente brasileiro, determinando-lhe uma evolução que, pode-se dizer desde já, o amadureceu e completou em formas de grande segurança e equilíbrio. Tão notável foi essa influência que os críticos alemães classificaram uma "fase brasileira" no conjunto da obra de Segall.

Em substância, o que caracteriza essa fase é a qualidade da sua tristeza. Falou-se que a arte de Segall se tornou mais alegre. Não se tornou alegre. O que se passou é que a sua tristeza de homem eminentemente moral e compassivo transplantado a um meio menos trabalhado pela miséria, menos tenso, perdeu um pouco daquela amargura, daquela rudeza que abalava tão angustiosamente a consciência na parte européia da sua obra. Pintando os nossos tipos, como que ele se deixou contagiar pelo elemento moral do nosso povo, sobretudo dos negros e mulatos, que foram aqui o seu assunto predileto. A doçura, a tranqüila dignidade, a submissão sem baixeza com que os nossos negros aceitam a vida, não foi talvez estranha à relativa serenidade com que hoje exprime o artista a sua fraternidade humana e a sua inquietação metafísica. Porque isto há que assinalar. Mesmo que vivêssemos num mundo em que as relações sociais fossem mais justas, ficaria sempre aquele fundo de melancolia na obra de Segall, melancolia que se percebe irremediável porque de natureza metafísica, inspirada que é pelo enigma insolúvel da existência.

No que propriamente é pintura nessa obra, isto é, nas suas cores, a influência brasileira está visível na abundância da luz, na clara sensualidade das tintas. Segall abandonou os cinzentos, os verdes sombrios e sujos que lhe impunham a natureza e o clima do Norte europeu, pelo verde intenso, o vermelho, o amarelo, o alaranjado, tudo limpo, nítido e admiravelmente construído.

Mais de uma vez empregamos aqui a palavra *construído*. É que ela define insubstituivelmente o caráter desta arte. Veja-se o conteúdo que ela encerra aplicada, por exemplo, à água-forte reproduzida nesta folha e que traz por título *Impressão do Rio*.

Ela pode ser tomada como o modelo de criação plástica no sentido moderno. Não é a reprodução de nenhum aspecto particular do Rio. Não se reconhece aí nenhum trecho urbano, nenhum morro, nenhuma casa. No entanto é super-realmente o Rio. Em que proporção entrou cada um dos elementos dessa composição magistral para evocar tão impressivamente a cidade? Note-se o detalhe vago dos globos de iluminação à direita, que a mim sugeriu simultaneamente as praias e os arcos do aqueduto de Santa Teresa.

Toda a série gráfica tem essa concisão de épura de onde toda idéia de virtuosidade profissional está excluída. Todavia nenhuma secura, e o sentimento domina sempre imperiosamente o assunto. Sinto não poder fornecer aos leitores cópia de certa água-forte onde só aparece a parte mais alta de um transatlântico: uma ponta de mastro, as três enormes chaminés e a cabeça, só a cabeça, de um marinheiro. A composição é de uma força empolgante. Sente-se por exclusão a agitação dramática do resumo de humanidade que viaja embaixo desde a primeira até a terceira classe.

Sente-se a solidão oceânica, a indiferença cósmica. Sente-se sobretudo a força e a dignidade triste da figura. Aquele marinheiro evidentemente está perto de Deus ou da revolução.

As nossas revistas semanais, notadamente *Para Todos*, têm reproduzido alguns retratos que figuram nesta exposição, tais os dos poetas Mário de Andrade e Guilherme de Almeida, o da senhora Guilherme de Almeida, o do escultor Brecheret e os auto-retratos.

Dois quadros dos mais característicos ainda não vi reproduzidos. Um deles, o pretinho guardador de animais, ilustra o que dissemos acima acerca do interesse com que o pintor observou compadecidamente a miséria da nossa população suburbana e rural. O outro é uma das obras mais fortes de Segall, o tema a que ele volta mais de uma vez e aqui focalizado em toda a sua simplicidade e grandeza: *Maternidade*. É aliás o quadro que mais escandaliza os requintados. Uma mulher grávida, que horror! Houve quem achasse imoral. Imoral, a maternidade!

O caráter social da arte de Lasar Segall ressalta destas duas obras como das demais. Não é um pintor de coisas bonitas. A sua inspiração tem um sentido mais grave e é pesada de melancolia como a boca da figura em cujo ventre a vida se processa.

A Província, 19 de agosto de 1928

Ana Pavlova

A companhia de bailados russos dirigida por Ana Pavlova acaba de passar pelo Municipal. Como das outras vezes foi grande o sucesso financeiro. O artístico foi nenhum. Ana Pavlova, como Berta Singerman, como Guiomar Novais, tornou-se um ídolo desse povo, desde a noite em que dançou na pontinha dos pés o *divertissement* da *Morte do cisne*: uma imagem graciosa que ele tomou por grande arte. Na realidade Ana Pavlova, sobrevivente da grande época dos bailados russos, reduziu a arte de [...][1] e Karsavina a uma sucessão de números de *cabaret*, com uma ou outra pantomima tão banal quanto os *intermezzos* de dança nas óperas líricas: os cenários são quaisquer, a música, insignificante; os bailarinos, medíocres como meros comparsas. Eis o que resta dos tempos de *Sheherazade*, de *Tamar*, das *Mulheres de bom humor*, da *Tarde do fauno*!

O bailado russo pertence ao passado. Foi uma coisa que aconteceu. A colaboração de um grande decorador, Bakst, e de um grupo de bailarinos que renovaram o bailado clássico pela introdução de novos passos de origem oriental, e a revelação da música sinfônica dos cinco russos concorreram para levar de sabida ao fastígio uma forma de arte que era uma embriaguez de todos os sentidos e parecia fechar o ciclo de duas estética moribundas — o simbolismo e o impressionismo. Depois disso vieram outros ideais de tendência mais construtiva e o bailado russo, embora houvesse tentado adaptar-se, foi decaindo rapidamente. Hoje o astro que representa a nova concepção do bailado está na Alemanha e se chama Mary Vygman. Não é uma mulher bonita. Não tem a leveza nem a graça

---

1 Ilegível no jornal.

quase imaterial de Pavlova. Tanto ela como as alunas de sua escola dançam sem música mas as suas criações plásticas são inéditas, impressionam profundamente e correspondem aos novos conceitos que orientam a vanguarda em todas as artes.

Resta a Pavlova a glória de conservar aos 56 anos todo o prestígio da primeira mocidade, pois é sempre com a mesma flexibilidade, a mesma frescura ingênua dos dezoito que ela encanta o público pela ilusão de um sábio artifício.

A Província, 21 de agosto de 1928

As rendas da viúva

O escândalo da destituição repentina do inspetor da Alfândega do Rio impressionou tanto mais o público quanto era notória a confiança que lhe dispensava o Presidente da República. A diligência noturna da ocupação dos armazéns do cais do porto, que no dia seguinte ficaram impedidos, indica bem a que ponto desmerecera aquele funcionário aos olhos do senhor Washington,[1] assim como a gravidade das denúncias que terão chegado ao conhecimento do governo. Os jornais já noticiaram que só dentro de três meses estará terminada a devassa a que procede a comissão encarregada dessa tarefa.

Aliás este escândalo não fez mais que confirmar as vozes que corriam a respeito daquela repartição. Realmente a Alfândega é como que uma escola de especialização em matéria de rapinagem. A vigilância da parte honesta do funcionalismo suscita na outra e no comércio ladrão prodígios de invenção para burlar o fisco.

Tenho um amigo que conhece a fundo aquela estratégia do contrabando. Conhece-a do lado de dentro. Comerciantes, despachantes, conferentes químicos do laboratório, eventualmente um chefe, organizam-se num conluio firme e indeformável como os triângulos. A ação de um conferente zeloso anula-se freqüentemente diante do superior corrupto. Vou contar um caso que exemplifica a ladroeira. Há um certo número de produtos químicos que os contrabandistas procuram fazer passar como aguarrás, cujos direitos são muito mais baixos. Às vezes a distribuição a olho é difícil, e necessário se torna recorrer aos técnicos do laboratório. Em certa ocasião havia

1 Trata-se de Washington Luís Pereira de Sousa (1869-1957), presidente da República de 1926 a 1930.

uma considerável partida de pseudo-aguarrás a entrar. O conferente suspeitou da veracidade das declarações, mas não podendo em consciência decidir, recorreu a um químico do laboratório, cuja opinião, desfavorável ao negociante, autorizou a instauração do processo.

Quando, porém, chegou a vez de o químico pronunciar-se regularmente, o seu laudo desdizia a primeira afirmação. O conferente compreendeu... Mandou analisar a droga no laboratório de uma escola oficial: o laudo foi contrário ao importador – o produto não era aguarrás. À vista disso, de posse do laudo, foi exibi-lo ao chefe, confiante nas providências que não poderiam faltar. O chefe acolheu-o com entusiasmo. O culpado seria apanhado, não duvidasse! Entretanto quando o nome do despachante foi declarado, a atitude do homem mudou como por encanto. Está claro que a droga entrou como aguarrás! E o conferente foi removido para o armazém mais ingrato do cais.

Em outro processo semelhante o mesmo conferente fez valer a multa. Mas foi só porque o negócio não era vultoso, e o despachante amigo do conferente, a quem disse cinicamente:

– Eu vou pagar para não prejudicá-lo. Porque sou seu amigo. Senão você não apanhava nem um vintém! Nem você nem a viúva!

Os leitores hão de perguntar que viúva é essa. A *viúva* na gíria aduaneira é a Fazenda pública... Que apelativo admirável para a eterna esbulhada!

É assim cheia de pitoresco a linguagem dos fraudadores do fisco. As ladroeiras se chamam *brinquedos*. Meter-se na ladroeira é *entrar no brinquedo*.

Desta vez o *brinquedo* foi interrompido pelo *cavaignac* do senhor Washington.

Terá a *viúva* encontrado enfim um protetor?

A Província, 23 de agosto de 1928

O dicionário da Academia está em crise

O Dicionário Brasileiro da Língua Portuguesa está em crise. Em conseqüência de uma exposição feita à Academia Brasileira pelo senhor Gustavo Barroso, ficou inteiramente alterada a comissão do dicionário, porque, proposta e aprovada a substituição naquela comissão do senhor Laudelino Freire pelo senhor Ramiz Galvão, todos os membros que a compunham, exceto dois – o senhor Medeiros e Albuquerque e o senhor Augusto de Lima –, demitiram-se com o senhor Laudelino; todos, não só os acadêmicos como os técnicos contratados e até a datilógrafa.

Sabido como é que foi o senhor Laudelino aquele que tomou a iniciativa da empresa e pela sua capacidade de organização a tornou exeqüível, fica-se um pouco surpreso diante do gesto dos seus colegas, excluindo-o sumariamente da comissão. O senhor Laudelino está naturalmente magoado, sobretudo pela maneira como as coisas se passaram. A deliberação que o eliminou foi tomada num fim de sessão, quando só estavam presentes treze de seus colegas, sendo que desses treze cinco votaram por ele e oito pelo senhor Ramiz Galvão.

O *Correio da Manhã* de 5 de agosto trouxe na íntegra a exposição do senhor Gustavo Barroso. Ela começa com um protesto contra o que o senhor Barroso chama a "estratificação senil" da língua.

– "São outras", escreveu o senhor Gustavo Barroso, "e novas e complexas, as nossas condições de vida, as nossas concepções da existência, os nossos programas de evolução. Temos de exprimir isso com vozes diversas das do tempo dos escravos, dos galeões e das cadeirinhas. Tiremos os olhos das miragens européias e voltemo-los com coragem e amor para as realidades americanas."

Em suma, o senhor Gustavo Barroso prega a libertação dos modelos clássicos e das vozes portuguesas. No entanto ele elimina cuidadosamente da sua prosa aquelas vozes brasileiras que na sintaxe da sua linguagem falada o integram, com o moreno quente da sua pele de cearense "no amplo e augusto cenário do continente de que fazemos parte", como ele diz em numeroso ritmo.

Sejamos sinceros: basta de falar em vozes novas e continuar a escrever de acordo com gramáticas cujas regras se basearam todas em fatos de linguagem que muitas vezes não são os nossos. Nesse capítulo, só se compreendem duas maneiras de proceder: ou se admite a tutela portuguesa e se condenam as formas brasileiras como caçanje, ou então se faz como o senhor Mário de Andrade e se adota a sintaxe e a prosódia brasileira corajosamente, mandando ao diabo uma língua literária sem apoio na linguagem falada das nossas classes cultas.

O Brasil é a única terra, creio, onde isto se passa: fala-se de uma maneira e escreve-se de outra. Qualquer labrego português se exprime proximamente como o senhor Júlio Dantas ou o senhor Carlos Malheiro Dias, à parte naturalmente a qualidade artística do estilo. Do mesmo modo não há diferença sensível entre o português que aqueles escritores falam e o que eles escrevem. Aqui basta conversar dois minutos com um acadêmico que se exprima sem afetação para sentir o abismo que separa a língua falada da língua escrita.

É esse enorme desnivelamento que torna impossível entre nós o teatro de comédia. A não ser nas revistas, onde a transcrição é feita com fidelidade, os personagens do nosso teatro falam uma linguagem sem nenhuma naturalidade, porque a correção literária a que os autores se obrigam no diálogo lhes comunica uma afetação insuportável.

É verdade que o horror pelas vozes brasileiras já foi bem maior. Hoje nos espanta a campanha que fizeram a José de Alencar, não obstante tão elegante, tão moderado. É de ontem o exemplo de Lima Barreto, considerado escritor incorreto e desleixado, se bem que nunca ousasse as demasias da gente nova de Minas e de São Paulo.

Se o senhor Gustavo Barroso sentisse realmente como escreveu, o seu brasileirismo não se reduziria a dar entrada em seus contos ao vocabulário novo com que enriquecemos a língua: a mesma coisa faz um Coelho Neto, que já chamaram, com razão, o último grande escritor português do Brasil. É sobretudo na sintaxe que reside o gênio de uma língua. Se queremos escrever como brasileiros, teremos que admitir na língua escrita a mesma sintaxe que as pessoas sem afetação empregam na fala habitual. O mais é literatura fiada.

O que o senhor Gustavo Barroso quis nesse preâmbulo nacionalista foi estear[1] a sua exposição num arcabouço de idéias gerais. O essencial dela era uma pequena operação de cálculo. A Academia até hoje gastou em três anos 107 contos com o dicionário. Nesses três anos a comissão aprontou para o plenário 593 verbetes. Quer dizer que cada palavra saiu por 180 mil-réis.

Nesta base e admitindo que o dicionário conterá umas 200 mil palavras, o senhor Gustavo Barroso calcula que a obra estará pronta em duzentos anos e custará à Academia 360 mil contos.

O raciocínio não é rigoroso. Em qualquer empresa o trabalho de organização é sempre mais demorado, e a renda sendo nenhuma a princípio, é claro que as despesas serão maiores. Apesar, porém, de todo o exagero, há razão nas considerações do senhor Gustavo Barroso. Como está organizado o trabalho, o dicionário não estará pronto senão quando já for meio inútil. Mas o senhor Gustavo Barroso se bate por uma medida que ainda piora as coisas. Ele quer que se adote o sistema de rotação na comissão, o que

---

1 No jornal, lê-se "estrear".

seria absurdo, porque a obra de organizar um dicionário exige especialização técnica, e tanto assim é que a Academia tem que contratar técnicos estranhos para assessorá-la.

No fundo de tudo isto há apenas uma questão de pecúnia[2] burocrática.

O prestígio da Academia está nas fichas de presença. Acredito no desprendimento do senhor Laudelino (ele aliás votou contra a retribuição no serviço do dicionário) e de alguns poucos mais. A maioria, porém, só comparece às sessões por causa do *jeton*. Ah, tempos de Machado de Assis! A Academia morava por favor na casa dos outros. Às quintas-feiras aparecia o presidente, o José Veríssimo, Sousa Bandeira, Salvador de Mendonça, mais dois ou três.

Hoje não há sessão a que não compareçam vinte e tantos acadêmicos. Não é evidentemente a conservação da língua que assim os atrai. Se a Academia tivesse realmente a aspiração de compor um dicionário, não fecharia as suas portas a um homem como o senhor Mário Barreto, considerado a maior autoridade entre nós em questões de filologia. A Academia de resto é uma corporação literária. No estado de adiantamento a que chegou hoje a ciência filológica, ela, como todas as suas congêneres, não está qualificada para um trabalho dessa natureza. Dauzat negou à Academia Francesa competência para legislar até sobre ortografia, trabalho científico e que portanto incumbe aos especialistas da ciência da linguagem. O mais que as academias literárias podem dar a empresas dessa ordem é o apoio moral, cuja autoridade lhes vem de trabalharem os seus membros artisticamente a língua. Um dicionário, porém, terá que ser obra de filólogo.

E nem basta o filólogo. Um dos dois ou três acadêmicos que têm competência no assunto, o senhor João Ribeiro, já desqualificou

---

2 No jornal, lê-se "pecuária".

a Academia como dicionarista pela pobreza dos materiais sobre que ela teria que trabalhar. Um bom dicionário de português só pode ser feito em Portugal, onde estão os melhores documentos da língua, as edições dignas de confiança que nos faltam.

Seria mais modesto, porém, muito mais útil a nós brasileiros, que a Academia entregasse a uma comissão de filólogos a revisão do dicionário de Morais (Morais brasileiro e pernambucano),[3] juntando-lhe a enorme cópia de brasileirismos que andam ausentes dos dicionários. Isto, sim, é que seria serviço digno de uma Academia Brasileira de Letras. Serviço para a nossa geração, obra viva e atual. Dicionário para daqui a cinqüenta anos só interessará utilmente aos passadistas do futuro. Precisamos agora é de um dicionário para ler Euclides da Cunha, o que não existe. Cada geração precisa do seu dicionário. O erro do senhor Laudelino foi ter querido fazer um monumento. Não há necessidade de monumentos. Precisamos é dessa coisa camarada, serviçal, repórter e *vade-mécum*: um dicionário.

A Província, 26 de agosto de 1928

---

3 Trata-se de Antônio de Morais Silva (1755-1824), autor do primeiro dicionário da língua portuguesa.

Jornais de sensação e jornais discretos

A imprensa do Rio conta mais um órgão de valor no matutino *Diário Carioca*, lançado à circulação pelo senhor E. de Macedo Soares.

O *Diário Carioca* satisfez, desde o número inicial, à primeira exigência que se faz a um jornal: o bom aspecto gráfico. Nesse ponto ele é infinitamente superior à primeira folha editada pelo mesmo senhor Macedo Soares, *O Imparcial*, que materialmente não passava de uma espécie de edição Quaresma[1] do *Excelsior* de Paris.

O cabeçalho, os títulos, a distribuição da matéria, os tipos, tudo isso que entra para definir a fisionomia de um jornal, dá ao novo diário uma aparência de elegância que até agora, na imprensa carioca, só *O Jornal* possuía. Como a folha do senhor Assis Chateaubriand, o *Diário Carioca* é um jornal "bem forte".

O Rio, todos sabemos, tem uma imprensa de primeira ordem, sobretudo no que respeita à reportagem, que é ágil e dotada daquele instinto de oportunidade que faz os bons *forwards* e os bons *reporters*. Em todo jornal carioca a "linha", como se diz na gíria do *football*, é veloz. Sabe escapar e *shootar* a *goal*.

O defeito que estraga tão belas qualidades é o de certos *teams* que jogam para a galeria das gerais. Daí uma lamentável quebra de elegância, que é a falha mais sensível da imprensa do Rio.

Os jornais têm um ar desmanchado, *fussy*,[2] às vezes repugnantemente sentimental, sempre exagerado, a começar pelas cabeças das notícias, nas quais se faz todos os dias a *chantage* do sublime.

---

1 Referência à Editora Quaresma, de Pedro da Silva Quaresma, que publicava livros baratos e populares.

2 Em inglês, "piegas".

Depois de um crime menos banal ou de um vôo transatlântico para o Brasil, a imprensa do Rio me dá impressão de uma casa de cômodos da rua Senador Eusébio quando a d. Júlia Lavadeira acabou de meter a mão na cara da Chica do Alfredo.

O Jornal nesse ponto é mais controlado que os seus colegas. Por isso me agrada. Acho um prazer para os olhos correr a vista em gazetas desse feitio. Me dão, pela reserva e concentração da matéria editorial, uma sensação de boa educação, daqueles hábitos vigilantes que suprimem os reflexos inúteis e... a pouca-vergonha útil.

A Província, 30 de agosto de 1928

O Brasil que insiste em pintar

O Brasil insiste em pintar. A prova disso é o salão anual da nossa Escola de Belas-Artes. São seis grandes salas cujas paredes ficam cobertas de telas. Este ano o número de trabalhos recusados subiu a quatrocentos. Assim, o salão representa uma atividade considerável.

Essa atividade não encontra outra recompensa palpável senão os minguados prêmios de consolação distribuídos pelo júri. Comprar, ninguém compra. Eu poderia compreender essa abstenção, se colocasse no meu ponto de vista pessoal as pessoas de posse que visitam o salão. Para mim, bem entendido, o salão é uma galeria grotesca aonde vou mais para exercer o senso humorístico. Não me pode interessar de outra maneira aquela exibição de um monótono realismo anedótico. Os pintores que admiro são outros e não expõem na Escola. Tarsila do Amaral, Ismael Nery, Di Cavalcanti, Gomide, Cícero Dias, é nos quadros destes que encontro fantasia plástica, emoção, poesia.

Mas pondo de lado o meu gosto pessoal para julgar de um ponto de vista mais objetivo, reconheço o esforço dos artistas do salão. Se o público não adquire nenhum quadro, não é por uma questão de estética. O que há é desinteresse pelas coisas de espírito, o mesmo desinteresse que não olha nem a um nem ao outro dos dois lados que se empenham na batalha artística.

Há quem atribua o insucesso financeiro do salão e das exposições particulares ao prestígio desfrutado entre os nossos burgueses endinheirados por um conhecido negociante de quadros. Esses figurões quando montam casa recorrem invariavelmente à galeria do tal homem, onde lhes é impingido a preços caríssimos o refugo da rotina européia. (Ficam depois muito orgulhosos de poder exibir um Maxence às suas visitas!) Sem negar a ação perniciosa dessa galeria de gosto realmente detestável, acho que ela não basta para explicar a abstenção dos compradores nas exposições.

Pode-se censurar ao júri do salão a sua excessiva tolerância. Embora houvesse recusado centenas de quadros, deixou entrar talvez outras tantas centenas que mesmo considerados sob o critério da orientação acadêmica não passam de aleijões repulsivos. O que existe de passável no salão caberia amplamente em duas salas.

Dos velhos mestres só se salva a contribuição de Visconti. Esse pintor nada trouxe de novo à nossa pintura. Quando moço pintou sob a influência dos pré-rafaelitas algumas telas que ainda hoje representam o melhor da sua obra. As *Oréades*, que figuram na pinacoteca da Escola, são sem dúvida uma bela composição. Depois que o artista voltou à Europa para executar o teto do Municipal, tão insignificante como desenho, construção e colorido, adotou a técnica impressionista, na qual até hoje persiste como retardatário. Em todo o caso, as suas telas se não chegam a interessar, também não provocam a irreverência.

O mesmo não se pode dizer do senhor Amoedo e do senhor Henrique Bernardelli. Estes estão em completa decadência. O Cristo do primeiro parece uma oleografia. O último mandou uma numerosa coleção de retratos, dos quais só escapam o auto-retrato e o do escultor seu irmão. Está simplesmente ridícula uma série de perfis de suas discípulas, todos sem parecença, sem caráter, e tanto no desenho como na cor hesitantes e frouxos. Cada cabeça traz ao lado o nome da retratada na própria pintura, precaução louvável porque senão ninguém reconheceria os modelos.

Da geração que anda pelos quarenta anos deve-se destacar o nome de Carlos Oswald. Como Visconti, também Oswald não realizou as esperanças que anunciaram as pinturas que o lançaram aqui. Houve um tempo em que ele especializou-se em contrastes violentos de luz. Era coisa vendável e o artista insistiu mais do que convinha ao seu talento, capaz de uma técnica mais sutil. A este salão mandou ele uma *Santa Cecília*, obra bem incolor apesar de todo o seu vermelho, um *Victor Hugo* que só se justifica como trabalho de encomenda, uma paisagem de Petrópolis, apenas agradável, e finalmente uma figura de violoncelista, que é um belo estudo, de linhas bem construídas e colorido ardente e impressivo.

O salão apresenta algumas boas paisagens de Gagarin, Manna e do nosso Mário Nunes, ao qual só incrimino o colorido novinho da velha casa de Megaípe, colorido que lhe deturpa o aspecto venerável de ruína para transformá-la quase na praga do neocolonial.

Dos novos o senhor Osvaldo Teixeira domina pela quantidade e pela facilidade. É um rapaz que pinta bem, mas que sensibilidade convencional! O seu melhor trabalho *Pescadores* é uma repetição. O *São Francisco* desperta o riso em vez do sentimento de religiosidade ou de humana fraternidade que inspira sempre o santo de Assis. Quanto ao seu nu (há muitos nus no salão fazendo um apelo desesperado à libido dos visitantes!), ele é o mais grosseiro, o mais epidérmico[1] possível: que ar falsamente sensual, que composição factícia naquela mulata, nua, escarrapachada no meio do mato, com um cacho de bananas ao lado e um coco partido aos pés!

Foram numerosos os candidatos ao prêmio de viagem: os senhores Portinari, Constantino, Cadmo Fausto, Teruz, Orózio Belém, Celso Kelly, senhorita Sara Vilela e muitos outros, tanto da seção de pintura como das de escultura e gravura.

Na seção de pintura a disputa se reduziu aos dois primeiros nomes desta lista, os mais fortes do grupo. O júri premiou o senhor Portinari pelo retrato do poeta Olegário Mariano. Cândido Porti-

---

1 No jornal, lê-se "epidêmico".

nari é um pernambucano[2] de 23 anos que possui excelentes dons de retratista. A sua fatura é larga e incisiva. Apanha bem a semelhança e o caráter dos modelos. Já concorreu mais de uma vez ao prêmio de viagem do salão. Foi sempre prejudicado pelas tendências modernizantes de sua técnica. Desta vez ele fez maiores concessões ao espírito dominante na Escola, do que resultou apresentar trabalhos inferiores aos dos outros anos: isso lhe valeu o prêmio.

O senhor Constantino revela também qualidades como desenhista e pintor, porém está no caso do seu colega Osvaldo Teixeira. É uma sensibilidade convencional. Pois não foi buscar para assunto de composição a morte da Mimi?

O júri da seção de gravura apresentou também um candidato à viagem. O simpático Portinari esteve arriscado a ceder o prêmio ao outro sob pretexto de que o medalhista estava no limite da idade, que é de 35 anos. É um critério que mais de uma vez triunfou na Escola. Encara-se a viagem como a recompensa de um esforço persistente e honesto, quando ela deve ser uma medida de aproveitamento de talentos excepcionais na primeira força da mocidade. O quadro que merece tal prêmio não deve ser o mais bem desenhado ou composto, porém o que revela maior riqueza de temperamento, mais finura de sensibilidade. Sem esses dois predicados inatos a técnica não levará senão a uma deplorável facilidade.

Sob esse ponto de vista Cândido Portinari era realmente o mais bem dotado dos concorrentes.

Não vale a pena falar das esculturas.

A Província, 13 de setembro de 1928

---

2 Bandeira comete aqui um equívoco, já que Portinari era paulista.

Uma vaia no Teatro Municipal

Contam que o empresário Scotto ofereceu a parte de Musetta à senhora Bebé Lima Castro. A cantora recusou indignada. Queria era cantar o *Barbeiro de Sevilha*.

– "O *Barbeiro de Sevilha* não pode ser porque não temos ninguém para o papel de Rosina", respondeu o empresário com malícia.

Era justamente o papel que a senhora Bebé Lima Castro pretendia. O senhor Scotto recusou. Mas os amigos da cantora meteram empenhos e o empresário teve que capitular. O resultado foi uma das vaias mais penosas que já agitaram a sala do Municipal. O tumulto durou de dez e pouco até meia-noite. Afinal houve que interromper o espetáculo.

Este incidente escandaloso sugere algumas reflexões sobre a maneira desastrada por que os nossos governos têm entendido proteger a arte brasileira no que respeita à cena lírica.

O que se tem feito sempre, o que se fez durante anos com o senhor Mocchi e se está fazendo agora com o senhor Scotto, é impor ao empresário como cláusula do contrato a obrigação de admitir no quadro dos artistas alguns nomes nacionais e ainda a de incluir no repertório uma ópera de compositor brasileiro.

A ópera nacional tem sido persistentemente um desastre. Fraquíssimas por si mesmas as Toscas indígenas estão de antemão condenadas ao fiasco pela insuficiência de preparação.

Compreende-se que os artistas estrangeiros não tenham nenhum interesse em estudar um papel destinado a morrer aqui na primeira noite de representação. Ainda que se quisessem esforçar, não haveria tempo, no corre-corre de uma curta estação lírica em que os ensaios não bastam à *mise au point*[1] das velhas óperas, para montar e ensaiar com perfeição uma novidade. Resulta sempre um enterro de terceira classe, desses que chegam ao cemitério à hora de fechar o portão: os convidados estão apressados, os coveiros de mau humor; o defunto é despachado com um mínimo de cal (aquele não amolará mais ninguém salvo os críticos, cuja notícia, indulgente para animar os patrícios, cheira à missa do sétimo dia). É macabro.

Quanto à apresentação de cantores brasileiros, nos primeiros anos se procedeu com discrição, fazendo com eles como na guerra se faz com os soldados xucros – enquadrando-os entre os veteranos em postos menos perigosos. Tudo ia bem assim. Porém as primas-donas nacionais começaram logo a se assanhar. Não estavam mais para consolar como confidentes as Traviatas e Manons que expiram no auge do sublime com o olho atento no regente da orquestra: queriam também apunhalar Scarpia no meio da orgia ou morrer na "tumba escura" com Radamés. O sucesso de Bidu Sayão espicaçou as rivalidades. Tão bom como tão bom.

Ora, quem paga cem mil-réis por uma poltrona ou vinte por um duro assento de pau na bancada das torrinhas, está se virando para o futuro da arte lírica nacional. Não há "ufanismo" patriótico que resista a uma estopada em quatro atos ou a uma soprano desafinada, por mais nacionais que sejam.

E que bem para a arte brasileira pode resultar dessa imposição de elementos evidentemente inferiores? Longe de educar ela vicia quer a consideremos do ponto de vista artístico como do social, porque é profundamente errado acoroçoar manifestações falhas quando não ridículas de arte pelo simples fato de serem nacionais.

Nem o gosto pela ópera carece de estímulo entre nós. Dentro do espírito rotineiro do grande público, sempre adverso às reno-

---

1 Em francês, "preparo correto e atualizado".

vações geniais, a população carioca adora os espetáculos de ópera e enche o teatro todas as vezes que lhe servem o velho repertório italiano com tenores de sete fôlegos e primas-donas de belo timbre. A intervenção oficial estraga o prazer dessa gente, complica inutilmente os negócios do empresário e não adianta, positivamente não adianta nada à criação da ópera nacional.

Mais proveitoso seria subvencionar uma companhia nacional de ópera. Uma meia dúzia delas já se têm organizado que não foram avante e vingariam talvez se o governo lhes fornecesse algum apoio. Não temos gargantas para competir com a Claudia Muzio ou o Gigli nas temporadas de inverno mas pode-se muito bem compor conjuntos modestos e aceitáveis que cantassem para o prazer do grosso público que não pode pagar os preços proibitórios do Municipal. Seria um esforço estável que formaria talvez ótimos cantores-atores, criaria uma escola coral, educaria uma orquestra.

O governo estimularia mais inteligentemente a nossa cultura musical acudindo com mais largueza às sociedades sinfônicas que, estas sim, lutam com o mais completo desinteresse público. O público em matéria de ópera dá casa cheia para Puccini e vazantes para Gluck e Wagner; quando se trata, porém, de música sinfônica ou de câmara confunde no mesmo abandono Mozart, Stravinsky, Massenet e o maestro Francisco Braga.

A construção do Teatro Municipal pelo prefeito Passos teve além de outras desvantagens essa de introduzir o elemento burocrático oficial numa esfera artística que antes era livre. O diabo do palácio, que só tem riqueza, uma riqueza boba que faz sorrir os forasteiros finos, não serve para nada. Afinal de contas ele é que devia ser vaiado em primeiro lugar.

A Província, 26 de setembro de 1928

Xará, o batuta é você!

A edição especial do *O Jornal* consagrada a Pernambuco faz honra à capacidade jornalística do seu principal diretor, o senhor Assis Chateaubriand, assim como às oficinas daquela folha, donde não é a primeira vez que sai um número como este, bastando relembrar a monumental edição do bicentenário do café, certamente o esforço mais brilhante realizado até hoje na imprensa do Brasil.

A vasta e escolhida matéria destas 72 páginas vale por um balanço em regra nos recursos e nas possibilidades do grande estado do Nordeste. Nem ficou esquecida a tradição heróica do seu passado. De sorte que a todo coração de pernambucano causa orgulho — um orgulho cheio de esperança — a leitura do número especial do *O Jornal*.

Pena é que não haja figurado na edição o artigo que sobre ela e o nosso estado escrevera na véspera o senhor Assis Chateaubriand, no seu quadro quotidiano da segunda página, sob o título "Uma terra *chic*".

Recordando a presença, no séquito do primeiro donatário da capitania, dos gentis-homens de além-mar, o senhor Assis Chateaubriand exalça as maneiras daqueles fidalgos vianeses, "aristocráticos de sangue e alma, sabendo viver com honra e morrer com desprezo da vida pelo seu Deus e pelo seu Rei".

Este sangue de elite, frisa o ensaísta de *Alemanha* e *Terra desumana*, corria generoso nos braços "que escreveram as páginas robustas de 1653-1654, de 1710, 1817, 1824 e 1848, fazendo de Pernambuco a terra mais linda e mais *chic* do Brasil".

Adjetivar, já o constatou o senhor Ribeiro Couto, é sempre uma encantadora aventura. O senhor Assis Chateaubriand cedeu à tentação da aventura. E foi encantador.

Com efeito chamar ao nosso Pernambuco "a terra mais *chic* do Brasil" é por sua vez a idéia mais *chic* deste mundo. Naquelas palavras a gente reconhece o *panache*[1] elegante do estilo do senhor Chateaubriand, do qual já disse com avisada argúcia o senhor Esmeraldino Olímpio,[2] um dos maiores talentos da geração nova do Piauí, que "é um estilo de *grand seigneur*, onde palpitam punhos de renda e lâminas agudas de punhais florentinos de um tempo em que se matava por um sarcasmo e se morria por um beijo..."

Com o que eu não concordo é que no mesmo escrito, fazendo o reclame do número especial, realmente um primor de obra tipográfica, o ilustre diretor do *O Jornal* tenha anunciado que ele seria ilustrado "pelo grande artista e mestre que é Eliseu Visconti e mais por Henrique Cavalleiro, Manuel Bandeira etc.".

A página do "grande artista e mestre" Eliseu Visconti, assim posto em tão assinalado relevo sobre o corpo de ilustradores, é uma dessas coisas inexpressivas que tanto podia figurar neste número de Pernambuco como em outro qualquer consagrado ao território do Acre, a Oklahoma, a Brindisi, ao Oriente Próximo, ou ainda à apoteose das artes ou à *Saúde da Mulher*.[3]

Quem correr os olhos nas páginas da bela edição do *O Jornal* concordará comigo que o que o senhor Assis Chateaubriand deveria ter escrito era isto: "Esta edição é ilustrada pelo grande artista e mestre que é Manuel Bandeira e mais por Eliseu Visconti, etc. etc."

Sem dúvida a intenção do senhor Chateaubriand ao destacar o nome do senhor Visconti foi nobilíssima: prestava com isto uma

---

1 Em francês, "brilho".

2 Esmeraldino Olímpio é um pseudônimo coletivo sob o qual Bandeira também escreveu.

3 *À Saúde da Mulher* era o título de uma revista.

homenagem aos cabelos brancos do glorioso pintor das *Oréades*. Não importa, cometeu injustiça para com o melhor colaborador do formoso número do seu jornal. Porque a contribuição mais forte, mais numerosa e mais interessante da edição de Pernambuco, a nota que lhe dá mais caráter e mais rica substância humana, o gosto da terra, da sua paisagem, da sua vida, tanto no presente como no passado, é inegavelmente a admirável série de desenhos do meu xará. Isto salta aos olhos. Em um ou outro daqueles trabalhos se poderá talvez objetar a uma certa vulgaridade de processo no enchimento dos panos de sombra como, por exemplo, no trançado de riscos da *Igreja da Madre de Deus*. Me choca também a linha atormentada, feliz em outros desenhos, aplicada à *Igreja do Mosteiro de São Bento de Olinda*: talvez reação de um sentimento muito pessoal meu, pois em face da tranqüila fachada do *São Bento* tive sensações da mais repousante serenidade.

Aliás, tudo é ótimo nestes desenhos, tudo é impressivo, emocionante, imperiosamente evocador. Há neles um ritmo de desmoronamento, um sobressalto de cataclismo que sugere tragicamente a contingência de ruína a que estão sujeitas as velhas casas e igrejas do Recife, menos por ação do tempo do que pela bestidade satisfeita dos homens. Manuel Bandeira traduziu assim com a mais rara emoção o sentimento de angústia que nos inspiram as velhas paredes veneráveis dos cais, dos becos e dos pátios de igreja do Recife antigo. A *Igreja dos Guararapes*, a *Misericórdia* de Olinda, a *Igreja do Convento de São Francisco* e o *Pórtico da Igreja de São Pedro dos Clérigos* do Recife, o *Cais do Abacaxi*, os *Velhos sobrados da rua da Aurora*, a *Travessa do Livramento* são expressões plásticas impregnadas de intensa poesia.

Nunca no Brasil ninguém se serviu da pena com tão mordente pujança de traço. Até aqui era por esse vigor de técnica que Manuel Bandeira se impunha sobretudo à atenção. Tenho em meu gabinete uma *Misericórdia* de Olinda que faz a admiração de todos os artistas que me visitam. Naquele tempo Bandeira era quase puramente objetivo. Reproduzia com fidelidade tocante as linhas e a ambiência do assunto. Nestes desenhos do *O Jornal* há alguma coisa mais do que isso. O traço dramatizou-se. Não é estreitamente desenho do assunto mas como que um poema plástico a propósito do assunto. A esse respeito coteje-se por exemplo as duas *Misericórdias* do artista, a que foi reproduzida no Álbum do Centenário do *Diário de Pernambuco* e a que nos foi apresentada agora no *O Jornal*. O elemento subjetivo é muito mais forte na segunda.

É um caso singularíssimo entre nós o desse artista que nunca saiu de sua província, que na sua modéstia escapou à influência acadêmica e todavia não procurou nunca uma modernidade de macaqueação, mas veio se desenvolvendo lentamente, harmoniosamente, até atingir a maturidade robusta e bem pessoal com que hoje se afirma.

Por isso repito que, sem embargo do brilho das contribuições literárias, assinadas por Luís Cedro, Aníbal Fernandes, Júlio Belo, Olívio Montenegro, Humberto Carneiro, Horácio Saldanha e tantos outros pernambucanos ilustres, a obra de Manuel Bandeira é que marcou de modo verdadeiramente impressionante este número de homenagem ao nosso Estado.

Ele, o xará, que não se apresenta ali como "grande artista e mestre".

A Província, 2 de outubro de 1928

Um caso à parte

As novas formas de arte designadas pelo nome de modernismo por aqueles que as praticam e de futurismo pelos que não as aceitam, estão tomando conta de tudo...

As linhas retas, os planos sem ornatos na arquitetura (já lhes chamaram estilo simples e sem graça); o verso livre, a abolição da rima, a ausência de nexo sintático, o *surréalisme* na poesia; a deformação, os erros voluntários de perspectiva e desenho na pintura e na escultura: eis o que se vê agora mais freqüentemente na produção dos rapazes. Na literatura atesta-o a crítica do senhor Medeiros e Albuquerque, enchendo colunas e colunas do *Jornal do Comércio* com transcrições dos tais poemas sem metro nem rima. Embora infenso a eles, o senhor Medeiros, que abriu a sua nova atividade crítica atacando os *vers-libristes*,[1] acabou tendo que elogiar porque os seus argumentos foram submergidos pela enxurrada incessante: não era possível repetir todos os domingos a mesma coisa.

Por minha parte lamento a capitulação do ilustre crítico. Precisamos urgentemente voltar à métrica, à rima, à sintaxe lusíada, e ninguém teria mais do que o senhor Medeiros autoridade bastante para repor no bom caminho a mocidade transviada.

O modernismo era suportável quando extravagância de alguns. Agora é a normalidade de toda a gente. Então depois que reinventaram a brasilidade, a coisa tornou-se uma praga.

Os livros de poesia só falam de candomblés e de urucungos. Nos quadros só se vê pretos, carros de boi e desenho errado.

---

1 Em francês, "versilibrista", "adeptos do verso livre".

Confesso que acho um certo sabor nos poemas dos iniciadores. Os meninos que vieram depois é que estão caceteando. Raro o que trouxe aos processos novos uma nota pessoal, a marca de um temperamento. Neste ponto viva Pernambuco que neste último ano forneceu duas revelações interessantíssimas, uma na poesia, outra na pintura: os senhores Ascenso Ferreira e Cícero Dias.

Eles vieram quebrar com escândalo o ramerrão modernista.

O senhor Ferreira criou uma forma nova do poema rapsódico, aproveitando toadas folclóricas, ritmos poéticos de emboladas, coisa menos para ser lida do que para ser ouvida, tão importante é o elemento musical na sua poesia.

Como Ferreira, Cícero Dias também é um caso à parte. Fez-se não se sabe como, pintando como os guris rabiscam nas paredes.

– "Qual o melhor pintor brasileiro?" perguntou Prudente de Morais Neto a Lasar Segall. Este respondeu sem pensar: Cícero Dias. Como a resposta surpreendesse, o pintor explicou:

– Cícero Dias é uma criança. Pinta como uma criança. Mas nas coisas dele eu sinto aquela necessidade de expressão que é para mim o elemento mais comovente na obra de arte. Tem uma grande poesia, muita imaginação e a par disso "é o mais brasileiro de todos". Que importa a técnica ao lado dessas qualidades? Uma boa técnica pode despertar a minha admiração, porém só a poesia nascida daquela necessidade de expressão tem força para suscitar em mim o êxtase diante de uma obra de arte.

As palavras de Segall traduzem um pouco o sentimento de todos os admiradores de Cícero Dias. E de fato não é possível pensar em desenho diante do mundo alegre, absurdo, engraçado tirado de uma cabeça em que parece que os círculos da consciência se inverteram, passando o foco para franja e a franja para o foco. Os quadros de Cícero, sobretudo os da série clara, surpreendem por um desconchavo bagunceiro organizado paradoxalmente em acrobacias permanentes. Neles tudo anda às avessas. Em *Partida de tênis*, uma aquarela, há duas pélas, os jogadores são impossíveis, o juiz olha para o lado oposto, a rede é vermelha, e ao fundo, sobre quatro árvores que são bolas verdes espetadas em paus, quatro torcedores — toda a assistência — gesticulam: um toca sanfona, motivo freqüente na obra de Cícero. As palavras não podem dar idéia da alegria dessa composição.

Essa é uma característica da arte de Cícero — a alegria. Ela não está só nas cores e no desenho, mas no próprio espírito da pintura. Até nos enterros. Cícero gosta de pintar enterros. E ele achou um macabro novo, com detalhes de ingênua ternura com bracinhos de anjo que se estendem do céu para o túmulo com uma vela ou uma florzinha vermelha na mão. Além disso, tudo vive e floresce em torno do morto, o próprio morto está fora do esquife de sorte que o sentido de transformação é o que predomina na sua idéia da morte.

O que essa imaginação livremente deformadora tem feito com a paisagem do Rio é inacreditável. O Pão de Açúcar e o seu caminho aéreo pintam o diabo. A gente se sente tão contagiado por essa fantasia delirante que se um dia entrarmos num cabaré e encontrarmos os dois — o Pão de Açúcar e o caminho aéreo — tomando *champagne* no meio de mulheres, acharemos que é a coisa mais natural deste mundo.

Diante dessas composições tão deliciosas pela espontaneidade e pela ausência de todo processo acadêmico, muita gente diz: "As crianças também fazem isso". Que engano! "Algumas" crianças podem "às vezes" fazer isso.

Nem todo desenho de criança é interessante. Quando o é, não há diferença essencial entre um desenho de criança e um desenho de grande artista: em ambos se terá aquilo de que falou Segall — a poesia, a necessidade de expressão e comunicação.

Criança, louco, ou como quer que lhe queiram chamar, Cícero Dias tem a cabeça cheia de coisas — coisas que ele pinta com a mais despreocupada ingenuidade, sem consideração nenhuma pelo possível escândalo do espectador. Não é extravagante para armar efeito e sim por fatalidade de temperamento. Não poderia pintar de outra maneira.

A Província, 9 de novembro de 1928

Um belo exemplo que *A Província* está dando

O outro dia um literato que escreve nos jornais do Rio fez carga na imprensa dos estados caçoando-lhe o provincianismo. Há tempos um cronista debochava um poeta de São Paulo a quem chamava, entre outras coisas, de provinciano.

Provinciano, provincianismo... Eis um debique fácil de atirar. Mas como se há de definir afinal esse tão falado provincianismo? Pondo de lado toda sutileza, pode-se considerar provincianismo maneiras de proceder, modos de pensar, de sentir próprios da província. É evidente que há bom e mau provincianismo.

A palavra é contudo empregada sempre em sentido pejorativo.

O literato a que aludimos atrás não pensou decerto em menoscabar os confrades provincianos: ele próprio é exemplo do nortista que venceu no Rio. De resto os nortistas empolgaram os maiores jornais da capital. O *Jornal do Comércio* é do senhor Félix Pacheco, do Piauí; um dos donos do *O País* é o senhor Alves de Sousa, paraense; o senhor Assis Chateaubriand, senhor de fato do *O Jornal*, nasceu na fronteira de Pernambuco e Paraíba, para o lado da Paraíba (felizmente para a Paraíba); quem dirige a *A Noite* é Viriato Correia, maranhense; o redator-chefe do *O Globo* é o baianinho Euricles de Matos. As redações estão cheias de gente de Minas e do Norte.

Talvez por isso é que os jornais do Rio têm um ar tão... provinciano. Aqui entram as sutilezas de interpretação do "provincianismo". O que é perfeitamente metropolitano para a capital do Brasil pode passar a provincianismo em relação a Paris ou a Londres. É um abuso de lugar-comum citar a famosa frase de Disraeli, mas ela vem aqui muito ao caso.

Dizia o judeuzinho terrível que no mundo só havia de realmente interessante Paris e Londres, e tudo o mais era paisagem.

Talvez se possa dizer: tudo o mais é província. Pois ainda reduzindo a dois termos todo o mundo interessante, não houve quem achasse Paris província em comparação com Londres? O juízo é de Bernard Shaw e muita gente lhe dá razão.

Vejam quanto é elástico o sentido da palavrinha.

Há na essência do provincianismo uma falta de senso de *humour* e o desconhecimento de certas gradações de valores. Lembra-me que há bons trinta anos a senhora Lucília Simões, então moça e bonita, fez uma *tournée* ao norte do Brasil.

No Recife um jornal apareceu um dia transmudado em poliantéia em honra da artista, a propósito de quem os literatos deliraram de entusiasmo evocando a "Hélade antiga"... Provincianismo. Mas o mesmo provincianismo testemunhava o Rio daquele tempo promovendo a gênio a sofrível Tina della Guardia.

No tempo em que a imprensa do Rio desconhecia os processos americanos de jornalismo, hoje dominantes em toda a parte, Bilac, Guimarães Passos e outros requintados da sua geração debochavam a valer o *Jornal do Brasil* que foi o primeiro a introduzir os numerosos subtítulos no cabeçalho das notícias. Um amigo de meu pai, sujeito inteligentíssimo, pernambucano *déraciné*,[1] ria-se muito com os títulos do noticiário policial de certo jornal recifense. Esse jornal punha no título o sumário da notícia. "Quase caiu no buraco" ou então "Foi cobrar a conta e levou pancada" etc. Aquilo parecia o cúmulo do provincianismo... naquele tempo. Hoje é *up-to-date* na capital. Já vi até numa redação carioca um repórter chamar provinciana a im-

---

1 Em francês, "desenraizado, expatriado".

prensa de São Paulo por não saber explorar sensacionalmente a reportagem de polícia.

Parece-me que um jornal não deve encher nunca a sua primeira página com a reportagem de um crime de morte, a menos que se trate do assassinato do presidente da República, do papa ou outras personagens assim.

Pois quase todos os jornais do Rio deram essa honra ao italiano Pistone, assassino burríssimo, autor de um crime afinal muito medíocre.[3]

Eis um provincianismo autêntico.

Menos que provincianismo é o que faz todos os dias o *Jornal do Comércio* carioca e de vez em quando o *Jornal do Brasil*, transcrevendo em listas que enchem colunas os nomes de pessoas presentes às missas de sétimo dia ou a enterros e reproduzindo até os dizeres das coroas e ramalhetes: "À idolatrada comadre último adeus do compadre Belarmino", "Lembrança de seu neto Candoca", etc.

O que o jornalista do matutino carioca mais censurou na imprensa provinciana foi o hábito das transcrições. De fato a transcrição é costume característico dos jornais dos estados. Será bom provincianismo para as pequenas folhas do interior. O ambiente pobre em acontecimentos, em recursos e em inteligências não permite outra conduta. A escolha e vulgarização de bons artigos da imprensa das grandes capitais contribuirá ótimo serviço jornalístico. Agora quando o jornal que assim procede é um grande diário de capital de província, o fato se torna escandaloso. É pura pirataria. Mau provincianismo: querer dar a impressão de grande jornal em desproporção com o meio.

---

3 Em São Paulo, em 1928, Pistone assassinou sua mulher, esquartejou o corpo e o transportou em uma mala para o porto de Santos, de onde pretendia despachá-lo para a França.

Pelo que leio na seção da *A Província* intitulada "Nos outros jornais", a indústria das transcrições pratica-se em larga escala na imprensa do Recife.

O velho órgão de José Maria está dando um belo exemplo de elegância com proporcionar sempre aos seus leitores matéria original. Em sua discrição e bom senso ele é um modelo agradável e interessante do que pode ser um bom jornal de província.

A Província, 11 de novembro de 1928

Os arranha-céus no Rio não fazem nenhuma figura

Quando o *Araçatuba*, naviozinho irrequieto, profissional de *shimmy*,[1] desamarrou do cais para aproar à barra do Rio, fiquei atento da amurada à paisagem urbana.

Era a primeira vez que eu me afastava da cidade pelo lado do mar depois que os arranha-céus começaram a aparecer aqui e ali alterando o velho aspecto da topografia.

Ao fundo da praça Mauá o arcabouço em cimento armado do futuro edifício da *A Noite*, já na altura do 12º andar, perdia-se no plano do morro da Conceição. Com pouco o navio contornava a ponta do Galeão. É ainda o largo zimbório da Candelária que se impõe aos olhos como o tema central da perspectiva da cidade. Onde estão os arranha-céus? Sim, aquele é o novo Edifício Guinle, esquina da avenida Rio Branco com a rua Sete de Setembro. Dá um pouquinho mais na vista do que os seus irmãos mais velhos do quarteirão Serrador. Estes, vistos do mar, de certo envergonharão o meu amigo e mestre Graça Aranha, morador por força de convicções estéticas no mais alto andar do mais sobranceiro. É que parecem sobradinhos, esbatidas as suas enormes massas sobre o fundo ainda mais enorme dos contrafortes da serra da Carioca. A mesma coisa se dá com os outros, que vão aparecendo à medida que o *Araçatuba* defronta as praias que orlam a baía. Sempre o fundo das montanhas engolindo displicentemente os andares na morte-cor das distâncias. Tem o ar de gigantas dizendo a homenzinhos: "Podem crescer à vontade: estão no papo!".

---

1 Em inglês, "vibração", "movimentação" e também um tipo de dança norte-americana.

O italiano Pirandello quando esteve no Rio deu entrevista a um jornal, condenando os arranha-céus, que achou despropositados e em desarmonia com o ambiente da nossa capital. *Così é se vi pare...*[2] A mim o que parece é que em parte alguma do mundo a natureza apresenta-se em escala tão proporcionada à grandeza daqueles edifícios. De tal maneira mesmo que o efeito plástico do arranha-céu falhou. Todo o mundo sabe de que efeito quero falar: ele é sensível quando vemos em fotografias de cinema ou de revistas um trecho de Nova York. Plasticamente o arranha-céu exige fundo de céu livre. As montanhas achatam, esbatem, engolem os arranha-céus. Os do Rio causariam uma impressão formidável se estivessem no Recife ou na cidade alta da Bahia.

Lá passam quase despercebidos quando vistos do mar, irmanados na grisalha do casario. No Rio, para se ter a sensação artística peculiar ao arranha-céu é preciso passar pelo beco do quarteirão Serrador ao fundo dos grandes cinemas. É uma travessa estreita entre duas alas de arranha-céus. A revista *Movimento*, porta-voz do modernismo totalista do senhor Renato Almeida e seus discípulos entusiastas, teve de lançar mão desse bequinho ainda mal acabado para dar no seu primeiro número a impressão vertiginosa do dinamismo intenso.

E assim mesmo consta que o fotógrafo se deitou no asfalto para bater a chapa.

Eu não sei se o que escrevi para trás tem algum jeito de discussão do problema do arranha-céu. Não era minha intenção e Deus me livre disso. A questão do arranha-céu no Rio me pareceu sempre uma discussão ociosa. Ali, feio ou bonito, próprio ou impróprio, o arranha-céu é uma fatalidade econômica decorrente da carestia do terreno. Em zonas onde o metro de frente custa

---

2 Em italiano, "assim é se lhe parece", título de uma peça de Pirandello.

uma fortuna o arranha-céu tem que subir. Urbanistas e arquitetos que se arranjem para condicionar artisticamente a matéria nova. O arranha-céu é um fato, não é criação artística. Tudo o que se pode fazer é meter a ridículo os *snobs* que inscrevem o arranha-céu como cláusula de modernidade. Construir arranha-céus para dar feição "moderna" às cidades seria bem visível.

Mas isso não se dá em parte alguma. Quem manda levantar arranha-céus está se ninando para as artes, modernistas ou não. Quer é dinheiro.

Quando o *Araçatuba* saiu barra fora compreendi que não há no futuro possibilidade nenhuma para algum arranha-céu produzir no Rio o seu efeitinho. Se o próprio Corcovado com os seus setecentos metros perdia-se no fundo da vegetação! O Pão de Açúcar, mercê de uma ponta de céu, ainda fazia a sua figura.

Afinal não pensei mais em arranha-céus nem na visão remota do Rio de Janeiro do professor Agache. Com a marcha do navio a paisagem se deformava a cada momento. A pedra da Gávea, que estava no centro, fugiu para a extrema esquerda. O Pão de Açúcar, que me ficava à esquerda, passou à direita. O Corcovado correu para o meio. As montanhas enormes brincavam de quatro cantos.

A Província, 23 de novembro de 1928

Ainda não acabou a mania do discurso bonito

O brasileiro da geração que fez a República era um sujeito que usava fraque e gostava de discursos. A mania do fraque passou, mas o gosto do discurso persiste, apesar da campanha de ridículo da nova geração de jogadores de *box*, *football*, verso livre e outros esportes estrangeirados.

Todavia não há motivo para desesperar. Houve alguma melhora, sensível em raros sinais que não terão escapado ao observador arguto. Por exemplo: o voluntário silêncio que se impuseram as vocações oratórias da geração que anda agora pelos trinta anos. O senhor Edmundo Luz Pinto é uma dessas vocações. Em outros tempos teria o renome de um grande orador. No entanto vive caladinho. Prefere fazer carreira por outras qualidades mais frias da inteligência. Assim os outros.

A geração anterior é que ainda não entregou os pontos. Volta e meia, e quando menos se espera, surge uma metáfora das brabas, um efeito como aquele do doutor Sampaio Correia no enterro de Amoroso Costa, o nosso grande matemático vítima da catástrofe do *Santos Dumont*:[1]

— Tão modesto na morte como o fora em vida, quis que o seu corpo fosse o último a aparecer...

Pois essa mania do discurso bonito foi o senão das solenidades com que se festejou aqui a passagem do presidente Hoover. A recepção em si foi perfeita. Três dias de sol maravilhoso, sem grande

---

1 Trata-se da queda do avião *Santos Dumont*, em 1928, quando morreram todos os seus ocupantes, na baía de Guanabara, por ocasião de homenagens a Alberto Santos Dumont, que chegava da Europa.

calor. Programa folgado e bem escolhido. Ornamentação e luzes festivas, sem excesso. Atitude do povo boa e discreta, como costuma ser a do brasileiro quando não está assanhado por amores.

Mas os discursos oficiais tiveram um derramado desagradável, uma falta de medida muito contrastante com o ar "*all right let's go away*"[2] do ex-comissário do Abastecimento Hoover.

Todos os discursos abusaram da nota sentimental, como se houvesse o propósito de captar com blandícias o *yankee* "*matter of fact*".[3] Rodrigo Melo Franco de Andrade, o redator do "Boletim Internacional" do *O Jornal*, teve a esse respeito uma *boutade* magnífica.

Não pensem, disse ele, que num tratado de valorização do café o senhor Hoover transigirá "por simpatia, atendendo às relações que existiram entre Jefferson e o estudante brasileiro José Joaquim da Maia em 1786".

Um pouco de reserva, de resto bem compatível com a mais perfeita cordialidade, não fazia mal nenhum nas condições atuais em que a política do continente se orienta para uma volta difícil com a feição imperialista que vem tomando a civilização norte-americana. Eu sou dos que acreditam no perigo americano. Vejo no imperialismo da grande República uma força a que só a revolução social poderá fazer frente. Ora, os entendidos em questões econômicas acham com boas razões que o capitalismo americano ainda está longe da crise decisiva e terá ainda pelo menos um século para crescer.

Mesmo que o senhor Hoover partisse daqui muito enternecido pela paisagem carioca e pela lembrança das relações entre Jefferson e o estudante brasileiro, o seu sentimento individual nada valeria contra a força da plutocracia *yankee*, autocaminhão pesado em plena embalagem.

---

2 Em inglês, "tudo bem, vamos embora".

3 Em inglês, "trivial".

O que se passou com o presidente Wilson é bem significativo. O mundo inteiro via nele um idealista meio ridículo, embora em sua terra houvesse quem o considerasse, ao contrário, um hipócrita consumado.

Como quer que seja, antes da presidência ele pronunciava estas palavras memoráveis que um sul-americano desconfiado (o publicista uruguaio J. L. [..])[4] assinalou para desengano dos abencerrages da democracia:

> Não é o povo que governa. Os patrões do governo são os capitalistas e os manufatureiros combinados. O governo dos Estados Unidos é o filho do peito de interesses especiais. Um império invisível estabeleceu-se por cima das formas democráticas. Estamos colhidos na engrenagem de um sistema econômico desapiedado.

O próprio governo de Wilson ilustrou com mais um exemplo essa advertência que nenhum sofisma pacifista pode obscurecer. Wilson foi colhido na engrenagem sem entranhas. Os casos do Haiti, do México, de São Domingos, da Nicarágua aí estão mostrando a potência inelutável de uma civilização a que mil interesses anônimos e formidáveis deram uma aceleração que só outras forças sociais igualmente formidáveis poderão contrastar. Enquanto elas não se levantam seria ao menos decente uma atitude de reserva e de *humour* em face das manifestações sentimentais de simpatia continental. Eu bem sei que nessa matéria o brasileiro também é malandro... E quando o *Utah* saía barra fora, o carioca do cais gritou pra ele:

— Adeus, Hoover! Até amanhã se não chover!...

A Província, 11 de janeiro de 1929

---

4 Este trecho está ilegível no jornal.

Nem críticos de música nem de pintura

Em artigo muito interessante sobre os calungas e paisagens de Cícero Dias, o jovem pintor pernambucano cujas manifestações artísticas tomaram depressa as proporções de "um caso" na ausência quase absoluta de originalidade nacional, o senhor Antônio Ricardo vem brabo com os críticos de artes plásticas da nossa terra, aos quais nega toda faculdade de compreensão e discriminação, acusando-os ao mesmo tempo de fingirem cultura simplesmente pelo emprego de termos e expressões traduzidas do francês.

O senhor Ricardo foi excessivamente indulgente para comigo citando-me ao lado de Ronald de Carvalho (este sim, fino crítico de arte) entre as três ou quatro criaturas que constituem exceções "menos escandalosas como incompreensão".

A verdade é que a minha incompreensão em pintura e escultura é tão grande que o primeiro contacto com um quadro ou uma estátua me deixa quase sempre como que vazio de inteligência e sensibilidade. Mais de uma vez essa primeira reação me tem feito passar por displicente aos olhos do artista cuja obra examino. E quando com o tempo se afirma uma sensação de agrado ou desagrado, nunca sei explicar os motivos estéticos dessa sensação.

Não entendo de pintura e não tenho pena. Nem entendo de música, e aqui sinto pena deveras. O senhor Antônio Ricardo anda realmente enganado se me toma como entendido em música. O articulista da *A Província*, que se mostra enfronhado em pintura, parece bem fraquinho como aptidão musical. Deve ser um desses ouvidos duros que não sabem distinguir um tom maior do menor.

Senão, não poria a nossa crítica de música em plano superior à das outras artes.

Veria que é tudo a mesma coisa. Tudo mau. Justamente na música é que se revela uma incompreensão e uma ignorância mais escandalosas. Isto explica-se facilmente. A técnica musical funda-se em muito mais ciência que a das outras artes. Para apreender criticamente uma obra musical nova, a simples audição não basta. Ora, os conhecimentos que exige o exame de uma partitura são muito mais duros de granjear do que os que reclama a técnica de outra arte qualquer. Mesmo à simples audição, que finura de ouvido não se torna precisa para apreender as combinações harmônicas e o jogo sutil do contraponto? Em pintura há meio de blefar o vazio falando com alguma elegância, mesmo traduzida, em "massas e volumes", em "valores", em "perspectiva aérea" e outros caboches críticos.

Em música, não. Não se pode falar em uma "sucessão de quintas" sem saber reconhecer de ouvido uma quinta. Um acorde de sétima diminuta é alguma coisa mais do que uma simples expressão literária. São raríssimos os nossos críticos musicais que possuem alguma tintura de ciência musical. Daí a inanidade de todos eles.

Mas o pior é que não só lhes falta a ciência como até as qualidades literárias com que na crítica das outras artes os homens de talento disfarçam e suprem aquela insuficiência.

É espantoso o que se lê todos os dias em jornais do Rio a respeito de música. Ainda outro dia o senhor Arthur Imbassahy, crítico efetivo do *Jornal do Brasil*, condenando o escurecimento dos salões de concertos (ele se ocupa muito dessas coisas: escurecimento dos salões, levantamento da tampa dos pianos nos números de acompanhamento etc.) escrevia que Sivori, Paganini, como Liszt e Chopin, "ao que lhe constava" nunca se incomodaram com a iluminação da sala. "No entanto, todos eles deixaram um nome que, talvez por isso mesmo, continua a ter intenso brilho."

Esse mesmo crítico há tempos, referindo-se à "Alborada del Gracioso" e aos "Jeux d'eau", lamentou na crítica de um recital do pianista Zecchi que o programa estivesse "mesclado com aqueles produtos de uma inspiração enfezada, nascidos exclusivamente do cálculo".

Esta simples frase ilumina bem a indigência de sensibilidade do seu autor, no entanto crítico de um grande diário!

Certa vez outro crítico de outro grande diário encontrou-se comigo nos corredores do Municipal na noite de um concerto dedicado a Debussy. A conversa caiu logo no nome do francês. O meu confrade evidentemente não morria de amores pelo autor da "Cathédrale engloutie". Mas eu pensava que ele o atacasse no espírito com que na Europa os músicos de vanguarda o atacam, mais para contrabater os retardatários do pós-impressionismo. Que engano! O crítico bem que gostava da "Air de Lia" e outras coisas do tempo em que o Debussy de conservatório se preparava para o *prix de Rome*.

— Mas estas coisas futuristas!... dizia ele amolado.

As coisas futuristas eram os "Jardins sous la pluie", a "Cathédrale engloutie", "La Fille aux cheveux de lin"...[1]

Em um concerto sinfônico regido por Francisco Braga tínhamos ouvido o sublime *allegretto* da *Sinfonia em lá* de Beethoven. Mal se acabara a tempestade de aplausos que suscitou no público a bravura da orquestra, o meu vizinho, crítico, de outro grande diário (são assim os grandes diários do Rio!), dizia-me para exaltar Beethoven:

— Veja você, esse Beethoven era um colosso! De um temazinho banal, que qualquer garoto da rua assobia, ele tirou esta coisa estupenda!

---

1 Na publicação em jornal, o título aparece, equivocadamente, como "La Jeune fille...", mesmo erro cometido em carta a Mário de Andrade de 3 de julho de 1922.

Dando de barato que o grandioso tema do *allegretto* seja um "temazinho banal", que acham os senhores do critério artístico desse crítico para quem o estupendo em música é saber fazer render um temazinho banal? Precisamente o que aos olhos dos modernos desmerece algumas obras de Beethoven é a cacetada dos desenvolvimentos.

Não, Antônio Ricardo. Concordo com você que a nossa crítica de pintura não vale nada. Mas tenha paciência: a de música é pior, mil vezes. Só lhe vejo uma exceção — Mário de Andrade. Porque este sabe música, sabe escrever, possui cultura geral além da cultura musical própria, e para completar é homem de bem.

A Província, 20 de janeiro de 1929

A música é difícil e a sua crítica também

Neste sábado de carnaval eu estava em sério embaraço para fornecer a esta folha a minha crônica semanal. Em qualquer assunto que eu fixasse a atenção, a primeira associação de idéias que me ocorria era logo cortada pela voz das morenas da Sociedade Recreativa Deusa do Amor entoando com desafinada histeria um samba ou marcha carnavalesca. (A Deusa do Amor é o flagelo destas vizinhanças em tempo de carnaval.) O meio de concentrar a cabeça quando os cavaquinhos repinicam, os violões ponteiam e pandeiros e reco-recos sincopam doidamente a toada de um choro?

> Dorinha, meu amor,
> Por que me fazes chorar?[1]

Não podendo fugir ao ambiente carnavalesco, eu ia apelar para as recordações de infância e fazer literatura à custa da província distante, cujos maracatus me enchiam de medo.

Mas fora desse medo e da lembrança dos limões de cheiro e do papel picado familiar, só me acudiam os versinhos de um carnaval longínquo:

> Ai, amor
> Amor do coração
> Viva, Beberibe,
> Santo Amaro e Jaboatão!

---

1 Música (1929) de Freitinhas, gravada por Mário Reis.

Foi quando o carteiro passou e me trouxe *A Província* onde o professor Ernâni Braga se ocupou de minha pessoa a propósito de música. A deixa foi ótima. Acho que podemos conversar enquanto as morenas entoam o "Dorinha, meu amor...".

Ernâni Braga não concorda comigo sobre a dificuldade da técnica musical. Difícil é a técnica da pintura, diz ele. E aduz como argumento o fracasso das suas tentativas plásticas. Ganso que ele desenhe é tomado por uma patinha voando. Ao passo que o estudo da música, na qual tem nome e autoridade muito perto, nunca lhe exigiu esforços sobre-humanos.

Entretanto assinalei no seu artigo um argumento às minhas idéias. "Qualquer aluno de terceiro ano de solfejo conhece imediatamente à simples audição uma sucessão de quintas e um acorde de sétima diminuta..." Então não é tão fácil assim (toma três anos) essa distinção elementar. Será fácil o solfejo. Mas a harmonia, o contraponto, a fuga, a orquestração?...

Um pintor não precisa mais que pintar para adquirir técnica. O mesmo não acontece com o músico, ainda que exista em alto grau o pendor natural. A prova é que entre os músicos só é capaz de escrever uma ópera, um trio, uma sonata, aquele que aprendeu toda a disciplina musical. O pendor nativo facilita grandemente o aprendizado, não o dispensa porém.

Mas eu não queria me referir senão às dificuldades que existem para um leigo na aquisição de uma base técnica para critério de julgamento. Parece-me evidente que a ciência musical é mais complexa, mais sutil do que a perspectiva em pintura ou a metrificação em poesia. A metrificação em poesia é difícil de praticar (Victor Hugo dizia que é muito fácil... ou impossível) para quem não possua o senso inato de ritmo. Mas qualquer pessoa com algumas horas de leitura numa artinha poética pode decidir se uma redondilha está certa ou não. Com algumas lições de perspectiva um sujeito medianamente inteligente descobre num quadro a ausência de um ponto de fuga. Na música não é assim.

Na crítica musical dos jornais cariocas só se encontram apreciações de caráter técnico quando a obra é velha e já estudada em livros ou revistas européias. Há aqui um crítico, aliás simpático pelo seu espírito aberto às novas formas de arte, que a propósito de sonatas de Beethoven emite sempre largas considerações, estudando a fundo temas e desenvolvimento. Se, porém, a obra é nova, o exame detém-se prudentemente[2] em vistas gerais de natureza francamente literária.

Ernâni Braga me pôs em guarda contra o velho Guanabarino. Pois fique sabendo que já levei a minha lâmpada a propósito de Ravel. Seria tolice insistir defendendo Ravel... Não sei se a opinião do colaborador musical da *A Província* a propósito do crítico do *Jornal do Comércio* não será mais temerária que a minha... Para mim Guanabarino é um velho inteligentíssimo e escreve bem. Mas como explicar a sua atitude para com os modernos senão por insuficiência de preparo técnico profissional ou pobreza de sensibilidade artística. Uma ou outra lacuna diminui sensivelmente um crítico.

Haveria muito mais que conversar com Ernâni Braga se não estivéssemos em público onde nem todas as verdades se dizem, e algumas eu gostaria de ouvir de quem, como ele, entende do riscado.

A Província, 24 de fevereiro de 1929

---

2 No jornal, lê-se "pendentemente".

O que é o carnaval carioca mesmo com chuva

O mau tempo prejudicou muito os festejos do carnaval carioca, o carnaval popular, o das ruas — porque o dos salões, o da gente rica, esteve mais animado do que nunca. (No Copacabana Palace venderam-se entradas para 3 mil pessoas e setecentas mesas bordavam nos sete salões o retângulo central reservado aos dançarinos.) Com a chuva incessante que caía a partir das quatro horas da tarde, não havia outra coisa a fazer senão entrar num teatro ou num hotel para maxixar ou beber. E havia às vezes lá dentro coisas curiosas de ver.

O *hall* e bar do Palace, por exemplo, é um ponto que intermitentemente assume aspectos divertidos. Ali se juntam os exemplares mais disparatados da sociedade: a menina de olhos ingênuos, prostitutas, artistas, o chefe de polícia, cocainômanos e canalhas, políticos. A alegria é provocada por meia dúzia de rapazes que beberam demais e circulam de copo na mão, cantando, dançando e dizendo à direita e à esquerda bestidades engraçadas. Cheira-se o éter à vontade. Há quem traga lança-perfume só para o seu lenço. E quem o está gastando nos outros recebe de vez em quando pedidos de *prise* no lenço estendido. Alguns rapazes excedem-se e deitam-se num recanto do bar embriagando-se de éter indiferentes a tudo o mais.

Outro espetáculo curioso é o do Teatro Fênix que se especializou em bailes para homens. Ali as senhoras pagam entrada porque não é possível distingui-las dos tipos que se fantasiam de mulher com uma perfeição em que não entra somente a habilidade e a arte, mas o temperamento também. E há-os de todas as cores, de todas as idades, de todas as classes, nacionais e estrangeiros. O círculo de mirones toma com eles liberdades cruéis que vão do carinho acanalhado ao pontapé de troça. No meio disso sujeitos maduros, de capote, guarda-chuvas e óculos de tartaruga combinando com seriedade encontros acenando os dedos para ajustar preços.[1] Aqui e ali, nas frisas e camarotes, a timidez de um grupo cuidadosamente mascarado trai a família que veio só para ver. Aquele português porém instalou-se com a sua gente numa mesa da platéia em plena bagunça. A mulher traz ao colo um menino de peito e amamenta-o ali mesmo. De um camarote bisnagam-lhe o seio exposto. O português dana-se, não por causa do seio mas por causa da criança: "Olha a criança, seu estúpido!" Passa um lindo rapaz que a assistência aclama de *miss* Brasil. E João, que está comigo, confessa desesperado que há nos olhos da falsa mulher qualquer coisa que ele nunca encontrou nas mulheres de fato.

Como festa popular a segunda-feira, consagrada aos ranchos, é o dia mais característico. Esses ranchos resultaram da evolução dos antigos cordões, nenhum dos quais subsistiu na forma e organização primitivas. Eram blocos bem mais reduzidos que os ranchos atuais. Vinha à frente do estandarte um grupo de índios, caprichosamente fantasiados, executando umas danças de guerra que serviam para abrir caminho entre o povo; seguiam-se ao pé do estandarte os "velhos", de passo grotesco, com as enormes cabeças de papelão oscilando em longos bastões; depois duas alas de sócios vistosamente trajados, tangendo as chulas no couro teso dos pandeiros; e atrás finalmente a canalha que não teve dinheiro para a fantasia, os amigos do clube ou simples curiosos.

O Ameno Resedá, o Flor de Abacate e outros grupos mais ricos começaram, de uns dez anos para cá, a aumentar e complicar o cortejo. Hoje são sociedades para julgamento de cujos préstitos

---

1 A palavra "preço" é uma conjectura, pois está parcialmente ilegível no jornal.

o *Jornal do Brasil*, instituidor do Dia dos Ranchos, reúne no júri profissionais de cenografia, dança, música, e até de bordado — porque há um prêmio de estandarte que requer as luzes de um artista bordador. Os outros prêmios são de harmonia e enredo, fora os títulos de campeão e vice-campeão.

Nos ranchos há batedores a cavalo, clarins, comissões de honra precedendo o "enredo", atrás do qual vem uma verdadeira banda instrumental e coros obrigados a engraçados regentes que andam de um lado para o outro atentos à harmonia do conjunto. A iluminação do cortejo, que a princípio era a querosene ou acetileno, é hoje feita de maneira engenhosa. O rancho inteiro fica envolvido num cordão de fio elétrico ligado a baterias dispostas num caminhão que fecha o préstito. De espaço a espaço saem ramais para as varas dos candelabros de quatro ou cinco lâmpadas elétricas, carregados a mão. Esse cordão ao mesmo tempo isola o rancho da massa popular. O efeito é muito característico.

Para dar uma idéia do que são os "enredos" basta citar dois deste ano. Os Caprichosos da Estopa apresentavam a história de Salomé "baseada na imortal obra do grande escritor inglês Oscar Wilde". Os Parasitas de Ramos buscaram inspiração na história do Brasil revivendo cenas de costumes do nosso passado: os presos carregando água, a sinhá transportada na cadeirinha, o negro apanhando no pelourinho, os anjinhos das procissões... As personagens de todas essas cenas eram criancinhas, o que acrescia ainda mais a deliciosa ingenuidade do cortejo.

É na praça Onze que esses ranchos são mais apreciados. Para lá aflui o povinho miúdo, a mulataria que dá cor e pitoresco ao carnaval famoso da praça. Ali há duas coisas gostosíssimas de ver: os "sambinhas" e as "batucadas".

Os primeiros são rodas de baianas pegadas de colares de contas doiradas revezando-se em solos de samba. É impressionante espetáculo quando alguma boa velha cai na roda dançando de olhos fechados, religiosamente, como as macumbas.

As "batucadas" improvisam-se e desmancham-se logo porque a polícia dá-lhes caça. Consistem numa dança de capoeiragem ao som do batuque. Formado um largo quadrado ou retângulo o pessoal da rapa entra a saltar, tentando derrubar uns aos outros ou aos que fecham o quadrado. De vez em quando um tombo de rasteira diverte os espectadores. Mas o prazer é perigoso: toda aquela gente tem cara inquietante e é de fato a pior malandragem da cidade. Volta e meia a brincadeira degenera em conflito e acaba em navalhadas.

A Província, 3 de março de 1929

Um poeta que não quer cantar mais o Brasil

Há no Rio um rapaz a quem o senhor Murilo Araújo num momento de maldade apelidou de Gordinho Sinistro. Esse apelido é uma das melhores invenções líricas do poeta da *Cidade de ouro*.

O gordinho Augusto Frederico Schmidt não tem nada de sinistro. É ao contrário um tipo risonho, uma alma boa, sem prejuízo do espírito humorístico e mistificador que fez dele um companheiro excelente para duas horas de bar, mesmo sem orquestra. Mas "Gordinho Sinistro" é uma dessas aproximações verbais cujo inesperado gera instantânea e inesgotavelmente poesia.

O senhor Augusto Frederico Schmidt começou a se distinguir nas rodas dos cafés pela fidelidade com que recolhia as frases mais significativas da conversação do senhor Nestor Victor. Sem ele muitos primores do pensamento do mestre sempre novo dos rodapés d'*O Globo* das segundas-feiras ficariam perdidos para o grande público. Como I. J. Gomes Sampaio[1] (onde andará o talentoso bacharel do Piauí?), Augusto Frederico Schmidt estima e admira o grande crítico da geração simbolista. Graças a esse interesse cheio de simpatia é que ficamos conhecendo os motivos que levaram o mestre a romper com Maeterlinck e sabemos com positiva esperança que foi por intermédio de Taine que ele chegou a Platão.

Entretanto havia em Augusto Frederico Schmidt alguma coisa de mais sério do que tudo isso. Schmidt negociava em madeiras. E de repente apareceu com o *Canto do brasileiro Augusto Frederico Schmidt*.

---

1 I. J. Gomes Sampaio é um pseudônimo criado por Gilberto Freyre.

Esse menino madeireiro e hoje proprietário de uma livraria católica veio preencher o vácuo deixado nas letras pela morte de Artur Azevedo. Não tínhamos um bom poeta gordo.

Sainte-Beuve já reparara em pleno romantismo que existe uma poesia caracteristicamente dos gordos e a propósito de umas estâncias bem balançadas de Théophile Gautier exclamara num de seus "Lundis":[2] – "Eis uns versos que um magro nunca poderia fazer".

A poesia de Augusto Frederico Schmidt é assim. Meiga, triste, neo-romântica, mas gorda. Às vezes tem um sabor a Casimiro de Abreu, a Gonçalves Dias, a Fagundes Varela.

O que torna os versos de Schmidt muito apreciáveis, à parte o dom de poesia que respiram mau grado muitos defeitos de composição apressada, é que eles não falam do Brasil nem fazem batuques verbais com vocábulos negros, praga que torna ilegíveis quase todas as brochurinhas dos novos poetas brasileiros. Esses rapazes oscilam entre a virtuosidade precisa de Guilherme de Almeida, as tintas claras de Ronald e o molengo mestiço de Mário de Andrade. E tome Brasil da primeira à última página!

Ora, o gordinho Augusto Frederico Schmidt rompeu com esta cacetada e começou o seu canto anunciando logo com displicência: "Não quero mais cantar a minha terra. Não quero mais o Brasil. Não quero mais geografia nem pitoresco". Esse enjôo do Brasil como tema pitoresco vinha sendo sentido por muitos mas foi Augusto Frederico Schmidt quem primeiro o exprimiu em poesia.

Quanto ao seu neo-romantismo ele não é um mero decalque dos nossos poetas do século passado. Há um sentido de renovação nos ritmos e de controle verbal na expressão. Esse controle é verdade que falha algumas vezes. Parece então que o poeta faz

---

2 Em francês, "segundas-feiras". O crítico francês Sainte-Beuve (1804-1869) publicou *Causeries du lundi* e *Nouveaux lundis*.

como o homem – o negociante, o vendedor de madeira: desabotoa o paletó e bota o chapéu para nuca porque está fazendo calor.

Mas quando Schmidt está sério e com vontade de rezar pode fazer coisas superiores às de todos os outros poetas que andam pela sua idade. O seu poema "Quando eu morrer" tem realmente uma beleza de exceção no meio das correntes estandardizadas da nossa poesia de agora:

Quando eu morrer o mundo continuará o mesmo.
A doçura das tardes continuará a envolver as coisas todas,
Como envolve neste mesmo instante.
O vento fresco dobrará as árvores esguias
E levantará as nuvens de poeira das estradas –
Quando eu morrer as águas claras dos rios rolarão ainda
Rolarão sempre alvas de espumas...
Quando eu morrer as estrelas não cessarão de se acender no lindo
[céu noturno
E nos vergéis onde os pássaros cantam – as frutas continuarão a
[ser doces e boas.
Quando eu morrer os homens continuarão sempre os mesmos
E se hão de esquecer do meu caminho silencioso entre eles.
Quando eu morrer os prantos e as alegrias permanecerão
Todas as ânsias e inquietudes do mundo não se modificarão.
Quando eu morrer a humanidade continuará a mesma
Porque nada sou – nada conto e nada tenho
Porque sou um grão de poeira perdido no infinito.
Sinto porém, agora, que o mundo sou eu mesmo
E que a sombra descerá por sobre o universo vazio de mim
Quando eu morrer...

A Província, 12 de março de 1929

Onde estão as riquezas do *folklore* brasileiro?

Em carta a um amigo o senhor Oswald de Andrade, depois de haver distribuído os papéis a vários sujeitos num plano de campanha literária, rematava assim: "Quanto ao Mário, esse, coitado, ficará confinado no *folklore*...".

Oswald é o campeão nacional nesse *sport* de perfídias amicais, gênero utilíssimo numa terra em que falta freqüentemente o senso do *humour* para contrabalançar o espírito de literatura. E ninguém está mais exposto às *boutades* de Oswald do que o seu grande amigo Mário de Andrade, cujos hábitos de seriedade, de sistema, de exame contrastam singularmente com a deliciosa desenvoltura do autor do *Primeiro caderno de poesia*. Pois este não disse de outra feita que o Mário "nasceu para andar por caminho errado com gente atrás"?

São maldadezinhas essas a que se pode sem indiscrição dar curso porque no fundo delas esconde-se a importância enorme que todos, e o próprio autor, atribuem com justiça ao poeta, ao romancista, ao crítico, ao professor Mário de Morais Andrade.

Nessa personalidade de tantas faces impressionantes é o professor que mais provoca o instinto de judiação. Não tem dúvida que Mário é muito professor. Mas em professor o que possui de curioso é que está sempre estudando e afinal de contas, bem apuradas as coisas, é muito mais estudante do que professor. Estuda tudo, com uma dedicação infatigável, principalmente no que respeita ao Brasil. E foi esse amor estudioso pelo Brasil que o levou o ano passado aos confins do Amazonas e agora ao Nordeste donde acaba de regressar após três meses de convivência estreita com a população cantadeira dos estados de Pernambuco, Paraíba e Rio Grande do Norte.

Mário voltou do Nordeste convencido que ali estão as reservas mais ricas do nosso *folklore* musical. Era, aliás, coisa sabida e sentida. O instinto musical dos cariocas é conhecido pela quantidade de sambas e marchas de carnaval. O que nem todo o mundo sabe é que as raízes profundas dessa florescência anual de gostosa música descem muitas vezes de uma toada velha do Norte, de um coco natalense, de um martelo pernambucano. Exemplos: a "Cabocla de Caxangá", o "Meu boi morreu", o "Pinião".

Toda essa imensa riqueza, as minas gerais da nossa musicalidade, só tivera até agora para explorá-la os garimpeiros e faiscadores da literatura. Os estudos de *folklore*, a começar pelos de Sílvio Romero, perdiam muito do interesse pela ausência completa do elemento musical. Com Mário de Andrade começa agora o desmonte sistemático, a cata em profundidade. A tarefa é tão grande que dá vontade de exclamar invertendo o sentido à frase de Oswald: "Coitados de nós, que não possa o Mário ficar confinado no *folklore*!".

O autor de *Macunaíma* quando conversou comigo repetiu as impressões que tornou públicas na entrevista concedida a *A Província*. Apenas alguns detalhes poderei acrescentar ao que ali já se leu. Como eu lhe perguntasse qual dos três estados lhe parecera mais importante do ponto de vista da tradição musical, Mário respondeu:

— Ah! sem dúvida nenhuma o Rio Grande do Norte.

— Em que sentido?

— Em todos os sentidos. Pelo número, pela maior pureza de tradição, pela riqueza de ritmos...

— Mais do que Pernambuco?

— Muito mais! Em Pernambuco o "boi" está em grande decadência. Nenhum dos que vi lá pode se comparar ao "boi" que assisti no engenho de Antônio Bento. Depois a variedade rítmica...

Em Pernambuco os ritmos são muito mais pobres, as formas quadradas muito mais freqüentes.

— Então de Pernambuco o frevo?

— O frevo e os engenhos. Que delícia os engenhos da Zona da Mata! o conforto da vida nas salas de estar! A hospitalidade do Nordeste excedeu tudo quanto eu imaginava e em parte alguma do Brasil vi receberem com tanta afabilidade. Quanto ao frevo é um espetáculo, antes um gozo (porque ninguém pode ver sem cair no passo) absolutamente único. Uma coisa formidável como dinamismo. Um verdadeiro delírio. Pode-se preferir, e eu prefiro, o carnaval do Rio como totalidade, mas o frevo é incomparável e está só como dança propriamente carnavalesca.

Voltando a assuntos musicais o meu amigo salientava o espírito essencialmente improvisador dos cantadores:

— Não é só na letra que o nordestino se mostra improvisador. Na música é a mesma coisa. Às vezes ouvindo uma toada interessante, eu pedia ao cantador que repetisse para anotá-la. O diabo da segunda vez já cantava diferente! E quantas vezes cantasse havia sempre uma variante: a improvisação é constante! Isso dificultava muito o meu trabalho.

Uma das impressões mais fundas de Mário foi um bendito cantado em Catolé do Rocha por uma velhinha que pedia esmolas para uma moça entrevada. A procissão atravessava o largo da Matriz, debaixo do sol a pino. No meio do largo o carrinho de mão com a aleijada, uma mocinha muito bonita. E apoiada no carro a velha envolta num xale espesso cantando o bendito maravilhoso... Nordeste.

A Província, 17 de março de 1929

PARE
PARE
P3872

Como o Rio festejou o Dia da Avenida

O Rio festejou no dia 8 o jubileu da sua grande Avenida.[1] Todas as casas de comércio hastearam a bandeira nacional. À noite houve corso.

Desci à cidade àquela hora em que os combustores de iluminação ainda não estão acesos — àquela hora em que, segundo o poeta,[2] "vai desaparecer a indecisão delicada". É para mim o instante mais delicioso da Avenida. Há um ar de mistério no lusco-fusco cheio da agitação retardatária. As mulheres que passam parecem mais estranhas. Tem-se a vaga impressão que tudo pode acontecer. E de repente é a luz que acontece.

A avenida estava linda como sempre. Ela não precisa de decorações suplementares para tomar aspecto festivo. Na realidade de todos os dias já é uma festa perpétua para os olhos: alegria dos cariocas e dos provincianos em trânsito. Apesar da sua detestável arquitetura... A vida, o movimento, o luxo das instalações comerciais e ultimamente a nitidez fulgurante dos anúncios luminosos de gás neon fazem esquecer que não há nos quatro quilômetros das suas duas linhas de edificação nenhuma fachada verdadeiramente bela. Não importa. A Avenida é linda, a Avenida é bem brasileira e tem todo o encanto de coisa brasileira.

Nasceu quase de improviso. Em um mês derrubaram centenas de paredes, trabalho em que se empregou[3] desde a dinamite até a

---

1 Trata-se da avenida Rio Branco, antiga avenida Central, cuja construção teve início em 8 de março de 1904.

2 Referência a Ribeiro Couto. Em seu poema "O delicioso instante", de *Poemetos de ternura e melancolia*, há o verso "E desaparecerá esta indecisão delicada".

3 No jornal, lê-se "pregou".

junta de bois. E houve um bloco de casarões que foi arrasado pelo incêndio proposital. A abertura da avenida não foi uma obra friamente projetada e executada. Antes parecia uma obra de paixão. De fato o seu autor é um engenheiro e administrador apaixonado. O que outros põem em sua vida amorosa, o senador Frontin, que foi um marido exemplar, tem posto em sua vida profissional. Trazer água ao Rio em seis dias num verão seco, rasgar em quatro semanas uma enorme avenida num centro comercial em que predominava o elemento português, duplicar em alguns meses a linha férrea da Serra do Mar — eis o que tem suscitado nesse homem os mais formidáveis repentes de alma. A engenharia nele é uma paixão. Exerce-se sempre com a força e a rapidez das paixões.

E como a paixão é contagiosa, o seu entusiasmo ganha o público, que logo se divide para exaltá-lo ou combatê-lo. Assim sucedeu no caso da avenida. Ele apaixonou a opinião pública. Houve pessimistas que duvidavam do êxito da empresa. Vamos ter uma avenida de escombros, diziam eles. Nem em cinco anos se edificará... Os preços dos terrenos são excessivos para a escassez atual de dinheiro...

Depois apareceram os críticos que a olho julgaram errado o eixo de abertura. Isso tudo provocava um sem-número de comentários. Foi assim que se rasgou a Avenida, nesse ambiente de viva e controvertida curiosidade.

E como foi por ela que começou a transformação urbanista do Rio, ela ficou como símbolo daquela transformação.

Os festejos do dia 8 levavam o espírito a 25 anos atrás, quando ainda havia no Rio muita coisa que está nos desenhos de Debret. Só os que conheceram os aspectos da cidade antes de 1904 podem dar-se conta do alcance da obra do governo de Rodrigues Alves. Esses nunca sentirão diminuída a sensação de maravilhada surpresa que foi para eles a mutação quase instantânea da velha cidade colonial de ruas estreitas e praias mesquinhas no Rio desafogado de agora.

Nessa estupenda mudança de cenário havia um ponto que despertava o interesse de toda a gente: o que seria da rua do Ouvidor? Perderia o prestígio de elegância em favor da nova e ampla artéria?

Há de haver aí no Recife muita gente que se lembre ainda da rua do Ouvidor de antigamente... Do agrupamento quase intransitável do canto da rua Gonçalves Dias, onde labregos floristas vendiam cravos e rosas espetados em mamões verdes... Do tumulto do velho Pascoal e do Café do Rio... Da porta de *madame* Dreyfus, a linda *madame* Dreyfus muito branca e muito loura, porta de grande significação política porque lá aparecia todas as tardes o senador Rosa e Silva cercado de seus amigos... Perto ficava a Confeitaria Castelões, onde se reunia a boêmia literária do tempo — Bilac, Coelho Neto, Guimarães Passos, Emílio de Meneses, Patrocínio, tantos outros, e mais vivo e mais surpreendente que todos, Paula Ney... Bem mais longe o sirgueiro e alfaiate militar, a cuja porta comparecia todos os dias o derrotado Custódio José de Melo, sempre de jaquetão e cartola — porque a cartola ainda era coisa de uso cotidiano e o almirante não relaxava...

Quem vaticinou que "a rua do Ouvidor seria sempre a rua do Ouvidor" perdeu na aposta. A supremacia mundana deslocou-se para a Avenida. Os velhos afirmam que na ruazinha apertada havia um encanto mais íntimo. Havia. Mas é inútil lastimar o encanto que passou. A avenida tem outros encantos diferentes, como são diferentes as graças das mulheres novas que lhe dão vida e sabor.

A Província, 22 de março de 1929

Os sonetos de amor de uma poetisa inglesa

Como na história da Gata Borralheira e em outros contos populares onde há a intervenção de uma fada benfazeja para mudar o destino das criaturas desgraçadas e boas, assim na vida de Elizabeth Barrett Browning, parece ter intercedido um poder sobrenatural para trocar-lhe em felicidade uma desdita que até aos quarenta anos parecia definitiva e irremediável.

Inválida desde tenros anos em conseqüência de um acidente na espinha dorsal, pode-se imaginar o que terá sido a adolescência e a mocidade de Elizabeth. Porque todos sabemos quanto é doloroso o destino de um inválido, sobretudo quando ele tem inteligência e sensibilidade de exceção, como Elizabeth, cujos olhos revelam à primeira vista uma profundidade de sentimento, que os seus versos confirmam.

Aos 34 anos perdeu ela o seu único irmão e de maneira trágica, afogado. Isso ainda mais concorreu para abalar-lhe perigosamente o sistema nervoso. Todavia o seu organismo resistiu, para a tortura quotidiana de um destino sem esperança.

De repente, seis anos depois, a Graça Divina apareceu-lhe na pessoa de Robert Browning, que a viu, amou-a e desposou-a. O pai de Elizabeth não esperava nada de bom de tal casamento, tanto que não queria consentir na união. Elizabeth, porém, estava segura do sentimento, do homem que ela amava e do seu. Casou-se, contra a vontade do pai.

Assim, aos quarenta anos, quando a mocidade tinha acabado e ela entrava só na velhice inválida, Elizabeth encontrou o amor completo e absolutamente dedicado de uma das inteligências mais altas e um coração dos mais nobres e fortes que já pulsaram na Terra.

Robert Browning, todos o sabem, é um dos grandes poetas da era vitoriana. Para muitos mesmo passa ele como o maior poeta dramático da Inglaterra depois de Shakespeare. Ao contrário de Elizabeth, foi Robert desde o nascimento um favorecido da sorte. O seu espírito, em que o traço mais fundo era um otimismo que levou conforto a tanta alma desesperada, exerceu uma influência enorme, principalmente pela grandeza moral da sua obra.

Se os simples leitores recebiam fé e consolo das palavras escritas do mestre de *Pippa Passes*. Imagine-se o que não foi a felicidade conjugal de Elizabeth, vivendo ao lado dele. Graças ao carinho constante e à ambiência de alegria e fé com que a envolvia Browning, Elizabeth viu a sua vida prolongada até os 56 anos.

Para Elizabeth, pelo menos, se cumpriram as palavras em que se pode resumir a mensagem espiritual do seu marido: "Espera firmemente na coisa sutil que é o espírito". E de fato a união dessas duas criaturas pertence, como disse um dos seus biógrafos, às coisas ideais da vida.

Os sonetos de amor de Elizabeth retratam como talvez nenhuns outros poemas em qualquer literatura a capacidade de gozar e sofrer pelo objeto amado. Certamente nenhuma mulher alcançou em verso a profundidade de sentimento e expressão de alguns dos *Sonnets from the Portuguese*. Embora nada houvesse neles que pudesse parecer chocante da parte de uma mulher, Elizabeth, sem dúvida por motivo de pudor, publicou os seus sonetos dando-os como traduzidos do português. (E de fato eles se aparentam na forma aos sonetos dos clássicos portugueses.)

Um poeta de língua portuguesa não poderá lê-los sem experimentar a curiosidade e a tentação de vertê-los para a língua de onde a autora, por uma delicada mistificação, insinuou havê-los traduzido. Mas que dificuldades! Esses sonetos são, em verdade, intraduzíveis. É que nem só o fundo, o sentimento geral paira em altitudes irrespiráveis para o comum dos poetas: em todos os detalhes de expressão e técnica são tais poemas de uma realização tão perfeita que não admitem sucedâneo. Poemas assim são milagres e têm qualquer coisa de semelhante ao trabalho misterioso de cristalização no mundo físico.

Eu tive a tentação de traduzi-los. E o primeiro que ataquei transformou-se em minhas mãos naquela coisa baça e vil em que se mudou nas mãos do poleá a mosca azul das *Ocidentais*.[1]

Todavia o calor do sentimento original é tão forte que talvez um reflexo dele tenha ficado nas palavras portuguesas que vão abaixo:

Amo-te quanto em largo, alto e profundo
Minh'alma alcança quando, transportada
Sente, alongando os olhos deste mundo,
Os fins do Ser, a Graça entressonhada.

Amo-te em cada dia, hora e segundo:
À luz do sol, na noite sossegada.
E é tão pura a paixão de que me inundo
Quanto o pudor dos que não pedem nada.

Amo-te com o doer das velhas penas;
Com sorrisos, com lágrimas de prece,
E a minha fé de infância, ingênua e forte.

---

1 Referência ao poema "A mosca azul", do livro *Ocidentais* (1880), de Machado de Assis.

Amo-te até nas coisas mais pequenas.
Por toda a vida. E, assim Deus o quisesse,
Ainda mais te amarei depois da morte.

A Província, 4 de abril de 1929

A vida plagiando Pirandello

Imaginem aí que lhes entrasse em casa um sujeito com um rolo de manuscritos na mão. Na capa um título: *O número 44.170*, romance. Naturalmente os leitores fariam o mesmo que faz o senhor João Ribeiro em casos de agressões idênticas. O senhor João Ribeiro não consente em ouvir.

Mas o autor explicaria: — Trata-se de um caso difícil de identificação de um demente. O meu herói no começo do romance é encontrado vagando sem destino pelas ruas de Turim. As suas roupas, as suas maneiras, o seu ar estranho despertaram a atenção da polícia, que o deteve, para logo verificar tratar-se de um pobre aloucado que nenhuma informação sabia dar sobre si próprio. Internado no hospício de Collegno, constataram os clínicos no paciente a perda absoluta de memória e iniciaram o tratamento do homem, que nos livros de entrada ficou assinalado sob o número 44.170.

Mas um repórter de polícia, cavador e furão como o Oscar Melo, teve conhecimento do caso, correu ao hospital, conversou com os médicos, viu o desmemoriado, conseguiu no gabinete de identificação o retrato dele e no dia seguinte estampava tudo isso no jornal mais lido em todo o norte da Itália.

O resultado dessa reportagem foi que dias depois compareceu na chefatura de polícia uma senhora de Cremona pedindo para ver o doente, pois lhe parecia tratar-se de seu marido, um homem de ciência desaparecido durante a guerra na frente italiana, onde servia. A acareação confirmou os pressentimentos da senhora: aquele homem barbudo era de fato o seu esposo.

Entretanto logo depois se apresentava à polícia uma mulher do povo que também reconhecera no retrato do jornal o seu homem, simples operário gráfico que andava havia tempos foragido por causa de umas falcatruas de dinheiro. Posta em face do desmemoriado de Collegno, com ele se abraçou desfeita em muitas carícias e lágrimas. Ali estava sem sombra de dúvida, o seu maridinho!

Imagino que aqui os leitores diriam ao romancista: — Mas isso não é crível. Na vida as cousas não se passam como nos maus filmes americanos ou nos romances de Maurice Dekobra. A sua história não tem nenhuma verossimilhança. Vá que os dois homens se parecessem como duas gotas d'água fisicamente; mas não é aceitável que no resto um homem do povo, um tipografozinho que andava às voltas com a polícia, se confundisse com um professor, um homem de educação fina, para a senhora que com este último convivera durante anos.

O meu romancista responderia tranqüilamente que a vida é uma grande mestra de inverossimilhanças e continuaria a expor as peripécias inverossímeis da sua história: a rica senhora obtendo, graças aos depoimentos da parentela todos confirmativos da identidade do esposo, que este lhe fosse entregue; o processo instaurado perante a justiça pela família do operário, a qual apresentava provas do erro de identificação e pedia uma decisão legal acerca da verdadeira personalidade do nº 44.170; a sentença do Supremo Tribunal reconhecendo no homem o tipógrafo prevaricador e contra ele expedindo mandato de prisão; a gravidez e parto da senhora de Cremona (porque o desmemoriado de Turim — fosse ele o tipógrafo ou o professor — não esquecera a arte de fazer filhos); a apelação interposta pela família do professor; a opinião pública dividindo-se entre duas presunções; o meio jurídico, o meio médico, o meio jornalístico interessando-se pela questão...

Pois bem: essa intriga formidável é sem tirar nem pôr a novela que há dois anos a vida — não o fantoche da minha crônica — está compondo com vagar para os que em matéria de romance se contentam com o noticiário dos jornais.

A Itália é sabidamente uma terra de juristas notáveis, herdeiros das tradições romanas. O caso difícil do nº 44.170 já arrastou aos debates alguns dos mais célebres advogados do norte da Itália. Nem faltou um, dos de maior renome, o senhor Farinacci, ex-secretário-geral do Partido Fascista, para sustentar que o desmemoriado não é nem o professor nem o tipógrafo. Falta ainda um defensor para uma quarta hipótese que seria a dupla personalidade do mesmo indivíduo, como no caso de Dr. Jekyll e Mr. Hyde da novela de Stevenson[1] que o cinema popularizou no filme *O médico e o monstro*.

O que há de curioso nessa história da vida é a analogia que em muitos pontos apresenta com as ficções do italiano Pirandello. Este com os seus "Seis personagens" que intervinham na elaboração do artista, com as suas criaturas que oscilavam nos limites da razão e da loucura (Eram loucos?... Não eram?... *Così è se vi pare*...) foi tido por absurdo, estapafúrdio, inverossímil. Agora a própria vida se põe descaradamente a plagiá-lo. Não existe uma verdade objetiva... Existe uma verdade para cada um e todos os pontos de vista são legítimos e se equivalem... O número 44.170 é Mario Bruneri, o tipógrafo gatuno? *Così è se vi pare*. O número 44.170 é Giulio Canella, professor e oficial do exército italiano? *Così è se vi pare*. E tanto pareceu assim à senhora Canella que do seu ponto de vista já resultou mais um habitante para a Itália fascista.

A Província, 7 de abril de 1929

---

1 No periódico encontra-se, equivocadamente, "Dr. Hyde e Mr. Jekill da novela de Atkinson".

O Rio empolgado pela eleição de *miss* Brasil

A febre amarela continua a zombar dos esforços da Saúde Pública, da Comissão Rockfeller e dos comitês subsidiários da campanha que lhe movem os poderes oficiais. Entretanto ninguém fala mais em febre amarela. A população perdeu o medo.

É que o Rio está inteiramente empolgado pela eleição de *miss* Brasil. O hotel Itajubá, o arranha-céu cor-de-rosa do quarteirão Serrador, é nestes dias o centro de gravitação da vida social carioca. Lá é que se hospedam as *misses* estaduais que vieram disputar o páreo de beleza nacional.

Afinal essa eleição, que à distância cheirava um pouco a ridículo, transformou-se inesperadamente num formidável movimento de interesse público. Tal e qual como o caso do *Jaú*.[1] O ridículo foi submergido, levado de vencida pelo contágio de um sentimento que rapidamente se tornou coletivo e uniu no Rio os brasileiros de todas as procedências numa emoção estranha, afinal de contas bela pela ingenuidade de suas manifestações.

Os jornais costumam exagerar os acontecimentos cotidianos para efeitos de tiragem. Desta vez, porém, os leitores da *A Província* podem acreditá-los: talvez mesmo o noticiário esteja aquém do alvoroço que vai por aqui.

Os estetas, os requintados, os intelectuais, os eternos enamorados da Hélade antiga devem andar assanhados. Porque eles viviam descrentes diante do espetáculo das multidões que se reuniam nos estádios para assistir a um trocar boçal de murros ou a

---

1 *Jaú* foi o primeiro avião com tripulação brasileira que atravessou o oceano Atlântico, em 1927.

GRANDE CONCURSO DE BELLEZA PROMOVIDO PELA "A NOITE"

Miss Brasil, ao centro, e as Misses Estaduaes.

uma partida de *football*. Ora, a eleição de *miss* Brasil atraiu à praça de esportes do Fluminense uma concorrência que bateu todos os *records*. Apesar de se tratar de um dia útil, não só as arquibancadas, mas o mesmo gramado onde se disputam os jogos ficaram à cunha, de sorte que nem foi possível abrir na massa um simples corredor para o desfile das *misses*!

Estas constituem o tema obrigado de todas as conversas, a atração de todas as festas, o motivo de todos os artigos. O monossílabo "*miss*" já foi manipulado em toda a sorte de combinações e *à peu près*[2] pelos profissionais e amadores do trocadi-

2 Em francês, "mais ou menos".

lho. Um diz que na igreja ninguém mais reza direito, pois todo mundo fica com um olho no padre, outro na "*miss*". A uma pessoa que desfazia na eleita a um membro do júri, retrucou este imprudentemente:

— Ora, saia daí! Você já as viu de *maillot*? Não, não é? Pois então você não sabe da "*miss*" nem a metade!

O outro des... maiou.

A respeito da decisão do júri correm pormenores maliciosos acerca das concorrentes. Assim diz-se que em maioria eram elas realmente esculturais. Mas uma não tinha idade, outra não tinha altura, outra era obrigada a usar *soutien-gorge* e aqueloutra cinta...

Havia também uma beleza com três *pivots* na frente da boca. Sussurra-se que *miss* Rio de Janeiro bateu *miss* Paraná pelas medidas antropométricas do rosto.

Ainda não tive ocasião de ver de perto nenhuma delas. Uma noite destas voltando de Copacabana, o meu ônibus cruzou com o cortejo que as levava ao baile do Praia Club. Desde o edifício da sociedade, na avenida Atlântica, até o centro urbano havia curiosos a pé ou em automóveis para contemplá-las e aplaudi-las. (A avenida Rio Branco estava como nos dias de carnaval.) O cortejo era de fato bonito. Qualquer moça razoavelmente bonita, vestindo uma *toilette* de baile toma logo proporções inesperadas. No meio da noite, dentro de um *landaulet*[3] iluminado então...

As patrícias estavam realmente lindas: — que mapa do Brasil!

Outro dia o pintor Di Cavalcanti dizia-me:

— Pra fazer figura, pra mandar pra Galveston a mulher seria a do Paraná. Porém como tipo brasileiro a mais interessante é a da Paraíba. A *miss* Paraíba é estupenda. Você não sabe aquele tipo do Nordeste, aquele moreno sem ser mulato, um moreno muito

---

3 Em francês, "landau pequeno".

igual, o jeito arqueado do nariz? Pois *miss* Paraíba é assim. As fotografias não dão idéia.

— E a *miss* Bahia?

— A *miss* Bahia tem uma pele maravilhosa. É dourada.

Outro artista, Elezier Xavier, o jovem pintor pernambucano que está aqui há menos de um ano e já conquistou nas rodas intelectuais um prestígio muito merecido, também me deu algumas das suas impressões sobre o assunto... irremissível:

— *Miss* Paraná é uma mulher que nasceu para andar pisando em pétalas de rosa...

— E a nossa patrícia, a Connie?

— É linda: é uma santinha.

Quando eu ia indagar que tal a *miss* Amazonas, Xavier estendeu-me a mão bruscamente: — Até mais!

Uma cousa confortável em tudo isso é o arzinho bom, simpático, bem brasileiro de todas essas moças. As tolices que aparecem nas entrevistas devem ser com certeza dos entrevistadores. Eles vão perguntar a meninas de dezesseis anos opiniões sobre o amor e sobre a literatura nacional. É natural que uma diga que "os seus escritores prediletos são Coelho Neto e Machado de Assis"... E outra que "o amor é vida e sem o seu concurso não é possível viver".

Não faz mal: no poleiro do *Diário da Manhã* eu tenho lido muito pensamento assim com um nome ilustre por baixo...

A Província, 30 de abril de 1929

Juiz de Fora é a sala de visitas de Minas Gerais

Um poeta modernista escreveu um dia este poema cruel:

> JUIZ DE FORA
> Eu tenho uma pena do rio Paraibuna!...

O poeta, está claro, não podia ser senão de Juiz de Fora.[1] Porque só em um poeta modernista de Juiz de Fora se pode admitir tanto desdém e tanto sarcasmo para com a bonita cidade que lhe foi berço. Um forasteiro de passagem sentirá, estou certo, o oposto do sentimento inculcado no verso.

De fato Juiz de Fora é uma das cidades mais adiantadas, mais agradáveis, mais limpas do interior do Brasil. Chamam-na os seus naturais a sala de visitas de Minas pela situação: é a primeira cidade de maior importância que aparece no estado à margem da linha tronco da Central.

Aqui um urbanista de importação muito pouco teria que alterar. O plano da cidade é simples: duas enormes avenidas muito amplas, uma lateralmente ajardinada e ambas arborizadas, cortadas normalmente por uma série de outras ruas que acabam em rampa forte na montanha em cuja cumeada — a Vista do Imperador — uma imagem do Cristo Redentor abençoa a cidade. Não há nela vestígio de algum desses quarteirões velhos que em outras cidades fazem a delícia de tradicionalistas e o horror de amantes do progresso. Juiz de Fora é de ontem, tão de ontem que o seu desenvolvimento surpreende.

---

1 O poeta em questão é Murilo Mendes (1901-1975); o poema não foi incluído em sua obra.

Basta dizer que não passava de uma "habitação" no tempo em que por aqui passou Auguste de Saint-Hilaire. Uma venda para recurso de viajantes e um rancho — era toda Juiz de Fora em 1816, e o sábio francês descreveu-a em meia dúzia de linhas:

> Da venda de Juiz de Fora se descortina uma paisagem encantadora. Essa venda foi construída na extremidade de um amplo pasto, limitado de todos os lados por colinas. O Paraibuna corre ao longo da estrada; sobre um pequeno riacho que nele se lança depois de atravessar o caminho, construíram uma ponte de madeira de efeito muito pitoresco; junto há uma cruz; mais longe vê-se uma capela abandonada e as ruínas de um engenho de açúcar. Ao lado da venda, um vasto rancho e logo ao pé um paiol para o milho.

No entanto, algumas dezenas de anos mais tarde, quando o inglês Burton passou para Ouro Preto, o antigo pouso de viajantes era já uma cidade próspera. A esse rápido desenvolvimento estão ligados os nomes de dois homens excepcionais, sempre vivos na memória dos juiz-foranos: Halfeld e Mariano Procópio. Pode-se dizer que foram eles os construtores de Juiz de Fora. O busto do primeiro orna o bonito jardim público que defronta a rua do seu nome — rua Halfeld, a rua do comércio fino, a rua dos cinemas, a rua elegante, a "Rua Nova" daqui. Mariano Procópio, que também tem estátua em praça pública, foi o notável engenheiro e capitão de indústria a quem se deve a famosa estrada de rodagem União e Indústria, que partindo daqui demandava o porto da Estrela na Baixada Fluminense. Tão bem construída foi ela, que em extensos trechos ainda resiste à ação do tempo, apesar do descaso em que ficaram os caminhos depois da passagem das linhas férreas.

Mariano Procópio Ferreira Lage não era apenas um ganhador de dinheiro, ainda da melhor espécie que é a dos que o granjeiam por meio de grandes empreendimentos de interesse geral: sabia também desfrutá-lo com discernimento e gosto. Assim construiu a sua residência no centro de um vasto parque que com ser o mais deleitoso sítio de recreio constituía um verdadeiro jardim botânico, pois apresentava um resumo de quase todas as espécies indígenas e exóticas cultivadas no Brasil. No alto de um cômoro e dominando um grande lago ensombrado de bambuais nas margens e em ilhotas ficava o solar acastelado, obra do arquiteto Carlos Augusto Gambs. O edifício em verdade não tem nada de interessante e está inteiramente fora da tradição brasileira. Mas o parque faz perdoar o castelo. A propriedade estava pronta em 1862.

O atual dono da magnífica residência de Mariano Procópio, o senhor Alfredo Lage, viúvo e sem filhos, organizou-a em museu — o Museu Mariano Procópio — que doou à municipalidade, reservando-se tão somente a função de conservador vitalício. O Museu Mariano Procópio encerra muita coisa bela e interessante. Só ele justifica uma visita à cidade, para a qual de resto representa uma inestimável contribuição de cultura com as suas coleções naturais, galeria de arte e mostruários de peças de interesse histórico. A pinacoteca, um amplo salão de construção moderna onde a lua desce do teto, contém alguns exemplares preciosos, como sejam dois Daubigny, belas paisagens de França, um desenho do Meissonier, duas grandes gravuras de Doré, um grande quadro de Roelofs[2] (sinto que estou estropiando o nome), animalista holandês... Contou-me o empregado do museu que uma fotografia deste quadro tendo chegado ao conhecimento do governo holandês,

---

2 Trata-se de Willem Roelofs (Amsterdã, 1822–Antuérpia, 1897). No jornal o nome do pintor aparece de fato estropiado ("Roekofs"), como Bandeira indica. O quadro em questão se intitula *Après-midi en Holande* (recebeu medalha de ouro na Exposição de Paris de 1888).

este apressou-se em propor-lhe a compra, oferecendo logo de entrada o preço de cinqüenta contos. O senhor Alfredo Lage, porém, nunca abriu mão de nada, ao contrário está sempre aumentando as suas coleções. Nas salas do castelo há muita porcelana de vária procedência, tanto do Oriente como das grandes manufaturas de França, da Inglaterra, de Saxe, velhos cristais da Boêmia, uma peça autêntica de Boulle — uma mesa rococó toda revestida de incrustações de bronze e tartaruga... Quase todos exemplares provindos de grandes casas: muita coisa que pertenceu ao marquês de Abrantes, dois jarrões que foram do duque de Caxias, reminiscências dos solares do marquês de Muritiba, de Cotegipe, da marquesa de Santos (algumas peças de um lindo serviço de chá em porcelana dourada de França).

São numerosas as lembranças da casa imperial, tanto do segundo como do primeiro império, destacando-se a deliciosa fardinha da coroação de Pedro II, em cetim branco agaloado de ouro; o modelo em bronze da mão do segundo imperador, mão pequena de palma gorducha e dedos muito gordos também na grande falange mas afinando bruscamente, mão segundo os quiromantes caracteristicamente sensual e artista; um bom busto da princesa Isabel por Bernardelli, datado de 88... Um sem-conta de pequenos objetos, bocetas de rapé, comendas da Rosa (a estrela branca cercada de rosinhas e no centro em círculo a divisa "Amor e Fidelidade"), as bonitas chaves-distintivos dos camaristas de Pedro I e Pedro II, jóias, espadins, retratos, maçanetas do Paço de São Cristóvão... Uma parte do museu Mariano Procópio é uma linda lição de história do Brasil.

Ao lado do senhor Alfredo Lage, que por este seu gesto de doação se tornou um grande benemérito da sua cidade, convém não esquecer o do senhor José Procópio Teixeira que durante oito anos foi o presidente da Câmara Municipal de Juiz de Fora, oito anos em que a politicalha de mando foi substituída pela verdadeira ação política da boa administração para o bem-estar coletivo. O senhor Procópio Teixeira não tinha ambição política no sentido puramente eleitoral. Era apenas um homem com interesses de vulto no município e por isso mesmo empenhado no progresso da cidade a que eles estavam presos. De administradores desse feitio se costuma dizer que não são políticos: a verdade é que estes é que são os verdadeiros políticos, no sentido privativo e o único nobre da palavra.

Já é a terceira vez que venho a Juiz de Fora. Desta feita encontrei uma novidade encantadora — os bondes especiais para a criançada dos grupos escolares: são bondes quaisquer mas a que se aplicaram grades de madeira de um lado e outro para resguardar a pequenada. É uma alegria vê-la passar engaiolada como passarinhos.

No dia em que cheguei passou por aqui a *miss* Minas Gerais. Juiz de Fora, terra de moças bonitas, não deu a *miss* Minas. Ela saiu de São João d'El-Rei. Talvez entre os bairros que disputaram o prêmio de beleza de Juiz de Fora faltou um de nome bem curioso: Pito Aceso. Quem sabe se ele não daria *miss* Minas e a *miss* Brasil para o concurso de Galveston? Mas se o Pito Aceso elegesse a sua *miss*, como não seria ingrato a ela sustentar tal honraria contra o espírito de malícia!

A Província, 4 de maio de 1929

Alencar e a linguagem brasileira

O centenário de Alencar provocou, entre os numerosos artigos com que lhe exaltaram a glória de poeta e iniciador do romance brasileiro, alguns comentários sobre a questão do português falado e escrito no Brasil.

Parece que foi Alencar o primeiro a defender para o escritor brasileiro o direito de usar da língua já diferenciada por três séculos de outro ambiente, outros costumes, outras necessidades. Em virtude disto ou daquilo, criaram-se aqui — esta é que é a verdade — novos pactos de linguagem aos quais vai ficando cada vez mais antipático e mais pedante não atender com uma sistematização gramatical. Os que reagem contra essa corrente o fazem em nome de uma tradição de títulos bem medíocres, a saber a tradição quinhentista portuguesa, porque tirando Camões e Gil Vicente (este aliás quase ilegível) que substância de pensamento ou emoção podemos haurir dos velhos clássicos? Com a leitura precoce de uma sintaxe tão distanciada das nossas formas de expressão atuais apenas conseguimos embaraçar a cristalização da nossa própria sintaxe segundo as tendências irresistíveis fáceis de assinalar no falar despretensioso dos brasileiros cultos.

Já é tempo de organizarmos para as nossas classes secundárias antologias de prosadores exclusivamente nacionais e escolhendo de preferência os trechos em que mais perto eles ficaram da linguagem que mais nossa é pelo vocabulário e pela construção. Nem bastaria apresentar somente prosadores nacionais: conviria excluir dentre eles nomes como Rui Barbosa, que embora dos maiores, nada significam para aquele sentido de diferenciação que convém inculcar. A nós brasileiros de hoje, a quem importa mais uma cena de costumes dos subúrbios do Rio do que todas as florestas de exemplos dos fradalhões quinhentistas, mais nos interessa a linguagem de um prosador como Lima Barreto, tido embora como incorreto segundo o critério purista de inspiração portuguesa, do que o esplendor verbal de Rui, absolutamente exótico no seio da selva gostosa dos nossos barbarismos. O gosto da vida (da nossa vida) está é com o primeiro.

Ora, essa antologia teria precisamente que começar a partir de Alencar. Não foi ele apenas o primeiro a querer escrever nos seus romances o português dos brasileiros. Mas fazendo-o, deu-nos também o verdadeiro senso da adaptação artística da nossa linguagem. Podia ter ido bem mais longe. Nunca, porém, errou por excesso de medida ou intenção.

É preciso frisar bem esse ponto, porque ultimamente tem havido novas e mais arriscadas tentativas de aproveitamento literário das formas brasileiras, ensaios que apesar de muito louváveis pela coragem e pelo sabor de muitas páginas, todavia vão ficando prejudicados pelos excessos de uma sistematização que acaba destruindo toda a naturalidade da dicção. O *Macunaíma*, livro aliás delicioso, é de leitura tão difícil quanto as *Páginas de estética*, também deliciosas. Num e noutro há purismo. E o purismo, de qualquer sorte que seja, é sempre coisa monstruosa e para evitar.

Vamos ser brasileiros — mas com discrição. Como foi Alencar.

A Província, 12 de maio de 1929

Brasil, patrimônio desconhecido

O brasileiro gosta de caçoar do francês, que não sabe geografia. O brasileiro está convencido de que sabe geografia... É que para o brasileiro saber geografia é conhecer e enumerar todos os rios da China, todos os cabos do Canadá e todas as ilhas do arquipélago malaio. Para o francês, porém, é conhecer a França, as suas colônias e países a que ela está presa por interesses econômicos ou culturais. Não será esta a geografia inteligente, a geografia que importa?

Contou-me um dia Luís Cedro que certa vez numa escola primária do Cabo, a cujos exames assistia como inspetor, um dos meninos não soube dizer o nome do rio que banhava o município, e no entanto expusera sem titubear todo o sistema potamográfico da Europa.

Brasileiro pouco se incomoda de não conhecer a sua terra. Houve um tempo em que fez um esforço danado para descobrir metais e pedras preciosas. Depois que descobriu parece que achou que não valia a pena. E agora deixa todo o trabalho de pesquisa aos estrangeiros.

Pois até a sua história não foi um estrangeiro, Martius, que primeiro ensinou a escrevê-la.

Uma vez ou outra o brasileiro acha alguma coisa, mas é por acaso. Assim o caso das gravuras de Rugendas trazidas ultimamente para o Brasil pelo desenhista Wasth Rodrigues. Todos conhecemos as deliciosas estampas do alemão, umas das poucas fontes onde podemos tirar conhecimento de cenas e costumes do nosso passado colonial. Mas ignorávamos que os exemplares das coleções brasileiras eram parcela insignificante, cotejada com as obras que do mesmo artista se continham nas coleções do Museu de Munique. Um dia em Paris o desenhista Wasth Rodrigues viu casualmente, num catálogo de leilão daquele museu, que se oferecia à venda a coleção das estampas de Rugendas relativas ao Brasil e à América do Sul. Essas obras estavam lá desde 1835 e nem uma só vez tinham sido pedidas, razão por que o museu resolvera desfazer-se delas. O senhor Wasth Rodrigues imediatamente sentiu a importância do negócio e apressou-se em comprá-las. De regresso ao Brasil tentou vendê-las ao governo da União. Este, porém, não se interessou pela sua oferta. O precioso *stock* tem sido disperso a excelentes preços entre os amadores de São Paulo.

Lembra-me que há anos houve um concurso para a cadeira de história das artes plásticas em nossa Escola de Belas-Artes. Todas as teses apresentadas, se não me engano, versaram sobre temas de arte estrangeira. Não houve entre os candidatos quem se atirasse a pesquisas originais sobre cousa nossa, quando o Aleijadinho, o estatuário genial dos profetas de Congonhas e do lavatório da sacristia de São Francisco de Ouro Preto, e Manuel da Costa Ataíde, o pintor da soberba Assunção da Virgem, também de São Francisco de Ouro Preto, estão até hoje reclamando um estudo sério que ainda ninguém fez nesta terra de cultura livresca.

Sabia-se que a nossa Biblioteca Nacional encerrava uma coleção preciosa de alguns milhares de gravuras antigas. Nunca houve entre nós um crítico de artes plásticas com a capacidade ou sequer talvez a curiosidade de examiná-las. Agora um estrangeiro, o alemão Paul Eckhardt, especialista em questões de artes plásticas, sobretudo no que diz respeito ao período barroco, acaba de revelar que possuímos uma verdadeira riqueza em gravuras do século XVII.

"Meu primeiro sentimento", disse ele numa entrevista, "meu primeiro sentimento diante da estupenda coleção da biblioteca foi de estupefação. Não tinham conta as maravilhas que me foi dado ver entre as 10 mil gravuras, desenhos e pinturas da coleção."

O senhor Paul Eckhardt fez descobertas sensacionais, como por exemplo a de um legítimo Fragonard, dissimulado sob a assinatura de Lorenzo Sabatini.

O senhor Eckhardt não se limitou aos estudos de identificação, senão que conseguiu também com a colaboração de um fotógrafo exímio, o senhor Stille (também alemão!), magníficas reproduções em bromóleo[1] de muitos exemplares da coleção, reproduções essas que para efeito de identificação foram enviadas a grandes mestres alemães, como os professores Voss e Kurbt, de Berlim. Os amadores do Recife terão também ocasião de apreciá-las, pois o senhor Eckhardt pretende expô-las em excursão que realizará pelos estados do Brasil.

O interesse do crítico alemão não se confinou às obras do passado. Também a arte contemporânea interessou-o. E será interessante revelar aos pernambucanos que o nosso Cícero Dias despertou a tal ponto a atenção do senhor Eckhardt que dentro de poucos dias este fará no *Club* Germânia uma conferência em alemão sobre as pinturas e desenhos de Cícero.

A Província, 21 de maio de 1929

---

1 Bromóleo é um processo de branqueamento de fotografias em papel de brometo e seu revestimento com um pigmento oleoso, de que resulta acabamento semelhante ao da pintura a óleo; foi muito usado nas primeiras décadas do século XX.

Olga Bergamini de Sá
passa pela Avenida

Miss Brasil talvez não se sinta bem em Galveston

A avenida Rio Branco encheu-se de ponta a ponta por ocasião da passagem do cortejo que levava para bordo mlle. Olga Bergamini — a *miss* Brasil. O concurso de Galveston, coisa comercial americana, inflamou a idealidade nacional, provocando um movimento de opinião com todos os matadores, inclusive o sermão de protesto de um sacerdote indignado. Falou-se em funerais do pudor e nas bacanais do paganismo.

No entanto o embarque de *miss* Brasil foi uma festinha brasileira. Não havia nele sombra de Grécia antiga. Nunca a houve de resto, porque todas as *misses* estaduais eram meninas *comme il faut*,[1] mais admiradas e mais admiráveis pela distinção e graça ingênua das maneiras do que pela plástica, de que nenhuma tirou partido nem fez exibição pública em *maillot*. A esse respeito os comentários de certos pretensos moralistas é que cheiravam a libidinagem recalcada. Podia-se falar contra o entusiasmo com que se levou demasiado a sério esse concurso de jornal e de praia de banho, mas nunca nos termos ridículos em que o fizeram certos católicos.

Nem haverá nada menos parecido com "o triunfo imortal da Carne e da Beleza"[2] do que foi o desfile bonito e alegre do cortejo de *miss* Brasil. Mlle. Olga Bergamini não é uma beleza de tipo impressionante — sob esse aspecto *miss* Espírito Santo lhe leva vantagem. Nenhum dos seus traços possui caráter de exceção. Todos, porém, são regulares e se combinam de maneira harmoniosíssima. É pequena, delicada, de porte e modos modestos e naturais. Foi

---

1 Em francês, "como convém".

2 Verso do poema "O julgamento de Frinéia", de Olavo Bilac.

assim que ela passou de pé no seu automóvel, vestida num *tailleur* cor de cinza, os cabelos escondidos pelo chapeuzinho colante, agradecendo com ar muito simples as palmas e os beijos e as flores que lhe jogavam. Muitos beijos, porque a maioria da multidão que a esperava na avenida era de senhoras, muitas senhoras de idade e muitas crianças.

Depois de *miss* Brasil passaram os automóveis das *misses* estaduais. Todas eram muito aplaudidas, mas por algumas o povo tem uma simpatia especial. *Miss* Bahia por exemplo. Esta passou guiando o seu carro. *Miss* Bahia tem a cabeça um pouco grande para o corpo, o rosto é largo e a linha da boca longa demais. Mas a cor da pele é de um moreno dourado de rara beleza, os olhos são maravilhosos e por isto ou por aquilo a impressão do conjunto é extremamente agradável. Onde ela aparece, a assistência fica encantada com o seu sorriso de dezesseis anos. *Miss* Paraná é outra muito festejada. A pressão sobre o seu automóvel foi tão forte que se partiram os vidros da portinhola e a *miss* feriu-se nos dedos. Mlle. Didi Caillet é ligeiramente dentuça, o que não lhe impede ser linda. Mlle. Gisela Serrano, *miss* Espírito Santo, teria o voto de muita gente para *miss* Brasil. Pela formosura, pelo porte, pela expressão senhoril dos olhos, ela talvez marque mais que as outras. *Miss* Rio Grande do Sul é uma beleza fina, com caídos muito melancólicos no olhar. A nossa patrícia mlle. Connie Brás da Cunha passou muito escondidinha num *landaulet* fechado.

A última parte do préstito é que tinha muito de grotesco. Era o desfile das *misses* da cidade, todas trazendo a tiracolo a faixa verde-amarela com o nome do bairro em letras douradas: *miss* Olaria, *miss* Bangu, *miss* Bonsucesso, *miss* Cascadura, *miss* Jacarepaguá...

Esses nomes já têm em si qualquer cousa de implacavelmente suburbano. Mas uma carinha bonita seria capaz de tirar partido ainda dessa mesma desvantagem. Pobres *misses* suburbanas! Eram

medonhas: uma tinha os dentes cariados e negros, outra o rosto picado de bexigas, outra pernas esqueléticas. O povo era de uma irreverência cruel para com elas. Ria sem piedade, aplaudia-as com uma ironia que muitas não compreendiam e agradeciam lisonjeadas. Todas de resto estavam conscientes da legitimidade dos votos que as consagraram nos subúrbios longínquos. E algumas mesmo tinham o ar de repetir consigo o soneto de Baudelaire:

Je suis belle, ô mortels! comme un rêve de pierre...[3]

Um americano fino, cousa difícil de encontrar nestas latitudes sul

---

3 Em francês, "Sou bela, ó mortais, como um sonho de pedra". No periódico, está, equivocadamente, "*tel un rêve*".

da América, dizia-me vendo passar o automóvel que conduzia a figurinha graciosa de *miss* Brasil:

– Tenho pena dessa mocinha. Ela vai se sentir deslocada lá fora. Aqui não sabem que o concurso de Galveston é uma competição de costureirinhas, modelos e *telephone-operators*, gente mais ou menos da fuzarca.

Teria sido melhor para mlle. Bergamini contentar-se com a glória puramente brasileira de Zezé Leone – que foi *miss* e não foi a Galveston.[4] Mas há os brasileiros que se ufanam do seu país porque o Amazonas é o maior rio do mundo... Esses fazem questão do título de *miss* Universo para a mulher brasileira...

A Província, 26 de maio de 1929

---

4 No jornal, lê-se "que não foi", o que não faz sentido, pois se trata da primeira *miss* Brasil.

Saudades dos telefones do Recife

O serviço dos telefones automáticos é uma das boas recordações que eu trouxe da minha última viagem ao Recife. Aquele mecanismo simples me encantava. O progresso, a vida intensa, que tantas vezes acabrunham a gente com exigências e formalidades disciplinares cacetes, naquele caso agiu com uma fantasia deliciosa. Eu penso com gratidão no técnico eletricista que pôs um prazer de menino na aborrecida operação de adulto. As pessoas sérias, as que só se servem do telefone para tratar de negócios, devem dar o desespero com aquela manipulação preliminar, a que só falta o elemento da inutilidade para acabar de ser um autêntico brinquedo de criança. Porém aqueles que têm horror de parecer crianças encontram no telefone automático uma boa, utilitária satisfação de adulto: a supressão da telefonista.

Nunca vi uma telefonista. Há quem diga que são mocinhas dignas de simpatia. Pode ser. A minha experiência pessoal me faz imaginar não uma criatura humana, gente como nós, mas um monstrozinho, em que entra muito de mulher, certamente, mas de mistura com outros elementos de essência implacável. A boa educação, a humildade mais absoluta não o desarma. Tenho sofrido tanto pelas demoras, pelas ligações erradas, pelas comunicações interrompidas, pela abertura da linha, que não podendo mais, apliquei a receita de Goethe e fiz da minha dor um poema:

COMUNICAÇÃO CORTADA

— Número, faz favor?
— Meu bem, você cortou a comunicação!

— Queira desculpar, com que número estava ligado?
— Não sei, minha flor!
— Provavelmente chamarão depois.
— É possível, meu amor![1]

A companhia que explora o serviço telefônico no Rio, não sei se de moto-próprio ou por sugestão do Rotary Club ou da Grande Comissão de *Fuss*[2] Anti-Amarílico, resolveu complicar a situação dos seus assinantes fazendo as telefonistas dizerem "Guerra ao mosquito!" antes do clássico "Número, faz favor?".

De sorte que agora travam-se os seguintes diálogos:

— Guerra ao mosquito! Número, faz favor?

— Guerra ao mosquito, Central sim, dois, um, nove.

— Guerra ao mosquito...

— Já matei dois!

— Número, faz favor?

O pior é quando no meio da conversa cortam a ligação, e o assinante pára de falar, grita alô, bate no gancho, espera, desespera e no fim de cinco minutos e de três estouros, a vozinha inalterável, polida, angélica da telefonista enfim acode:

— Guerra ao mosquito, número faz favor?

E o assinante:

— Guerra a coisa nenhuma! Guerra a você, à Light e aos imbecis que pensam acabar com a febre amarela amolando a paciência dos outros!

Esse grito de "Guerra ao mosquito" deve ser invenção de algum desses dinâmicos ávidos de substituírem a nossa civilização-

1 Este poema não se encontra fixado na obra poética de Bandeira.

2 Em inglês, "alvoroço", "espalhafato". Trata-se de referência à Comissão contra a Febre Amarela e ao esforço de combate à doença.

zinha de matutos opilados pela ação norte-americana com todos os seus blefes de publicidade e de propaganda, educação liberal das massas etc. etc. A ofensiva verbal das telefonistas não teria inconveniente se apenas divertisse pelo seu ridículo. Mas numa população enervada pelas demoras habituais de ligação telefônica, ela provoca a antipatia pelos caçadores desastrados de mosquitos, e o desejo insensato de pactuar com a febre amarela...

— Guerra ao mosquito, número faz favor?

Ah! que saudades dos telefones automáticos, do Recife!

A Província, 9 de junho de 1929

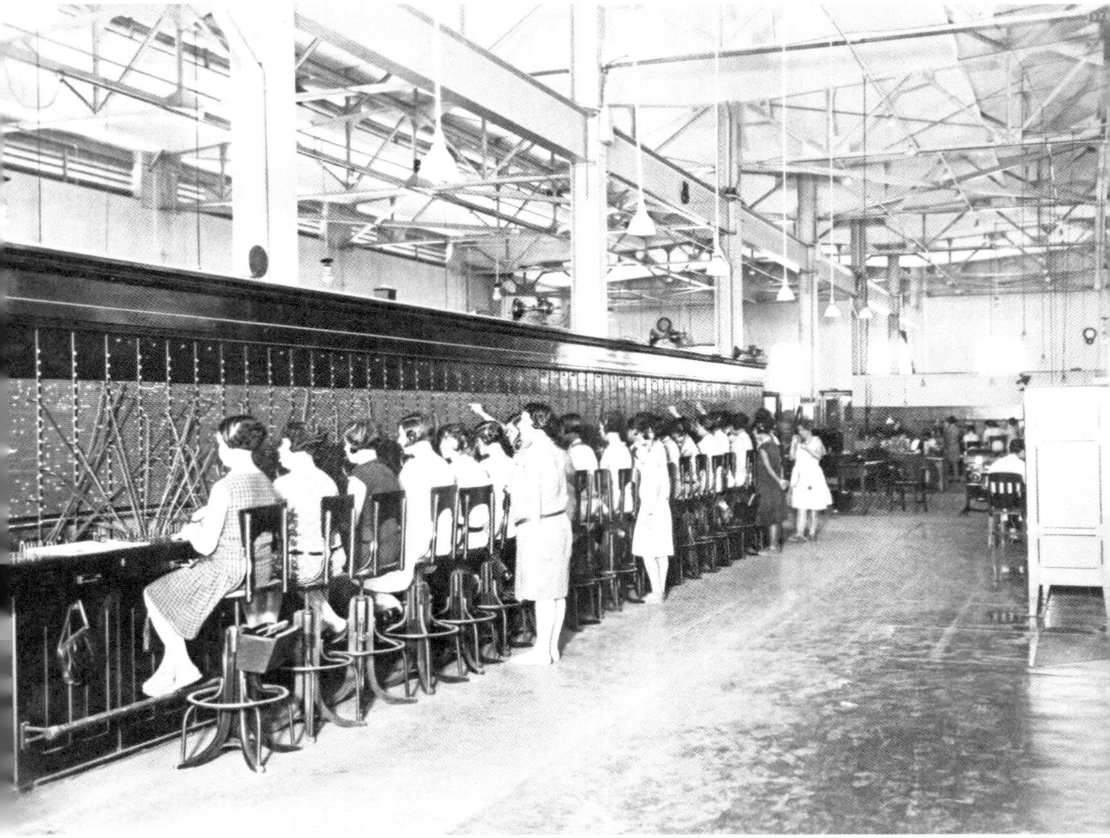

Uma tarde triste numa casa de saúde

Nesta semana de sol claro e frio intenso que abriu o delicioso inverno carioca, quando a vida mundana e artística recomeça em tantas solicitações diárias — teatros, concertos, recitais de poesia —, não quero falar de nada disso, que no entanto interessaria de preferência aos que vivem longe daqui. Quero falar de um desconhecido que morreu, de um belo rapaz que morreu.

Não importa que em Pernambuco não tenham conhecido Waldemar Ovalle: porque certamente terão conhecido um caso como o dele — o de uma esplêndida mocidade cortada brutalmente. Mortes assim deixam-nos em um doloroso torpor de incompreensão, como se a beleza fosse afinal de contas o único sentido de se atribuir à vida e este conceito falhasse com o desaparecimento de uma criatura humana perfeitamente bela.

Porque este era o caso de Waldemar Ovalle. A sua beleza era dessas que nem só às mulheres mas aos próprios homens impõem a sua força de sedução. É que com ser fina e apurada, tinha ela aquele caráter de simplicidade franca, de naturalidade, de força pálida, de virilidade autêntica enfim.

Vi-o em plena saúde, quando ainda não o conhecia senão de vista, e vi-o em véspera de morrer.

... Que tarde triste aquela! Eu subia a ladeira do morro da Graça (a antiga casa de Pinheiro Machado é hoje uma casa de saúde) ouvindo o clamor de uma partida de *football* no estádio do Fluminense. Era um destes maravilhosos domingos de inverno no Rio, em que tudo convida à alegria de viver. No entretanto eu sabia que lá dentro um rapaz cuja mocidade prometia tanto, ofegava numa crise aguda de dispnéia. Eu ia visitar Paulo Paranhos, que via pela primeira vez. Para levantá-lo do desengano de cura em que se abatera, contei-lhe como eu, veterano da tísica, havia passado por momentos de igual aflição. Mas o moço evidentemente não me acreditava e sugava com ânsia o tubo do balão de oxigênio, presa de uma agitação pressaga.

Mas não era só Paulo Paranhos a definhar naquele domingo que parecia feito para os rapazes da sua idade. A poucos passos dali na mesma casa Waldemar Ovalle era uma sombra romântica do belo rapaz, rei da Vida, que eu encontrava nas ruas da cidade.

Sombra romântica... A tuberculose foi chamada de mal romântico pelos poetas. Que ilusão! Na verdade em seus primeiros tempos a doença pode dar aos infelizes uma certa cor e uma certa sensibilidade romântica. Mas é um momento fugaz. O que vem depois é do mais duro e repulsivo realismo. É preciso amor, coragem ou bondade profunda para fraternizar até o contato físico com um tuberculoso em plena miséria orgânica. Mas Waldemar Ovalle guardou até o fim a beleza romântica do primeiro período. Um pouco de tosse, uma magreza distinta, uma palidez de pêssego descorado — eis tudo. Vi-o sentado numa cadeira de braços, olhando com olhos bem tristes, mas muito plácidos, o enorme vale de Laranjeiras já azulado pelas primeiras sombras da tarde. Ainda bem que eu não tinha saúde para inspirar-lhe naquela hora a amargura de um contraste...

Quando andei anos atrás morre-não-morre, lembra-me que me visitou certa vez um rapaz da minha idade. Entrou sacudido, alegre, conversou meia hora e ao despedir-se brincava com o chapéu de palha nos dedos. Só isso. Mas nunca mais esqueci aquele gesto. Naquele instante um simples chapéu de palha foi para mim o símbolo de toda a alegria de viver.

Waldemar Ovalle era gêmeo de um irmão que é o seu retrato. Imagino o que não sentiria quando o via chegar forte e saudável como ele próprio já fora! Pobrezinho... Hoje descansa no pequeno cemitério de Paquetá, onde viveu os últimos dias, ambiente onde faz bem pensar que ele fechou os lindos olhos do rapaz, cuja beleza impressionante resistiu mesmo a três anos de tuberculose.

A Província, 7 de julho de 1929

O cinema nacional melhora

Enquanto o teatro nacional está que morre-não-morre, o nosso cinema está que nasce-não-nasce. Há dez anos as tentativas se renovam com empresas que penosamente se organizam, dão um *film* e morrem. Aparece de vez em quando nas revistas semanais uma carinha nacional em cujo nome de guerra há a sensação do cartaz e nas poses a intenção de *vamp*. À porta da redação do *O Malho*, na rua do Ouvidor, reúnem-se às cinco da tarde uma meia dúzia de rapazes cujas roupas diferem no corte das roupas de todo o mundo. É que eles se vestem pelas fitas americanas. Aquele é o nosso meio de cinema. Ali se vê um nosso Rod LaRoque, um nosso Buster Keaton e até um Chico Bóia,[1] este por sinal com um bom tipo e não sei se com um bom talento.

Até agora, porém, os *films* nacionais tinham fracassado miseravelmente no conjunto e em cada um dos seus detalhes. O trabalho fotográfico era péssimo, revelando a ignorância completa do tratamento da luz – sempre igual, de um branco odiosamente cru, e picada de relâmpagos; a intriga inconsistente enxertava-se de cenas que embaraçavam o fio da ação; os "artistas" não sabiam representar nem vestir-se; as legendas... meu Deus, as legendas! Mas o pior de tudo eram os cenários de interior, quando a ação se passava em meio com pretensão a elegância: sobre um fundo de parede com papel de ramagens as horrendas cadeirinhas de espaldar estofado...

Tentaram de uma feita arranjar uma comédia de correrias à americana. Pensou-se no ator Augusto Aníbal, astro popular dos

---

1 Chico Bóia é o nome como ficou conhecido no Brasil Roscoe "Fatty" Arbuckle (1887-1933), ator norte-americano de comédias do cinema mudo.

teatrinhos do Rocio. A escalada de um guindaste do cais do porto, proeza que devia ser um *rush* à Harold Lloyd, mais parecia uma transposição em câmara lenta.

Mas todas essas experiências falhas serviram. Foi como o aprendizado do menino hábil que desenha sem mestre. A família se interessa, os amigos se interessam.

Porque o mais interessante é isto.

Apesar dos desapontamentos de cada *film* que fracassava, o público ia ganhando curiosidade. Voltava sempre. O público, sente-se, tem uma necessidade profunda de ver as histórias de cinema situadas no ambiente familiar da nossa vida, dos nossos costumes, das nossas paisagens. Não será isso que faz dos romances e dos contos a nossa única literatura vendável? Estou agora me lembrando do primeiro romance brasileiro em que vi os personagens mexerem-se não num quadro já desaparecido como o dos romances do Alencar, Macedo e Machado de Assis, mas no cenário contemporâneo do Rio da minha infância. Era um romance de dona Júlia Lopes de Almeida e eu tinha quinze anos. Que emoção ver o sujeito andar pela rua do Ouvidor que eu conhecia, tomar a mesma barca de Niterói que eu tomava! Como esse simples detalhe dava outra vida ao enredo urdido pelo romancista! No cinema esse prazer redobra pelo concreto das imagens projetadas no pano.

Não tem dúvida, o público brasileiro, que tão dificilmente dá ambiente para outras formas de arte, como por exemplo a música sinfônica e de câmara, assiste cheio de interesse à formação do cinema nacional. Esse interesse manifestou-se esta semana a propósito de um novo *film* exibido num dos grandes cinemas do fim da avenida. Saía eu do Odeon, onde era o quarto dia que passavam uma fita retumbante de Greta Garbo, a sueca esquisita que bateu o *record* mundial em matéria de *sex appeal*. No entanto a sala estava cheia de claros. Mas na calçada do Glória, onde levavam o *film* brasileiro, havia uma multidão junto à bilheteria. A lotação estava esgotada.

Essa fita nova, *Barro humano*, ainda é fraca, sobretudo como afabulação — uma história de amor, sem importância. Porém mesmo aí e em tudo o mais o progresso é evidente. Os fundos são sempre bonitos, e se pecam é pela riqueza de detalhes, prejudicando em certo modo o destaque das figuras. Estas já se movem com desembaraço. O trabalho fotográfico também deixa a perder de vista o que se fazia há cinco anos atrás. Com os belos aspectos naturais do Rio e os flagrantes da agitação das ruas cariocas, este *film* terá um grande atrativo para as populações dos estados, e embora modesto já anuncia formosas possibilidades em matéria de cinema nacional.

A Província, 21 de julho de 1929

Os poetas e os seus intérpretes

A senhora Eugênia Álvaro Moreyra deu uma destas tardes, no velho Teatro Lírico, um recital de declamação. Aquela sala enorme não se acomoda muito bem com a arte voluntariamente restrita da nossa mais inteligente *diseuse*.[1] Eugênia Álvaro Moreyra em verdade não declama. Em dicção de conversa e com raro ou nenhum gesto parece estar cantando as poesias dos seus programas. Não põe ao acabar de cada número a pequena encenação que assinala o fim e reclama o aplauso (às vezes o público não percebe que ela acabou).

O Teatro Lírico é ótimo mas é para concertos e... para a senhora Berta Singerman. Esta não se limita a dizer: canta, declama, representa, dança, faz espiritismo... Faz espiritismo: com efeito a senhora Berta Singerman age em cena como que mediunizada. Antes de atacar o poema recolhe-se e tem pequenos gestos de maníaco. Numa entrevista em que expôs a um repórter carioca "o seu conceito individual sobre a arte da palavra" lêem-se estas linhas: "...Daí o silêncio que faço antes de começar a dizer um poema. A saturação, o auto-hipnotismo, a preparação interior da palavra em sangue e nervos, e quando o sinto em meu peito, garganta e lábios, é quando começo a dizê-lo".

Os senhores já viram nas macumbas um dos presentes "receber o santo"? Está uma pretinha sentada muito quieta, de repente fica séria, como que se concentra atenta e daí a pouco levanta-se e dispara a pular, dançar e cair pra trás: virou Exu. A senhora Berta Singerman é assim: satura-se, cai em transe e vira Exu. Como é uma mulher de raro encanto pessoal — tem *it*, tem *sex appeal*, tem

---

1 Em francês, "declamadora".

tudo –, um timbre de voz maravilhoso, gesticulação harmoniosíssima e um calor de entusiasmo extremamente contagioso, o seu transe declamatório é um belo espetáculo. Ela criou um gênero.

Os recitais de declamação me dão sempre uma certa impressão de monotonia. A monotonia não me é evitada nem mesmo pela arte tão complexa e vibrante de uma personalidade magnética – como a senhora Berta Singerman. Não digo que os versos serão só para se lerem, ainda que em verdade os poetas de agora escrevam mais para serem lidos. Encontro sempre prazer em ouvir pela primeira vez um poema desconhecido. Mas esse prazer é só da primeira vez, como se fosse condição necessária dele a surpresa intelectual. Dir-se-á que o elemento musical do poema é tão tênue que esgote a sua capacidade de emoção artística logo à primeira audição? O fato é que para mim as segundas audições não interessam a minha sensibilidade por inteiro.

São as reflexões da leitura que poderão renovar para a inteligência aquele primeiro gozo de surpresa.

Volto aos nomes ilustres que já citei nesta crônica. Berta Singerman faz o possível para fugir ao perigo da monotonia. O seu repertório é enorme e abrange todas as épocas da poesia, desde os bardos orientais até aos ultraístas mexicanos. Já Eugênia Moreyra não. Como que ela desafia todos os riscos. Faz como os domadores de circo que entram na jaula exígua do tigre e avançam tranqüilos para a fera. Eugênia só recita a poesia brasileira de vanguarda. No seu primeiro recital, o ano passado, declamou – ah! era preciso declamar – e o fez de maneira magistral e inexcedível o "Hino Nacional do Pati do Alferes" de Oswald de Andrade. (Foi a primeira pessoa que usou dizer em público o senhor Oswald de Andrade.) No recital desta semana ela fez mais e organizou um programa quase exclusivamente de novíssimos. Ponho aqui novíssimo com o sentido que tem nos páreos de regata. Porque os rapazes recitados por Eugênia não fazem mais que reduzir a troco miúdo a poesia que os Mário de Andrade, os Guilherme de Almeida e outros mais velhos... deixaram ou estão deixando de fazer. O eterno Brasil, os menininhos, o você gostoso estão já aborrecendo. Reunir toda esta gente num recital é grande perigo para a artista e... para toda esta gente. Por uma vez foi bom: permitiu uma espiada de conjunto sobre a poesia modernista. E a minha impressão? A minha impressão é que se precisa urgentemente fazer outra coisa... Havia, entre os novos poetas que Eugênia Moreyra incluiu no programa, um cujo poema — "Biografia do músico" — constituiu o maior sucesso do recital. É o senhor Murilo Monteiro Mendes. Este revelou mais personalidade, mais força, mais invenção lírica. E terá capacidade para fazer "outra coisa".

A Província, 28 de julho de 1929

Variações sobre o violão

Tive um tempo na vida em que para enganar uma longa cura de repouso arranjei um violão e comecei a "dobrar sino", como se diz na gíria dos tocadores do pinho. Depois me interessei pela literatura do instrumento e mandei buscar catálogos às casas de música da Europa e de Buenos Aires.

Verifiquei com o tempo que a literatura do violão era uma lástima. Não haveria alguma coisa boa escondida, e só do conhecimento de um erudito?

Resolvi-me a escrever — imaginem a quem — a Vincent d'Indy, pedindo informações. É que eu lera no seu *Curso de composição* alguns parágrafos interessantes sobre violão e alaúde, e depois sabia que o mestre da Schola Cantorum fora durante meses timbalista em orquestra, unicamente para melhor realizar certos estudos de timbre que tinha em vista. Aliás não esperava muito que a celebridade me respondesse. Pois respondeu e numa longa carta gentilissimamente. *Hélas*! disse Vincent d'Indy, nenhum mestre antigo ou moderno escreveu para o violão. Havia o acompanhamento da serenata de Mefistófeles na *Danação de Fausto* e duas peças de Weber para violão e piano. Mas, meio que me consolava d'Indy, existe um repertório enorme na literatura do alaúde, em forma de suítes e canções, sobretudo do século XVII. Isso tudo, porém, está escrito no arcaico sistema das tablaturas e jaz nos arquivos do Conservatório de Paris. Eis o que d'Indy me oferecia em lugar das "insânias dos guitarristas". Nunca tive meio de obter a transcrição em notação moderna dessas suítes do século XVII, em que tantas vezes tenho pensado. Escrevi ao bibliotecário do Conservatório de Paris. O homem deve ser um personagem muito mais importante do que d'Indy, porque não respondeu.

Nenhum mestre antigo ou moderno escreveu para o violão, informou-me o mestre em 1916. Os tempos mudaram. Os músicos de hoje, os de vanguarda bem entendido, perderam o preconceito que relegou ao olvido certos instrumentos considerados sem nobreza, e neste sentido não havia nenhum mais desprezado do que o violão. Villa-Lobos, que começou a vida musical como seresteiro em Botafogo (era então rapazola), passou muitos anos de relações cortadas com as seis cordas do pinho. Não lhe falassem em violão! Agora, não só o dedilha, senão que editou como peça típica da coleção dos seus admiráveis *Choros*, um samba delicioso dos velhos tempos de seresta ("Choro nº 1", editado pela Casa Arthur Napoleão).

É que hoje há no mundo da música uma rebusca ansiosa de efeitos de timbre. Isso se traduz não só no florescimento riquíssimo de sonatas para solos, como na revivescência de instrumentos caídos em desuso. O saxofone, de que o *jazz* negro tirou tanto partido, faz furor. A viola goza de novas atenções. A corneta, o trombone, o banjo, a *ukelele*, o ganzá e até o serrote, instalado por Honegger na orquestra da sua *Antigone*, entram tão bons como tão bons nas sutis combinações de timbres com que os músicos isentos de peias convencionais procuram renovar atualmente o prazer puro de ouvir.

À mercê desse movimento, também o violão renasce. Agora já os mestres compõem para ele. Turina escreveu uma deliciosa *Sevilhana*. Foi numa peça para violão que Falla prestou a sua "Homenagem a Debussy". Ravel, Roussel e outros também já aproveitaram os recursos tão característicos do instrumento não só em orquestra como igualmente em solo.

Atualmente vivem em Paris dois espanhóis que são virtuoses formidáveis do violão: Llobet e Segovia.

Villa-Lobos falou-me de ambos com viva admiração. São músicos da mais fina cultura musical. Nunca executam transcrições.

Mas certa vez um deles, em conversa com o nosso patrício, precisando exemplificar não sei que ponto de matéria musical, pegou do violão e improvisou com a maior fidelidade a transcrição de uma passagem dificílima de Chopin. Villa-Lobos ficou assombrado. Para eles grandes nomes do modernismo, e Villa-Lobos também, têm escrito peças especiais, porque os espanhóis souberam revelar todas as possibilidades do instrumento ao mesmo tempo que se impunham pela seriedade de sua cultura.

Estas lembranças e considerações me vieram a propósito de um artigo de Ernâni Braga neste jornal. O distinto pianista, professor e crítico foi um tantinho soberbo, me pareceu, para com o violão, a cujo repertório deve um dos seus triunfos com a harmonização da "Casinha pequenina". Cuidado, Ernâni Braga! Que o instrumento não lhe grite como nos dedos de Barrios: "Bicho feo!".[1]

A Província, 4 de agosto de 1929

---

1 Agustín Barrios (1885-1944) foi um célebre violonista e compositor paraguaio; "bicho feo" era uma brincadeira, em espanhol, com referência a algo escabroso que provocava medo; a expressão aparece em algumas peças musicais.

O cinema falado faz sucesso no Rio

O Palácio Teatro, a maior sala de teatro do Rio, esgotou diariamente as lotações com a exibição do primeiro *film* falado que se levou no Rio. Apesar de o diálogo ser todo em inglês – e que inglês! o *twang*[1] nasal americano –, o público interessou-se e gostou. É verdade que as situações são sempre eloqüentes à simples vista, e todo o mundo já está treinado por vinte anos de cinema a compreender o enredo só pela viagem muda. Além disso, o empresário brasileiro mandou escrever no próprio *film* algumas legendas mais indispensáveis. Vão ver que este povo daqui a pouco está entendendo inglês. Não admira: o cinema falado é a melhor escola do método Berlitz.

Antes da apresentação da fita ouviu-se um pequeno concerto de canto e um discurso do cônsul Sebastião Sampaio, ambos filmados e gravados pelo *movietone*. Por esse aparelho maravilhoso a sincronização da voz e da imagem é perfeita. Tem-se a ilusão absoluta de que o som sai da boca. Já ouvi falar o senhor Sebastião Sampaio em carne e osso. O que ouvi no cinema é bem ele e até mais ele. Não há dúvida que no futuro, professores e conferencistas falarão sobretudo para o *movietone*. Poderemos ouvir de qualquer cidadezinha do interior um curso de Einstein, uma ópera em Milão, uma tourada em Madri, uma luta de *box* em Nova York.

– Mas o "*film* falado" propriamente? perguntarão os leitores da *A Província*. Nos diálogos do *film* a ilusão não é tão perfeita quanto no canto e no discurso. A distorção da voz ainda é sensível. Sobretudo estranha-se a voz um tanto grossa das mulheres. Os timbres

---

1 Em inglês, "acento nasal, sotaque".

LEWIS STONE
JEAN HERSHOLT
HOTEL
456

ainda quase que se reduzem a dois — o masculino e o feminino. São naturalmente defeitos que a técnica vencerá com o tempo.

Quanto à arte do cinema em si, pode-se desde já afirmar que um novo meio de expressão artística, e formidável, está criado. Quando eu lia coisas a respeito do cinema falado, tinha a impressão que o novo invento não viria senão acentuar a aproximação espúria do cinema com o teatro, tendência de que nunca se libertou inteiramente a cena muda. O cinema falado aparece quando as possibilidades artísticas do cinema mudo mal foram aproveitadas. O cinema mudo era em cada fita e na maioria das fitas teatro mudo. Foi portanto com desconfiança que esperei essa novidade. Agora, pensava eu comigo mesmo, é que não se fará mais cinema legítimo, cinema que seja cinema e mais nada.

Entretanto assistindo a este primeiro *film*, *Broadway Melody*, *film* aliás sem importância, sentimental e teatral, a minha surpresa foi grande, porque verifiquei alvoroçado que estamos diante de uma nova fonte de emoção. O cinema falado permite a realização, impossível em outro domínio artístico, de um mundo de coisas novas. Muitas coisas velhas poderão ganhar novo interesse graças aos processos mais adequados do novo meio de expressão artística. Assim, por exemplo, as histórias em que entra o elemento sobrenatural.

Se há uma aproximação maior do teatro, será o teatro como nunca se pode fazer, um teatro às vezes vertiginosamente sintético, o sonho dos futuristas, e outras vezes de análises e ampliações formidáveis. Por esse único exemplo do primeiro *film* aqui levado imagina-se a intensidade dramática de uma cena de detalhe ampliada, processo privativo do cinema e que já era de efeito fortíssimo pelas imagens mudas. Estou pensando nas tragédias gregas. Os antigos davam-lhe um caráter sobre-humano pelo uso de máscaras e coturnos enormes. Pois bem, a voz do cinema falado é uma voz de tragédia grega e no cinema as trilogias de Sófocles atingiriam o máximo do caráter heróico e divino.

As imprecações de Édipo incestuoso e cego, apanhado de perto pela objetiva, ultrapassariam em horror tudo o que se fez até agora.

Há muita gente que aprecia as lutas em fita. Sou um desses. Um assassinato pode ser um ato belo pelo seu caráter dramático extraordinário (foi sem dúvida o que levou J. J. Weiss à exclamação famosa — "*C'est beau, un beau crime!*").[2] Mas um assassinato na vida é ação tão monstruosa que paralisa o gozo estético do espectador. No teatro essas cenas têm sempre muito de convencional. O cinema é que deu toda a medida do elemento dramático dessas lutas, sobretudo nas fitas de Bancroft. No cinema falado a emoção ganha uma intensidade estupenda. Há em *Broadway Melody* uma simples troca de socos em que um dos contendores rola amassado[3] a três metros de distância. O efeito é baita!

Outro efeito inesperado do *film* falado foi a revelação da vulgaridade da vida americana. Aqueles latagões sadios, de cara franca e maneiras democráticas, aquelas *flappers*[4] e vampiros tomadores de *cocktails* tinham qualquer coisa de simpático na sua mudez. Falando são de uma vulgaridade crispante. Os americanos, que costumam fazer uma propaganda infame contra os seus vizinhos mexicanos, vão se revelar como são de fato, com o *twang*, da fala que sublinha tão fielmente o famoso *matter of fact* das maneiras. E o resultado é alguma coisa de peculiarmente repulsivo.

A Província, 11 de agosto de 1929

---

2 Em francês, "é belo, um belo crime".

3 No jornal, lê-se "massado".

4 Em inglês, "moças, adolescentes".

A grandeza arquitetônica dos antigos mexicanos

Passei esta manhã algumas horas do mais raro deleite visual correndo os olhos nas estampas de uma publicação da Secretaria de Educação Pública do México — prazer que devo à gentileza de meu amigo Luis Quintanilla, o poeta mexicano que durante alguns meses serviu no Brasil como secretário da embaixada do seu país e hoje ocupa igual posto em Washington.

A publicação expõe o estado atual dos principais edifícios arqueológicos do México e consta de uma série de pequenos artigos assinados por Eduardo Noguera, Roque Ceballos Novelo, José Reygadas Vértiz, Agustín García, Martin Bazan, e demonstra o admirável esforço desenvolvido pelos governos do México para salvaguardar da ruína as nobilíssimas relíquias das velhas civilizações mexicanas pré-colombianas: asteca, misteca, zapoteca, maia e suas derivadas totanaca e huasteca.

Esse esforço é tanto mais admirável quanto se exerce num país onde a luta social é tão ativa, as revoluções freqüentes, tão viva a premência do perigo externo, parecendo tão difícil que houvesse ali tempo disponível para dedicar atenção aos monumentos de civilizações desaparecidas. Grande México!

Esses trabalhos não consistiam apenas em movimentos consideráveis de terras — em certos casos havia que desmontar verdadeiros outeiros para pôr a nu um pequeno templo ou castelo; os arqueólogos que têm dirigido essas empreitadas de restauração e pesquisas são bem diferentes dos primeiros pretensos exploradores científicos que sob a capa de comissões de estudo, depredaram muitos monumentos, acrescentando a sua ação nefasta à obra da vegetação invasora e das intempéries: os trabalhos de conservação empreendidos agora em bases de rigoroso espírito científico são completados pela obra de divulgação fotográfica e pela excelente *Carta geral arqueológica da República*.

Nem bastava pôr a descoberto tantas maravilhas arquitetônicas espalhadas no país, sobretudo na zona sul: era preciso instituir um serviço de vigilância, coisa árdua porque os vigias deviam residir nas próprias ruínas, e no sítio de muitas delas não existe água e as populações ficam longe. Foi mister construir choças, perfurar poços e reparar cisternas arqueológicas com o fito de estabelecer acampamentos. E tudo isso se vem fazendo!

Finalmente abriram-se veredas de comunicação entre os vários sítios, facilitando-se assim não só os próprios trabalhos de restauração, conservação e vigilância, como o movimento turístico, que vai aumentando de ano para ano.

As relíquias do México pré-colombiano espantam pela grandeza da composição e solidez da obra, comprovada esta última na resistência a tantos séculos de abandono e, o que é pior, à distribuição pela mão do homem.

No artigo de Agustín García Vega consagrado às ruínas do pequeno vale de Mitla se lê a transcrição de alguns períodos de Viollet-le-Duc, o grande arquiteto francês do século passado, os quais bastam para atestar a grandeza arquitetônica dos antigos mexicanos:

> Os monumentos da Grécia e os da melhor época de Roma apenas igualam a beleza e o aspecto deste grande edifício (trata-se do edifício principal do grande Grupo das Colunas). Os paramentos levantados com regularidade perfeita, os leitos irrepreensíveis, as arestas de pureza sem igual indicam da parte dos construtores grande saber e larga experiência. Nestes monumentos os lintéis não são de madeira mas de grandes pedras, como os do Egito e da Grécia.

A leitura desta publicação da secretaria da Educação Pública do México, obra tipográfica primorosa, não deixa de ser melancólica para os naturais de um certo país que eu conheço, país cujos governos têm deixado ao abandono as poucas riquezas... pós-colombianas que nos herdaram os nossos avós, amantes de capelinhas douradas e jacarandás lavrados. O governo da União brasileira até hoje não tomou nenhuma medida para preservar da ruína e das reconstruções ineptas os monumentos barrocos que nos restam. Quando fez parte da representação pernambucana no Congresso Federal, apresentou o senhor Luís Cedro um projeto que, posto em execução, não só protegeria aqueles monumentos significativos pela beleza arquitetônica ou caráter histórico, como poria termo à lamentável evasão para o estrangeiro do mobiliário antigo, da prataria e mais antiguidades aleiloadas freqüentemente por quem devia respeitar a insubstituível riqueza desse patrimônio. Mas quem ligou ao projeto de Luís Cedro? O resultado é que os judeus solertes continuam a desvalijar o interior brasileiro até Pirapora nas margens do São Francisco. Há tempos, o ano passado creio, foi corrido de uma matriz em Campos, estado do Rio, um sacerdote, seu vigário, por se opor à venda da prataria e alfaias do templo, contra a vontade do bispo que promovera o negócio. Se os bispos procedem assim (lembrem-se do caso da Sé Velha de Olinda), que será de esperar, se o governo não chamar a si a proteção das nossas relíquias artísticas?

Ainda bem que o nosso Pernambuco, ai de nós! um pouco tarde, abriu exceção a este criminoso descaso, criando a Inspetoria dos Monumentos e organizando um regulamento para evitar a saída dos velhos móveis e objetos antigos que ainda lhe restam. E pondo à frente desse inestimável serviço público um homem da competência e da probidade de Aníbal Fernandes. O que seria preciso é que outros estados como Bahia e Minas, esses pelo menos que têm rico patrimônio, seguissem o exemplo de Pernambuco.

A Província, 18 de agosto de 1929

O inverno carioca e a vida artística e social do Rio

Não direi que o inverno seja a estação mais bela do Rio. O verão certamente o é mais, e nele o Rio é mais caracteristicamente o Rio, com o sol intenso amolecendo o asfalto e as ruas cheias de *toilettes* de linho e *palm-beach*.[1] O verão tem mais cores, mais claridades, mais alegria e... mais *sex appeal*. (Mais *sex appeal*: o frio pede agasalhos, ao passo que o calor obriga as mulheres a se vestirem o menos possível.)

Mas o inverno carioca é delicioso pelas suas manhãs de névoa que se prolongam até depois de dez horas, pelos meios-dias de tão doce temperatura... E as tardes e as noites? Ah, as tardes e as noites são todas tomadas pelos teatros, pelos concertos, pelos chás e ninguém sabe o tempo que foi lá fora.

Anos há em que o calor irrompe intempestivamente em pleno inverno. Mas quando o frio chega a tempo e com ele coincide a estação teatral, a vida artística e social do Rio tem um encanto extraordinário, do que é prova este ano o ar fagueiro do urbanista Agache, exilado contente...

O brilho artístico do inverno se funda habitualmente na estação do Municipal. Ora, o senhor Scotto não pôde agüentar com a sucessão do senhor Mocchi. Parecia assim que não teríamos ópera, nem grandes virtuoses estrangeiros este ano. Foi o contrário. Nunca se viu tanto nome ilustre revezando-se nos programas: Friedmann, Iturbi, Emil Frey, Berta Singerman, os admiráveis alaudistas espanhóis (aí está um conjunto que a Cultura Musical do Recife deveria atrair ao Nordeste), o quarteto Guarnerius – *j'en passe*, e ainda nos anunciam

---

1 Em inglês, tipo de tecido.

Moiseiwitch, Millstein, a cravista Wanda Landowska (só agora!) e outros e outras, e enfim a moleca Josephina. O Ernani Braga, obrigado a tirar uma crônica por semana da vida musical do Recife, deve ficar com água na boca, lendo isto. Porque aqui, nestas quinzenas rápidas de julho e agosto, as solicitações são tantas que a dificuldade é atender a todas. Quem tem obrigações sociais precisa fazer ginástica para não perder um bom concerto por causa de um bom jantar...

A maioria daqueles artistas foram trazidos ao Rio pelo empresário Viggiani, arrendatário do Lírico. Sem auxílios oficiais, numa sala que está caindo aos pedaços, com a competição do empresário subsidiado do Municipal, Viggiani tem-se revelado inteligentíssimo nos seus negócios. A ele devemos números sensacionais, e este ano, não há negar, a melhor parte da estação musical e teatral coube à sua iniciativa. Graças a Viggiani o carioca não ficará sem lírico, como estava ameaçado. E Viggiani, empresário moderno e farejador de novidades, não lhe dará os cantores italianos de sempre, mas a *troupe* russa do Champs Elysées de Paris.

Neste momento a velha sala do Lírico, de que um arquiteto hábil poderia tirar partido por uma reforma discreta (é a sala de melhor acústica do Rio e, apesar da pobreza, a moldura mais simpática para a sociedade fina do Rio) enche-se todas as noites para ouvir a *troupe* de [...][2] e seus companheiros parisienses.

Uma companhia parisiense de comédias ou *vaudevilles*, por medíocre que seja, conta sempre com sucesso garantido deste lado do Atlântico. Porque o que nelas mais interessa não é o valor do repertório ou dos artistas do elenco: é, sim, a elegância das atrizes em primeiro lugar. Sob esse ponto de vista as noites da assinatura satisfazem quase sempre o público feminino. Para as senhoras cariocas não há maior prazer que observar as ricas, as maravilho-

---

2 Ilegível no jornal.

sas criações do grandes costureiros parisienses feitas especialmente para as *vedettes* em *tournée*. Em cada espetáculo há um desfile de uma dúzia dessas *toilettes* que representam o que se criou de mais lindo em Paris para renovar a moda. Cada entrada em cena suscita um movimento geral de curiosidade e observação da parte das senhoras. E mesmo as que não puderam lá ir, gostam de ler no dia seguinte na notícia dos críticos que *mlle*. Cocéa vestia no segundo ato um "*déshabillé* ou *crêpe georgette blanc à collant sur fourreau en satin blanc*"...[3] Os críticos mais inteligentes compreendem que é esse realmente o aspecto mais artístico da representação. As companhias francesas são verdadeiras paradas de elegância. De resto é preciso dizer, para ser justo, que a platéia oferece ao palco uma réplica brilhantíssima. Com efeito ali estão as mais lindas criaturas da cidade, muitas das quais vestidas também pelos nomes mais prestigiosos que se vê em *Art, Goût et Beauté*, *Fémina*, *Vogue* e outras revistas de moda igualmente caras.

Mas agora dou por mim que estou invadindo a seção de *mlle*. Joanita Blank.[4] A ela caberia melhor falar, com uma graça que eu não tenho, desse capítulo da elegância das estrelas do teatro parisiense, o que estou certo ela não deixará de fazer em uma de suas crônicas próximas a que há de ajuntar, a título de ilustração, alguns dos seus deliciosos croquis, desta vez tomados do natural.

A Província, 3 de setembro de 1929

---

3 Em francês, *crêpe georgette* é um tipo de tecido; *blanc*, "branco"; *à collant*, "com colante"; *sur fourreau en satin blanc*, "sobre vestido justo de cetim branco".

4 Joanita Blank, que também morava no Rio de Janeiro, colaborava com o jornal pernambucano *A Província*, escrevendo sobre moda e ilustrando os textos com desenhos de sua autoria.

As últimas exposições de artes plásticas no Rio

Uma exposição de artes plásticas no Brasil é empresa bem melancólica. O pobre do artista, se é pintor, tem primeiro que fazer economia sobre o almoço e o jantar para arranjar o dinheiro necessário ao emolduramento das telas. Depois procura uma galeria. Não há uma galeria, isto é, um local apropriado, com luz bem orientada e distribuída. Não a tem no Rio nem mesmo o único comerciante que negocia exclusivamente em pinturas, o esperto Jorge da rua do Rosário.[1] O artista tem que expor numa sala comum, sujeito a ver todos os valores das suas pinturas desvirtuados pela luz artificial. E ainda são felizes quando obtêm a sala comum!

Enfim, alugada ou emprestada por favor a sala, penduradas nas lonas da armação as trinta ou quarenta telas que representam o esforço de quatro ou cinco anos de trabalho, fica o desgraçado condenado a uma espécie de prisão com escárnios durante umas duas semanas. Ele não tem ânimo de arredar pé dali, com medo do azar que, durante a sua ausência, traria, quem sabe? o possível comprador. O possível comprador é a personagem mística em torno de cuja existência problemática giram todos os pensamentos, todas as esperanças, todos os sobressaltos do artista naqueles longos dias de confinamento forçado. Quando aparece na sala um sujeito com cara de poder comprar e se demora um pouco mais diante de algum quadro, o pintor fita-o ansioso — como os jogadores seguem com os olhos a roda da roleta que vai parando.

---

1 Trata-se de Jorge de Sousa Freitas, proprietário da Galeria Jorge, fundada em 1908, na rua do Rosário, 131.

Quem freqüenta exposições de pintura conhece esse olhar que de desamparado passa a humilde e aliciante. O artista aproxima-se, oferece o catálogo. Mas aquela esperança é sempre a aurora de uma dia derrisório... O visitante, se se trata de pessoa comunicativa faz um elogio, se é acanhado agradece e afasta-se. Comprar é que ninguém compra. Pintura no Brasil é tabu.

Nem todos os visitantes são assim. Há os que criticam em voz alta, os que se riem na cara do artista, os que dizem insolências. Os modernistas é que são as maiores vítimas dessa gente. Na exposição de Tarsila não se conteve Oswald de Andrade e arrebentou a cara de um desses malcriados, com grande escândalo dos motejadores, indignados de ver assim impedido o "direito de crítica". O "direito de crítica" se exerce também escrevendo obscenidades nas folhas onde os visitantes deixam os nomes...

O resultado de tanto sacrifício de dinheiro e sensibilidade é para o pintor um desânimo mais fundo e algumas dívidas a mais.

O negócio de pintura no Brasil piora cada vez mais. Quando se leva um quadro ao leiloeiro, este previne logo: — Não dá nada. Virgílio, o leiloeiro das grandes coleções, esse não aceita dessa mercadoria no seu armazém. É possível vender um *syphon*[2] desarranjado, um rádio ou vitrola enguiçados, uma cadeira sem pé, um livro de versos de Medeiros e Albuquerque, um... não, depois disto não há mais nada. Pintura é que não se vende.

Apesar de tudo, como eu já disse o ano passado — o Brasil insiste em pintar. Aí temos de novo o Salão da Escola de Belas-Artes, o Salão de 1929, a certos aspectos bem melhorzinho que o de 1928. O júri este ano andou com menos complacência na admissão, o que resultou em proveito da harmonia do conjunto. A técnica dominante é ainda o resíduo teimoso do impressionismo, e quanto

---

2 Em inglês, "sifão".

ao espírito o anedotismo do assunto. Os velhos mestres que já souberam pintar andam numa decadência que faz pena.

O curioso é que escolham assuntos como esse dos bandeirantes que traem a intenção de visar o patético e o sublime. Na pequena sala dos *hors-concours* defrontam-se os senhores Amoedo e Bernardelli em duas dessas tentativas de vazia teatralidade. O senhor Amoedo conseguiu pintar a pior cascata desse mundo.

O senhor Visconti ao fim da vida continua ensaiando as maneiras que já adotou em várias fases de sua carreira, sem nem de longe aproximar-se da elegância magra das "dríades" e do *São Sebastião* (eu acho que o Teatro Municipal botou azar no simpático mestre).

A senhora Georgina de Albuquerque apresenta algumas boas telas, em cujas cores francas e larga fatura se insinua a influência das novas escolas. Esta influência é também sensível nos quadros do senhor da Veiga Guignard, novo para nós, pois fez os estudos na Alemanha e na Itália. É a contribuição mais interessante do salão deste ano. A sua arte distingue-se do ambiente geral da exposição.

H. Cavalleiro mandou um retrato excelente e duas paisagens de fatura moderna. Boas paisagens de Gagarin.

O nosso Mário Nunes expõe um Capibaribe inteiramente desprovido de perspectiva aérea, onde o edifício do Ginásio se aproveita da uniformidade dos valores para intrometer a cara no primeiro plano.

Um modelo nu do senhor Marques Júnior, aliás bem pintado, dá as costas – que pedaço! – a tudo o que se tem feito depois do impressionismo.

O crítico alemão senhor Paul Eckhardt me chama a atenção para as bonitas marinhas de Garcia Bento, cujo desaparecimento prematuro deplora.

Mais fracos este ano os concorrentes do prêmio de viagem. O júri atribui-o à seção de gravura na pessoa do senhor Calmon Barreto, discípulo de Girardet. O governo, para animar a pintura, autorizou um segundo prêmio de viagem, que foi dado ao senhor Jordão de Oliveira pelo seu quadro *Recanto da Santa Casa*. É uma paisagem que parece falar-nos de outros climas. Mas o senhor Jordão de Oliveira, que foi discípulo de Batista da Costa, tem a qualidade, rara nos discípulos do falecido, de não pastichar a maneira do mestre.

Também revela personalidade a paisagem com que concorreu o senhor Teruz, uma das melhores do salão.

Na seção de escultura o belo gesso de Samuel Martins Ribeiro *Mulher nua* faz esquecer tudo o mais.

Além do salão, temos atualmente duas outras exposições de estrangeiros. Ambos portugueses. O escultor Antônio da Costa, um novo, é artista de técnica prévia e forte. Pode-se conhecer bem o sentimento de um artista quando ele retrata o objeto amado. O sentimental, o piegas faz sempre bonito. O temperamento robusto busca de preferência o caráter. É esta qualidade que marca o busto de mme. Antônio da Costa, assim como o da mãe do escultor. Aliás todos os seus trabalhos respiram a mesma força e dão-nos a conhecer as máscaras de nomes nossos conhecidos – a deliciosa poetisa Virgínia Vitorino, João de Barros e outros.

O outro estrangeiro é o pintor Antônio Carneiro, que já nos visitou uma vez. Antônio Carneiro é um mestre no retrato. Assim o seu Guerra Junqueiro tem não só a parecença[3] física, mas a própria profunda poesia das melhores coisas do autor dos *Simples*. O pintor trouxe uma tela de grandes dimensões: *Camões*

---

3 No jornal, lê-se "parença".

lendo os Lusíadas aos frades de São Domingos, a qual não vale os seus trabalhos menores. Não sei se os outros sentirão Camões naquele magricela que recita: eu não senti. O pintor evidentemente ficou aquém do tema.

Ah! os pintores portugueses que nos visitam são mais afortunados que os nacionais – a colônia compra-lhes os quadros.

A Província, 24 de setembro de 1929

Uma conferência sobre arte marajoara

Por volta de 1904 um grupo de escritores lançou como hábito mundano as conferências literárias. As palestras tinham lugar no antigo Instituto de Música e lograram enorme êxito. O sucesso foi mesmo tão grande que chegou a interessar aos gramáticos, os quais andaram muito tempo a discutir como se devia chamar o sujeito que fazia uma conferência: conferente ou conferencista?...

As conferências do Instituto despertaram tanta curiosidade, porque era a primeira vez que o público entrava em contato com os grandes poetas de sua admiração. Todo o mundo que sabia de cor sonetos da *Via-Láctea*, queria ouvir a voz de Bilac, queria saber como Bilac recitava os seus poemas.

Entretanto os literatos não souberam aproveitar o favor da sociedade que acorria a ouvi-los. Os temas dessas conferências eram de uma futilidade lamentável. Falava-se uma hora sobre "O leque", "O sorriso", "A mão", "O pé" – uma hora de erudição de almanaque, em que se alinhavavam anedotas históricas, citações literárias, pilhérias, *calembours*.[1] Neste gênero ninguém levava a palma ao senhor Medeiros e Albuquerque, porque este possuía um sistema de fichas que lhe permitia dispor em qualquer momento de abundante material para encher lingüiça sobre qualquer assunto.

Sucedeu que, ouvidos os nomes de maior prestígio e esgotada a curiosidade em torno deles, as vazantes começaram. Conta-se que em uma conferência anunciada por Zeca Patrocínio havia meia dúzia de gatos pingados na sala e para iludir a impaciência do "público" Zeca fez um amigo, organista de talento, executar algu-

1 Em francês, "jogo de palavras", "trocadilho", aportuguesado como *calembur*.

mas peças no grande órgão do Instituto, enquanto se esperava que entrasse mais gente. Um quarto de hora depois de haver começado virou-se o organista para a sala e *tableau*![2] viu que os poucos presentes se tinham retirado... inclusive o próprio Patrocínio!

Os literatos deixaram de fazer conferências. Mas por esse tempo os gramáticos já tinham resolvido como chamar o autor de uma conferência, e criada e abonada a palavra *conferencista*, persistiu o costume de falar em uma hora incômoda sobre assunto grave para algumas centenas de cadeiras vazias. É que os nossos conferencistas são cacetes. Não expõem e discutem o assunto conversando: lêem. E como brasileiro não sabe escrever conversado, como entende que escrever é falar bonito, conferência de brasileiro significa leitura fastidiosa de tiradas literárias. Naturalmente tem havido exceções, em geral de professores com o hábito da improvisação oral: assim o malogrado Labouriau, de quem ouvi uma admirável exposição sobre cristalografia, o Flexa Ribeiro, muito melhor falando que escrevendo, e raros outros.

Casos há em que o tema da conferência é em si mesmo tão atraente que resiste à prova da prosa escrita. Foi o que se deu esta semana com o assunto escolhido por dona Heloísa Alberto Torres, que na Escola de Belas-Artes prendeu durante uma hora a atenção de uma sala cheia estudando a arte tão curiosa da civilização extinta dos antigos índios de Marajó.

As projeções que acompanhavam a palavra de mlle. Heloísa Alberto Torres encheram-me de saudades das horas esquecidas que passei no Museu Goeldi no Pará, encantado com a fantasia engenhosa dos motivos ornamentais da cerâmica marajoara, diante dos pratos, dos potes, das urnas funerais antropomórficas, de tanto fragmento revelando não só a perícia manual do risco, como

---

2 Em francês, nessa acepção, "surpresa!".

as faculdades de combinação, e sobretudo a força de abstração e síntese das estilizações de formas naturais. Foi este último um traço característico para o qual a conferencista chamou a atenção do auditório. Não há naturalismo ingênuo nas representações em superfície da arte cerâmica marajoara; nem tampouco hesitação no processo estilizador. Afastada a idéia de ter vindo de fora essa técnica tão segura, dona Heloísa explica-a pelo tirocínio técnico de um ramo ornamental correlativo — a indústria das cestas trançadas e impermeabilizadas com resinas vegetais. Sem dúvida foi da América Central que irradiou a arte da cerâmica, movimento que se foi enfraquecendo para as extremidades das duas grandes Américas. A cerâmica marajoara, porém, tem um caráter bem peculiar, como se pode observar nas tinteiras, nos vasos tão curiosos em forma de tamancos e nas deliciosas tangas femininas triangulares que as índias aplicavam às partes sexuais.

Riscavam os índios de duas maneiras, ora com traço fino, ora com traço mais largo, pintando depois os sulcos com tinta escura, preta ou de tom avermelhado, que destacava o ornamento sobre o campo claro da superfície. Outras vezes desenhavam o ornato e rebaixavam o campo. As gregas, que constituem motivo freqüente na cerâmica deles, mostrou dona Heloísa Torres terem origem na técnica do trançamento das folhas penadas com que se fabricavam as vasilhas de matéria vegetal impermeabilizada.

Dona Heloísa Alberto Torres é uma feminista sem pedantismos, mas muito orgulhosa da ação do seu sexo no progresso social. Assim é que não se esqueceu de assinalar que a cerâmica entre os aborígines da América foi sempre uma atividade feminina. Entre os índios, as mulheres é que são as oleiras. Mas como salientou, a cerâmica marajoara foi condicionada em suas manifestações encantadoras pela técnica dos cesteiros, que estes eram homens. Nesta crônica vai apenas um aviso aos que se interessam pela arte dos índios do Amazonas, para que procurem ler a sábia e interessante conferência de mlle. Torres, tão digna herdeira de um dos nomes mais ilustres dos anais da cultura brasileira.

A Província, 1º de outubro de 1929

Intérpretes que são também criadores

"Como o virtuose é impuro! Como ele é bobo! E quanto mais se faz valer, mais inútil parece!" Assim se exprime André Suarès em suas *Pensées sur la musique*. É uma opinião que a gente percebe como se formou, irritada e insolente que quer ser. O que ela em suma significa é a reação de uma alma delicada e inteligente contra o entusiasmo bocó das massas sempre prontas a endeusar os intérpretes, cujo talento como que põe em segundo plano o gênio das criações interpretadas: a criação se confunde com o intérprete, dá impressão de sair dele e ser dele.

Mais do que nunca a nossa época é dos virtuoses. Quando o público dos concertos aplaude freneticamente a redução para piano de *Petrouchka* interpretada por Friedman ou Rubinstein, podem ficar certos que não é *Petrouchka* nem o seu autor Stravinsky que ele aplaude, mas os demônios Friedman e Rubinstein, capazes de tocar tão vertiginosamente quanto uma pianola elétrica. (Mas os criadores modernos estão se desforrando dos virtuoses intérpretes. Assim Stravinsky, que timbra em escrever música pura, isto é a música cujo prazer nasce unicamente do encadeamento sonoro, sem interferência de emoção, de temperamento nem idéia programática, gosta de compor diretamente para a pianola, tirando partido da sonoridade metálica, martelada, desalmada por assim dizer, do instrumento mecânico, no qual ele se pode entregar de todo à inspiração, arquitetando combinações que o virtuose mais fenomenal não poderá realizar porque exigiriam alguns braços a mais...)

Diante da enfatuação dos virtuoses e do gozo basbaque das platéias, compreende-se e justifica-se o sarcasmo de André Suarès. Até certo ponto, porque Suarès vai às do cabo. É assim que ele não poupa nem mesmo os virtuoses modestos. E diz isto: "Dos virtuoses o mais vaidoso é aquele que o quer ser menos: esforça-se por apagar-se diante da obra: só ele não percebe o *écran* que é: sem dúvida pensa que é transparente".

Não se pode ser mais cruel com os intérpretes. No entanto tem vezes em que eles são precisos e até indispensáveis. É quando se trata da apresentação de novas formas musicais. Para executar Bach, Beethoven, Chopin, Debussy tem o artista-intérprete uma rica tradição a ajudá-lo. Não é preciso gênio inventivo para o fazer. Mas a obra nova, e verdadeiramente nova, exige do intérprete dons também geniais, cuja atividade se poderá chamar sem favor de concriação. Ai dos criadores que não encontram os grandes intérpretes!

O nosso Villa-Lobos tem sido freqüentemente sacrificado por apresentações imperfeitas.

Arte audaciosa, sem lei nem rei, dificílima e muitas vezes malcriada, compreende-se que ela não pode ser preparada com poucos ensaios num ambiente ainda tão pobre como é o nosso. A música de Villa-Lobos, se não se explica em sua inspiração senão pela rudeza, pela seiva, pelo ímpeto do elemento nacional, está todavia tão nutrida na técnica do espírito de vanguarda europeu que só mesmo na Europa poderia ela encontrar os primeiros intérpretes que realmente a revelassem. E foi o que se deu. Villa-Lobos era aqui o gênio em que só meia dúzia acreditava. Nenhum solista de piano, violino ou violoncelo, nenhum cantor o incluía em seu programa. Mas Rubinstein um dia tocou o "Polichinelo" em concerto e eletrizou o público. Ah! então o "Polichinelo" era aquilo? Estava achada a maneira. Hoje os virtuoses nacionais dos dois sexos gostam de tocar "Polichinelo", porque o sucesso é seguro e o bis fatal.

Pois Villa-Lobos acaba de chegar de Paris e trouxe dois intérpretes de primeira classe: o pianista espanhol Tomás Terán e o violinista belga Maurice Raskin. O público de Pernambuco terá ocasião de apreciá-los porque Villa-Lobos pretende ir ao Recife.

O espanhol é um homem fantástico: um sujeitinho feio, pequeno, com cara e gestos de *clown* espanhol até debaixo d'água. O maior pianista da Espanha, me disse Villa-Lobos antes de eu o ouvir. De fato mal o homem atacou os primeiros acordes da série das *Cirandas* a assistência ficou amarrada! Amarrada no pé da mesa! Ou Terán é no piano o intérprete ideal de Villa-Lobos. Deixou Rubinstein na curva... Com efeito na música de Villa, em que o ritmo é elemento de tal prestígio, o espanhol é de uma segurança, de uma força, de um dinamismo, para resumir, de uma grandeza rítmica empolgante. Pega fogo feito pólvora.

Quanto ao belga, sem ter a personalidade magnética de Terán, é um violinista da mais pura escola — a Bélgica é um verdadeiro viveiro de violinistas, pátria dos Ysaïe e dos Thompson. Raskin é quase um menino ainda e no entanto já tem a segurança de um mestre. Uma das coisas mais agrestes do repertório de Villa é a pequena suíte para canto e violino. Ambas as partes pedem artistas de ouvido e musicalidade excepcionais, sem o que música e intérpretes se afogarão na mesma onda. Elsie Houston — esta é bem nossa — e Maurice Raskin entenderam-se como convinha. Eu estava sentado ao lado de uma violinista, e esta me segredava encantada com o estilo do belga: — "Se você soubesse o que ele está fazendo no violino!" Eu não alcançava esses detalhes, mas entendia e aceitava a música tão esquisita pela insinuação persuasiva dos intérpretes.

É em casos como este que se pode fazer justiça ao intérprete porque aí é que ele revela o que há também de criador deles. E a arte deles embora de reflexo se distancia enormemente dos executantes medíocres que não refletem nada: são espelhos sem aço.

A Província, 4 de outubro de 1929

O Recife é uma cidade sem jardins

Está presentemente no Rio um arquiteto-paisagista francês,[1] a quem o prefeito Prado deu carta branca na tarefa de ajardinamento da cidade. Esse homem, que é um profissional de talento, tem trabalhado muito. À proporção que surgem os novos jardins e se remodelam os antigos, vão aparecendo as críticas à orientação do estrangeiro, o qual de fato parece não ter levado[2] em conta o caráter agreste da nossa natureza e a nossa tradição em matéria de jardins. Glaziou, que traçou os gramados e alamedas do Passeio Público e do parque do Campo de Santana, ficou estritamente dentro do espírito tradicional que herdamos dos portugueses: os velhos jardins do Rio são como grandes chácaras urbanas e integram-se harmoniosamente no quadro das florestas que envolvem a cidade.

O paisagista contratado pelo prefeito Prado revelou-se incapaz de uma criação original suscitada pelo ambiente americano, novo para ele. É francês — por toda a parte aplicou a lição francesa.

Diga-se, porém, em seu favor que nem tudo que ele fez merece condenação. Os novos jardins da praia da Glória estão ficando realmente belos. À beira-mar e numa ampla moldura como aquela o tipo do jardim francês, com o seu longo tanque de repuxos e relvados chatos esmaltados de flores efêmeras, está muito bem. Os passeios em torno são bem espaçosos, novidade que era de muita precisão nos jardins do Rio; os bancos, numerosos. De sorte que nas noites calmosas o novo jardim da Glória constituirá um delicioso

---

1 Trata-se de Alfred Agache, que elaborou um projeto urbanístico conhecido como Plano Agache.

2 No jornal, lê-se "levantado".

lugar de refrigério e recreio a uma multidão. É de resto uma perspectiva nova que distrai o espírito da monotonia dos outros jardins de vegetação densa, de canteiros ondulados, excelentes refúgios nas horas de sol. Não me parece que se deva fazer arremedozinhos de Versailles em todas as praças cariocas, mas também é meio cacete num país de tantas florestas meter a floresta dentro da cidade. A propósito me lembra o que disse o pintor Lasar Segall quando lhe pediram a opinião sobre a pintura decorativa das paredes de um salão, onde o artista representara um bosque: – "Há tanta árvore no Brasil – para que botar mais árvore dentro de casa!"

O razoável é dotar a cidade de jardins dos dois tipos: o jardim fartamente ensombrado, próprio dos grandes parques, como a Quinta da Boa Vista, o Campo de Santana, o Passeio Público, e em geral as grandes praças dos arrabaldes e subúrbios interiores; e à beira-mar o jardim de simples gramados lisos aberto à vista e à viração para o espairecimento noturno.

Mas o paisagista da prefeitura adotou um tipo único para toda a cidade. Ainda bem que não buliu nos grandes parques! Mas a praça Onze, que tinha os seus longos canteiros irregulares e ondulados, está um tantinho ridícula com o retângulo único de gramado chato debruado de florezinhas civilizadas – a praça Onze, coitada, com o pobre casario da "cidade nova", quartel-general do famoso carnaval dos ranchos, dos negros e das "baianas"! Assim vai ficar também o tradicional Rocio, apesar dos cacumbis e jacarés da estátua de Pedro I. Que digo? Até a praça 28 de Setembro, no fundo de Vila Isabel, está sendo revolvida para o nivelamento que lhe dará[3] o ar francês requintado...

Olhando estas reformas que se estão fazendo no Rio, penso na pobreza do nosso Recife em matéria de jardins. Ouvi dizer que

---

3 No jornal, lê-se "darão".

foi das coisas que mais impressionaram Agache em Pernambuco. O Recife é uma cidade sem jardins. O parque Amorim e o Entroncamento parecem cenários de mambembe e dão impressão de pretexto para aqueles horrendos banquinhos de caliça que têm todos um ar de dizer ao transeunte: — "Não se sente, eu sou enfeite!".

E é preciso reformar os jardins do Recife pensando nas crianças. Mais de uma vez *A Província* tem chamado a atenção para isso. Como se pensa pouco entre nós em dar bons jardins de recreio para a meninada!

Uma das impressões melhores que trouxe de sua viagem ao Japão a senhora Juliano Moreira foi a dos jardins públicos animados pela alegria das crianças. "Metidas em suas roupas coloridas", conta ela na revista *Para Todos*,

> redondinhas, parecem verdadeiras bolas a se moverem de um lado para outro, com os seus brinquedos simples. É fantástico o número de crianças no Japão. Não há quase porta de casa sem duas, três, quatro e até mais. Nas praças e jardins públicos, quando há bom tempo, é um encanto contemplar a multidão infantil e nos lugares mais remotos do país há, por toda a parte, instalados balanços e planos inclinados para maior prazer da pequenada, que assim se vai desenvolvendo ao ar livre.

Assim deviam também ser os nossos jardins — com balanços, trapézios, argolas, e outros aparelhos simples para o exercício físico, e pequenos aviários e aquários para distração mental e educação do espírito de observação. As crianças adoram ver bichos.

Um aquário é um verdadeiro encantamento para os olhos de um menino. De um menino? Creio que para toda a gente. Eu por mim confesso que sou freqüentador assíduo do pequeno aquário do Passeio Público. E ainda da última vez que lá estive fui testemunha da alegria imensamente divertida que despertava num gurizinho de 27 meses apenas o espetáculo dos peixes cambalhotando atrás das paredes de vidro do aquário. A pesada tartaruga incutia-lhe um arzinho sério. Mas como ele se ria do cardume claro, ágil, nítido das pequeninas crocorocas! dos camarões batendo as patinhas dorsais incessantemente! O peixe-enxada, chato e quase redondo, com as duas listras escuras bem marcadas, parecia um brinquedo bonito – como os peixes que os índios do Amazonas fabricam para os filhos e que eu tive ocasião de ver no Museu do Pará. As moréias verdes, à semelhança de cobras e engolindo a água com os movimentos de deglutição dos ruminantes; os baiacus de espinho, nos quais as nadadeiras finíssimas contrastam com a bojuda armadura; as cabrinhas, andando no fundo da água e levando bem abertas, como leques, as nadadeiras peitorais; os feios mangangás, confundindo-se preguiçosos com as pedras, onde aderiam pequenas anêmonas azuis, estrelas-do-mar cinzentas e escarlates; os robalos bicudos; as miraguaias de barbinhas engraçadas debaixo da queixada; os caranhos gordos e chatos; o bagre urutu; e o que deixei para o fim – o polvo, o polvo com os tentáculos tão macios e tão cruéis! olhos de gente, olhinhos malvados, inteiramente despreocupado no meio dos pobres siris e caranguejos apavorados, de patolas escancaradas mas sem ânimo de fechá-las nas pontas dos tentáculos do monstro inimigo...

A Província, 6 de outubro de 1929

Villegagnon tem hoje um aspecto pacífico

Quando eu tinha seis anos e morava na rua da União, possuía convicções políticas bem mais fortes do que hoje. Foi no tempo da revolta do Custódio.[1] Naturalmente eu era revoltoso. Por quê? Não o compreendo, uma vez que meu pai era florianista, meus tios eram florianistas, meu avô era florianista. Contra o ambiente legal doméstico, unânime e esmagador, eu sozinho, guri analfabeto, persistia revolucionário vermelho, e não podendo de tão longe arrasar a Lage e Santa Cruz,[2] descarregava a minha combatividade lendo uns boletins revoltosos que os jornaleiros vendiam, garatujando caricaturas de "Barbosa Fera",[3] e partindo as vidraças da casa de dona Aninha Viegas. Não é possível achar nenhuma correlação entre a revolta da esquadra e as vidraças de dona Aninha Viegas, pobre dona Aninha que sabia fazer tão bem pastéis de nata! No entanto, quando eu lia algum telegrama desfavorável às armas de Custódio e Saldanha, vingava-me logo investindo contra as vidraças de dona Aninha Viegas.

Naquela quadra inocente em que eu não compreendia ainda o horror de uma luta civil armada pela politicagem, duas imagens enchiam a minha cabeça com fascinante prestígio — era o *Aquidabã*

---

1 Trata-se do almirante Custódio de Melo (1840-1902), que em 1893 liderou a Revolta da Armada contra o governo do presidente da República Floriano Peixoto.

2 Lage e Santa Cruz são duas fortalezas: a primeira em uma ilha, formada por uma grande laje, na entrada da baía de Guanabara, e a segunda em Niterói, à direita de quem entra na baía.

3 Trata-se de Alexandre José Barbosa Lima (1862-1931), que foi governador de Pernambuco.

e a fortaleza de Villegagnon. Eu creio que era revoltoso só porque o famoso couraçado entrava e saía a barra do Rio sob o fogo das fortalezas, e Villegagnon, único forte revoltoso, não se rendia. A Villegagnon que eu figurava em minha imaginação era uma coisa formidável... Quando três anos depois vim para o Rio e olhei da amurada do paquete a ilhota desmantelada, tive uma decepção. O *Aquidabã* também levara um torpedo pelos flancos... Fiquei despeitado. Traí a causa da revolução.

A ilhazinha batalhadora desde os tempos em que brigaram a arcabuz e flecha os portugueses de Mem e Estácio de Sá e os calvinistas franceses, tem hoje um aspecto amorável e pacífico, mau grado aquartelar oitocentos homens do Corpo de Marinheiros Nacionais. É uma mocidade que estuda, que faz muito exercício, tem seu campo de *football* e *basketball*, cinema ao ar livre duas vezes por semana, retreta da banda aos domingos, e — todas as noites! — as luminárias maravilhosas do Rio noturno. Aquela sucessão de praias que se estendem desde a ponta do Calabouço até as fraldas do Pão de Açúcar, o Pão de Açúcar — "Nossa Senhora Aparecida coroada de luzes"[4] —, os morros de Santa Teresa e o outeiro da Glória cintilando como presepes, e sobre esse fundo luminoso uniforme as intermitências regulares dos imensos cartazes coloridos a gás neon, tudo isto contemplado daquela ilhazinha tranqüila onde não há outro ruído senão o quebrar das ondas na praia pequenina — eis o espetáculo cotidiano daquela gente: mais belo que bailado russo, melhor que *film* sincronizado.

Havia luar e meu amigo, comandante da ilha (felizardo!), levou-me a percorrê-la desde a ponta do paiol da gasolina, que enfrenta a barra, até a face norte, onde assentam os pequenos

---

4 Trecho do poema "Noite no Rio", do livro *Pau-Brasil* (1925), de Oswald de Andrade: "O Pão de Açúcar/ É Nossa Senhora da Aparecida/ Coroada de luzes".

canhões de salva. Aqui estamos onde outrora se elevava o outeiro enfrondado de matas onde se fortificaram os oitenta homens de Nicolau Durand Villegagnon. Dois séculos depois da vitória de Estácio foi ele descalotado para fundação do novo forte, recordada na inscrição que entesta o portão de entrada: "Fortaleza de N. S. da Conceição de Villagalhão principiada a construir em 1775 reinando d. José e sendo vice-rei o capitão general de terra e mar dos Estados do Brasil o ilmo. e exmo. senhor d. Luis de Almeida Portugal Marquez do Lavradio" etc.

Obra tão sólida que sob suas abóbodas os revoltosos de 92 estavam perfeitamente ao abrigo das baterias do Castelo, a pequena distância e a cavaleiro da ilha.

Os mortos de 92 deixaram fantasmas, segundo a crença dos marinheiros. Mas não são só esses os mortos que voltam. Há uma assombração mais temida porque vem uma vez só no ano e em dia incerto: é o próprio Nicolau Durand Villegagnon, cavaleiro de Malta, justiçador de calvinistas insubmissos, aparição nada sopa...

A Província, 9 de outubro de 1929

O desenvolvimento artístico do Rio não corresponde ao seu progresso material

O Rio de Janeiro já é grande e belo pelas paisagens e perspectivas urbanas que apresenta. Embora seja depois de uma hora da manhã ainda uma imensa aldeia adormecida, durante o dia e especialmente para o fim da tarde palpita com intenso movimento de tráfego, de negócios, de nervosismo, de alegria. Na vida esportiva, tão necessária a esta raça raquítica e feia que somos, também o progresso é inegável. Conforta hoje em dia o espetáculo dos enormes estádios transbordando com dezenas de milhares de assistentes que animam as partidas de *football*. Materialmente o Rio começa a ser uma grande cidade.

Mas a vida do espírito não corresponde ao esplendor de tão belo quadro: sobretudo é de notar o seu desinteresse pelas manifestações de alguma profundidade artística. Como arte basta-lhe o cinema, e vibra de preferência com o *sob-stuff*[1] das tragédias bem sentimentais, e o teatro "para rir". Mesmo a elite rica, que ultimamente deu público farto a duas companhias francesas com repertórios e elencos fraquíssimos, e não compareceu aos três únicos espetáculos do italiano Ruggero Ruggeri.

Perante platéias reduzidíssimas o ator formidável nos revelou três tipos da galeria de suas criações — o louco do *Henrique IV* de Pirandello, o *Piccolo Santo* de Bracco e o aventureiro elegante e cínico de *L'Epervier* de Croisset. A arte de Ruggeri tem sido aproximada da de Guitry. Isso só me pareceu justo na peça de Croisset, o que se pode explicar por um encontro de interpretações da mesma personagem. Certamente o sacerdote que faria Guitry no drama de Bracco seria

---

1 Em inglês, "assunto sentimental".

inteiramente diverso da figura criada por Ruggeri. O jogo de Guitry empolgava pela força de seu temperamento e pelo realismo implacável das suas interpretações: era uma saúde de ferro que nenhuma tempestade de dramalhão conseguia abater inteiramente. Ruggeri, apesar de guardar depois dos cinqüenta anos a agilidade, a elasticidade de um rapaz, espalha em cena uma estranha aura de melancolia e desencantamento, que vem, parece, dos seus olhos claros e tristes, da sua voz, que é um pouco velada e ele não força nunca.

Os italianos passam por exagerados, por excessivos. Entretanto quando um italiano é simples e comedido, como Ruggeri, como essa simplicidade é profunda, é rica de sentido e bem mais comovente que a fácil simplicidade francesa, simplicidade de todo o mundo, mediocridade frívola. Os bons atores se podem repartir em duas categorias: os que são bons apenas pelas faculdades de observar e reproduzir o tipo médio, e aqueles dotados de intuição excepcional que os habilita a encarnar toda a escala humana. Os franceses são da primeira categoria. Os italianos é que têm o lirismo e a versatilidade precisa para virar monstro — Otelo, Hamlet, rei Lear. Ruggeri é um destes e pertence à grande linhagem dos Zacconi, dos Emmanuel, dos Novelli. Pois o Rio que acorria de *smoking* e decote ao Lírico para se rir com os *couplets*[2] maliciosos de Milton e Cocéa não teve curiosidade de conhecer o estupendo Ruggeri.

De todas as formas musicais a ópera é o que mais agrada à população carioca. As temporadas líricas despertam sempre muita animação e, apesar dos preços caríssimos, o Municipal se enche nas récitas de assinatura. Os que estão à frente da campanha em prol da Casa do Estudante contaram com esse gosto do público e organizaram um espetáculo belíssimo no estádio do Fluminense. Esperavam levantar uma fortuna. Imaginem: o *Orfeu* de Gluck cantado

---

2 Em francês, "copla, canção, estrofe".

ao ar livre à noite, orquestra de duzentos músicos e como protagonista a Besanzoni. A propaganda foi intensa. A ela não correspondeu a concorrência, que deixou claros desoladores nas bancadas.

A noite estava deliciosa. Apagados os refletores, exceto aqueles cuja luz se concentrava no palco improvisado, cada espectador ficava mergulhado na penumbra e fácil lhe era abstrair o cenário insignificante para substituí-lo pelo cenário natural de em torno – o céu estrelado, o morro do Mundo Novo, as palmeiras do Palácio Guanabara, quadro maravilhoso para esse doce e melancólico bailado que é afinal de contas a obra-prima de Gluck. E nesse ambiente o contralto impressionantemente grave e cheio da Besanzoni tinha outro encanto, um encanto mais puro que no irritante luxo do Municipal. Mas não foi só a prima-dona que brilhou: o desempenho correu bastante igual, os coros vindos de São Paulo (São Paulo já tem sociedades corais...) portaram-se disciplinadamente.

Haveis de crer que os próprios estudantes, em favor de cuja classe se fizera aquela festa, que devia ser uma incomparável festa da mocidade, não acudiram ao apelo da arte e da caridade? Haveria um bloco de uns mil, se tantos. A esses não faltou entusiasmo, nem bom humor nos intervalos para aclamar em coro "a mulher paulista", "a careca do maestro"...

Infelizmente falta ainda ao grosso público gosto bastante para formar o meio artístico. Os artistas existem, sobretudo na esfera da música. Temos já solistas tão admiráveis como os virtuoses estrangeiros que nos visitam. Ainda anteontem uma menina pernambucana de dezesseis anos, mlle. Maria Antônia Vieira, ex-discípula de Manuel Augusto, manifestava em recital no Municipal o fino dom dos brasileiros para a música. E é com essa nota, que deve ser grata ao orgulho da minha província, que quero fechar esta crônica desabusada.

A Província, 25 de outubro de 1929

O profeta da Gávea

O povo não pensa como aquele ministro do nosso Supremo Tribunal, que em plena sessão declarou "que profetas são velharias incompatíveis com a civilização". O povo continua a reverenciar os profetas e onde quer que um apareça, a multidão aflui, às vezes para alcançar alívio a males incuráveis, outras até para sacrificar-se, como no sinistro caso de Pedra Bonita ou no de Antônio Conselheiro. Este deixou recordações tão inquietantes que as autoridades policiais agora tratam logo de cortar a carreira aos profetas, quando algum deles surge pregando a fraternidade entre os homens e curando os aleijados.

Foi o que se deu agora com esse estranho homem que desembarcou há tempo no Rio e armou uma tenda de pano no alto da Gávea. Laureano Ojeda é mexicano e usava longas barba e cabeleira. Tinha uma fisionomia muito mansa. Levava uma vida inocente, alimentando-se tão somente de frutas.

A sua serenidade, o seu feitio esquisito, as palavras messiânicas que dizia aos que dele se aproximavam, começaram a impressionar os simples. Assim se foi espalhando a sua fama de santo, o Santo da Gávea, e em breve eram numerosas as visitas que o procuravam, sobretudo de doentes, gente simples, que punham esperança nos poderes sobrenaturais de Ojeda.

Um episódio policial de uns *chauffeurs* malvados que foram à tenda do profeta alta noite e trouxeram-no para a cidade, onde num botequim o quiseram forçar a comer uma canja, determinou a intervenção da polícia. Esta por sua vez maltratou o pobre homem mandando raspar-lhe as barbas e cortar-lhe curto a comprida cabeleira, depois do que o enviou ao Hospício.

Ali ficou Ojeda em observação. Um psiquiatra fez duas conferências para estabelecer o diagnóstico do doente e chegou a um nome complicado depois de afastar outros nomes igualmente complicados. Essas conferências tiveram assistência considerável, e ao lado do professor estava sentado o próprio profeta, sempre sereno, com o seu ar doce e resignado, tão estranho como quando trazia os cabelos compridos, e sempre compenetrado da sua missão divina. E sobre ela falou quando o médico lhe deu a palavra para que o auditório julgasse por si o fundamento do diagnóstico que ia desenvolvendo.

Embora secluso,[1] os doentes, cegos, surdos-mudos, paralíticos, tuberculosos, não deixavam de o procurar, e uma verdadeira multidão estacionava durante o dia na portaria do casarão da praia da Saudade. A administração do Hospício agiu com inteligência e bondade, não quebrado o isolamento do profeta, mas permitindo-lhe responder por escrito às consultas que recebia. Ojeda dava as respostas ornadas abundantemente de desenhos coloridos a lápis. O trabalho era tanto que foi preciso fornecer-lhe um secretário. Fizeram mais: puseram-no em presença de um mudo que estava em tratamento no Hospício. Era um caso de histeria e tratava-se de um mudo funcional. O profeta da Gávea falou ao doente com doçura, mandou-lhe que falasse e o homem com efeito falou. Trouxeram-lhe então um caso mais difícil – um homem que era surdo-mudo, mudo não por histeria, mas em virtude da destruição dos canais semicirculares. Este não atendeu ao apelo do taumaturgo. Mas o profeta não se perturbou. Com a mesma serenidade com que lograra o milagre no histérico, virou-se para os circunstantes e considerou com doçura: "É melhor que não fale, porque peca menos".

---

1 "Separado", "afastado".

Tenho um amigo que conseguiu conversas com o profeta. E o diálogo que travou com ele foi literalmente como se segue:

— O senhor é profeta?

— Dizem que sou.

— Se o senhor é profeta, deve possuir o dom de ubiqüidade e o dom das línguas...

— Se não possuísse, não seria um profeta verdadeiro.

— Prove então o seu dom de ubiqüidade.

— A esta hora em que estou aqui lhe falando, estou também trabalhando como operário em Yucatán, no México.

O interpelante, não podendo fazer a contraprova da ubiqüidade, escreveu num papelucho uma frase francesa que traduzida em vernáculo significava: "O gato é um belo e soberbo animal". E passou-o ao profeta para que ele traduzisse.

Com a mesma calma imperturbável o Santo tomou-o nas mãos, considerou algum tempo e traduziu:

— "A regeneração do homem se fará parceladamente."

É esse o caso que apaixona a população carioca, enquanto aliancistas e prestistas diariamente fecham o tempo no edifício vistoso sito por trás daquele homenzarrão de camisola de bronze que me garantiram ser o Tiradentes.[2]

A Província, 1º de novembro de 1929

---

2 Referência ao Palácio Tiradentes, inaugurado em 1926, onde funcionou a Câmara dos Deputados e que depois abrigaria a Assembléia Legislativa do Rio de Janeiro, diante do qual há uma estátua de Tiradentes.

A Academia Brasileira de Letras volta a ocupar-se da ortografia

Todo o mundo pensava que a Academia tinha chegado a uma resolução definitiva em matéria ortográfica com a adoção do formulário do senhor Laudelino Freire.

Engano. — Há três sistemas de ortografia, ensinavam as gramáticas do tempo do onça: o sistema fonético, o etimológico e o usual ou misto. Mas está errado: há um quarto sistema — o variado, e é o que a Academia emprega.

Desde o remoto ano de 1907, quando foi apresentada a proposta do senhor Medeiros e Albuquerque, há portanto 22 anos, a Academia hesita e não sabe como há de escrever. Ela poderia continuar assim indefinidamente, se não fosse a empresa do dicionário em que anda agora empenhada. Um dicionário, com efeito, é coisa mais séria que uma ata ou uma revista literária. Com essa perpétua hesitação, essas marchas e contramarchas, tem advindo prejuízo não pouco para autores e editores. Agora mesmo sei de um estudioso que está preparando um dicionário etimológico da língua portuguesa,[1] o primeiro trabalho de fôlego dessa especialidade em nosso idioma, a quem a última iniciativa da Academia deteve em sua tarefa, porque ele, em questão de tal monta, resolveu esperar o resultado das novas discussões. Confesso que acho ingenuidade da sua parte contar com resoluções definitivas de uma corporação tão volúvel.

A reforma que o senhor Medeiros e Albuquerque apresentou e teve a larga colaboração de seus pares, bem podia ter sido mantida,

1 É provável que se trate de Antenor Nascentes, cujo *Dicionário etimológico da língua portuguesa* foi publicado em 1932.

apesar de todos os seus defeitos. Embora desprezasse a evolução histórica da língua e servisse somente para o Brasil, a ortografia adotada em 1907 representava um trabalho considerável de simplificação e sistematização. Em 1915, decretada quatro anos antes em Portugal a reforma elaborada pela Academia de Ciências de Lisboa, resolveu a nossa Academia acompanhá-la, o que era de boa política, porquanto, a par da simplificação, se estabelecia assim a uniformidade de grafia em todos os países de língua portuguesa.

A reforma portuguesa levantou uma gritaria tremenda das várias correntes — fonéticos, etimólogos e usuais (ou mistos) —, até que o senhor Osório Duque-Estrada aproveitando-se da confusão do momento conseguiu maioria para anular as deliberações anteriores. Voltava-se ao *statu quo* antes de 1907. Quer dizer que ficava de novo a Academia sem uma norma uniforme, boa ou má, para a impressão das suas obras. Esse mal foi removido, graças à atividade e ao prestígio de um novo acadêmico, o senhor Laudelino Freire, que conseguiu ver aprovado o seu formulário.

Eis senão quando o venerando barão de Ramiz Galvão apresenta uma proposta mandando que no dicionário da Academia "prevaleça em geral o sistema ortográfico a que obedeceu o *Dicionário contemporâneo* de Aulete e Santos Valente" e que outrossim "sejam atendidas muitas das observações do *Manual ortográfico brasileiro* do ilustrado professor Júlio Nogueira"! (Eu queria ser confrade do senhor Ramiz Galvão para contrapropor imediatamente — por espírito de humorismo — que se adotasse o sistema do dicionário de Fonseca, atendidas, bem entendido, muitas das sugestões do professor Carlos Góis...)

A proposta do senhor Ramiz Galvão baixou à Comissão da Gramática Brasileira, a qual emitiu parecer... ratificando a reforma Medeiros! Subscreve-o, com os senhores Humberto de Campos e Gustavo Barroso, o senhor João Ribeiro, que já de uma feita justificara o abandono da reforma de 1907 pela repulsa encontrada por ela no seio da massa. É em torno desse parecer que se travam agora as discussões em plenário da Academia.

Enquanto a Academia assim procedia, de maneira inconseqüente e precipitada, a reforma portuguesa ia pouco a pouco vencendo terreno e apoderando-se dos pontos estratégicos que comandam todo o setor ortográfico: o professorado das escolas secundárias e normais. A grande maioria daqueles que eram meninos ao tempo da reforma portuguesa e hoje, por volta dos trinta anos, chegaram aos postos de diretores da mocidade, não querem saber de outro sistema senão o da ortografia reformada portuguesa, o único que consideram como representação fiel da língua no espaço e no tempo. Dos cinco professores que lecionam o nosso idioma no Colégio Pedro II, quatro pelo menos — os senhores Antenor Nascentes, José Oiticica, Clóvis Monteiro e Jacques Raimundo — adotam e ensinam a reforma portuguesa. Assim, daquele colégio que representa o mais alto nível do ensino secundário em nosso país; da Escola Normal, onde é catedrático o ilustre Sousa da Silveira; dos inúmeros institutos particulares turmas e mais turmas têm saído levando para fora a boa semente.

Fato significativo dessa penetração silenciosa da ortografia reformada portuguesa foi o que se deu nos últimos concursos para as Escolas Profissionais da Prefeitura do Distrito Federal. Os quatro membros da banca julgadora eram adversários do sistema de grafia portuguesa. Pois bem, os três candidatos classificados por ela nos primeiros lugares escreveram as suas provas naquela grafia. Será ela a que ensinarão aos seus alunos.

Quando o senhor Medeiros defendia a sua proposta no seio da Academia, disse ele com muito sabor que ela se faria "com a Academia ou contra a Academia". Ninguém sabe o que a Academia resolverá agora: ninguém sabe se o governo lhe apoiará a nova decisão. Mas o que parece não sofrer dúvida é que com ou contra a Academia, com ou contra o governo, o sistema ideado por Gonçalves Viana, Leite de Vasconcelos, Carolina Michaelis e outros grandes mestres portugueses, adotado entre nós por Antenor Nascentes, Mário Barreto, Silva Ramos, Sousa da Silveira, que representam a mais alta cultura lingüística brasileira, acabará por impor-se tão seguramente como já se deu em Portugal.

A Província, 5 de novembro de 1929

É preciso deter a onda verde

Os jornais da semana refletiram de maneira dramática o pânico em que precipitou as praças de Santos, São Paulo e Rio a condição precária do mercado de café. Provocou-o a baixa perigosa — ninguém sabe onde ela iria parar! — conseqüente ao colapso no financiamento da retenção dos *stocks*, raspados que se achavam os cofres do Instituto de Café e do Banco do Estado de São Paulo. Os armazéns reguladores estão abarrotados, e das fazendas do faroeste paulista, da fronteira do Paraná, do norte fluminense, da mata mineira o café continua a descer... Calcula-se que, suprido o mercado externo, cujo consumo anual orça por 22 milhões de sacas, ficarão no Brasil nada menos que 18 milhões, quer dizer, o equivalente de uma safra inteira!

O governo do estado de São Paulo, instado por fazendeiros e comissários a intervir no mercado, confessou a sua absoluta impotência, ao mesmo tempo que os aconselhava a se dirigirem ao governo federal. Mas à comissão que esteve no Catete negou o presidente da República o seu apoio às duas medidas por ela sugeridas — moratória ou emissão, alternativa sinistra que o senhor Washington Luís teve a franqueza corajosa de repelir de modo terminante.

À hora em que escrevo a crise não está ainda resolvida. Como quer que se decida, seria para desejar que a solução traga em si alguma coisa mais do que simples providências de emergência. Aquela "onda verde" de que falava o senhor Monteiro Lobato, ameaça submergir a economia nacional: há que detê-la. Ora, o que a inchou, a empinou, a propulsionou foi o otimismo do sistema artificial de valorização. O preço alto, a segurança do mercado que parecia firme, levava os fazendeiros a estenderem cada vez mais as suas plantações. Nos latifúndios do oeste paulista multiplicavam-se os cafezais. Eram sem conta as fazendas novas. Pode-se avaliar o desenvolvimento agrícola na terra roxa pelo surto formidável das cidades no mais remoto sertão paulista. Café! Café! Café!

Mas não era só em São Paulo. Hoje o norte do Paraná constitui a crista da onda verde que avança de São Paulo. Por outro lado, de Itaperuna, no estado do Rio, o município brasileiro mais rico em café, a onda invade igualmente o sul do Espírito Santo. Assim, a valorização artificial provocou a superprodução. Enquanto o consumo mundial do café cresce anualmente na razão de 2% apenas, as plantações novas se desenvolvem na razão de 8%, desequilíbrio alarmante a que nenhuma retenção poderá atalhar. Até aqui tudo tinha corrido muito bem porque um fenômeno meteorológico, a geada, interviera sempre para limitar a carga de fruto. Confesso que soube com espanto dessa colaboração da geada no sistema de defesa do café. Sempre pensei que as geadas, como os ciclones, como as nuvens de gafanhotos, fossem um contratempo, uma calamidade, uma desgraça... A verdade é que elas agiam como um dispositivo *unannounced*[1] no regulamento do Instituto de Café... Há dias um técnico dizia num comentário sobre a crise: "A geada não veio este ano. Ninguém sabe, ao certo, se virá...".

A geada não veio e se Deus não permitir que ela venha para o ano (o sabor humorístico dessas palavras!), teremos em 1930 uma safra de 20 milhões de sacas que somados aos 18 milhões retidos este ano darão um excesso de 16 milhões sobre o consumo mundial. Sem levar em conta a produção estrangeira, que é de 8 milhões.

Independentemente do perigo financeiro ligado à superprodução, trouxe a valorização artificial permanente um mal que é sobretudo sensível na economia dos estados do Nordeste: o êxodo

---

1 Em inglês, "não previsto".

dos trabalhadores rurais. Dos sertões do Rio Grande do Norte, do Ceará, da Paraíba, do nosso Pernambuco descem os matutos para as fazendas de São Paulo, despovoando os nossos engenhos. O "Vam'bora pro sul" já é frase de *folklore* aproveitada até nos versos da poesia regionalista.

Mas não é só o Nordeste a sofrer. O norte de Minas também se despovoa. Em inquérito procedido em 1924 pelo secretário das finanças de Minas ficou apurado que de 214 municípios, 186 são assim sangrados em sua mão-de-obra agrícola.

É inútil recriminar agora aos fazendeiros a imprevidência com que investiram as suas reservas em novas plantações: é inútil contar para o futuro com a previdência deles. O que nos compete é limitar proibitivamente a produção, trabalho até agora desempenhado pela geada.

A Província, 21 de novembro de 1929

Comunismo: polícia e poesia

Há tempos atrás andou-se falando muito no "olho de Moscou" (há dois olhos perigosos — o outro é o de Balzac, bem mais temível; o terceiro, o da consciência, o de Victor Hugo, está muito fora da moda). O "olho de Moscou" é o olho bolchevista, que as almas timoratas imaginam espionando os negócios de Estado alheios, tramando revoluções sangrentas, concertando planos incendiários.

Indaguei de um comunista meu conhecido se era verdade o que diziam certos jornais: se de fato o comunismo russo exercia alguma atividade revolucionária em nosso meio por intermédio das organizações comunistas nacionais, e se estas julgavam possível o advento pela força de uma República Brasileira de Sovietes.

— "É insensato", disse-me ele, "o que esses jornais andam espalhando. Compreende-se que os russos bolchevistas tenham interesse em provocar a revolução proletária na Alemanha, na França, na Inglaterra ou na Itália. Quanto à América, o único país cujo levante em primeiro lugar lhes importaria seriam os Estados Unidos. Todas as outras nações da América são consideradas pelos bolchevistas russos como uma espécie de subcolônias das grandes potências imperialistas, uma vez que todas elas vivem na dependência financeira e econômica de uma ou de várias daquelas potências. Uma revolução como a da Rússia não seria possível no Brasil, porque facilmente ela seria aniquilada pela intervenção da Inglaterra ou dos Estados Unidos, que naturalmente fariam a contra-revolução em proveito próprio. Quantas contra-revoluções não teve a Rússia soviética de enfrentar, todas subsidiadas, estimuladas pelo imperialismo ocidental? Ora, a Rússia era ela mesma antes da guerra uma grande potência, os seus recursos são imensos, é um país que se basta a si mesmo. Por isso tem resistido. E é preciso não esquecer a que tensão de desespero o regímen czarista havia levado o operariado das cidades e a população agrária. Isso deu uma força enorme à revolução. Não, um golpe de força no Brasil não interessa à causa da revolução proletária internacional: a revolução tem que se fazer antes nos Estados Unidos. Só depois é que ela poderá vir para o Brasil e as demais nações sul-americanas. O que interessa à Terceira Internacional é, sim, a propaganda do ideal marxista em sua pureza, o esclarecimento do proletariado, a sua organização e preparo, para que possa agir com eficiência quando o momento oportuno chegar."

Essas idéias me pareceram muito razoáveis. Entretanto os *leaders* do movimento comunista no Brasil não parecem pensar assim. A ouvir o senhor Otávio Brandão, é perfeitamente possível aqui uma revolução de caráter agrário, e segundo ele o Brasil tem recursos inesgotáveis para arrostar toda uma coligação de potências. E o Bloco Operário e Camponês agita-se sob a vigilância dos investigadores da 4ª Delegacia Auxiliar.

Essa luta do nosso comunismo ainda em estágio municipal com a polícia deu esta semana um episódio meio grotesco. A sessão, à falta de outro local, devia realizar-se na residência do senhor Otávio Brandão.

Este chefe comunista é um homem pouco vulgar. Teixeira Mendes mostrou como positivista essa mesma retidão de consciência, essa mesma abnegação à causa que adotara e a mesma pureza de costumes. Otávio Brandão é o Teixeira Mendes do comunismo. Desde que se converteu às doutrinas de Marx, Otávio Brandão conformou rigorosamente a sua vida à condição proletária. Não só se proletarizou, como proletarizou também a família, esposa e três filhinhas. Antes de intendente municipal, trabalhava como gráfico numa oficina de jornal. Habita um casebre em minha rua, habitação coletiva onde mora a gente mais pobre deste morro do Curvelo. Sala, quarto, cozinha e banheiro. Aí é que teria lugar a Convenção do Bloco Operário.

A rua do Curvelo é uma ruazinha tranqüila, e embora a dez minutos do centro da cidade parece um trecho de província. As lavadeiras estendem roupa nos paredões da calçada (fica um menino de guarda para dar aviso do aparecimento dos fiscais da municipalidade), as crianças brincam de corda, de amarela, de gude, e pela noitinha todos os namorados das redondezas vêm passear por aqui agarradinhos. Esta vidinha sossegada foi interrompida com escândalo pelos grupos de investigadores, de "tintureiros" (carros de condução de presos), que puseram em sítio o morro do Curvelo. Quem descia dos bondes era acompanhado, e se se detinha nas imediações da casa do senhor Otávio Brandão, "tintureiro" com ele! A Convenção foi assim impedida por um golpe policial bem inútil.

Bem inútil, porque o próprio Partido Comunista mostrara a sua fraqueza de orientação indicando para candidato – quem, meu Deus? – o senhor Minervino de Oliveira, um operário que absolutamente não estaria na altura de uma posição de comando. Creio que pela cabeça de Lenine não passaria essa fantasia platônica e sentimental de homenagear por um ato de alcance político a condição de proletário do candidato, e só assim se pode interpretar a escolha do Bloco Operário.

Depois, o golpe mais sério desfechado ultimamente contra o comunismo partiu do próprio senhor Otávio Brandão sob a forma de um poema bucólico publicado na edição da manhã do *O Globo* do dia 4 próximo passado. Quando a gente imaginava o senhor Brandão todo entregue à organização da Revolução Proletária, eis que ele se apresenta fazendo versinhos assim:

Pelas manhãs
Pagãs,
No jardim,
Perfumado de rosa e jasmim,
Canta um sabiá mavioso
Um canto maravilhoso...

... O que está pedindo urgentemente música do senhor Heckel Tavares.

O poema é longo e nem um só momento deixa de ser detestável. Nele o discípulo de Marx e Lenine vira pastor da Arcádia e vai, sempre mimoso,

... pensando, entre as árvores sem nome
Nas pastorais de Cláudio Loreno e Poussin
Ouvindo o *Guarani* de Carlos Gomes
E a "Valsa Brilhante" de Chopin...

Positivamente temos que esperar primeiro a revolução dos Estados Unidos... Por enquanto somos um povo de poetas. De maus poetas...

Em vez de prender os comunistas da minha rua, devia a polícia era agarrar para a Colônia Correcional estes *teams* de *football* de rua, quebradores de vidraças, único perigo público na pacata rua do Curvelo...

A Província, 29 de novembro de 1929

O Orpheon de Piracicaba no Municipal do Rio

Quem, por motivo de saúde ou por dever de ofício, teve de deixar as grandes cidades do nosso litoral para viver algum tempo numa cidadezinha do interior, conhece bem a fraca sociabilidade da nossa gente. Ali, como que o instinto social está reduzido aos gestos indispensáveis. Não há um *club*, ninguém se visita, a falta de distração é quase absoluta. Só as festas de igreja com os divertimentos profanos no adro — a barraquinha de prendas, a roleta, o jaburu — conseguem reunir a população, que na vida de todo o dia leva metida em casa, existência medíocre já compendiada o ditado prudente: — "Não há nada como cada um em sua casa com sua mulher e seus filhos".

Alguns sujeitos que gostam de conversar encontram-se na farmácia. Sei de um lugarzinho em Minas em que nem na farmácia é que se conversava. O ponto de reunião era na ponte do ribeirão. Hoje a cidadezinha possui um jardim, cuja história tem a sua graça. Um rapaz do Rio adoeceu dos pulmões e lá foi ter para tomar ares. Vivo, alegre, muito dado com todo o mundo, soube insinuar-se na confiança de toda aquele gente esquiva e retraída. Havia no coração da cidadezinha um largo que era largo e mais nada. Não se via ali uma árvore, uma flor, um banco. Perto ficava a ponte do ribeirão, onde pela boca da noite quatro ou cinco sujeitos palestravam. A tristeza seria mortal, se não fossem as crianças que corriam no largo, brincando de pegar, de chicote queimado ou de quatro cantos.

O rapaz pensou em dar àquela gente toda um ponto de reunião: um jardim em cujos bancos os conversadores da ponte pudessem sentar-se, em cujas alamedas de saibro os meninos corressem, onde moças e rapazes se encontrassem. Mas quando falou nisso, todo o mundo o dissuadiu. Não esperasse nada de ninguém. Já se tinha querido uma vez fazer o jardim, a idéia não fora avante. Pra que jardim? Dinheiro posto fora. Primeiro o dinheiro não aparece. Ninguém dará um vintém.

Ah, o dinheiro para um jardim não aparecia? Havia de aparecer para outra coisa. Uma cidadezinha do interior pode não ter nada, mas política ela tem. Ao rapaz acudiu uma idéia engenhosa. Valeu-se da astúcia daquele sujeito da anedota que fez a sopa de pedra. Não havia no lugar algum homem em homenagem do qual se pudesse levantar uma herma? Uma herma no centro do largo cercada de um jardim... Sim, a herma não podia ficar largada no barro do descampado. Bem entendido, o dinheiro não era para jardim, era para uma herma, uma homenagem política a um cidadão benemérito.

Justamente o pai do seu Joãozinho, atual chefe político, fora um magistrado modelo, que ali vivera mais de trinta anos, sempre respeitado e querido pela população de toda a comarca.

Ora, num instante se levantou a soma necessária para a construção do jardim, isto é, da herma no centro de um jardim...

São assim as nossas cidadezinhas do interior.

No entanto, o sossego da vida, a ausência de distrações devia estimular os seus habitantes a certas formas de atividade coletiva que seriam de grande proveito para o lugar. Não compreendo como jogo do xadrez não se espalha como distração tão apropriada à tranqüilidade que se desfruta no interior. (Um enxadrista levou-o para uma cidadezinha à margem da Central, e hoje

Paracambi, esse lugarejo, é conhecido pela sua turma forte no jogo de Capablanca.)

Outra atividade aconselhável, essa artística, é o canto coral. Não se pode dizer que os brasileiros não gostem de cantar em coro. Gostam sim, mas não têm o hábito. Para preparar novenas em festas de igreja todos se prestam com boa vontade e ensaiam com prazer.

O que falta sempre é o chefe, o diretor, a pessoa de iniciativa, o homem que sabe fazer sopa de pedra...

Em Piracicaba, a bonita cidadezinha paulista, esse homem apareceu. O maestro Fabiano Lozano fixou residência ali e desde logo tratou de organizar uma sociedade coral. Ao cabo de pouco tempo o Orpheon Piracicabano dava um concerto no Teatro Municipal da capital paulista, obtendo o êxito mais lisonjeiro. Toda a crítica o cobriu de elogios, e o senhor Mário de Andrade, sempre tão difícil, disse coisas extremamente amáveis para o conjunto do maestro Lozano.

Este ano o Orpheon Piracicabano animou-se a vir ao Rio. O sucesso de São Paulo confirmou-se. Sem ter ainda a perfeição dos famosos Coros Ucranianos, que ouvimos anos atrás, o Orpheon de Piracicaba já constitui um todo muito disciplinado, permitindo ao seu regente obter os mais delicados efeitos de conjunto.

Sobretudo é louvável no professor Lozano a preocupação de cultivar o *folklore* nacional. As nossas deliciosas cantigas de ninar, as nossas modinhas e lundus, as nossas valsas populares constituem parte predominante no repertório Assim os melhores números do programa que aplaudimos no Municipal foram o "Luar do sertão", o acalanto "Dorme, filhinho" e outras toadas do povo. Aliás o conjunto de Piracicaba cantou com igual relevo o difícil "Momento musical" de Schubert, a "Primavera" de Grieg e a "Ária" de Bach.

Ah! se as nossas cidadezinhas do interior pusessem na música, na música ou em outra atividade de igual caráter social, o ardor estéril que gastam na política! Não é tão bonito o exemplo de Piracicaba?

A Província, 3 de dezembro de 1929

Josephina Baker é uma mulata clara

O Rio viu afinal Josephina Baker. Tanto que se falava nessa mulher... O empresário Loureiro vai contratar Josephina... O empresário Loureiro ofereceu-lhe oitenta contos para uma *tournée* ao Brasil... Josephina recusou os oitentas contos do senhor Loureiro porque da Suécia lhe fizeram proposta superior a cem contos... Josephina tem tantas ofertas de contratos vantajosos na Europa e nos Estados Unidos que precisaria viver cem anos para aceitá-los todos... Assim Josephina parecia ser uma dessas glórias parisienses que não chegam para o Brasil.

De repente a estrela de Josephina empalidece em Paris. Ribeiro Couto em correspondência para *O Globo* ligou o fato ao célebre *krach* da *Gazette de France*. Naquela falência estava envolvido, comprometido, arruinado o homem que lançara e mantinha o brilho muito parisiense da *boîte* que era o domínio de Josephina. Quando a Europa estava preocupada com a arte negra e o *charleston* renovava o interesse da dança, que nada mais tinha dado depois do tango e do maxixe, aquele homem tivera o mérito de descobrir Josephina. E Josephina lançou o *charleston* em Paris. Mestiça bastante arianizada, como diria o senhor Oliveira Viana, todavia encarnava, sugeria pela arte não só o físico, mas a sensibilidade, o caráter, a própria alma negra. Ela teve a sorte, ou a habilidade, de personificar em seu corpo amolecado e bonito todo aquele movimento de curiosidade em torno de uma raça. Josephina dançou o *charleston* em Paris, e todo o mundo pode dizer "que viu o Gênio da Raça", tal qual o senhor Ascenso Ferreira, o primeiro poeta do Nordeste depois de Zé Pedro, naquela terça-feira de carnaval do seu poema.

Como a confirmar a informação de Ribeiro Couto, pouco depois do *krach* famoso anuncia-se a excursão de Josephina à América do Sul. A estrela passou aqui a caminho de Buenos Aires, deu um passeio de automóvel, fez duas caretas para a objetiva do cinematografista Botelho, seguiu viagem, foi vaiada na Argentina, atravessou os Andes, trabalhou no Chile e regressou a Paris. O Rio foi *bluffado*.[1]

Mas parece que o céu de Paris continua pesado de brumas para os lados do *dancing* de Josephina. Paris devorador de novidades devora outras novidades, outros negros, outros americanos. Como as solteironas desenganadas que acabam aceitando o partido pouco brilhante, Josephina acabou aceitando o Rio. E o Rio como aceitou ele Josephina?

Bem, mas sem nenhum entusiasmo. Quase com frieza. De tal sorte que se afiguravam deslocados, "oferecidos", certos gestos de *enfant gâtée* da artista – adeuzinho com a ponta de um dedo, agradecimento com os pés por baixo do pano... Os aplausos eram poucos e necessitavam o estímulo da claque.

Então Josephina é uma ilusão do reclame e da distância? Não. Em todo o caso, sempre se nota um certo desapontamento do público brasileiro. Contavam ver uma negra bonita, uma negra estupenda, uma negra genial. Aparece Josephina: alta, enxuta, esbelta, plástica sóbria de branca que faz muito exercício; como cor a do café com leite quando o café é fraco e por mais café que se deite a mistura não dá senão um moreno passável; cabelos lisos na raiz com carneirinhos para as pontas; nariz afilado; dentadura perfeita – o clássico fio de pérolas; olhos bonitos, sem lascívia, extremamente móveis (parecem soltos nas órbitas), alternando entre as expressões de tristeza sem melancolia e de pura brincadeira, ora

---

1 Do inglês *bluff*, aportuguesado como "blefe".

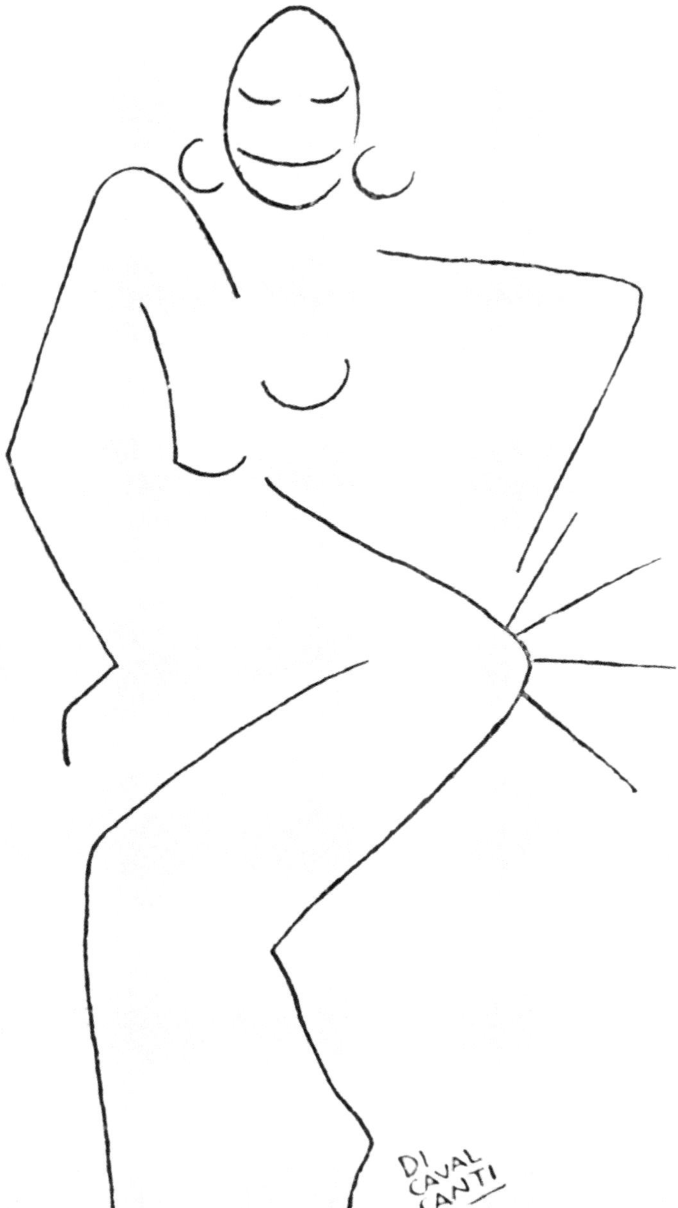
DI
CAVAL
CANTI

arregalados, ora vesgos – inteligentíssimos. De resto todo o corpo de Josephina é inteligente. No fundo "Josephina é inteligente". Sente-se nela imediatamente a criatura cuja fama vem de ter aproveitado com inteligência o gosto de uma época. Mas a sua arte, onde a gente sente a polidez de Paris, não passa afinal de contas de um número de revista ou de *music-hall*. Josephina surge quase nua e dança o *charleston*; depois vem numa rica *toilette* de *lamé* e canta músicas americanas de dança. Tem um fiozinho de voz de que se serve com muita graça, sobretudo nos vocalises dos *blues*.

Tudo isso o povo tem visto muito. O que ele queria era a negra, a estrela negra. Josephina é apenas mulata. Compreende-se o sucesso de uma mulata como ela em Paris. Mas no Brasil! Espere aí...

Nós sabemos, graças a Deus no céu e ao português na terra, o que é mulata bonita. E a mulata só interessa aos brasileiros como mulata propriamente dita e mais nada. Ora, sucede que Josephina não é mulata "propriamente dita". Araci leva vantagem. Cidália Matos idem. Zaíra Cavalcanti há pouco tempo fez furor num *cabaret* vagabundo por cima do Palace-Teatro, e Zaíra não passava de uma mulatinha de Bauru... Assim o público, onde se nota muita gente de cor desejosa de ver a glória da raça, enche as sessões a 25 mil-réis a poltrona e 10 as gerais, aplaude discretamente e sai com cara de quem pergunta: É só isto?

É preciso notar-se que Josephina foi muito mal apresentada. Ela deveria ser o melhor número de um bom espetáculo. Pois arranjaram as coisas de tal jeito que parece o número apenas sofrível de um programa do que se chama um tiro na gíria teatral – espetáculo de ocasião atamancado *à la diable*.[2] Imaginem: uma comédia do senhor Paulo Magalhães, campeão do circuito de Nice

2 Em francês, "apressadamente, muito mal".

em *motocyclette*, bailados de dançarinos bisonhos, excêntricos de cinema de bairro...

O que tudo dá ao público que freqüenta o Casino o ar de infelizes que estão cumprindo a obrigação de “ver Josephina Baker”, em suma contrafação requintada de um gênero essencialmente brasileiro...

A Província, 19 de dezembro de 1929

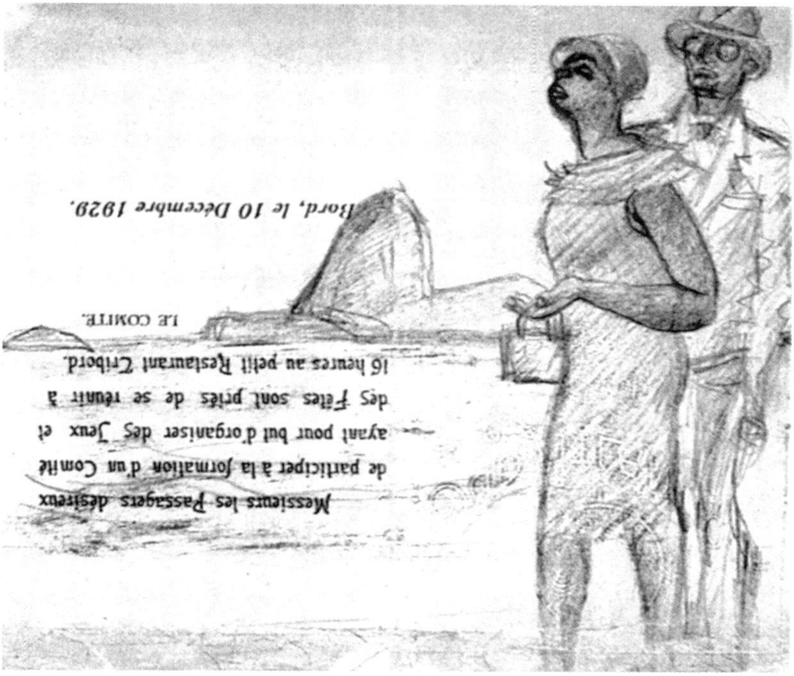

Le Corbusier na escola de Belas-Artes

A sala de conferências da Escola de Belas-Artes estava cheia. No centro a máquina de projeções. No quadro-negro algumas folhas de papel de desenho. O arquiteto Le Corbusier tomou de um pedaço de *fusain* e riscou o esquema de uma casa construída com pedra: um número com aberturas de janelas. Depois traçou ao lado vários planos superpostos de cimento armado sustentados por alguns poucos cilindros. Virou-se para o auditório e explicou:

— O progresso das técnicas, o aproveitamento do ferro e do cimento alterou profundamente o sistema de construção. Na construção antiga de pedra e tijolo as paredes desempenham a dupla função de sustentar (pelos cheios) e de iluminar (pelos vãos). Como essas duas funções de certo modo se destroem, a arquitetura tinha sempre diante de si o problema de conciliá-las, de estabelecer o equilíbrio entre aqueles dois princípios opostos. Nos edifícios de cimento armado tal problema desaparece inteiramente. É que a sustentação não se apóia nas paredes mas em postes, de sorte que toda a área das paredes externas descontada apenas a espessura dos pisos, pode ser afeta à iluminação. Em outras palavras — não há parede mas janela contínua. Assim a arquitetura moderna de cimento armado pode ser definida como a arte de construir pisos horizontais.

O francês de Le Corbusier não é bonito, a dicção é penosa, o vocabulário impreciso, a exposição difícil e cortada de incidente. Mas o *fusain* e os lápis de cor suprem as deficiências orais. Le Corbusier desenha com agilidade. Em dois segundos surge no papel um destes sobradinhos de sacadas que eram antigamente o tipo comum de construção nos bairros comerciais do Centro da cidade.

Foi nesse momento que se traiu a burrice de uma parte da assistência. Pensavam que havia intenção de debique da parte do conferencista. Este, ouvindo o murmúrio de riso, disse ainda de costas para o público:

— Nesse espécimen de arquitetura, aliás delicioso...

Aqui o riso aumentou. Le Corbusier virou-se e protestou com espanto:

— *Mais oui, c'est délicieux.*

Porque no Brasil em matéria de arte há os que não sabem nada, não sentem nada e chamam futuristas os poemas de Ribeiro Couto, as músicas de Villa-Lobos e os desenhos do meu xará, e os modernistas brabos que pensam que modernismo é gostar de máquinas e achar o soneto cacete. Esses naturalmente julgaram que Le Corbusier só podia debochar o sobradinho colonial.

Ora, Le Corbusier é um modernista sensato. O verdadeiro modernista é o artista que assimilou a boa tradição e sentindo as necessidades de sua época inventa novas formas em correspondência com a vida do seu tempo. No passado ele admira e venera todas as expressões de arte bem condicionadas pela realidade que as suscitou.

Que é a arquitetura? Le Corbusier disse-o no seu livro famoso (*Vers une architecture*): Arquitetura é o equilíbrio sábio, correto e magnífico dos volumes reunidos sob a luz. Portanto volume e superfície são os elementos por que se manifesta a arquitetura. Volume e superfície, luzes e sombras. Quando esses elementos estão bem combinados entre si e em perfeita concordância com o sítio e os fins, eles geram a emoção. Tem-se então a arquitetura: formas puras em relações precisas. Não é isto o espírito do classicismo?

Pirâmides do Egito, o templo de Luxor, o Partenon, o Coliseu, a Vila Adriana, o nosso sobrado colonial: arquitetura. A gare d'Orsay, o Grand Palais, a Câmara dos Deputados do Rio não são arquitetura. Os falsos arquitetos não possuem o senso profundo da construção verdadeiramente arquitetônica. São profissionais de "estilos". No entanto não sabem o que é estilo. "O estilo está na produção geral de uma época e não na superfetação ornamental: a rocalha não é o estilo XV, o *lotus* não é estilo egípcio etc." (No Brasil: a telha curva, o azulejo não é o estilo da casa brasileira.)

Ainda imaginamos que a arquitetura é a arte cara de fazer fachadas muito enfeitadas. E a própria maioria dos pseudo-arquitetos não refletiu que "o exterior resulta do interior".

Por essas considerações se percebe o sentido do modernismo de Le Corbusier. Isso é realmente estética racional e de todos os tempos – a do Fídias do Partenon, do Miguel Ângelo do projeto de São Pedro de Roma (estragado pelos sucessores), do Mansart dos Inválidos, do Le Corbusier das casas de moradia que vimos em projeção no dia de sua conferência.

Essa arquitetura moderna despojada de ornatos e cuja emoção artística se origina tão-somente de relações simples, claras e nítidas de superfícies e volumes, luzes e sombras desorienta os hábitos visuais. Foi preciso, para que ela aparecesse, que engenheiros da mais alta especialização técnica trabalhassem em domínios inteiramente novos e aparentemente sem ligação com a "arte dos estilos", a arte dos Luíses: construção de hangares, de transatlânticos, de automóveis, de aviões. Nisto tudo é que está o estilo do nosso tempo, criado sem influência de formas arquiteturais do passado e condicionado pela realidade implacável das novas máquinas. Foi uma lição magnífica e a verdadeira Escola de Belas-Artes para os arquitetos modernos.

Como vêem, não basta repetir como papagaio ensinado a fórmula de Le Corbusier: A casa é uma máquina de morar. Como ele disse em sua conferência – quem mora na casa é o homem, e o homem dentro da casa pensa...

A Província, 22 de dezembro de 1929

As novas concepções do urbanismo

O nome de Le Corbusier vai ainda me fornecer assunto para a crônica desta semana, pois a sua segunda conferência consagrada ao tema do urbanismo apresentou-se rica de sugestões que naturalmente interessarão aos leitores da *A Província*: o Recife é uma das grandes cidades da nossa terra que já pedem a atenção dos especialistas da nova ciência posta em moda entre nós pelos contratos do urbanista Agache.

De resto o próprio valor de Le Corbusier como artista renovador justifica plenamente a nossa insistência. Le Corbusier é suíço de nascimento. Suíço é o poeta Blaise Cendrars. Suíço também é Honegger, um dos maiores mestres do modernismo musical na França. É curioso notar que a ação renovadora nas artes partiu quase toda de artistas estrangeiros educados e fixados na França. Basta, além desses exemplos, citar o nome de Picasso, o espanhol genial, que tantos caminhos tem aberto à pintura.

A origem de Le Corbusier – Suíça, terra de gente de fôlego, treinada em subir montanhas – traiu-se na resistência com que pôs em prova a si mesmo e aos seus ouvintes discorrendo, sem copo d'água, durante três horas a fio sobre assuntos de urbanismo.

Nós, que até bem pouco desconhecíamos quase que a própria palavra de urbanismo, tínhamos sobre essa matéria idéias tão erradas quanto as que ainda mantemos sobre arquitetura. Vemos ainda uma e outra coisa pela face exclusivamente estética. Arquitetura, arte de fachadas bonitas. Urbanizar, embelezar. Nada disso. E Le Corbusier começou a sua exposição definindo o urbanismo como sinônimo de "aparelhamento", "equipamento". Os homens se reúnem em cidades para fruir melhor a vida pelas facilidades da existência em comum. Urbanizar é construir ou modificar cidades com o fito primacial de facilitar a vida em comum. E o que deu surto à ciência, que um pouco empiricamente existiu sempre, foi o problema cada vez mais difícil da circulação. Os grandes centros urbanos remontam às épocas em que os homens andavam a pé. Ora, os bondes e sobretudo os automóveis multiplicaram a circulação a tal ponto, e por outro lado a valorização dos terrenos nas áreas de maior densidade comercial subiu em tal proporção, que hoje em dia o grande problema urbanístico é sobretudo uma questão de circulação a ser resolvido por expedientes econômicos.

Pois é nessa hora de perplexidades que o arquiteto Le Corbusier explana com serenidade: "Urbanizar não é gastar dinheiro: urbanizar é ganhar dinheiro valorizando terrenos".

O atravancamento dos grandes centros de negócios tem sido causado a seu ver pela concepção do que ele chamou a rua-corredor. As cidades são como casas onde só houvesse corredores. Apenas aqui e ali uma praça. Le Corbusier acaba com a rua-corredor pela criação dos perfis denticulados. Além disso, como já vimos na minha crônica anterior, a construção dos arranha-céus sobre postes de cimento armado, deixando abertas as áreas ao nível do solo, desafoga inteiramente a circulação. Ele mostrou uma aplicação da sua nova concepção na derrubada e conseqüente aparelhamento de todo um bairro velho de Paris, salientando que a sua solução permitiria a conservação de um ou outro edifício com valor histórico ou de estilo que porventura se encontrasse na área a desapropriar. (Ah, que não tivesse havido um Le Corbusier para reconstruir assim o velho bairro do Recife, conservando a tradicional Igreja do Corpo Santo!)

Em toda a sua longa conferência Le Corbusier deixou de parte deliberadamente os pontos de vista estéticos. Não que estes lhe pareçam desdenháveis, mas acha ele que o preconceito estético

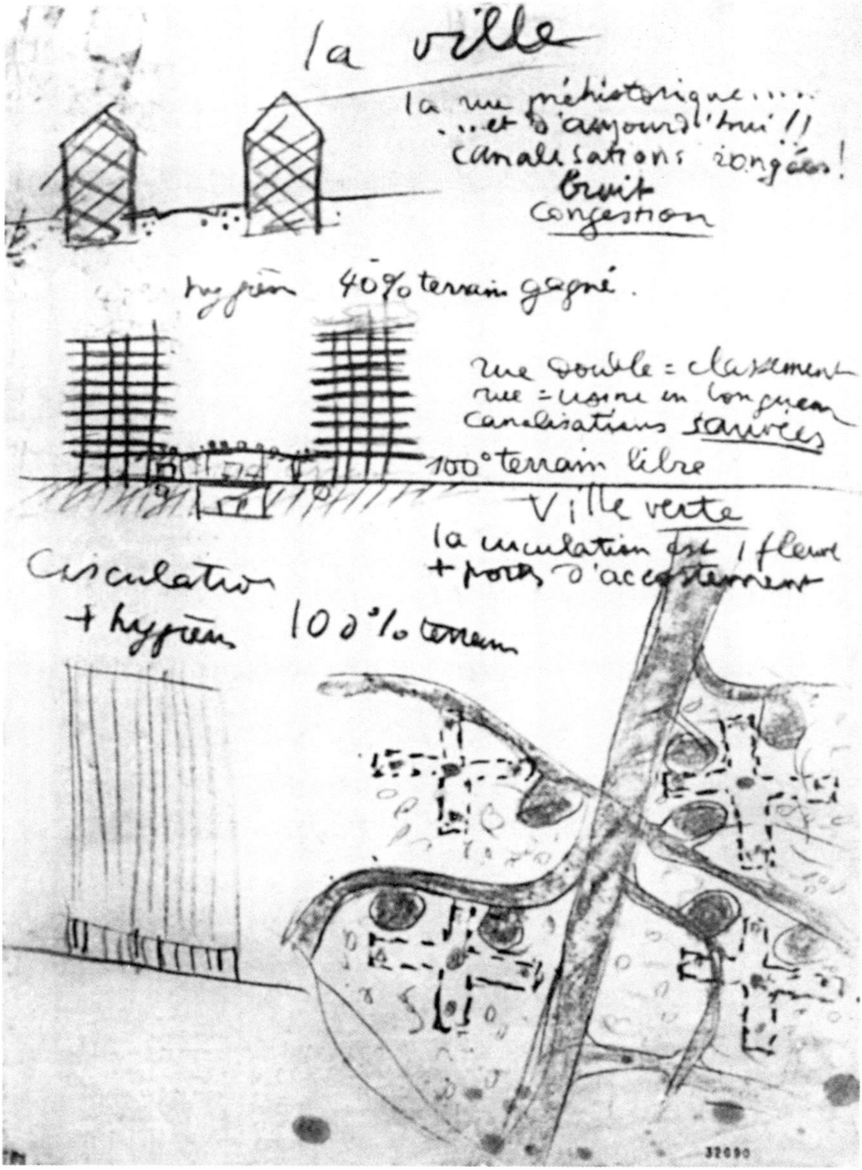
la ville
la rue préhistorique.....
...et d'aujourd'hui !!
canalisations rongées!
bruit
congestion
hygiène 40% terrain gagné.
rue double = classement
rue = usine en longueur
canalisations sauvées
100° terrain libre
Ville verte
la circulation est 1 fleuve
+ ports d'accostement
circulation
+ hygiène 100% terrain
32090

perturba a solução de problemas nos quais o elemento estético é secundário, e resultará infalivelmente como conseqüência de uma solução técnica bem acertada.

Para exemplo disso pode citar-se as belíssimas formas obtidas pela técnica mecânica em numerosas máquinas. Mas basta citar o automóvel, o avião, o transatlântico. Todos eles realizam o conceito clássico de beleza: harmonia das partes entre si e do todo com a finalidade do objeto. Ao passo que na arquitetura a imitação do passado, a preocupação estética tem impedido o desenvolvimento de uma construção mais de acordo com as condições atuais da vida.

No urbanismo é preciso não esquecer nunca que a beleza resultará da boa organização. Como dizia Leonardo da Vinci "*la città si farà bella*"[1] se se organizar racionalmente. Pois saibam que Leonardo também se preocupou com urbanismo, e como era extraordinariamente inteligente, foi ao fundo do problema. E é interessante constatar como as suas idéias ainda estão novas e combinam em tantos pontos com as concepções mais modernas de Le Corbusier.

A Província, 1º de janeiro de 1930

---

1 Em italiano, "a cidade se tornará bela".

É uma insensatez dar-se o *Lusíadas* para livro de exames

Esta manhã estava eu todo entregue à delícia de uma manhã desocupada, quando inesperadamente me apareceu o Inocêncio — Inocêncio que eu imaginava àquela hora em exames orais de português e francês para admissão a uma de nossas escolas superiores.

Sou um pouco responsável pelo bom ou mau êxito de Inocêncio em seus exames, pois fui eu que, a contragosto, lhe andei ensinando a embaraçar o sentido das proposições mais claras mediante aplicação da terminologia especiosa, abracadabrante e esporadicamente preposicional da moderna análise lógica. Isso quando há tanta página bonita de Machado de Assis, de Raimundo Correia que o Inocêncio poderia entender sem nunca precisar travar conhecimento com as relações sindéticas ou assindéticas de coordenadas e subordinadas...

Mas exame de português no Brasil é descrição de um incêndio na escrita e análise lógica na oral. Ali na batata. Pobres meninos!

Inocêncio chegou à minha casa três quartos de hora antes da prova, carregado de livros e de cadernos. Que era aquilo?

Tratava-se da seguinte pequenina bandalheira: um dos examinadores confiara de véspera a um candidato de sua proteção as estrofes de Camões que seriam tiradas à sorte hoje. Por camaradagem o protegido quebrara a reserva em favor do Inocêncio.

Eram dez estâncias dos *Lusíadas*. Mas não eram dez estâncias quaisquer, onde fosse fácil distinguir a oração principal no meio das damas da corte suas subordinadas. Aquela alma danada que ia prejudicar iniquamente os meninos desprotegidos, catara no poema umas estrofes das brabas, com anacolutos e hipérbatons, silepses violentas, principais completamente espatifadas por incidentes e incidentes de incidentes: em suma a *selva selvaggia*[1] do quinhentista nutrido de sintaxe latina... Ah, como desejei naquele momento um inferno com um círculo especial, de uma maldade mais requintada, para aquele gramático descarado!

Mesmo pondo de parte a pequenina bandalheira: é insensato dar os *Lusíadas* para livro de exames. Só se compreende o estudo dessa epopéia num curso superior de letras. É preciso lê-la na edição de Epifânio para sentir-lhe toda a dificuldade. Há ali armadilhas de sentido dissimuladas debaixo de aparências as mais amáveis e inocentes. O estudioso mais avisado lê-as e pensa que entendeu: a exegese sutil de um Epifânio ou outro camonista insigne mostra-lhe que ele o fazia a contra-senso... Citei o Epifânio porque era até agora o intérprete mais cotado. Mas quantas questões não ficaram abertas atrás dele? E há pouco a excelente edição nacional que o Afonso Lopes Vieira trouxe para o Brasil como se carregasse nas mãos uma almanjarra de cristal inspirado de Murano, veio revelar através das observações profundas do sábio José Maria Rodrigues novas faces surpreendentes e nunca suspeitadas do mundo camoniano, notadamente nos domínios inexplorados da fonética sintática, tão ricos de interesse para a técnica poética.

A pena de ver nas classes as graças mais amoráveis da Vênus camoniana "com quem amor brincava e não se via", a desdita tocante de Inês, a prodigiosa dor daquilo de Adamastor e tantos outros passos geniais rebaixados a reduzidas de gerúndios, a atributivos e predicativos, a subordinadas relativas adjetivas objetivas diretas e indiretas! Toda essa nomenclatura de resto é impotente

---

1 Em italiano, "selva selvagem", expressão que aparece na *Divina Comédia* de Dante, no Canto I, do "Inferno".

para sitiar o vôo de Ariel, e então que prazer gostoso ver o gramático acuado diante dos casos "irredutíveis à análise".

A conseqüência mais grave dessa pedagogia estúpida é o horror que os meninos tomam do maior poeta da língua, horror de que muitos não se isentam nunca mais, como aconteceu com o senhor Medeiros e Albuquerque, que já foi diretor da Instrução Pública Municipal, e o senhor Frota Pessoa, que é hoje subdiretor desse mesmo departamento, ambos os quais já afirmaram em público e raso que os *Lusíadas* são uma formidável estopada, opinião que só explica pelo complexo infantil da análise lógica...

Embalde os mais cultos professores da língua têm procurado levar o estudo para outros lados mais proveitosos e mais amenos: os programas de exames continuam eivados da mais estreita gramatiquice.

"A chamada análise lógica", escreveu o velho mestre Silva Ramos, "deverá ocupar o segundo plano... sem nenhuma das sutilezas ou adivinhas gramaticais que antes complicam do que explicam o texto."

No seu folheto sobre "A língua nacional e seu estudo" ensina o meu douto amigo Sousa da Silveira:

> Façamos o estudo da gramática com observação dos fatos da língua apresentados na mais rica exemplificação possível colhida nos melhores autores, ou feita com expressões vivas e correntes da linguagem. Objeto de especial atenção e carinho deve constituir o vocabulário, cuja aquisição se procurará fazer com ambição de se alcançar opulência milionária. Para tanto não tenhamos mãos a medir nos exercícios da leitura interpretada e comentada, de redação e composição e nos de sinônimos e antônimos, bem como de agrupamentos de palavras enlaçadas pela comunidade da raiz ou que representam idéias sugeridas por uma palavra proposta para tema.

Assim é que se deve ensinar a língua e não perdendo o tempo em distinções lógicas sutis que nada adiantam para o conhecimento e manejo do idioma, como se verifica nesses mesmos exames em que muito rapazola bem industriado no labirinto rebarbativo dos atributivos e predicativos não sabe como redigir na escrita a "carta de pêsames a um amigo que perdeu o pai" ou a "descrição de um passeio campestre".

A Província, 12 de abril de 1930

Um poeta mineiro de rara sensibilidade

Não sei se o nome de Carlos Drummond de Andrade é conhecido em Pernambuco fora do pequeno círculo de pessoas que se interessam pela poesia modernista. Quero acreditar que não. Sem livro até agora, o seu nome não aparecera senão nas revistinhas efêmeras de vanguarda, que não chegam ao conhecimento do grande público. Aos pernambucanos que se tenham interessado pelo número mineiro do *O Jornal* por causa dos admiráveis desenhos do meu xará, não terá escapado o belo poema de Carlos Drummond inspirado na tradicional romaria de Congonhas do Campo.[1]

O poeta é mineiro e deve andar pelos trinta anos. Antes da renovação modernista fizera versos medidos e rimados, creio que naquela cor desmaiada de Samain que aqui chamaram penumbrista. Quando os rapazes de São Paulo começaram a batalha, o senhor Carlos Drummond de Andrade escreveu na imprensa de Belo Horizonte uma série de artigos sobre as figuras principais daquele movimento. Mais tarde, com João Alphonsus, Pedro Nava, Martins de Almeida, Emílio Moura e outros editou *A Revista,* de que só apareceram três números. Mas desde então o nome de Carlos Drummond de Andrade era caro a todos que se ocupavam de poesia no Brasil.

Agora o poeta comparece em livro. E esse livro nos revela, logo ao primeiro exame, um dos mais puros e belos da nossa poesia. Não pode haver dúvida: Carlos Drummond de Andrade é um dos grandes poetas do Brasil. Grande pelo fundo de sensibilidade e lirismo como grande pela técnica impecável de seus poemas. Aliás

---

1 Trata-se do poema "Romaria" (do livro *Alguma poesia*), publicado em 24 de junho de 1929, no número especial sobre Minas Gerais de *O Jornal*.

esses dois aspectos são inseparáveis nos versos de *Alguma poesia* (assim se intitula o seu livro). Em Carlos Drummond de Andrade a perfeição técnica não resulta, como em Guilherme de Almeida, do gosto e trabalho do artista, mas da fidelidade do poeta ao movimento lírico da sensibilidade. Daí a frescura desse lirismo que sabe à fruta comida ao pé da árvore. Na expressão esse poeta é sempre simples, natural, quotidiano. Vê-se como ele vive, meio amolado com aquele anjo torto que lhe disse quando ele nasceu: "Carlos, vai ser *goche* na vida". Fala pouco e não diz, pelo menos intencionalmente, nada que possa parecer sublime. Antes tem ele um senso de humor sempre vigilante e pronto a cortar as asas a tudo que possa indicar alguma atitude menos desabusada. Os seus maiores entusiasmos se exprimem como nos deliciosos versos da "Lagoa":

> Eu não vi o mar.
> Não sei se o mar é bonito,
> não sei se ele é bravo.
> O mar não me importa.
>
> Eu vi a lagoa.
> A lagoa, sim.
> A lagoa é grande
> e calma também.
>
> Na chuva de cores
> da tarde que explode
> a lagoa brilha
> a lagoa se pinta
> de todas as cores.
> Eu não vi o mar,
> Eu vi a lagoa...

Carlos Drummond de Andrade aborrece as "atitudes inefáveis", "os inexprimíveis delíquios", os "êxtases, espasmos, beatitudes", tão do gosto daquele sujeito gozado da "Fuga": "Povo feio, moreno, bruto", diz o tal. "Vou perder-me nas mil orgias/ do pensamento greco-latino". Vai para a Europa.

Enquanto os bárbaros sem barbas
sob o Cruzeiro do Sul
se entregam perdidamente
sem anatólios nem capitólios
aos deboches americanos

O lirismo é uma coisa perigosa. Faz a gente dizer bestidades, extravagâncias, sentimentalonidades. O pior são os lugares-comuns [...][2] em que o desgraçado poetinha parece querer virar gênio. Com o senhor Carlos Drummond de Andrade não se corre nunca esse risco. Ninguém pensa em águias. Também não se pensa em cisnes. Aqui haverá talvez vôo versátil, graça inteligente de andorinha. Vejam se está certo:

Quero me casar
na noite, na rua,
no mar ou no céu
quero me casar.

Procuro uma noiva
loura morena

preta ou azul
uma noiva verde
uma noiva no ar
como um passarinho.

---

2 Ilegível no jornal.

Depressa, que o amor
não pode esperar!

Que poema brilhantíssimo não faria o senhor Martins Fontes ou o senhor Luís Carlos, que doce e fidalgo poema não arquitetaria o senhor Olegário Mariano com esse tema do Amor através das Idades! É de ver como o mineiro Carlos Drummond de Andrade se imaginou com a namorada; grego, romano, pirata mouro, cortesão de Versalhes e moço moderno. A poesia é longa demais para estas colunas, mas um episódio apenas:

Virei soldado romano,
perseguidor de cristãos.
Na porta da catacumba
encontrei-te novamente.
Mas quando vi você nua
caída na areia do circo
e o leão que vinha vindo,
dei um pulo desesperado
e o leão comeu nós dois.

Talvez fosse preciso ter sangue mineiro, ter vivido longamente nas "cidadezinhas quaisquer" de Minas, para, com ser poeta de rara sensibilidade e, não esquecer, inteligentíssimo, exprimir-se assim com tanta graça natural. Me parece que por Minas se pode e se deve explicar esse senso de humor, tão raro em nossos poetas, e no entanto comum nos mineiros que não são poetas. Ou nos poetas mineiros quando não se acham em estado de transe...

A Província, 25 de maio de 1930

O senhor Guilherme de Almeida na Academia Brasileira de Letras

Guilherme de Almeida mandou-me um convite para a sua posse na Academia. Fui.

Era a terceira vez que eu assistia a uma sessão dos imortais brasileiros: a primeira foi ainda nos bons tempos de Machado de Assis; Bilac fazia o elogio de Gonçalves Dias, patrono de sua cadeira, e recitou de maneira admirável a imprecação do velho de "I-Juca-Pirama" (os meus quinze anos, que sabiam de cor todos os sonetos da *Via-Láctea*, não dormiram direito naquela noite); a segunda foi na tarde do discurso de Graça Aranha (e ainda estou vendo o senhor Medeiros e Albuquerque muito surdo esforçando-se por entender os protestos indignados do falecido Duque-Estrada, que atribuía a ele presidente a responsabilidade da engraçada bagunça).

Nilo Peçanha tinha razão; esta é a terra da paz e do amor: meia dúzia de anos passaram e a Academia recebe em seu seio o poeta de *Meu* e de *Raça*. Quer dizer que o modernismo não mete mais medo ao ilustre cenáculo. O sucesso de Guilherme de Almeida já está suscitando exemplos: Menotti del Picchia se apresentou à vaga de Alfredo Pujol. Nesse andar, não morrerei sem ver o nosso Ascenso Ferreira sentado numa poltrona do Petit Trianon: Ascenso Ferreira de fardão e espadim citando Chesterton perante uma assistência elegantíssima.

Afinal assim é que é. Quem algum dia pensou que a Academia não aceitava novidades por puro espírito de tradição deve ter mudado de idéia considerando o que ela fez agora com a estatuazinha grotesca de Machado de Assis. Vejam só: a França faz-lhe presente de uma casa que é a reprodução de uma das jóias mais puras da tradição arquitetônica francesa — o Petit Trianon. O espírito de tradição mais elementar mandaria respeitar o dom magnífico, em que havia talvez um simbolismo intencional muito fim de raça... Pois não é que os nossos imortais deturparam a fachada do Petit Trianon encaixando numa janela uma estatuazinha somítica, de estilo híbrido, arrancando pra cor de jerimum? Por que não exigiram no pátio de entrada um Machado de Assis de Bernardelli?

A recepção de Guilherme de Almeida foi uma bonita festa: Gustavo Barroso todo enfeitado de condecorações; Adelmar Tavares bonito como um almirante. Alberto de Oliveira, Silva Ramos, Augusto de Lima é que não vão para essa coisa de farda. Preferem a casaca. João Ribeiro também, que é em toda a parte aquele mesmo songamonga displicente que nos dava lições de história antiga no Colégio Pedro II.

A oração de Guilherme de Almeida foi o que era de esperar do seu espírito por excelência artístico. Não entrou em análise crítica. Evocou em formosa alegoria a evolução da poesia peninsular, muda amorável transplantada sob o sol cálido dos trópicos. Para falar d'El-Rei dom Denis e da sua corte poética, tomou de empréstimo a linguagem e a medida do tempo do rei trovador: "O lugar e a gente eram favoráveis, porque de amores era a terra e de velidas, e todalas de muy bon parecer... E porque hi havia...". Num escorço de trinta e poucas linhas ele veio descendo até o português do descobrimento e da carta de Caminha.

Em grande parte a oração do novo acadêmico foi não só ritmada, senão também rimada. Ocupando-se de Gonçalves Dias e de Olavo Bilac fez dois engenhosos *à la maniére de*[1] com imagens e ritmos tirados à obra dos dois grandes poetas tutelares da cadeira. Duas amostras: Gonçalves Dias:

---

1 Em francês, "à maneira de".

Cantou, no assovio dos ventos sedosos que passam nas folhas moventes e frescas, a igara que voga na fuga dos rios; a voz da Mãe-d'Água nas lisas correntes que lavam e levam seus finos cabelos; a flecha que foge; Tupã nos trovões; os cantos dos piagas; o uivar de Anhangá nas noites de lua, por selvas e praias... E cantou a cantiga guerreira de janúbias, borés, maracás; e dançou o seu guau emplumado — canitar, araçóia, enduape — pelas tabas sagradas, em torno dos I-Juca-Piramas atados pela embira da vil muçurana; e cantou os tacapes tupis; o cauim que referve na argila; o Gigante de Pedra dormindo; e cantou o seu canto de morte... Manitôs, que prodígios cantou!

De Bilac:

Agora num gemido, uma alma inquieta passa: e há nas vozes da terra um desespero mudo, há palavras de fé que nunca foram ditas, há confissões de amor que morrem na garganta... A Pátria é uma mulher; é a namorada verde, que mostra ao bandeirante, entre as selvas dormida, o mundo por nascer que trazia no seio... Sobre a árvore amorosa, enfim, desce uma tarde; a última tarde dessa primavera. E tudo é mais amor sob o adeus dessa tarde.

Assim, a oração de Guilherme de Almeida valeu por mais um poema em louvor da nossa poesia, representada nos vultos dos seus antecessores na cadeira.

Olegário Mariano fez o que de fato era o melhor para dar a sentir ao auditório a justiça da escolha da Academia e declamou com aquela voz velada, que vai tão bem com o lirismo amoroso em que ele é mestre, um bocado de poesias do poeta de *Nós*. Entre um e outro poema um breve comentário cheio de agudeza: "Mas é preciso continuar a divina colheita no *Messidor*, do qual destaco o soneto alexandrino do pórtico que é, por exemplo, de uma perfeição de obra-prima...". O final do seu discurso teve um grande surto lírico quando comparou os poetas a rios: Gonçalves Dias foi na imaginação de Olegário o Amazonas tumultuário e violento que "abriu na terra virgem do Brasil dois afluentes harmoniosos: — Olavo Bilac e Amadeu Amaral".

Do ponto de vista geográfico haveria o que dizer, pois nunca se viu rio algum abrir afluentes. Mas precisamente essa libertação da lei natural dos rios deu um grande sabor de novidade e de lirismo a essa parte do formoso discurso do poeta das *Últimas cigarras*.

A Província, 13 de julho de 1930

Em louvor de um jornal provinciano

Passei o dia de hoje mergulhado na leitura do número do segundo aniversário da última fase da *A Província*. Foi como uma evasão para a longínqua província querida. O tempo favorecia-a, com um desses dias de chuva peneirada em que faz frio até o mais fundo do coração. Santa Teresa estava toda sitiada de névoas espessas, de sorte que eu me sentia bem confinado no meu quarto. E o meu quarto era Pernambuco, pelo sortilégio afetuoso dos bons amigos da *A Província*.

Logo nas primeiras palavras do editorial vinha lembrado o meu nome a propósito do conceito provinciano de jornalismo. *A Província* nestes dois anos soube honrar incessantemente aquele conceito. De ordinário sob provincianismo se entende somente as ingênuas fraquezas dos meios pequenos. Esquecem-lhes todas as genuínas excelências. Ora, o atual diretor da *A Província*, que é bem conhecido pelo seu gosto das coisas simples e genuínas, conseguiu na esfera do jornalismo ilustrar o melhor sentido da palavra. Não estandardizou o jornal à americana. Antes timbrou em relacioná-lo sempre aos recursos, às necessidades e às aspirações da vida pernambucana. O noticiário de uma folha de província não comporta as formas sensacionais da reportagem metropolitana. A desproporção entre o conteúdo e apresentação de certa imprensa bovarista de província faz pensar nas empadas de camarão de confeitaria, nas quais a massa é abundante, a crosta superior bem tostada: o camarão, porém, difícil de achar — e é quase sempre camarão seco de barrica.

Quem anda de viagens pelos nossos estados sabe que o principal interesse de cor sensacional do noticiário reside no serviço telegráfico do Rio. Fora disso o que há a fazer é estudar em colaboração isenta o mais possível de literatice os problemas ligados ao progresso da terra. Assim vai fazendo sempre *A Província*. Um número da *A Província* é sempre, como bom retrato de um dia de vida recifense, retrato tirado com as roupas habituais, com o penteado habitual, variando apenas na expressão de sorriso ou de ruga triste, conforme as horas foram de alegria, luta ou apreensão.

A direção da *A Província* fala constantemente na sua pobreza. É na verdade pobreza de casa nobre, que enche de orgulho o coração dos amigos que a freqüentam. E que amigos conta *A Província*! Todos homens de boas maneiras e que conversam bem. Aníbal Fernandes, príncipe dos jornalistas pernambucanos, mestre no artigo de doutrina, na crônica, no ensaio crítico, na nota política; Júlio Belo, em cujos escritos tão saborosos há sempre como um perfume de engenho; o oxoniano Raul dos Passos,[1] tão amigo dos cais do Capibaribe e das velhas árvores da cidade; o marselhês Ribeiro Couto; o meu nunca assaz louvado xará, que de vez em quando aqui no Rio me dão a honra de confundir comigo (infelizmente o poeta sou eu); Ernâni Braga, que descobriu o *truc* de extrair todas as semanas matéria-prima pernambucana para uma crônica musical, e o fato é que a sua ação vai criando vida musical no Recife; e outros tantos, cujas especialidades estão acima do meu comentário diletante, como Ulisses Pernambucano, Bartolomeu Anacleto, Carneiro Leão; sem esquecer o repórter Oscar Melo, evocador de crimes e assombrações, a quem não perdôo ter deixado no esquecimento o caso policial que arrepiou a minha infância — o daquele nacional que matou a amante, esquartejou-a, meteu tudo num saco e atirou-o ao Capibaribe (foi por volta de 95 ou 96).

---

1 Pseudônimo de Gilberto Freyre.

Há quem pense que só os jornais agitados, gritadores, escandalosos possam assumir personalidade atraente. *A Província* é o melhor desmentido a esse engano. A verdade é que todos os jornais escandalosos se parecem. Todos os *camelots* se parecem. Mas o sujeito inteligente e bem-educado da província que a gente um dia encontra na avenida Rio Branco, sujeito que viveu em Nova York, conhece Londres e Paris, mora no Recife sem falar em nada disso, trabalha no Recife, gosta do Recife, se interessa pelo Recife... É a impressão de um sujeito assim que me dá um jornal como *A Província*, que Deus conserve na sua cor atual.

A Província, 28 de setembro de 1930

Manacá

Não há flor mais cheirosa, mais doce, mais ingênua, mais simples, mais doméstica, mais natural, mais espontânea, mais sincera do que a flor do manacá.

É tão ingênua que até parece flor brasileira de papel. É tão modesta que a maioria das gentes não a conhece, apesar de cantada pelos românticos – lembram-se da tirana de Lucas na *Cachoeira de Paulo Afonso*?[1]

> Minha Maria é bonita,
> Tão bonita assim não há.
> O beija-flor quando passa
> Julga ver o manacá.

Pois essa delícia de flor vai também ter o seu dia, consagrado ao hospital da Pro Matre. A ilustre senhora Guerra Duval teve uma idéia feliz, lembrando-se da florzinha romântica para intermediária de sua coleta em benefício daquela instituição, tão benemérita.

Dia do manacá. Parece que os cariocas vão achando demais tanto dia, estão ficando malcriados com as vendedoras dessas flores de caridade. Os cariocas?... Não creio que os malcriados sejam cariocas. O carioca é espirituoso, é camarada, e sabe que malandro não estrila. Para todo contratempo encontra uma saída de bom humor. Dá, como ele diz, um jeito. Não faz como a senhora idosa que, assaltada por uma bonita menina de nossa melhor sociedade, disse áspera: – Saia!

---

1 Poema de Castro Alves.

Eu recebi as confidências de algumas dessas moças e ouvi coisas curiosas. Gracinhas de portugueses: — "Vai levando a sua feriazinha, hein?". Há cavalheiros que antes de dar o *nickel* de duzentos réis pedem que se lhe explique minuciosamente o destino da esmola. Diálogo na Avenida entre mlle X. e o doutor Z.:

— A senhorita pode dizer a que fim se encaminham estes donativos?

— São para os índios de dom Malan,[2] bugres do Nordeste, do alto sertão de Pernambuco.

— E a senhorita tem certeza que isso ainda é o Brasil?

— Oh! Como é que o doutor, tão patriota, faz essa pergunta?

Essa mesma mocinha ouviu frases duras de positivistas sinistros, de deputados ranhetas, e até de Sua Excelência o Desembargador...

Conta-se que Disraeli, já velho, entrevado de reumatismos, ofegante de dispnéia asmática, atravessando de madrugada o Hyde Park, de volta da Câmara dos Lordes e solicitado pelas mulherzinhas, coitadas! respondia com grande doçura, tocando no chapéu:

— Hoje não, *my dear*, hoje não.

Recomendo às pessoas parcimoniosas esse exemplo da polidez que o grande Dizzy não recusava nem às criaturinhas à toa.

Para Todos, 30 de junho de 1928

---

2 Trata-se de dom Antônio Maria Malan, missionário em Mato Grosso e, a partir de 1923, bispo de Petrolina. Este trecho está truncado na revista.

A crítica e o cinema

Léon Moussinac redige no diário parisiense *L'Humanité* uma rubrica sobre cinema, criticando com isenção todos os *films* e esforçando-se por incutir no público o gosto pela verdadeira arte da tela, tão abastardada pelo contágio das artes contíguas, especialmente o romance e o teatro. É uma campanha que um pouco em todo o mundo se levanta pelo depuramento de uma atividade artística que tem o seu domínio próprio, os seus processos, a sua técnica, infelizmente até hoje mal aproveitados, porque um semconto de parasitas empecem a sua evolução normal, enredando-a numa teia cavilosa de interesses.

Léon Moussinac não poupa remoques aos romancistas medíocres que procuram estender ao cinema os lucros das tiragens enormes que alcançam as suas histórias em virtude da sua mesma mediocridade, como esse incrível Dekobra. Bate-se pelo cinema-cinema, pelo cinema *tout court*.[1] Pelo cinema meio de expressão contra o cinema mercadoria, açambarcada pelos formidáveis *trusts* americano-europeus que impõem, mercê de retumbantes reclames, o sucesso de fitas absolutamente idiotas, onde o que há de melhor são as pompas do cenário e do *clinquant*,[2] o luxo espetaculoso e a lascívia dos astros.

Tão fortes e atrevidas são essas organizações capitalistas, que tal atitude implica um sério risco de processos, como já aconteceu a propósito do *film Jim le Harponneur*, aqui levado creio que com o título de *A fera do mar*.

---

1 Em francês, "e mais nada, só".

2 Em francês, "falso brilho".

Moussinac em sua crítica escangalhou-o de tal maneira que a firma produtora entendeu mover-lhe um processo, e por absurdo que pareça, obteve ganho de causa, sendo condenados crítico e jornal solidariamente. Essa iníqua sentença, tão atentatória da liberdade de crítica, levantou protestos quase gerais na imprensa e nos círculos interessados.

Sei de um caso passado entre nós que testemunha a pressão exercida na imprensa, via seção de publicidade, pelos agentes das grandes firmas. Um jovem escritor, meu amigo, lembrou-se de inaugurar em um grande diário uma rubrica de crítica cinematográfica, mas crítica de verdade, orientadora, imparcial, e não crônicas tolinhas para *fans*. O diretor do jornal prometeu-lhe todo o apoio, estava entendido. Saiu primeiro uma apreciação geral sobre a arte do cinema, como um preparo, uma entrada em matéria. A segunda colaboração era uma crítica desfavorável, mas justa, do *film Ben-Hur*, então exibido com grande estardalhaço de anúncios em dois dos nossos cinemas. O artigo já estava composto, quando o secretário passou os olhos nos originais, em mãos do linotipista, e, assustado com a liberdade de opinião do colaborador, correu ao diretor. Ele coçou a cabeça. O *film* criticado era de uma grande firma cinematográfica que dava perto de trinta contos mensais de anúncios. Não podia ser. O artigo foi suprimido.

O crítico, a quem não interessava escrever sem absoluta isenção, meteu a viola no saco e a rubrica desapareceu.

Para Todos, 7 de julho de 1928

Flauta, cavaquinho e violão

A mais velha tem cabelos castanhos (não os cortou), olhos castanhos (imensos, macios, úmidos), pele dourada, cintura apenas sensível no torso gorducho, preguiçoso. A voz permaneceu completamente nortista, *rr* da garganta, *ãos* enormes, vogais escancaradas. Fala como a Baianinha[1] de Ribeiro Couto, e poderia dizer (e sentir), como a outra, que "o destino da mulher é o amor". Está claro que gosta de modinhas e de doce de coco.

A segunda é alta, magra (enxuta), cabelos bem pretos, pele bem branca. Não conservou a prosódia sensual da província. Mas também não pegou o sotaque das cariocas. Fala bem (explicado). É quem veste as outras. Quem dá a elegância. Gosta muito de poesia (Olegário Mariano — Onestaldo de Pennafort). Sentimental também. Mas sonsa, meu Deus!

A terceira é inteiramente diversa. Pequena, magríssima (*mais tout y est!*),[2] esse louro brasileiro que quase não é louro. Nasceu na província, como as outras duas, porém, o fato é que não há carioca mais tipicamente carioca, nos modos, na gíria, no espírito. Não vai para essa coisa de poesia. É do cinema. Do *charleston*. Da chispada. Tem gosto de sal e rabanete.

E o que faz no meio disso tudo (as três acertam que é uma delícia, cada qual com o seu timbre, o seu registro) Felício Antônio,

---

1 Personagem de um livro de contos de Ribeiro Couto, *Baianinha e outras mulheres* (1927).

2 Em francês, "mas aí está tudo".

meia-direita de *scratch*[3] e amanuense extranumerário da Repartição do Imposto sobre a Renda?

Felício Antônio é quem canta.

Para Todos, 4 de agosto de 1928

---

3 Em inglês, aportuguesado como "escrete".

Um poeta do Nordeste[1]

Alguém que ouviu o senhor Ascenso Ferreira declamar os versos do *Catimbó*, opinou que o grande poeta pernambucano não devia ter publicado um livro de papel, e sim um livro de discos: porque a prosódia tão peculiar dos seus poemas necessita da sua voz para fazer sobressair todos os valores rítmicos que estavam na intenção do artista no momento da elaboração criadora.

Essa elaboração criadora é, no caso do senhor Ascenso Ferreira, extremamente complexa – quer quanto aos elementos exteriores quer no que diz respeito ao fundo, à substância, à alma dos seus cantos, tão caracteristicamente brasileiros.

Os seus poemas são verdadeiras rapsódias nordestinas, onde se espelha a psique ora prazerosa e brincalhona, ora pungentemente nostálgica das populações da zona dos engenhos. O senhor Ascenso Ferreira sentiu o drama doloroso desses mestiços que o *snobismo* viajado menospreza, e ao contrário dos seus duros irmãos arianos, debruçou-se com infinita piedade sobre os sofrimentos do matuto, ainda quando ele é o cangaceiro que a fatalidade mesológica marcou com os estigmas do crime.

Não há muito, escrevendo sobre o papel de José de Alencar na formação do sentimento de brasilidade (sentimento esse tão diverso da preocupação exibicionista com que os grupinhos verdes e amarelos estão contaminando a mocidade sadia da província, já tendo o detestável vírus contagiado até a doce e

---

1 Para melhor compreensão deste texto, é importante referir que Bandeira, em carta a Mário de Andrade de 28 de março de 1928, considerava-o "pura ironia" e que pretendeu assiná-lo com o pseudônimo Esmeraldino Olímpio.

bucólica Cataguases), assim se exprimiu Nestor Vítor, o mestre sempre vigilante, sempre atento às pulsações do organismo nacional pubescente:

> A geração atual, por instinto, vai-se voltando cada vez mais para essa grande hora e para o tipo que a resume, porque toda a nossa ânsia presente, de brasileiros, como brasileiros antes de tudo [é][2] a de achar o nosso próprio filão e por nos vermos de novo como somos, não só em letras como em tudo mais.

Formosas palavras que retratam fielmente este nosso alvoroçado minuto de brasilidade! Essa "ânsia de achar o filão", esse lúcido esforço de vermos "como na realidade somos", de sentirmos "como brasileiros antes de tudo" é o espírito que anima toda a poesia do autor do *Catimbó*. Daí a emoção que ela desperta, acima das técnicas e das escolas. A sua voz é a voz da terra.

Foi meditando nessas coisas que procuramos o poeta nos seus aposentos do Europa Hotel, onde ele fugiu ao bulício trepidante da metrópole, para ouvi-lo discorrer sobre os grandes temas nacionais inspiradores da sua obra [...][3] das selvagens e merencórias do "maracatu", do "bumba-meu-boi", dos "reisados", dos "pastores".

— Meu caro poeta, aqui pelo Sul quase ninguém sabe o que é o "maracatu". Do bumba-meu-boi se fala muito e dos reisados e pastoris, mas o maracatu é quase completamente desconhecido. Em que consiste ele em suma?

O senhor Ascenso Ferreira tem uma estatura gigantesca, que a princípio assusta como a catadura de um campeão de *box*, da

---

2 O verbo entre colchetes é uma conjectura, pois no jornal este trecho está ilegível e não foi possível localizar a publicação do texto de Nestor Vítor.

3 Trecho ilegível no jornal.

categoria dos pesados. Mas basta ele abrir a boca para dissipar os terrores: é uma alma de criança e exprime-se com grande naturalidade e modéstia.

Assim falou o poeta:

O MARACATU

— O maracatu é um canto de exilados da pátria. Tanto que no meio dos *clubs* carnavalescos, onde aparece, não se diz *club* e sim nação: "Nação de Porto Rico", "Nação de Cabinda Velha". Os versos cantados tendem sempre para refletir esse pensamento:

> Embaixador, pegue na bandeira!
> Porto Rico é nação brasileira

Ou estes outros também:

> Ô liô! ô liô!
> Nosso rei de Luanda chegou!

A dolência de sua música e o ritmo de suas danças seriam motivos interessantíssimos para serem estilizados como o têm sido as canções e danças primitivas de todos os povos europeus.

— E esses cantos guardam ainda a melodia e os ritmos tradicionais em toda a sua pureza primitiva?

— Infelizmente não! Mas são muito curiosas as evoluções que sofreram, e foram duas: nas proximidades do Recife, sentindo mais intensamente o tumulto da vida moderna, o maracatu está perdendo a dolência de seus ritmos primitivos.

Assim ali os bailados do maracatu são danças animadas como o *charleston*. Os seus dançarinos vêm realizando, desde muito antes do *charleston* aparecer, todos os passos peculiares a tal gênero de dança, o que se explica facilmente, dadas as origens negras que tem o maracatu. Há mesmo dançarinos acrobatas que muito longe deixam, com a vivacidade dos seus movimentos, qualquer alunazinha da John Tyler Girls' School.

A segunda evolução opera-se nas zonas das usinas, onde o maracatu passou a chamar-se "samba do matuto". Aí a dolência dos ritmos ainda é a mesma do antigo maracatu, de que há apenas um último espécimen na cidade de Palmares: o maracatu do Cucan.

As canções deixaram, porém, de girar em torno dos motivos de pátria perdida, para terem como objeto a ação do trabalho das usinas e engenhos:

> Da usina sou cabo de estêra
> Trabaio nas cardêra
> Da luz do motô
> Sou distiladô
> De esprito de vinho.
> Entendo um pouquinho
> De cuzinhadô.

Milhares de versos nesse sentido nascem da inspiração condoreira dos chamados Mestres de Samba. Não me furto ao gosto de citar os seguintes, pela riqueza de imaginação que traduzem:

> Minha casa parece um tesouro!
> É feita de ouro,
> Os caibros de metá.
> Espeio cristá,
> Teiado de vidro,

Estados Unido
Não tem outra iguá!

(O senhor Ascenso Ferreira não se limita a dizer os versos: canta-os com um delicioso senso de ritmo que é um contínuo descair de síncopas.)

Refrão:

É esta a minha razão:
Faço um chalé de ouro,
Dentro ponho um tesouro,
Dou de presente ao patrão!

O BUMBA-MEU-BOI

— E quanto ao bumba-meu-boi? Também obedeceu à lei fatal da evolução, inseparável da vida?

— O bumba-meu-boi, esse perdeu em Pernambuco, quase completamente, o sentido primitivo.

Hoje é uma espécie de revista onde aparecem quadros de crítica ingênua aos acontecimentos da vida contemporânea. A música e as danças são diversas das do maracatu e sempre tiveram um dinamismo fora do comum. Há uma poesia imensa nas suas toadas, poesia que quase sempre espelha profundamente o ambiente, como nos versos que vou citar:

Maria, minha mulata,
À sombra do cajueiro,
Penteando o seu cabelo,
Botando banha de cheiro,
À custa do meu dinheiro,

Tu só queres namorá!
Eu te largo e vou andá!

E outros cheios de lirismo como estes:

Ó de casa! Ó de fora!
Mangerona, quem stá aí
Ou é o cravo ou é a rosa
Ou a fulô de bogari!

Esses versos são também cantados no reisado, que é um festejo no gênero do bumba-meu-boi, com indumentária mais rica e sentido de luta entre mouros e cristãos.

UM POEMA DO *CATIMBÓ*

O senhor Ascenso Ferreira falou-nos com igual conhecimento e sabor dos ingênuos pastoris[4] em que domina a figura central do "velho", improvisador inesgotável, poeta repentista, crítico mordaz, que é a delícia da assistência que se aperta em torno ao tablado do bailarico.

Não resistimos à tentação de pedir ao poeta que nos cantasse mais uma vez as estrofes dolentes do seu "Maracatu", ao que ele atendeu, fazendo antes as seguintes considerações:

– Eles (e aqui o senhor Ascenso Ferreira fez com o indicador da mão esquerda um gesto desdenhoso para os zoilos adversários da sua estética) não compreendem que eu explique a minha obra: mas como é que estas gentes do Sul poderão sentir a finalidade de poemas cujos alicerces repousam em costumes, tradições

4 Na publicação em jornal, lê-se "pastores".

e linguagem tão diferentes? No "Maracatu" eu canto a tragédia da expatriação da raça negra transportada ao ambiente brasileiro: na primeira estrofe evoco os instrumentos bárbaros da sua música – bombos, ingonos, ganzás; a segunda estrofe é consagrada à indumentária; finalmente na terceira é o próprio destino da raça mártir que eu simbolizo na balsa que cai no rio e toma desvio que nunca sonhou...

Eis os versos desse poema que é todo cantado:

Zabumbas de bombos,
Estouros de bombas,
Batuques de ingonos,
Cantigas de banzo,
Rangir de ganzás
– Loanda, Loanda, aonde estás?
Loanda, Loanda, aonde estás?
As luas crescentes
De espelhos luzentes
Colares e pentes,
Queixares e dentes
De maracajás...
– Loanda, Loanda, aonde estás?
Loanda, Loanda, aonde estás?
A balsa no rio
Cai no currupio,
Faz passo macio,
Mas toma desvio
Que nunca sonhou...
– Loanda, Loanda, aonde estou?
Loanda, Loanda, aonde estou?

Quando a voz do poeta calou-se na tarde que desfalecia, deixamos o hotel, confortados pelo sentimento de que, se passavam os ingênuos e tradicionais folguedos dos nossos avós, ao menos ainda existia um homem para evocá-los e fixá-los em matrizes que não morrem: o senhor Ascenso Ferreira, o poeta de Palmares.

O Jornal, 11 de setembro de 1928

Greta Garbo, o rapazola que queria ser pintor e novos indícios da existência de Deus

O rapaz nasceu no centro do cafange[1] do fundo do rebolo, quer dizer, no mais remoto sertão do Nordeste. Desde menino gostava de pintar calungas. Desenhava a carvão no muro dos quintais a curva do rio com a galhada da ingazeira caída no remanso do poço. Reproduzia os traços dos parentes. Inventava cenas para histórias da carochinha. Quando o sol desaparecia atrás da lomba do morro, sentia dentro de si uma vontade inexplicável de comunicar aos outros o que despertava em seu íntimo a doçura das tintas, a melancolia da hora. Comoviam-no também os detalhes da vida rude daquela gente da sua cidadezinha: o caçador à espreita, o vaqueiro aboiando o gado, a rendeira velha cruzando os bilros à porta do mocambo, a matuta sorrindo acanhada ao namorado. Quereria pintar tudo isso!

Nascer com vocação de pintor em Pajeú de Flores deve ser um tormento tão duro quanto viver desempregado em Niterói e apaixonar-se por Greta Garbo.

◆

Um dia o rapazola resolveu conquistar Greta Garbo, isto é, vir estudar pintura no Rio. Não tinha vintém. Saiu da cidadezinha natal a pé. Na primeira cidade a que chegou pintou o salão do cinema. Foram os primeiros cobres que ganhou. Assim, de cidade

---

1 Não dicionarizada, a palavra *cafange* foi usada também por Manuel Bandeira no poema "Mangue", de *Libertinagem* (1930)

em cidade, alcançou o porto. Embarcou para o sul como praticante de não sei quê a bordo. No Rio levou uma porção de tempo à procura de emprego. Para isso freqüentava o saguão da Câmara dos Deputados, onde de uma feita, estando a escrever um bilhete que devia ser apresentado a certo deputado, arrebatou-lhe o contínuo o papel quando ele só escrevera a inicial do seu nome de família — Vieira. O bilhete dizia: "Doutor, peço-lhe um momento de atenção. Preciso falar-lhe urgentemente. Carlos V." O deputado pensou tratar-se de um doido com mania de imperador e não atendeu. Amigos arranjaram-lhe dois empregos. Não pôde ocupá-los porque lhe exigiram caderneta de reservista. Então sentou praça como voluntário para obter o diabo da caderneta. Havia de possuir Greta Garbo!

No dia em que recebeu pela primeira vez o soldo entrou numa casa de loterias e comprou um bilhete. Tirou a sorte grande.

◆

Estou inclinado a acreditar que Deus existe.

Para Todos, 29 de setembro de 1928

Defesa de Ouro Preto

Olinda, São Salvador e Ouro Preto deveriam constituir pontos de peregrinação obrigatória para todo o brasileiro que tenha o gosto da história social e artística do nosso passado. Pelo fato de haverem sido os núcleos densos da vida colonial em épocas de prosperidade e riqueza, elas fixaram mais do que as outras cidades do país o caráter da vida brasileira nos séculos XVII e XVIII. São Salvador é sem dúvida aquela onde a tradição é mais rica de monumentos. A atividade dos seus habitantes ainda não conseguiu reerguê-la da decadência a que a levou a retirada do Governo-Geral para o Rio de Janeiro em 1763. Aliás a esta circunstância se deve em grande parte a conservação do seu cunho tradicional. De vinte anos para cá ela começou a se renovar, nem sempre com o respeito desejável para com as linhas tradicionais do seu patrimônio artístico. (Ainda agora voltam a falar na demolição da velha Sé de Pero Fernandes Sardinha, talvez a igreja mais venerável da nossa terra pela antiguidade e pelo caráter.) Olinda pela situação de arrabalde em relação a Recife também ficou exposta às transformações que acabarão por desfigurar-lhe as feições antigas. Ouro Preto guardou maior pureza e guardou quase toda a sua pureza de estilo. A mudança da capital do estado para Belo Horizonte reduziu-a à condição melancólica de cidade morta. Mas a sua melancolia é impregnada de tanta nobreza, ali se respira com tal intensidade a poesia das glórias extintas que se chega a estimar que tenha sido assim. Viva e remodelada ao ritmo de suas irmãs ela acabaria por se tornar uma cidade como as outras. Morta ela é única, pois nenhuma tem a incomparável unidade de fisionomia que a caracteriza. Ela será sempre a capital do passado de Minas, a aparição desse passado tão cheio de memórias heróicas, tão rico de tradição artística.

Essa tradição é que cumpre zelar. Não permitir que os seus templos se arruínem, como está acontecendo com a deliciosa capelinha do padre Faria, contemporânea dos primeiros descobrimentos de ouro. Sobretudo não consentir nas restaurações depredadoras do velho caráter dos seus monumentos. A isso seria mil vezes de preferir a ruína, que destrói a matéria mas respeita a alma.

A esse aspecto não se cometeu nada de irreparável em Ouro Preto, mas pode-se chamar a atenção do governo de Minas para uma falta de gosto que está enfeando muito o edifício da Escola de Engenharia, antigo Palácio dos Governadores. Pintaram-no exteriormente a alumínio, me disseram que por medida de economia. O severo casarão de José Fernandes Pinto Alpoim prateado como se fosse grade de jardim burguês! Em nome do falecido sargento-mor engenheiro, suplico respeitosamente ao doutor Francisco Campos, secretário da Justiça do presidente de Minas, a restauração do aspecto tradicional do palácio, que era "cayado com a melhor cal do país", sendo "todas as portas e janelas que olham para fóra e de dentro do patio pintadas a olio de côr verde ou côr de cinza, como tambem todas as portas das cazas principaes e dos quartos onde S. Exª o Capitão-Mór acistia", segundo reza o termo de rematação da obra datado de Vila Rica em 13 de junho de 1741.

O acervo artístico de Minas é bastante considerável para justificar a criação de um departamento técnico que o defenda. Como é triste olhar a brochadura sacrílega com que capearam o ouro magnífico das capelas da chamada Matriz do Fundo de Ouro Preto, obra de Pombal, o tio do Aleijadinho! A igreja está hoje entregue ao zelo esclarecido de um sacerdote culto, cujo carinho pelo velho templo leva-o a raspar por suas próprias mãos a canivete o emplastamento de óleo com que o sujaram.

Garrett no seu livro de *Viagens* conta a indignação que o assaltou ao ver a igreja de Santa Maria de Alcobaça, a real colegiada de Afonso Henriques, um dos mais antigos templos de Portugal, reduzida pelos refazimentos e emplastagens modernizantes a igrejório insignificante de capuchos.

Se os homens de gosto do governo de Minas não tomarem providências de defesa, os velhos templos contemporâneos da epopéia das bandeiras acabarão em igrejórios sem grandeza. Eles já se acham bem despojados pela cupidez ignorante das irmandades.

Ilustração Brasileira, setembro de 1928

A casa de Megaípe

Era a mais linda casa de engenho de todo o Brasil. Tinha a incomparável nobreza que os séculos ajuntam às obras de arte já de si belas. Sobre o frontal da porta de entrada trazia impressa uma data — 1696. Porém era mais antiga. Aquelas veneráveis paredes mestras vinham do começo do século. Já estavam de pé quando os holandeses invadiram a praia do Pau Amarelo. Eram contemporâneas das lutas que assinalaram as primeiras manifestações de uma consciência brasileira bem definida. Quando os pernambucanos, comandados por Matias de Albuquerque, não se puderam mais defender no Arraial do Bom Jesus e se retiraram com suas famílias caminho de Alagoas, decerto que terão passado bem perto de Megaípe. Mais tarde pelas suas cercanias correram em guerrilhas de emboscada os insurgentes da reconquista que impuseram a el-rei a vontade pernambucana de guardar aquelas terras para o Brasil. Por ali se bateram em 1710 os bandos inimigos dos senhores de engenho de Olinda e dos ricos mascates do Recife. Daquele recanto do Cabo partiram os homens armados do morgado Pais Barreto para atacar os republicanos da Confederação do Equador...

Mais de três séculos de vida pernambucana. Três séculos de vida de engenho... Não admira que a velha mansão acabasse envolvida numa atmosfera de assombramento. Conta-se que a horas mortas havia entre aquelas paredes decrépitas rangidos de seda, risos e reboliço de festa. Foi o que por tanta noite manteve à distância os depredadores de ruínas.

João Lopes de Siqueira Santos, usineiro riquíssimo, atual senhor de Megaípe, acaba de mandar botar abaixo a mais linda das nossas relíquias rurais do século XVII. Pensar-se que o senhor

Siqueira Santos pertence a uma velha linhagem de senhores de engenho! Conheço patrícios que se tivessem fortuna teriam comprado um município inteiro só para possuir aquelas paredes em ruína. O senhor João Lopes de Siqueira Santos não é sensível a estas coisas. Com todas as suas usinas ele é agora o homem mais pobre de Pernambuco.

Para Todos, 13 de outubro de 1928

Poesia

Quando se lê uma antologia de poetas norte-americanos modernos fica-se surpreendido com o número de nomes femininos entre os autores escolhidos. Não são meia dúzia como nas literaturas de outros países, mas dezenas e dezenas de mulheres de sensibilidade e expressão admiráveis: Amy Lowell, Hilda Doolittle, Sara Teasdale, Aline Kilmer, Adelaide Crapsey, Grace Conkling, Hazel Hall... O curioso é que todas se assinalam pelo desprezo das formas convencionais e da retórica inútil, pela espontaneidade da linguagem, que é quase sempre a mais direta possível. Em dois, em quatro versos elas põem um sentimento de imensidades entrevistas de repente.

São três
Coisas silenciosas:
A neve que cai... a hora
Antes da alva... a boca de alguém
Que acabou de morrer.

(Adelaide Crapsey)

É uma poesia profunda, de verdades essenciais e balbuciada com tal gravidade que dá medo.

Da mesma Adelaide Crapsey este

PRESSÁGIO

Agora mesmo
De fora do estranho

Silente crepúsculo... estranho como ele, silente como ele
Uma mariposa branca esvoaçou. Por que fiquei
Tão fria?

Emily Dickinson foi talvez a precursora dessas musas de poucas palavras, cada uma das quais porém pesada de sentido. Estranho destino de mulher! Nasceu em 1830. Adolescente, apaixonou-se por um homem que já era casado. A sua alma escolheu a renúncia e ela se retirou para sempre do mundo. Confinou-se em sua casa, donde raras vezes saiu. Poucas pessoas a conheceram. Rabiscava versos em papeluchos de acaso que dava à irmã ou mandava em carta a amigas. Enquanto viveu, só com grande dificuldade se obteve o consentimento dela para a publicação de três ou quatro desses poeminhas. E escreveu centenas.

Depois de sua morte, que ocorreu em 1886, dois amigos editaram, em 1890, 1892 e 1896, três coleções dos seus poemas. Passaram despercebidos. A crítica falou em técnica defeituosa e ridicularizou-os. Alguns delicados prestaram atenção.

Eis que vinte anos mais tarde, em 1924, por ocasião de uma reedição escolhida e aumentada de novos poemas, a glória chegou, subitânea e universal. É que só então estava formado o ambiente para aquela poesia despaisada em seu tempo.

O poeta Conrad Aiken, que prefaciou a reedição, disse que a poesia de Emily é talvez a mais bela que uma mulher escreveu em língua inglesa. Martin Armstrong não concordou com aquele "talvez".

No fim da era romântica, no fastígio dos parnasianos e depois na aurora do simbolismo, Emily Dickinson mandava aos amigos coisas assim:

BELEZA E VERDADE

Eu morri pela beleza, mas apenas estava
Acomodada em meu túmulo,
Alguém que morrera pela verdade
Era depositado no carneiro vizinho.

Perguntou-me baixinho o que me matara
– "A beleza," respondi eu.
– "A mim a verdade" – é a mesma coisa;
Somos irmãos", disse ele.

E assim, como parentes que uma noite se encontraram,
Conversamos de jazigo a jazigo,
Até que o musgo alcançou os nossos lábios
E cobriu os nossos nomes.

Mais estranho ainda, esta fala de mendigo:

À PORTA DE DEUS

Duas vezes perdi tudo,
E foi debaixo da terra.
Duas vezes parei mendigo
À porta de Deus.

Duas vezes os anjos, descendo dos céus,
Reembolsaram as minhas provisões.
Ladrão, banqueiro, pai,
Estou pobre mais uma vez!

Goethe dizia que a verdadeira poesia é aquela que resiste às traduções. Assim a poesia de Emily Dickinson e Adelaide Crapsey. Há nelas um substrato musical sensível na prosódia de qualquer idioma.[1]

Para Todos, 3 de novembro de 1928

---

1 As traduções citadas neste texto foram incluídas por Bandeira, com pequenas alterações, em seu livro *Poemas traduzidos*.

Ismael Nery

Quem ouve Ismael Nery discorrer esteticamente de um assunto a pintar, fica estarrecido diante da multiplicidade de elementos que ele parece exigir para efeito de uma realização plástica. Tem-se a impressão que está em vista não um quadro mas a resolução de um sistema de equações a $m + l$ incógnitas. (De resto ele próprio nega a pé firme a qualidade de pintor.)

Entretanto quando pega dos pincéis, todo aquele tumulto mental se organiza em linhas, planos e volumes de uma concisão admirável. Todos os elementos intelectuais da sua arte são rapidamente reabsorvidos para só aparecer – em finas sínteses plásticas – o sentimento agudo do tema tratado.

O que fica de tudo isso são imagens vívidas em si e com as qualidades mais fascinantes da vida: força, espontaneidade, graça, sexualidade. Sobretudo sexualidade.

Plasticidade; sexualidade – eis toda a arte ou quase toda a de Ismael Nery.

A plasticidade dela impõe-se ao observador por efeitos às vezes quase puramente arquitetônicos ou esculturais, todavia a sedução das tintas está sempre presente para atestar o pintor. Quanto ao elemento sexual, não se lhe nota vestígio de sensualidade. Os nus de Ismael Nery são de uma incomparável nobreza. Por mais exasperada que seja a sua idéia fixa do sexo, compraz-se ela sempre em associações plásticas de uma grande pureza visual.

Para Todos, 17 de novembro de 1928

Festas do Nordeste

Desde fins de outubro, princípios de novembro, começam no Recife os ensaios para os festejos de Natal, Reis, carnaval.

O divertimento popular que demonstra maior vitalidade são os pastoris, uns conhecidos pelo nome do bairro ou quarteirão em que funcionam (pastoril da Torre, pastoril do Pina), outros pela alcunha do respectivo *velho*, que é a personagem central, o animador e pode-se dizer que ator único da representação, pois as pastorinhas constituem apenas uma espécie de coro e corpo de dança.

Este ano assisti várias vezes ao pastoril do Bahú, *velho* famoso. Ver um pastoril é ver todos. Palcozinho ou simples tablado ao ar livre; seis pastoras (mestras, contramestras, Diana, Borboleta), geralmente feinhas e bem desengraçadas, umas ainda meninas, outras taludas, repetindo invariavelmente o mesmo gesto de levantar alternativamente mão direita e mão esquerda até à altura dos cabelos, mudando ao mesmo tempo de pé, com um ar preguiçoso e tão desafinado quanto as vozes; em torno delas evolui o *velho*, fazendo esgares, trejeitos e dizendo imoralidades; de vez em quando fica uma só cantando um *fox-trot* ou samba carnavalesco; ou saem todas e o *velho* conta casos escabrosos, entoa modinhas, chalaceia com os espectadores, faz leilão de uma flor ou de uma fruta em benefício próprio ou de alguma das pastoras. No pastoril do Bahú havia este ano uma pastorinha grávida — justamente a Diana! Eis o que se poderia chamar com propriedade um "caso pançudo".

Os pastoris são na verdade bem melancólicos, o tipo do divertimento brasileiro sem graça, mistura de tristeza, luxúria, cobiça (afinal é para ganhar dinheiro): só falta o romantismo para dar o retrato do Brasil, segundo Paulo Prado. No entanto, o povo gosta bem e fica horas a fio em pé, ouvindo o *velho* dizer bobagens.

Por toda a parte há pastoris. O que está rareando são os bumba-meu-boi.

É como macumba no Rio. Fala-se muito, mas ver mesmo é coisa difícil. Porém, eu tenho a vantagem (ou desvantagem, ainda não apurei bem) de me dar com o poeta que botou o Nordeste no papo – Ascenso Ferreira. O autor do *Catimbó* conhece muito bem os meios populares do Recife, onde quando aparece é sempre tratado com as honras de Imperador do Divino, embora lhe tenham posto não sei por que o apelido de Engole-Cobra.

Ascenso me levou ao bumba do Campo Grande.

Franqueza, franqueza, me aborreci. Ainda que o ambiente fosse estupendo. Qualquer coisa lembrando as pracinhas de touro das pequenas cidades do interior no Sul. Iluminação de candeias fumarentas, aumentando o caráter das fantasias e da caboclada. Orquestra muito boa – uns oito cabras encolhidinhos num banco, com predominância de violas. A representação em si é que era cacete, mal sabida, desajeitadamente apresentada, de tradição muito degenerada.

Depois de uma hora de pinoteamento, de farsas, de pancadaria de bexiga de boi, já tendo visto o Mateus, o Capitão do Mato, o Bicheiro, o Cavalo Marinho e outros tipos, perguntei a Ascenso quando aparecia o Boi.

– De madrugada, respondeu o poeta com o seu risinho de chim libidinoso.

– Vote, que eu disse e saí sentindo que estava perdendo terreno no bom conceito de Ascenso.

Mas Ascenso também estava perdendo no meu. Afinal de contas, quem tinha razão era Zé Pedro, o poeta-cozinheiro que foi a minha grande descoberta no Recife (um dia falarei desse preto despretensioso que encarna melhor que ninguém a verdadeira alma do Nordeste). Zé Pedro tinha me prevenido:

— Bumba-meu-boi lá presta, *seu* Bandeira!

Mas eu, assanhado de regionalismo e de tradição, fui atrás de Ascenso...

Ilustração Brasileira, dezembro de 1928

Para todos...
ANNO XI
NUM. 567
26 OUTUBRO
1929

Uma dupla elegantíssima

O pequeno salão do Instituto de Música não goza lá muito da simpatia dos nossos recitalistas. Todos preferem o grande salão, ao qual sem dúvida imputam maior prestígio na hierarquia artística. No entanto, o pequeno salão, pelo seu tamanho e pela sua simplicidade, constitui ambiente bem mais propício para nele se ouvir um solista delicado.

Haja visto o último recital de Adacto Filho, ali realizado no dia 16 próximo passado. O pequeno salão estava à cunha e toda a assistência, onde havia tantos nomes ilustres, parecia mais animada, mais interessada, como se na intimidade criada pela aproximação dentro de um recinto exíguo melhor se comunicasse entre os ouvintes a emoção despertada pelo artista.

É verdade que para tal efeito muito terá concorrido inegavelmente a qualidade do programa, que era ótimo e cheio de novidades. Essa, uma excelência do cantor que ouvíamos: Adacto Filho faz arte viva, está sempre *à la page*[1] e cada concerto seu revela coisas que só conhecíamos de citações em revistas européias. Ao repertório dos mestres do passado vai ele buscar de preferência as peças pouco ou nunca executadas. Assim audição sua é sempre um prazer fino, a que nunca falta o sabor intelectual da surpresa.

Neste seu último concerto, a par dos seis poemas de Beethoven *À bem-amada ausente*, da balada "Belsazar" de Schumann e do "Ferreiro" de Brahms, tivemos ocasião de ouvir em primeira audição o espirituosíssimo "Alfabeto instantâneo" de Wiener e o admirável *Cortejo de Orfeu* de Poulenc, suítes que requerem, tanto do can-

---

1 Em francês, "atualizado, informado".

tor como do pianista, a sensibilidade mais viva e a mais perfeita ciência musical. Adacto e Brutus[2] realizaram uma dupla elegantíssima: o último número do *Cortejo*, o da carpa, saiu tão bem, que os simpáticos artistas tiveram medo do azar e desatenderam ao auditório que pedia bis com insistência.

A terceira parte do programa era toda consagrada à música brasileira de vanguarda: Lorenzo Fernandez, Gallet, Villa-Lobos. Tudo muito bom, salvo a "Macumba" de Murilo Araújo–Lorenzo Fernandez, pelo que desconfio que os dois nunca viram pai-de-santo. Também estranhei a interpretação do "Anjo da guarda", onde não me pareceu que o ritmo do acompanhamento estivesse bem marcado. Pelo menos não foi assim que vi fazer Lucília Villa-Lobos, industriada pelo próprio Villa.

Adacto teve que repetir vários números e foi muito aplaudido pelo auditório, que era aliás perigosíssimo, o que bem mostra a cotação do grande cantor.

Para Todos, 26 de outubro de 1929

---

2 Trata-se de Brutus Pereira (1904-1964), que, além de músico, foi também teatrólogo e ator, tendo sido assistente de Mário Peixoto em *Limite*, em que ainda atuou como ator.

Ah Juju!

Os admiradores incondicionais de Graça Aranha andam exibindo uma ternura injuriosa pelo mestre a propósito dos ataques com que foi recebido pela crítica o seu último romance. A dar-lhes crédito, só parece que o escritor é um caráter sentimental e pusilânime, e não o animador a quem sobretudo importa a batalha empolgante das idéias. Empreguei de caso pensado a palavra batalha, muito do gosto do mestre nas saudações de rua: – "Como vai a batalha?". Assim, o senhor Graça Aranha não compreende que se viva senão batalhando. Só pode, pois, reconfortá-lo o espetáculo do tumulto suscitado na opinião pela *Viagem maravilhosa*. Qualquer que seja o juízo sobre a sua literatura, não há negar-lhe nos romances uma forte corrente de vida, criadora de entusiasmos e de reações. No ataque, aliás, dá ele o mesmo exemplo de vivacidade, agora censurado pelos seus discípulos com muito pouca atenção para com espíritos sinceros e retos como o do senhor Tristão de Athayde, de resto tão insuspeito de radagazice,[1] que colaborou com um trechozinho na poliantéia-reclame com que o *Movimento Brasileiro* lançou o romance. O interesse despertado pela obra desculpa alguns exageros deste país de exageros. E o rigor excessivo para com o romance não testemunha a consideração para com o romancista? O que se sentia como substrato da crítica era que a obra ficara aquém dos méritos do artista. É verdade que houve quem dissesse, como ficha de consolação, que a *Viagem maravilhosa*, embora ruim, era melhor que *As mulheres*

---

1 Substantivo formado provavelmente a partir do prenome de Radagásio Taborda, autor de uma *Crestomatia* e colaborador da imprensa.

fatais do senhor Cláudio de Sousa... Já se vê que não podia ser senão o senhor Nestor Vítor.

Se os companheiros de ofício do senhor Graça Aranha, desde o acadêmico Medeiros e Albuquerque até o modernistazinho da última fornada, torceram o nariz ao "documento mais humano e profundo entre os romances imortais da língua brasileira", o público não profissional parece que aceitou a obra com a admiração que vem dos tempos de *Canaã*. Não me admirarei nada se amanhã os moços recitarem de cor e emocionados trechos inteiros dela, como um adorador do romancista afirma que fizeram com *Canaã*. Acredito. Faz poucos dias um imbecil dizia numa roda familiar que "o livro tinha descrições magníficas, descrições da baía de Guanabara como nunca ninguém tinha feito até hoje!". É isso mesmo. As famílias gostam das descrições. Depois Graça Aranha tem esse dom de imaginação espetaculosa que fascina as sensibilidades isentas de *humour*. A escolha do largo do Boticário para moradia da família de Filipe, e sobretudo a do outeiro da Glória como ambiente para a integração no cosmos do casal evadido do terror, é um exemplo da arte consumada com que o senhor Graça Aranha sabe ferir as imaginações mediante símbolos claros e simples. É verdade que o título da obra decepciona algum tanto os leitores. O próprio autor explica, logo nas primeiras páginas, que não se trata de uma deslocação material através dos espaços, mas sim da transposição espiritual a todas as formas, a todos os seres, a todos os pensamentos: viagem de Teresa em Filipe e de deste naquela. O certo é que não houve tempo para tal. As criaturas do romance não tiveram paciência para o turismo, e ao primeiro contato integraram-se violentamente um no outro e ambos na perpétua Alegria. O romance ganhou em unidade filosófica o que perdeu em análise introspectiva. A viagem do senhor Graça Aranha quase que ficou reduzida a um anúncio de companhia de vapores: "Hamburgo com escala em Las Palmas": no caso, fusão no Todo infinito via amor. A verdadeira viagem do livro são aquelas freqüentes subidas e descidas de ladeiras a que obriga os personagens secundários e pobres do romance à moradia incômoda no morrinho delicioso: a Viagem Fatigante.

Uma cousa que achei engraçada em todo este tumulto literário foram as pancadas de sobra apanhadas pelos modernistas. O senhor Mário de Andrade e seus companheiros já foram acusados de ingratos, aproveitadores e não sei que mais. Por outro lado a revista do senhor Renato Almeida dá o senhor Graça Aranha como "orientador supremo" (*Movimento Brasileiro*, nº 14) da renovação espiritual do Brasil. Eis o que está mal contado. Orientador supremo de quem? Só se for do jovem Teixeira Soares. O senhor Ronald de Carvalho é maior, e além do mais inteligentíssimo e livre como os passarinhos. O próprio Renato, católico praticante, pode lá ser orientado pela *Estética da vida*?

O caso do senhor Graça Aranha entretanto é simples. Ele voltou da Europa com a sua filosofia e encontrando a mocidade brasileira em grande alvoroço de renovação, simpatizou com ela, aproximou-se dela com o fim nobilíssimo de orientá-la no sentido das suas idéias. O seu sonho era que aquela filosofia produzisse um ciclo na ordem artística. Esse intuito não aparecia nos primeiros tempos de aproximação. Graça Aranha captou a amizade dos rapazes com a sua inteligência, as suas maneiras, a sua alegria. Quando pensou que os tinha na mão, deu o golpe da Academia. Surgiram então as tais "fórmulas integrais" de que falou o Renato Almeida. Foi ali que se começou a ver as distâncias enormes que separavam o senhor Graça Aranha dos rapazes que fundaram a *Klaxon*. Ninguém, mas ninguém aceitou entregar-se no Todo infinito. Graça Aranha assumiu ares de orientador e condenou o primitivismo de Tarsila, a "incultura" de Oswald de Andrade, o baguncismo de uma porção. A frente única do modernismo se desmantelou, muita gente achou que era pena e eu não, que afinal essa história de grupo acaba sempre em veadagem. A *Estética da vida* não deu ciclo nenhum e o senhor Graça Aranha teve que realizar ele mesmo o romance da sua filosofia. Não vejo nisso tudo, por mais que procure, nem ingratidão nem orientação. Ah Juju!

Diário Nacional, 10 de maio de 1930

Arte moderna

Na grande exposição de arte moderna, aberta desde o dia 15, no salão do Palace Hotel, Vicente do Rego Monteiro me confessa a sua decepção diante da frieza com que a mesma tem sido recebida.

— Não é só do grosso público, mas daqueles que contávamos se interessassem, dos modernistas, de vocês...

(Nisto eu comecei a sentir uma vontadinha de falar. Olhei em volta. Aqueles quadros todos representavam um esforço bonito, um esforço bem bonito de Géo Charles e Rego Monteiro. Deveria falar? Deveria explicar?)

— Afinal de contas nós estamos trabalhando é para vocês mesmos!

(Aqui experimentei o desejo de ser polido respondendo: — Obrigado pela parte que me toca...)

Não tive a coragem de ser polido... Também não tive a coragem de ser franco explicando. Sê-lo-ei agora para os meus amigos de São Paulo, e creio não prejudicar ninguém, Géo Charles e Rego Monteiro, nem Picasso e Léger, nem Braque e Marcoussis... São todos assim os nomes que figuram nessa exposição. Ela se encerra a 25, os quadros não irão a São Paulo e eu já soube que há uma vaga possibilidade de vender um Foujita por um conto e quinhentos... Se ao meu amigo Mário de Andrade interessa possuir uma pequena aquarela de Lhote que serviu como estudo ao quadro do *Football*, que ele tem a ventura de contar em sua coleção, cumpro o doloroso dever de comunicar que a mesma custa apenas novecentos mil-réis.

Isto posto, conversemos. Filosofemos ironicamente, como escreveu certa vez o analfabeto genial Villa-Lobos.

Conheci Vicente do Rego Monteiro há seguramente dez anos. Era ele então um quase adolescente de rostinho redondo e vermelho, mas já profundamente sério. A sua arte anunciava dons preciosos. Dela tudo estará dito dizendo-se que era uma arte de adolescente. Rego Monteiro não aceitava o repugnante academismo da Escola de Belas-Artes. O modernismo que atraía então os meninos era o preciosismo de certos artistas ilustradores. E os meninos poetas admiravam os meninos pintores. Era o tempo em que o autor de *Há uma gota de sangue em cada poema* oferecendo o seu livro ao senhor Di Cavalcanti chamava-o de menestrel dos tons velados... Hoje a gente pode rir do entusiasmo de Mário Sobral,[1] mas a verdade é que era aquilo mesmo. Di Cavalcanti, Vicente do Rego Monteiro, Angelus e os outros eram realmente "menestréis dos tons velados". Só quando Anita Malfatti e Brecheret voltaram da Europa, onde haviam estudado seriamente, os rapazes de São Paulo, e Mário Sobral entre eles, tomaram conhecimento do movimento moderno. Também, desde então ficaram *à la page*. Vicente do Rego Monteiro já naquela data estava em Paris. Di Cavalcanti foi depois. Todos foram. Tarsila, Celso Antônio, Ismael Nery, dona Olívia Penteado, Paulo Prado e outros grandes nomes da sociedade paulista traziam de volta da Europa os originais de Léger, Lhote, Juan Gris. Os que não podiam viajar mandavam vir, como o senhor Mário de Andrade. Finalmente os que não podiam mandar vir, inteiravam-se de tudo pelas revistas. Estávamos perfeitamente informados. Tanto que neste meio ordinaríssimo, onde a gente distinta só compra quadros por intermédio do Jorge da Galeria, pôde aparecer um artista moderno e intensamente pessoal como o senhor Cícero Dias.

Ora, para esse meio modernista bem informado era preciso que a coleção trazida pelos senhores Géo Charles e Rego Mon-

---

1 Mário Sobral foi o pseudônimo com que Mário de Andrade publicou o livro de poemas *Há uma gota de sangue em cada poema* (1917).

teiro apresentasse o estádio de evolução mais recente dos grandes nomes inscritos no catálogo. Por maior que seja a simpatia inspirada pela iniciativa dos nossos visitantes, força é confessar que quase todos, senão todos os trabalhos que figuram na exposição, nem sequer podem representar satisfatoriamente a importância daqueles mestres em qualquer momento da sua carreira. E sob este ponto de vista, para os fins de propaganda da arte moderna entre os que a hostilizam ou a desconhecem, a exposição atual naquelas condições será antes um pulo errado. Nunca surgiu um Picasso por aqui; o catálogo promete-nos um autêntico; a gente fica toda assanhada; chega-se lá e dá-se com uma pequena *gouache*, que é Picasso, não tem dúvida, todo mundo confia na probidade dos nomes que o apresentam, mas quem se pode contentar com isso? Vamos ver Braque: delícia. Mas o Braque são cinco reproduções. Tem de original a assinatura autêntica. A decepção tinha que ser inevitável. Como iniciativa comercial estaria bem; nada é insignificante e há cousas bem boas; não basta, porém, como intenção de aliciamento e propaganda; para seduzir é necessário dar o melhor de si.

Essa exposição, que a mim pessoalmente me deu muito prazer (bastaria aquele delicioso Foujita, uma aquarelinha de um *métier* incomparável e do mais íntimo sentimento poético, para me pôr todo contente) devia ter vindo dez anos atrás: só então levantaria o interesse com que o senhor Rego Monteiro contava agora.

E seria pena a certo respeito: ela não revelaria, como faz neste momento, o pintor forte que se tornou o próprio senhor Vicente do Rego Monteiro. O nosso patrício perdeu as belas cores da adolescência, perdeu a metade dos cabelos, me parece que perdeu também o bom humor, mas em compensação ganhou o senso construtor que faltou sempre às suas tentativas antes da disciplina européia. As suas boas qualidades eram estragadas por guma cousa de *laché*, de molengo, enfim de menino que não deu nem apanhou taponas dos companheiros. Agora, porém, está homem. A sua tela do *Tennis* é uma pintura excelente, admiravelmente construída e no meio de tantos grandes mestres sustenta com vantagem o cotejo.

Diário Nacional, 24 de maio de 1930

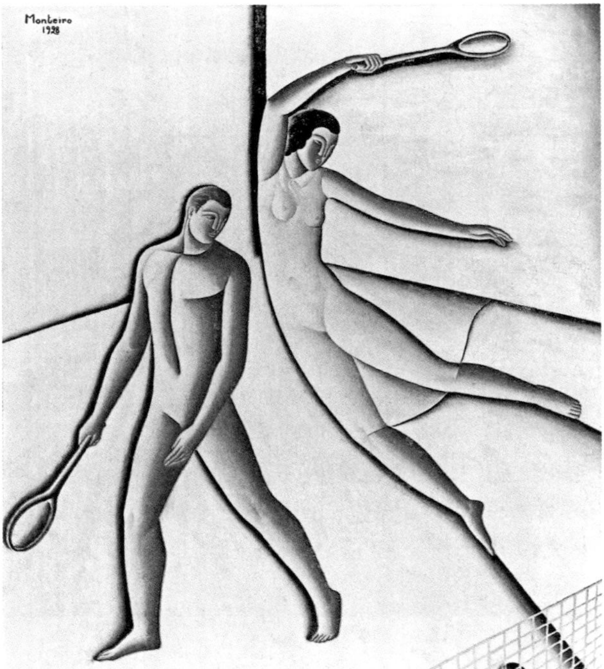

Música & Co.

Na *Weco*, pequena revista musical carioca que tem a distinção e a elegância do seu diretor, o maestro Luciano Gallet, se continua a campanha encetada por este numa entrevista dada ao *O Globo* em 22 de março. Reagir! eis a senha desse movimento.

Luciano Gallet é uma das figuras mais nobres e mais simpáticas do nosso meio musical. Quando depois da guerra aqui, como em toda parte, o sentimento nacionalista reverdeceu nas atividades artísticas e sobretudo na música, Gallet, que era um espírito de formação francesa, sentiu a necessidade de se exprimir em linguagem musical brasileira.

O que era afinal de contas música brasileira? Tal foi o ponto de partida de um longo e paciente inquérito da parte de Gallet. Fê-lo com o fim primeiro de orientar-se a si próprio. Mas os resultados das suas pesquisas, que já são do conhecimento público (o nosso patrício apresentou duas teses interessantíssimas ao congresso folklórico de Praga), têm utilidade geral e interessam não só a compositores como ao professorado e até aos simples amadores.

Com essa obra mostrou Gallet que havia nele, a par do artista finíssimo e consciencioso, um educador admirável. Aos seus trabalhos teóricos acrescenta ele agora a ação prática organizando a reação contra a decadência do gosto musical na terra da Tia Ciata.

O Rio anda mesmo numa burrice que seria apenas ridícula se não fosse complicada com a mais ignóbil das ganâncias, que é essa de tirar dinheiro das cousas cuja maior delícia é fazer esquecer o dinheiro. Não se pode imaginar o que vai de ladroeira em matéria de comércio de discos entre nós! Não me queixo da falta de temporada lírica. Nunca houve aqui arte lírica séria. Mas é profundamente desanimador que não tenhamos uma só organização coral; que não possamos manter um só conjunto de música de câmara; que a nossa atividade sinfônica se limite à pobre Sociedade do maestro Braga, condenada a realejar sem nenhum estímulo um repertório sovadíssimo. Os empresários... Ora, os empresários! O simpático Viggiani gastou um dinheirão com a propaganda inútil de um Brailowsky, pianista amaneirado no sucesso e que as meninas sentimentais adoram porque dizem que tem hemoptises todas as manhãs; mas não teve a coragem de fazer apresentar com a mesma ciência de reclame um artista estupendo como o espanhol Tomás Terán. Não bastou ao grande Terán entre nós o apoio caloroso de Villa-Lobos. No entanto quando na vazante dos últimos concertos do Villa o espanhol atacou, naquela sua maneira tão viril, o primeiro número das *Cirandas*, a pequena porção do público, que na sombra da platéia do Lírico se envergonhava de ser brasileiro, tremeu eletrizada.

Não adianta carregar nos empresários. Os desiludidos da política dizem que os povos têm os governos que merecem: digamos também que os públicos têm os empresários que merecem. A única vingança que se pode tomar dessa gente é achar o "Retrato do Brasil" favorecido.[1]

Luciano Gallet acusa muito as sociedades de rádio. Com efeito as sociedades de rádio degeneraram rapidamente em burocracias rendosas a serviço do comércio de discos e de rádio.

Tive também o meu alvoroço com o rádio... Comprei um aparelhozinho e durante algumas semanas andei captando as ondas dos rádios dos clubes do Brasil... Um dia fiquei desesperado e quebrei tudo, porque nas três sociedades que se disputam a pri-

---

1 Pode-se ver na expressão entre aspas referência a *Retrato do Brasil* (1928), obra de Paulo Prado.

mazia na educação do gosto musical do nosso povo, discavam simultaneamente a "Ramona"...[2] Assim fazem com toda Ramona que aparece.

Tudo aqui é assim. Há um interesse enorme e justíssimo pelo *folklore*. O Nordeste está cheio de cantadores: Passarinho, Aderaldo... Qual foi a casa gravadora de discos que empreendeu fixar a música deliciosamente virgem desses nossos sertanejos? Quem conhece no Sul o que os matutos podem tirar de uma viola? A gente ouve essas cousas deturpadas pelos falsos matutos da Avenida, cantadores acafajestados, que reduzem o sertão a *sketches* de revista do Rocio. É por isso que de genuíno só se escutam no Rio os sambas dos malandros do Estácio e as toadas soturnas das macumbas.

As sociedades de rádio podiam especializar-se. Tem gente para tudo (e ainda sobra, dizem os otimistas). Admiradores de Heckel Tavares e Joubert de Carvalho. Gente que gosta de ouvir conferências. A mocidade que tem rádio para dançar. Os que se contentam com a boa música, contanto que não passe de Ravel (exclusive). Os que têm curiosidade de conhecer tudo que se faz de novo... Para cada um desses grupos se podia com diligência e algum senso de propaganda arranjar uma sociedade apoiada nas atividades comerciais. Não, é tudo a mesma cousa e tudo ruim.

Não é nem nos concertos, nem nas sociedades de rádio que se pode ter aqui a delícia de ouvir música um pouco menos quotidiana, mas sim em casa de alguns amadores de boa vitrola. Sei de um que manda vir diretamente da Europa tudo que aparece de bom. Stravinsky, Falla, Honegger. Do passado — do eterno presente, cousas como a grande *Missa em ré*.

---

2 Música em voga na época, de autoria de Mabel Wayne.

Uma discoteca assim e mais um quarteto de câmera, eis uma base excelente para lançar uma sociedade de rádio, e eu não queria outra vida. Luciano Gallet tem todo o prestígio necessário para fundá-la.

Diário Nacional, 7 de junho de 1930

Antonieta Rudge

O caso Antonieta Rudge me faz pensar no caso Machado de Assis. Perdão, eu conheço bem as enormes diferenças. O caso Machado de Assis era complicadíssimo, o de Antonieta simples.

Machado de Assis era inquietante. Conheci-o pessoalmente, eu era rapazola. Laranjeiras... O rio da Carioca a descoberto. Era particularmente pitoresco nas proximidades da casa do mestre. Uma casa que era um amor de simpatia. Porque era do mestre. A prova é que havia mais duas ou três iguais a ela e não eram a mesma cousa. Eu passava por lá sempre com um bruto respeito. O *Brás Cubas* fora escrito ali? Em todo caso o *Dom Casmurro*. A casa de Capitu. À tardinha havia sempre uma janela aberta na sala de visitas, a primeira janela à esquerda, e eu já sabia que havia um vulto de senhora, bonita cabeça de cabelos todos brancos, com um livro aberto nas mãos. Era Corina,[1] Carolina, a esposa do mestre, que o esperava de volta do ministério da Viação. Todas as noites quando eu ganhava a rua depois do jantar via passar um casal agarradinho: o mestre com Carolina. Machado de Assis dava a impressão de um homem muito tímido, muito discreto, incapaz da menor maldade. Seria bom? Era bom no sentido de não fazer a menor maldade a ninguém. Mas eu lhe tinha lido a obra inteira. E embora fosse um fedelho, não sei, Machado de Assis me inquietava. Aquela história do enfermeiro... O soneto "*Suave mari magno*"... Nos versos como no conto o gosto doentio de espiar o sofrimento alheio. E a psico-

---

1 Aqui talvez haja engano ou imprecisão. Corina foi o nome como ficou conhecida uma paixão da juventude de Machado de Assis; Carolina era como se chamava sua esposa.

logia dura, derrotista, insultante de quase toda a obra. Sempre o móvel egoísta, e ainda que limpo, inconfessável. Machado de Assis dava o sentimento desconfortante que aos olhos dele não adiantava ser bom, que era impossível fazê-lo reconhecer a generosidade de um nosso gesto de bondade, de dignidade ou de modéstia. Certa vez tive de levar a Machado de Assis uma carta de meu pai demitindo-se do lugar de consultor técnico do ministro da Viação. O engenheiro deixava o seu cargo por solidariedade com um amigo, injustamente atingido num caso escandaloso da administração. Levei essa carta danado da vida. Fui todo o caminho pensando que Machado de Assis havia de formular a respeito do ato de meu pai uma filosofiazinha desagradável. E eu só de imaginar nisso tinha vontade [de][2] bater em Machado de Assis. Em suma eu achava, e ainda hoje acho, que Machado de Assis era um monstro. Um monstro que não fazia mal a ninguém, que nunca haveria de fazer mal a ninguém, mas não obstante um monstro.

Ao passo que Antonieta é, sempre me pareceu, um anjo. Principia que é loura. Nisso eu fiquei criança: anjo para mim tem que ser louro. Adorei os anjos mulatinhos do quadro de Tarsila, mas francamente não acredito neles. Estou certo que, para os serviços angélicos do paraíso, Deus tem o preconceito de cor. Ora muito bem, Antonieta é anjo. É de tal maneira anjo, que pode ser ao mesmo tempo mulher, e eu acredito que Antonieta seja uma mulher como as outras (Machado de Assis no caso). E Antonieta é simples. — Como? É mulher e é simples? — Perfeitamente, vamos deixar dessa história. Machado de Assis era simplíssimo na expressão, complicado no sentimento: "tinha outro dentro", como dizia a cozinheira do Ribeiro Couto em Campos do Jordão. Antonieta

---

2 O "de" entre colchetes foi acrescentado por esta edição, não se encontrando na publicação em jornal.

não tem outra dentro. É aquilo mesmo. Eu não disse que ela era anjo? Os anjos são assim.

Afinal comecei escrevendo que Antonieta me lembrava Machado de Assis e já estou quase no fim destas duas meias colunas e até agora só disse que ele era um monstro e que ela é um anjo. Vou depressa desmanchar a antítese. Ambos são iguais no extraordinário pudor. A nenhum dos dois falta aquilo que a crítica de música chama temperamento. Mas que recato na expressão dessas cousas! O nosso grande João Ribeiro declarou uma vez não conhecer nada mais — como dizer? — *sex-appealing* do que na obra de Machado de Assis o conto "Os braços de dona Severina",[3] onde no entanto não há nada de mais sensual senão aqueles braços e em verdade nada acontece. Muitas vezes ouvindo certas interpretações tão finas de Antonieta (não esquecerei nunca o adágio da *Apassionata* [há][4] anos no Municipal carioca) tenho pensado, sem querer, nos braços de dona Severina.

O pudor desses dois artistas não se limita apenas ao domínio propriamente sexual, senão a tudo. Machado de Assis nunca descreveu uma paisagem. Acho que ele foi o único brasileiro que teve o sentimento de pudor diante da paisagem brasileira.

Esse senso do pudor está na base de todo estilo. E aí está afinal de contas o que desde o princípio eu queria dizer de Antonieta: ninguém melhor que ela ilustra o sentido dessa palavra tão difícil de definir — o estilo.

Diário Nacional, 14 de junho de 1930

---

3 O título correto do conto é "Uns braços".

4 A forma verbal "há" é uma conjectura desta edição, pois está ilegível na publicação em jornal.

Poetas por poetas...

A Academia Brasileira de Letras recebe hoje o poeta Guilherme de Almeida. Confesso que me revejo com orgulho, como poeta e como brasileiro, na glória do artista mais que todos admirável do *Livro de horas de sóror Dolorosa*, do *Meu*, de *Raça*. E chego a sentir uma ternurazinha pela Academia, que parece ter compreendido num relance o dom magnífico do poeta de *Messidor* repartindo com ela o invejável renome que o cerca desde o aparecimento da sua primeira coletânea de poemas.

A impressão que deu a escolha de Guilherme de Almeida é que desta vez a Academia teve consciência inteira da incomparável glória que representava aquela cadeira colocada sob a evocação de Gonçalves Dias e já ocupada por Bilac e Amadeu Amaral. De outras feitas, com cadeiras de igual lustro, a Academia agiu mal. Agiu evidentemente com privação de sentidos e de inteligência... Mas a poesia restituiu-lhe a razão. Diante das três grandes sombras, a companhia de João Ribeiro, de Clóvis Beviláqua, de Alberto de Oliveira sentiu que a sucessão ilustre deveria caber àquele dentre os nossos poetas vivos que se tem singularizado pelo mais completo domínio da sua arte. Com efeito, pode-se gostar ou não da qualidade poética, da sensibilidade e do lirismo de Guilherme de Almeida: ninguém lhe pode razoavelmente contestar o título de grande artista, em verdade do maior artista do verso em língua portuguesa.

Outra razão da minha ternura é que Guilherme de Almeida pertence à geração que impôs o ritmo livre à nossa poesia. Senhores, não acreditem que os melhores poetas de agora nutram o menor desprezo, o menor despeito pela glória dos românticos e dos parnasianos: através de todas as divergências de sensibilidade e de técnica um poeta de verdade vê sempre um irmão noutro poeta de verdade. Como eu sinto que Guilherme de Almeida está bem na cadeira de Gonçalves Dias! Se eu pudesse arranjar a meu sabor a seção de poesia do ilustre cenáculo, podendo, bem entendido, dispor dos valores, se bem que indesejáveis do movimento modernista, poria o claro, o castiço Ronald na cadeira de Basílio da Gama; o desconforme Andrade vírgula Mário de Morais na cadeira do também desconforme Castro Alves; pediria ao meu primo e feroz inimigo Olegário (Olegário Mariano Carneiro da Cunha) que deixasse o lugar em que está para se passar para a cadeira de Maciel Monteiro, assim por diante; não esqueceria de sentar o Augusto Frederico Schmidt na cadeira de Casimiro de Abreu mas isso só daqui a dez anos, quando ele tiver chorado mais dois tonéis de líricas lágrimas deliciosas, e submetendo-se previamente a regime para emagrecer. Senão, ele teria que ocupar-se de história para merecer a poltrona de Oliveira Lima.

O que há de bonito na vitória de Guilherme de Almeida é que ele a obteve sem sacrifício do seu conceito moderno de poesia. Eu afirmei que Guilherme de Almeida[1] é o maior artista do verso em língua portuguesa. Realmente, ele brinca com todos os recursos de técnica já conhecidos, inventa a cada passo novas combinações surpreendentes, faz o que quer, faz positivamente o que quer. O pobre do poetinha comum precisa das dez sílabas bem medidas para dar o ritmo do decassílabo: Guilherme, não, arranja a mesma cousa com onze sílabas ou nove. *Raça*, por exemplo, é um prodígio de virtuosidade. A célula rítmica de todo o poema é o pentassílabo.

---

1 A partir deste trecho, o texto foi utilizado pelo autor em *Crônicas da província do Brasil* (1937) com algumas pequenas diferenças.

Gentias tatuadas — coroadas de penas — curvadas como arcos.

Este o primeiro verso do poema em que ele surge e se estabelece com valor de cadência, antes sutilmente preparada por outras medidas. Depois vêm todos os metros, na agilidade sempre impecável de mil variações. O ritmo, porém, continua o mesmo, porque o baixo do pentassílabo, que a intervalos aparece, está sempre presente no ouvido e domina toda a polifonia do poema. Às vezes a célula germina e se multiplica dentro de um só verso:

lendas cheias de luas — de medos de danças — guerreiras em torno
[— de fogos sonâmbulos...
de luas de medos — de danças guerreiras — em torno de fogos...

E no fim o ritmo se esquematiza em tercetos regulares (o número de pés não importa), precedidos de um verso muitas vezes de ritmo inumerável:

ritmos paralíticos do silêncio imóvel estendido sobre —
capitanias
tabas
quilombos...

Como técnica é lindo e formidável.

No *Meu* há poemas em que as duas técnicas, a regular e a livre, se justapõem da maneira mais curiosa: a pontuação dá a primeira, o sentido a segunda; quando às vezes aparece um verso regular se sente que ele está funcionando sem valor métrico. Por um lado as toantes dão a satisfação completa de rima consoante; outras vezes é o contrário, a rima fica admiravelmente fundida na trama do ritmo livre:

Os últimos ventos do dia
Sacodem os galhos
Como uma horda vadia de malfeitores sutis
Que erra ao acaso.
E a noite monstruosa
Tomba das árvores
Como um fruto de sombra
Pesado e mole
Que se achata sobre a terra.

Esta é a versão em verso livre que eu desentranhei do admirável "Noturno". Poderia multiplicar os exemplos.

Propositadamente falei aqui só do artista. Para a glória do poeta bastaria aquela imagem comovida da sóror Dolorosa, lembram-se? quando a monja transpõe pela primeira vez o vestíbulo do Eleito:

Meu coração fugiu do peito:
foi nos meus joelhos que o senti!

Esse coração batendo nos joelhos é uma das cousas maiores que eu conheço em poesia.

Diário Nacional, 21 de junho de 1930

Monsieur Sigogne e dom Pedro II

Quando minha amiga me falava de *monsieur* Sigogne, não sei por que eu imaginava um rapaz de 25 anos, louro, pálido e infinitamente delicado. Não sei por quê, não. Ela me contara que *monsieur* Sigogne era poeta, que era professor de literatura no pensionato de Bruxelas, que as mocinhas ficavam embevecidas na classe quando *monsieur* Sigogne...

— *Mesdemoiselles*, sobre que tema querem que lhes fale hoje? A beleza? Hein? A amizade? Muito bem. A amizade...

Todas as vezes que o pensionato ia de tarde passear no Bois de la Cambre, era certo ver-se *monsieur* Sigogne de redingote cinzenta, feltro romântico, andando de livro aberto na mão nalguma alameda deserta do bosque. Entretanto *monsieur* Sigogne para todas aquelas mocinhas era "o poeta". *Monsieur* Sigogne já tinha idade, os cabelos pintavam. Já havia escrito *Marc Cambiago*, drama historicíssimo em quatro atos, *Patience et longueur de temps*, provérbio em um ato, *Monsieur le Président*, comédia em um ato, *Suprême joie*, livro de poemas, o *Ensaio sobre Pitt*, o *Elogio de Rousseau* — sem falar das obras didáticas *Da dicção na arte oratória* e *Da educação segundo Herbert Spencer*, tudo editado *chez* Lebègue & Cie., 46 rue de la Madeleine, Bruxelas, 1888.

Não li nenhuma dessas obras. Só conheço dele uma coletânea doce e melancólica de poesias fugitivas que *monsieur* Sigogne, Emile Sigogne, ia me esquecendo de dizer, quis salvar do esquecimento num volumezinho que, como confessa, tinha para ele mesmo "*la douceur d'un souvenir avec un peu de l'amertume d'un regret*".[1] Título: *Mosaïque*.

---

1 Em francês, "a doçura de uma lembrança com um pouco da amargura de um pesar".

As poesias de *Mosaïque* justificam inteiramente o virginal respeito das mocinhas do pensionato de Bruxelas: *monsieur* Sigogne era bem o poeta que passeava no Bois de la Cambre doce, infeliz e solitário:

Ah! n'enviez jamais le fier et doux poète,
Amant des bois épais et pauvre âme inquiète...

Ne dites pas: ils sont heureux...
... Car la gloire s'achète aux dépens du bonheur,
Faites mieux! Plaignez-les; à leurs pas le malheur
S'attache; ils vont pensifs, courbant la tête et blêmes,
Devant la vaste horreur des sinistres problèmes.
Ils sont pâles, marqués de ce signe fatal
Que portent sur le front les chercheurs d'idéal.[2]

Com esses versos creio que está apresentado *monsieur* Sigogne aos leitores do *Diário Nacional*. Posso acrescentar ainda a divisa do poeta:

Aigle ne puis
Cygne ne daigne
Cigogne suis.[3]

---

2 "Ah! não invejeis jamais o altivo e doce poeta,/ Amante dos bosques espessos e pobre alma inquieta...// Não digais: eles são felizes.../ ... Pois a glória se compra às expensas da felicidade,/ Fazei melhor! Lamentai-os; a seus passos a infelicidade/ Se liga; seguem pensativos, baixando a cabeça e pálidos,/ Diante do vasto horror dos sinistros problemas./ São pálidos, marcados por esse signo fatal/ Que trazem na testa os que buscam o ideal."

3 "Águia não posso/ Cisne não ouso/ Cegonha sou."

Agora vamos ao que importa e foi o meu achado. Ofereço-o ao sábio Instituto Histórico, do Rio ou de outra qualquer cidade do Brasil. À página 36 de *Mosaïque* vem uma poesia intitulada "Brahma", que transcrevo aqui fielmente:

BRAHMA
À Doria d'Istria

Son poil est doux et fauve est sa prunelle,
Le calme des forêts reluit dans son oeil bon,
Et lorsque votre voix à vos pieds le rappelle,
Tranquille, dans sa force, on dirait un lion.

Le marbre gardera son image fidèle,
Noble animal à qui Brahma donna son nom,
Mais pour faire un portrait qui ressemble au modèle
Il me faudrait avoir la plume de Buffon.

Elle a semé partout, la Nature éternelle,
Ses trésors, sans compter, dans ses créations,
Et dans la bête aussi, la mère universelle,
A caché maintes fois ses plus précieux dons.

Vem embaixo da página a seguinte nota:

> Esses versos foram escritos uma noite em Florença no salão da princesa Doria d'Istria, que, durante a minha estadia na Itália, me acolheu com a maior bondade. Fê-los ela gravar no pedestal da estátua que representava o soberbo animal. Em sua última viagem, S. M. o Imperador do Brasil tendo vindo, como era de seu hábito, à casa da princesa, viu estes versos; gostou deles e quis traduzi-los. Estes mo-

destos versos não contavam certamente com esta honra. Damos aqui a tradução em português do hóspede imperial da princesa.

Resta-me agora copiar a tradução:

Mudo e pardo é o pêlo e parda é a pupila,
A calma do bosque no doce olhar reluz,
E quando à tua voz perto de teus pés se asila
É leão que tua voz a estar tranqüilo reduz.

A imagem fiel o mármor guardará,
Deste nobre animal que Brahma se apelida;
Porém fazer retrato que o imitará,
Somente pode a pena por Buffon servida.

Semeou por toda a parte a eterna natureza
Seus tesouros sem conta em suas criaturas,
E também no animal, oh mãe da redondeza,
Dons ocultos preciosos tu apuras.

É autêntico? Não é autêntico? *Monsieur* Sigogne era um mistificador?... Pedro II era um poeta detestável?... Os eruditos que se estraçalhem...

Diário Nacional, 28 de junho de 1930

Brincadeira de Academia

Nestas horas alvoroçadas, em que brasileiros e brasileiras andam empenhados em campeonatos mundiais de agilidade e de beleza física, terão talvez passado despercebidas as palavras de mau humor pronunciadas pelo senhor Afrânio Peixoto na última sessão ordinária da Academia Brasileira de Letras acerca de uma cousa cacete, inquizilante, interminável, mas de interesse considerável para um país de analfabetos e de imigração como o nosso — a questão da ortografia simplificada.

O amável e ameno romancista de *Maria Bonita* franziu o sobrecenho e denunciou ao presidente da Academia um "grande, gravíssimo escândalo": nenhum, n, e, né, n, h, u, m, nenhum dos acadêmicos adota no que publicam a ortografia que a Academia votou e pretendeu impor à nação mediante projeto que transita neste momento numa das casas do Congresso.

"Que prestígio moral, depois disso, lhe ficará à Academia?" perguntou alarmado o senhor Afrânio Peixoto. E, homem de ação, apresentou logo uma proposta no sentido de compelir os seus pares ao emprego da última reforma. A compulsória teria a forma de uma declaração firmada, prometendo cumprir o votado: uma espécie de termo de bem viver em matéria ortográfica.

A proposta levantou protestos indignados, ao que o senhor Afrânio Peixoto respondeu muito logicamente com uma segunda proposta: renunciar a Academia à última reforma: "Uma vez que não querem os acadêmicos seguir a ortografia da Academia, siga a Academia a ortografia dos acadêmicos".

Este alvitre não suscitou revoltas. Imagino que a ele terá sorrido desabusado o mestre encantador de melancolias e displicências que é o senhor João Ribeiro: — Estou por tudo, meus ignorantes confrades. O senhor Laudelino Freire teve novas esperanças para o seu conciliante e distintíssimo formulário. O helenista Ramiz Galvão sonhou logo com a restituição de vários grupos gregos abandonados desde... o latim. O velho e querido Silva Ramos deu um suspiro fundo, que atravessou o Atlântico e chegou até às fronteiras extremas do dialeto mirandês.

Mas a grande maioria é que deve ter tido enorme satisfação. Terão feito como a trinca do Curvelo quando na hora da mangalaça um da turma se levanta e propõe: — Vamos brincar de pegar?

Porque no fundo a Academia gosta é de brincar de ortografia.

— Vamos escrever Brasil com *z*!

— Vamos! Brasil com *z*! Brasil com *z*!

No fim de dois meses estão achando pau essa história de Brasil com *z*. Então outro propõe Brasil com *s*. O maior prejudicado é o meu amigo Fernando Magalhães, que na sua formosa oração patriótica sobre as letras do nome da pátria tem de abrir chave depois de *a*: se for com *s*, é isso; se for com *z*, é aquilo...

Não estou inventando: a Academia em 1907 aceitou a reforma Medeiros e Albuquerque. Em 1915 adotou o sistema português. Em 1919 voltou à chamada usual ou mista. Veio depois o formulário do senhor Laudelino Freire. Finalmente o ano passado readotou a ortografia Medeiros.

Nenhuma destas atitudes foi precedida de um trabalho verdadeiramente consciencioso. Que diferença da conduta portuguesa! Em Portugal se reuniu para estudar o assunto não uma sociedade de literatos, mas uma comissão dos maiores técnicos da especialidade. Um destes tinha, por assim dizer, consagrado a sua vida ao exame exaustivo de todas as dificuldades. *As bases da ortografia portuguesa* e sobretudo a *Ortografia nacional* de Gonçalves Viana foram como os alicerces indestrutíveis sobre que repousou o monumento lingüístico que representa o trabalho da comissão de filólogos portugueses. Com o parecer forneceu a comissão ao governo um formulário e um prontuário, a que se seguiu a breve prazo um vocabulário para consulta. O governo, que tinha encomendado a reforma, decretou-a. A nação obedeceu.

Se nós não fizéssemos da questão ortográfica esse eterno brincar de pegar, o que haveria de acertado a pôr em prática era o governo proceder como se fez em Portugal: nomear uma comissão de lingüistas e dado o parecer decretar-lhe as conclusões. Ortografia não é matéria literária: a Academia não tem competência para resolvê-la. Dentro dela só há dois homens autorizados a falar do assunto com conhecimento cabal do presente e do passado da língua: Silva Ramos e João Ribeiro. A atitude deste último, tão desconcertante dentro da Academia, mudaria, estou certo, e se poria à altura de sua magistral inteligência, se ele trabalhasse não com literatos mas com os Mário Barreto, os Sousa da Silveira, os Antenor Nascentes.

A falta de prestígio moral, que o senhor Afrânio Peixoto receia para a Academia, é conseqüência da falta de prestígio técnico. A Academia poderá adotar a ortografia que melhor lhe parecer; não tem, porém, autoridade para aconselhá-la a ninguém.

Falar assim não importa em desdouro nenhum para o ilustre cenáculo: a mesma cousa disse Dauzat da Academia Francesa: "Certo a Academia não tem competência para decidir por si só questões que dizem respeito à lingüística. À Sorbonne e não à Academia, aos lingüistas e não aos homens de letras cabe traçar o programa da reforma ortográfica".

A menos que se queira brincar. Então, sim, e nesse caso o alvitre do senhor Afrânio Peixoto propondo a substituição da ortografia da Academia pela dos acadêmicos será muito possivelmente aceito, porque fornecerá ensejo a readotar brevemente o sistema português ou a tentar outros novos e inéditos, que os há e extraordinários como o do senhor Arrojado Lisboa, por exemplo, que eu tomo a liberdade de sugerir.

Diário Nacional, 19 de julho de 1930

O mito Picasso

Só há uma cousa no mundo, fora do domínio estrito do paladar, em que eu me sinta seguro do meu gosto: a poesia. Não quero dizer com isso que o considere superior ao dos outros. Nem mesmo que o considere bom. De resto que vem a ser o famoso bom gosto, meu Deus?

Quando digo que me sinto seguro do meu gosto, quero apenas significar que sou capaz de gostar de qualquer poema tão-somente por mim. Será um poema talvez detestável no consenso de toda a gente que entende de poesia: se gosto, sei sem sombra de dúvida que gosto, e posso dizer como na modinha: gosto porque gosto, porque é meu gosto gostar. Vou dar um exemplo (os meus amigos danam-se com a minha mania de perguntar: Por exemplo? mania que me ficou do tempo escolar das gramáticas: perdão, erigi o exemplo em categoria do espírito). Dou como exemplo dois versos do poeta Carlos de Magalhães.

> Exemplo nº 1:
> À tarde, ao pôr do sol, Copacabana é linda!
>
> Exemplo nº 2:
> Petrópolis enfim é uma bela colina!

Já sei que estão se rindo. Não faz mal: estou disposto a me rir com vocês. Mas o fato, a verdade é que esses dois versos me dilatam o peito, me satisfazem uma necessidade interior de expressão, me fazem mais senhor da emoção que aqueles lugares bestificantes suscitam em mim. Para empregar uma dicção pedantesca, mas de exata precisão psicológica, direi que por eles consigo ab-reagir aquela emoção, vantagem enorme, porque sem isso quem sabe lá? daria possivelmente em recalque, complexo, histeria, todo o inferno de Freud.

Se fosse assim com todas as outras cousas, a vida teria para mim todas as doçuras da certeza. Esse tormento de não saber bem o que se quer, o de que se gosta! Em matéria de artes plásticas posso dizer que sou criança de peito e vivo em perpétuas perplexidades... A opinião dos entendidos perturba-me. Por mais que me defenda, não sei, me acho, não digo uma Maria, que o nome é bonito demais, mas um Manuel-vai-com-os-outros.

E o que mais me atrapalha é a oposição dos tais entendidos. Tomemos um dos nossos valores novos. O Ismael Nery. Acho-o um pintor delicioso, ágil de técnica, cheio de graça, de invenção, de poesia. Então não compreendo o pouco caso de certos entendidos. Estrangeiro pode-se dizer que não liga ao indígena. Por muito favor reconhecem a novidade do Cícero Dias. É isso: o estrangeiro tem a idéia fixa da diferença. Mas o que me dana é que na Europa ele tem o senso das nuances e aqui o perdem de todo, e quando a cousa não cheira a preto, a baiana da praça Onze pelo menos, não tem importância, é imitação da Europa. Só se salva mesmo a ingenuidade formidável desse meninão que é o Cícero. Ah, bananas da Baixada Fluminense!

O caso mais para atrapalhar na Europa é o do pintor Picasso. O seu nome domina o mundo das artes plásticas como o de Stravinsky o da música. Diante de certas obras do espanhol eu sinto bem a força do gênio e não precisaria do entendido que me sussurrasse: Pode gostar. Mas outras... Aqueles arlequins, por exemplo, trazidos pelos senhores Rego Monteiro e Géo Charles. O meu amigo Mário de Andrade, homem de bem e entendido de verdade, diz que são deliciosos, e estaria pronto a dar por eles os dez contos em que estavam avaliados. Eu aderiria com tranqüilo *snobismo* à autoridade do Mário, se outro entendido, e este profissional sem preconceitos, não achasse, como eu, que todo o valor daquela *gouache* está apenas na assinatura ilustre.

Aceitei com docilidade todas as sutilezas dos entusiastas de Picasso. Me lembro ter me impressionado muito um trecho de Cocteau contando a história de um biombo. O biombo havia sido decorado por Picasso. Mas parece que a decoração de Picasso tinha uma vida tão prodigiosa que alucinava o Cocteau. E Cocteau concluía que Picasso não pode decorar: o menor risco dele sai com essa força expressiva que tornava aquele biombo insuportável para a quotidianidade. Aceitei o biombo de Cocteau.

Mas quando sobreveio a fase ingrista de Picasso fiquei perplexo. Não é que não gostasse, ao contrário. Achei maravilha. O que não compreendi é que se desse a ela o valor de uma invenção. Se não se tratasse de Picasso, se fosse o Ismael Nery que aparecesse com aqueles desenhos, não se falaria em gênio: falar-se-ia em talento, em facilidade, em pastiche.

No entanto a nomeada de Picasso continuou a crescer. Só agora é que vejo no *Monde* de 24 de maio uma crítica em que a obra de Picasso é olhada de uma maneira dura e desabusada. O crítico é Léon Werth. Não digo que haja perfeita isenção na crítica de Werth. Werth é um sujeito apaixonado e tanto mais perigoso quanto se exprime numa linguagem seca, rude, magra. O "Mito Picasso" foi como ele denominou esse movimento em torno do pintor espanhol. Ora, esse simples título é um direto, o primeiro bem colocado que recebe Picasso. "Mito Picasso" tem valor de imagem, é gostoso de repetir, a gente sente que vai pegar, que pode pegar. E depois é afinal de contas verdade, mesmo aceitando a genialidade de Picasso. O que o crítico Christian Zervos, citado por Werth, escreveu em *Cahiers d'Art* 8-9, a propósito do "Projeto para um monumento", ilustra suficientemente o conceito do mito. A gente tem até a impressão de estar lendo alguma dessas laboriosas interpretações de mitos solares tão caras aos *folkloristas* mais científicos...

Werth será um entendido?...

Diário Nacional, 26 de julho de 1930

Arquitetura

A doença me reduziu à condição de poeta: ora, era arquiteto que eu pretendia ser. A arquitetura me seduzia por tudo o que não é arte nela: geometria, engenharia, higiene, senso prático da vida, o gosto de distribuir. Eu não tinha certeza de vir a construir belos edifícios, estava, porém, seguro de projetar casas cômodas. Uma casa cômoda! Uma casa bem apropriada às necessidades de uma família, o ambiente afetuosamente preciso para essa cousa sempre comovente, que é toda vida humana... Fazer a casa para o amor da gente, isso então me parecia naquele tempo o cúmulo da finalidade artística. Pobres poetas! Um poema pode envolver espiritualmente uma alma no espaço de alguns minutos: a casa envolve-a de todas as maneiras, possui e é possuída, imagem daquilo que mais deseja um coração ciumento: a habitação. Digam o que disserem, a verdade é que não há poema habitável...

E depois haveria sempre a esperança da beleza. Já disseram que a beleza em arte não deve ser um fim porque na realidade é uma conseqüência. Conceito profundo que me parece resumir todas as estéticas. Em arquitetura, então. Essa verdade andava quase inteiramente esquecida. Não sei como, formou-se a idéia de que arquitetura é a arte de fazer fachadas bonitas. Ainda pouco se viu no Congresso Pan-Americano de Arquitetos que a maioria procede sob a inspiração desse preconceito estético erradíssimo. Pau nos engenheiros sem poesia! Houve quem sustentasse que o verdadeiro arquiteto, o artista, não se deve preocupar senão com a beleza, acima das questões materiais de dinheiro etc.

Felizmente as condições de vida das Babilônias norte-americanas e os materiais modernos vieram arrancar a arte da habitação à rotina dos estilos. Os poetas da construção tiveram que ceder o lugar aos engenheiros sem entranhas. Estes, que antigamente só faziam bobagens porque queriam fingir-se de arquitetos, tiveram que resolver os problemas sérios de engenharia que apresentava um arranha-céu, um hangar para dirigíveis, um frigorífico, e como a tarefa não era sopa, tiveram eles que pôr de lado a boniteza, a poesia, a emoção. Ora, sucedeu inesperadamente que eles criaram uma emoção nova na arte arquitetônica. Ilustração eloqüente do conceito estético de que em arte a beleza não deve ser um fim porque é uma conseqüência. O plano bem estudado e bem resolvido resultará belo. Como diz a nova escola holandesa, a arquitetura tem que ser construtiva e funcional, isto é, desenvolvendo-se logicamente do interior (função) para o exterior (fachada).

Na obra construtivista, escreveu Van Doesburg, a beleza deve ser o resultado da utilização a um tempo perfeitamente prática e perfeitamente harmoniosa de um problema arquitetural: nem a cor nem a forma terão valor ornamental por si mesmas, não sendo consideradas senão em função de suas possibilidades construtivas: assim, disciplina severa de todos os elementos que concorrem para a expressão geral da construção.

Os arquitetos realmente inteligentes e realmente artistas compreenderam a lição que vinha menos dos engenheiros do que da própria vida, que é afinal de contas a verdadeira criadora de formas novas. E hoje a concepção construtivista domina a Alemanha, a Holanda e vai vencendo mesmo na França. Até no Brasil já se pode pensar em morar, não atrás de uma fachada, mas dentro de uma casa de verdade, planejada de acordo com os elementos e os hábitos de conforto da atualidade (casas de Warchavchik em São Paulo).

Era de toda necessidade. Desde menino que vejo a arte da construção degenerar no Rio para o mais grotesco fachadismo. A mania principiou no tempo do prefeito Passos. Antes havia aqui um ou outro arquiteto que não podiam agüentar a concorrência dos mestres-de-obras portugueses. Perdida a tradição dos velhos solares do Império, o tipo da casa apalacetada que se fazia então consistia no pesado retângulo flanqueado de varanda, quase sempre um só andar montado sobre o chamado porão habitável, aliás habitabilíssimo neste Rio de perpétuo verão. A beleza era nenhuma, mas ao menos ali ainda se morava bem. Com as novas avenidas começou-se a querer fazer bonito. A Prefeitura instituiu prêmios, não a projetos bem resolvidos, mas a fachadas mais bonitas. Foi um pavor. O Rio se encheu de aleijões. Aí está a avenida Atlântica, que é inquestionavelmente a enfiada de palacetes mais feia do mundo.

Depois veio o bangalô, e a casa colonial. Nem um nem outro tipo resolvia bem o problema da habitação brasileira em nossos dias. E ambos foram desvirtuados pelo gostinho do enfeite, pela estúpida intenção, pretensão da fachada bonita. Vejam o novo edifício dos Arquivos, Biblioteca e Mapoteca do Itamaraty: um Partenon no fundo de um jardim da rua Marechal Floriano! É possível que ao inaugurá-lo o ministro Mangabeira nos fale da Hélade antiga... Estou só esperando por essa Hélade antiga.

Diário Nacional, 16 de agosto de 1930

Belo Horizonte

Uma das cousas que mais intrigavam *monsieur* de La Palice era que não se construíssem as cidades de preferência no campo, onde o ar é tão mais puro... Ora, não é que em Belo Horizonte a gente se sente com coragem bastante para acatar a bobice célebre de *monsieur* de La Palice?

Justifica-se *monsieur* de La Palice, que nunca viu Belo Horizonte. Todas as outras cidades excluem de tal maneira a idéia do campo onde surgiram. Belo Horizonte, não. O campo persiste nela. Tem-se

aqui o sentimento que persistirá sempre. Ficou para sempre no descampado destes horizontes, na largura excessiva das avenidas, no ondeado das lombas que o arruamento urbano mal disfarça. Em Belo Horizonte a gente se perde como no campo. Como os crepúsculos são bonitos! Os meios-dias também. Mas não se trata da beleza a que está intimamente ligada a idéia de vicissitudes humanas, sentimento propriamente citadino! Não há aqui *big city's blues*.[1] Há uma doce, enorme melancolia de paisagem. Belo Horizonte, inundada de paisagem, não conseguirá nunca eliminar a paisagem do seu quadro urbano. *Monsieur* de La Palice, Belo Horizonte lhe daria a mais completa satisfação: ela, sim, foi edificada no campo, onde o ar é tão mais puro.

Uma vez, numa hora de extravagância, as cidades se me afiguraram como criaturas – mulheres, evidentemente – gordas ou magras. Classifiquei como gordas São Luís do Maranhão, Belém do Pará, Rio de Janeiro. Bahia, gordíssima! São Paulo... enxuta. O Recife é em tudo magríssima. Aí está um jogo de prendas... enquanto se espera a revolução no Rio Grande.[2] Sorocaba, Piracicaba, Ribeirão Preto são gordas ou magras?

Eu era habilíssimo nesse jogo, que eu mesmo inventei. Belo Horizonte veio me atrapalhar. É gorda ou é magra? Difícil de resolver como problema de xadrez em cinco jogadas... Depois de apertadas cogitações concluí que Belo Horizonte não é magra nem gorda: Belo Horizonte é... *miss*.

Estou com medo de me ter traído agora. Essa associação bastante remota vai talvez me comprometer irremediavelmente aos olhos dos profissionais da psicanálise... Talvez me salve explicando. Os rapazes do Rio me entenderão. É assim que acontece:

---

1 Em inglês, "tristeza da grande cidade".

2 Trata-se aí de provável referência à Revolução de 30.

eles vêem os retratos das *misses* nas revistas e não ligam. Acham bonitas ou simpáticas ou boas, não ligam. Não procuram vê-las em carne e osso. Maçada! Provincianismo! De repente, num encontro de acaso, não procurado, zás! uma *miss* pela frente. Completa privação de sentidos e de inteligência. A *miss* não é grande e dá impressão de grande. Os traços podem não ser corretos e no entanto parecem tão bem rasgados. Tem idade de menina, pois qual é essa que não é menina até os vinte anos? e todavia todas são mais mulheres do que qualquer outra. São o eterno feminino na eterna mocidade: são *misses*. Pois é essa sensação física de *miss* que Belo Horizonte me dá.

Há dois anos que eu não voltava a Belo Horizonte. Posso afiançar-lhes que a *miss* está bem tratada. O presidente Antônio Carlos tem ajudado com inteligência o impulso natural que de 1918 para cá vai empurrando a capital de Minas para um futuro esplêndido. A área asfaltada é enorme, grandes palácios se vão levantando, e verdadeiramente para lamentar só há um monumentozinho ridículo em frente da estação. É dessas cousas de tão mau gosto que não se chega a tomar conhecimento do sentido ou assunto. No Rio, por exemplo, um estrangeiro não perguntará o que é a estátua de Floriano ou o Palácio Monroe. Limita-se a desviar os olhos. Disseram-me que o escultor do monumento de Belo Horizonte é um italiano que vive em São Paulo. Fez cousas para Belo Horizonte, Poços de Caldas... Como a doença mutiladora deu no Aleijadinho, o senhor Starace deu em Minas.

O presidente Antônio Carlos é libertador, bem sei. Mas assim também é demais.

Nunca escrevi tão em cima da perna como hoje. É que não quis deixar de exprimir a minha privação de sentidos diante de Belo Horizonte. Um orador mineiro chamou-a um dia de "flor esquisita e rara de civilização desabrochada em pleno sertão mineiro"...

Espero ter dito alguma bestidade igual no que fica atrás.

Diário Nacional, 9 de setembro de 1930

O despeito das *misses*

Haverá animal menos dotado de espírito esportivo do que o homem? Chamo espírito esportivo a capacidade de perder sem despeito nem recriminações, o exercício de uma atividade qualquer pela satisfação da atividade em si, praticada bem desinteressadamente e não visando nenhuma recompensa pecuniária ou de simples orgulho. Ora, o homem tem sensibilidade demais para não se apaixonar logo por dá cá aquela palha.

No outro dia, no prado de corridas, eu tive vontade de beijar os cavalinhos (tal qual fez o senhor Lineu de Paula Machado com o seu Santarém vencedor do Grande Prêmio Jockey-Clube), quando eles voltavam ao *paddock* depois de corrido o páreo. É que todos vinham tão alegrinhos, não só o vencedor, mesmo o último distanciado! O prazer de uma bonita corrida naquela bonita tarde de sol era o que parecia exprimir o trotezinho meio cansado em que deixavam a pista. No entanto os *jockeys* que haviam perdido estavam com cara de poucos amigos, os proprietários todos, menos um, quando muito riam amarelo, mesmo o apostador de quinto de *placé* olhava amargo...

E é bem curioso que a prática do esporte não desenvolva o espírito esportivo. Porque não desenvolve mesmo. Vejam o futebol. Em *team* de clube ou *teams* de rua não há menino ou rapaz que não o jogue. Aprenderam na perfeição toda a sorte de passe. Mas não há meio de aprenderem a perder. E o mal não é só da brava gente brasileira longe vá temor servil, não senhor. Quando foi do último campeonato mundial em Montevidéu, porque os argentinos não ganharam a partida contra os vizinhos, a população de Buenos Aires atacou o consulado do Uruguai.

Essas competições internacionais, longe de alargarem a fraternidade entre os povos, só servem para suscitar e cultivar malquerenças perigosas. Dentro de cada país também o que se vê é a diferença, o ódio regional apontando sempre em cada luta difícil. O futebol faz o paulista mais paulista em vez de o fazer mais brasileiro. Então bolas para o futebol. Bolas não, sebo!

Bolas para os concursos internacionais de beleza. Este de agora parecia uma festa tão bonita. As boas foram chegando. Que cabeça maravilhosa a da americana! Nunca se viu tanta claridade, tanta limpidez de olhos humanos: valia quase como prova da existência da alma... E os olhos espertos da portuguesa... O bichinho espantado que é *miss* Antilhas... A brasileirinha gaiata que é *miss* Hungria... O corpo tão delicado da russa, russa branca faz favor, ela faz questão... E tantas outras. Vinte e seis. Cada uma tinha o seu encanto incomparável. Hospedadas nos melhores hotéis da cidade. Festejadíssimas. Tanto presente.

Tudo correu muito bem até o julgamento. Agora, depois de proclamada *miss* Brasil vencedora, a maioria das concorrentes andam amuadíssimas. Ou fazem comentários insolentes ou se fecham num mutismo malcriado.

E eu penso comigo: então todas essas moças se acreditavam mesmo as mais belas dos seus pagos? e davam a essa festa de mocidade um tanto comercializada importância tão convencida? Afinal um concurso de beleza é cousa que se pode fazer como tantas outras, uma vez que não se tomem demasiado a sério. Devia ser, como os campeonatos esportivos, uma ocasião para congraçar as gentes que a política burguesa separa. Em vez não.

Engraçado que estamos numa época de concursos de beleza, e a verdade é que nunca faltou tanto ao mundo uma idéia precisa de beleza-padrão. Será a Vênus de Milo o cânon? Ninguém sustentará que ele corresponda ao ideal moderno. De resto hoje em dia ninguém está ligando muito à beleza. Toda a gente prefere o caráter. Não se diz mais: Que bela mulher! E sim: Que criatura interessante!

Depois não há nada menos internacionalizável do que o conceito de beleza. Como comparar à luz de um critério tão abstrato tipos raciais tão diversos? Um concurso de beleza só pode ser nacional. E ainda assim...

Eu por mim, se fizesse parte do júri que acaba de dar o prêmio à nossa linda Yolanda Pereira, não saberia de todo como decidir. Começa que uma mulher bonita é cousa absolutamente incomparável e a que a gente não se pode nunca habituar. E para julgar é preciso habituar-se, recuperar o sangue-frio: isso a beleza não deixa.

Ora, adeus: viva Yolanda Pereira!

Diário Nacional, 13 de setembro de 1930

O nosso grande pianista

Ultimamente dei para freqüentar assiduamente os concertos... de vitrola. É o único jeito de se conhecer a música européia destes quinze anos mais chegados. Ainda outro dia, em casa de Prudente de Morais, neto, o autêntico, tive o prazer de escutar o *Sacre du printemps*, a *Pulcinella*, o *Le Boeuf sur le toit*, o *Bolero* de Ravel, e outras cousas assim, que serão ouvidas nos concertos do Rio, aí por volta do último quartel do século corrente.

Quem freqüentar no Rio todos os concertos de uma só estação, perde por completo a vontade de voltar no ano seguinte: terá ouvido tudo o que dão sempre. Irá uma vez ou outra conhecer o monstro novo, polaco ou russo ainda em ascensão para os *cachets* da América, ou a glória sovada da Europa.

Não é que todos os artistas nacionais ou forasteiros refuguem o repertório moderno. Todos, porém, temem o desinteresse do público – esse meninão abestalhado que quer ouvir sempre as mesmas histórias. Conheço das salas de concertos do Rio sujeitos que não falham a nenhuma manifestação daquilo que um amigo meu chama ainda "a divina arte de Santa Cecília". Para esses tais tanto é divina arte de Santa Cecília a "Chaconne" de Bach–Busoni recriada por Antonieta Rudge como o "Sur les ailes du rêve" batucada nos exercícios públicos do Instituto. Porque os amantes da divina arte de Santa Cecília engolem tudo. São verdadeiros sorvedouros de música. Afinal é essa gente que freqüenta concertos, os críticos dos grandes diários são o expoente desse público, e público e críticos acham que Stravinsky, Honegger, Milhaud, Hindemith, Villa-Lobos... Ravel... Debussy... são futuristas. Eu tinha vontade de tocar piano e fazer com um desses amantes de boa música o que me contaram que fez em Maceió um professor ao *snob* adorador de Bach. Este vivia a pedir-lhe Bach.

— Ouça estas cousas de Poulenc...

— Não, isso não é música! Não há como Bach. Este sim, eu ficaria uma noite inteira ouvindo-o!

O mau do professor pegou da palavra e foi buscar os cadernos das fugas e das invenções. Os cinco primeiros números arrancaram os mais efusivos protestos de amor, depois o entusiasmo foi arrefecendo gradativamente, até acabar nos mais graves sintomas de intoxicação. Esse homem hoje não suporta mais nem o "Guriatã de Coqueiro".[1]

Gente curiosa este público do Rio! De vez em quando toma-se de amores por um certo artista. Rubinstein teve a sua época. O ídolo de agora é o Brailovsky. Pode voltar para o ano pior do que já estava neste: os adoradores enchem o teatro, e tanto o aplaudem no concerto de Tchaikovsky, em que esteve bom, como no *Momento musical*, em que esteve péssimo. A nossa Guiomar é talvez o único artista nacional que caiu nas mesmas graças: paga-as de resto com o inominável suplício de ter que fechar sempre os seus concertos com o hino muito pouco nacional de Gottschalk.

Pois, meus paulistas amigos, parece que o vosso João de Souza Lima acaba de cair no gosto do público carioca, a julgar pela multidão que invadiu a caixa do Municipal, domingo passado, para apertar a mão do artista, ver o monstro de perto, pedir que dê segundo concerto... todas essas cousas que se fazem com os Brailovskys.

Confesso que até me espantei um bocado. Porque à parte a sua cabeleira engraçada, Souza Lima não tem os matadores tão do gosto do público. É forte sem bater (não bate nunca), é sóbrio e

---

1 Referência a uma música (1930) de autoria do compositor e cantor Ratinho (Severino Rangel de Carvalho).

jamais descamba em sentimentalidades desmanchadas. Não vou fazer em jornal paulista o elogio de Souza Lima: aí não há quem não conheça essa arte de tão seguro equilíbrio entre a inteligência e a sensibilidade, a lógica e a viril ternura. Mário de Andrade já disse: Souza Lima é o maior pianista que o Brasil tem...

Souza Lima prometeu voltar. A pena é que ele tenha de voltar sempre como na primeira vez: porque devo dizer que ele soube ser malandro (não o estou censurando e peço mil perdões da confiança) neste primeiro contato com os cariocas: começou pelas grandezas sublimes da *Tocata em dó*, passou ao Liszt pouco tocado da *Fantasia e fuga sobre o tema* B. A. C. H., deu quase *sans en avoir l'air*[2] quatro deliciosos modernos dos que os críticos chamam futuristas e acabou (aqui todo o teatro se remexeu nas poltronas para se ajustar na atitude mais receptiva) com Chopin. Mas desta vez era Chopin de verdade.

Diário Nacional, 27 de setembro de 1930

2 Em francês, "sem parecer".

Uma antologia de poetas brasileiros

Aqui no Brasil, quando um poeta faz o seu sonetinho menos mau e o lê numa roda de amigos, acontece ouvir de um deles à guisa de elogio: "— Sim, senhor! é uma página de antologia". Se publica o seu livrinho e é acolhido com algum sucesso, os maiorais da crítica, um João Ribeiro ou o Tristão de Athayde, destacam tais ou quais versos e os apontam como "dignos de figurar nas antologias". O poeta sorri lisonjeado e satisfeito na esperança da antologia. Mas a antologia não vem. No Brasil não existem as antologias para os poetas de antologia...

É indispensável que o poeta morra para então penetrar nas pavorosas antologias escolares, os senhores conhecem as nossas antologias escolares, com a "Harpa quebrada", a "Ode aos baianos" e a infalível "Madrugada na ilha dos ferreiros".[1]

Os movimentos literários se sucedem entre nós e nenhum deles jamais apelou para o excelente instrumento de propaganda que representa uma antologia bem-feita. Nem esta última geração modernista, entretanto, bem mais sensível do que as anteriores aos valores práticos de sua atividade. Ribeiro Couto há anos que nos promete uma antologia modernista; mas nem o exílio de Marselha, tão propício a uma boa perspectiva de planos e à isenção da escolha, desencantou a Bela Adormecida... Quando ela acordar, verificará com espanto que o momento da antologia passou para a geração que era a sua. Dois ou três nomes terão ido fazer companhia, nas pavorosas seletas escolares, ao homem da "Madrugada na ilha dos ferreiros".

---

1 Respectivamente, poemas de Joaquim Manuel de Macedo, José Bonifácio de Andrada e Silva e Antônio Francisco Dutra e Melo.

Agora vejam o que sucedeu. Levamos um verdadeiro quinau de nosso amigo Enrique Bustamante y Ballivián, que acaba de nos mandar do Peru, juntamente com um novo livro de poemas originais, o *Junin*, tão cheirando aos Andes, límpido, nítido "*como en la sierra agua y aire*", a sua antologia de *9 poetas nuevos del Brasil*, vertidos para o espanhol.

Aliás segundo quinau, pois é dele também a única antologia decente que possuímos da nossa poesia, e onde traduziu com admirável agilidade românticos, parnasianos, simbolistas e modernos.

A mesma agilidade de compreensão e técnica demonstra-o ele agora novamente na maneira de tratar sensibilidades e processos tão diversos, e num ou noutro caso mesmo tão antípodas, como os destes oito grandes brasileiros, junto aos quais me deu ele a honra insigne de me colocar: Gilka,[2] Cecília Meireles, Ronald de Carvalho, Tasso da Silveira, Murilo Araújo, Guilherme de Almeida, Mário de Andrade e Ribeiro Couto.

Se destes alguns lhe são próximos, como o Guilherme pelo mesmo gosto do imagismo, ou o Ribeiro Couto por certas sutilezas de sentimento e certas notações de paisagens, outros, como a ardente Gilka ou o alumbrado Murilo, parecem bem afastados daquele clima tão límpido, nítido "*como en la sierra agua y aire*" de *Junin* e dos *Antipoemas*.

Todavia uns e outros estão traduzidos, compreendidos com surpreendente fidelidade ao sentido e à beleza dos originais. Dou testemunho na parte que me toca. Na minha "Andorinha" parecia haver uma impropriedade de sentido. O bichinho do meu poema diz: "Passei o dia à toa à toa", ao que eu, o tipo do campeão do pesado, respondo: "Passei a vida à toa à toa". "À toa à toa" foi traduzido por "*sin saber por donde*". Julguei que Ballivián não estivesse

---

2 Trata-se da poetisa Gilka Machado.

bem penetrado do sentido da expressão portuguesa, a respeito da qual o inteirei por carta. Presunçoso! a ignorância era minha. A "Golondrina" continua a dizer "*sin saber por donde*" em letra de fôrma e o bom Ballivián me adverte com encantadora delicadeza: "*Sin saber por donde para nosotros significa, figuradamente, ir a tontas y a locas, o a toa, a toa. Desgraciadamente no es tan expresivo*".

Mas a maior surpresa desta antologia foram para mim as traduções dos poemas de Mário de Andrade. O meu querido amigo, depois que começou a escrever na "língua do pra", parecia o menos traduzível dos nossos poetas. Ora, eu verifico, e bem gostosamente, que ele está muito bem traduzido e em certas cousas até, como no "O poeta come amendoim", melhorado, neste sentido que, desembaraçado na linguagem de certo brasileirismo por demais intencional, soa aos meus ouvidos mais largamente humano, mais universalizado. Sei que ponho neste período um espinho e uma rosa para o Mário. Não faz mal, o que conta é a rosa...

E já que agora é outubro e as rosas são tantas (ah jardins de Belo Horizonte!...): – muitas rosas, todas as rosas brasileiras para o fino, o bom, o inteligentíssimo, límpido e nítido "*como en la sierra agua y aire*" Enrique Bustamante y Ballivián, nosso incomparável amigo.

Diário Nacional, 4 de outubro de 1930

O 24 de outubro que eu vi

Na véspera de 24 de outubro[1] o amigo em cuja casa eu jantara me confiou "que a cousa era para aquela noite". De fato estava bem informado, pois na manhã seguinte, às seis horas me telefonava comunicando que a revolução tinha rebentado nos fortes e no 3º Regimento.

Da minha casa do Curvelo, que é um contraforte da montanha de Santa Teresa, podem-se ver as fortalezas de Santa Cruz, São João e Lage, e portanto, todo o movimento da barra da baía. Às nove horas todos esses fortes salvaram. Era o sinal de bom entendimento. Mas o povo do Curvelo não saberia distinguir uma salva de um tiro de verdade, de sorte que o vôo dos aeroplanos, que logo a seguir se anunciou pelo ronco potente dos motores, criou a perspectiva de um combate inédito nestes céus americanos da rua do Curvelo.

Depois se soube que era tudo de paz. Na baía só houve um ato de hostilidade, que foi a granada mandada contra o navio alemão que desobedeceu às intimações dos fortes. Episódio deveras lamentável, que custou a vida de algumas dezenas de pobres gentes e que só se pode atribuir à pouca fé inspirada pelo tiro do brasileiro. Porque a desculpa fornecida à polícia pelo comandante alemão é insustentável: pensava ele que os disparos de advertência eram salvas de alegria pela vitória da revolução. No entanto da minha janela do Curvelo eu vi as colunas d'água levantadas pelas balas de São João. E um amigo meu que servia como soldado no forte do Leme contou-me como a cena se passou na bateria do Vigia.

---

1 24 de outubro foi o dia culminante da Revolução de 30.

Também ali se fez a advertência a pólvora seca. O navio alemão, longe de parar, apressava a marcha. O sargento Carlos fez então a visada, deu a deriva a dois quilômetros para a frente da proa e mandou a primeira bala ainda de intimação. Parece incrível, o comandante não fez caso: — Tiro de brasileiro... Mas desta vez os brasileiros andam acertando... O pobre sargento Carlos mandou então a granada em pleno alvo e caiu em crise nervosa, porque de lá mesmo do forte se podia ver que os efeitos foram terríveis.

Desde dez horas se enxergavam do morro os grupos de populares que desfilavam na Glória carregando bandeiras nacionais desdobradas. Os aviões deixavam cair os manifestos aos punhados. Pequeninas parcelas de papel queimado chegavam até a minha casa. Naturalmente as cinzas das edições dos jornais governistas, pensei comigo. E era mesmo.

Desci para a cidade às quatro horas.

Tem-se falado que a Avenida tinha o aspecto dos dias de carnaval. Era um pouco assim, porque como no carnaval passeava-se em vez de tratar da vida, havia muita moça vestida de vermelho e toda a gente quase trazia ou num lenço ou num laço ou num simples retalhinho de pano a cor da revolução. A Avenida perdera o ar civilizado, viajado, europeu: virou um pouco sala de jantar brasileira. Mas o estado de espírito era bem diverso dos dias de carnaval. A alegria do carnaval carioca é uma trégua dos recalques sexuais. Mais vontade de gozar que outra cousa. Um proustiano poderia ver nela o outro lado de uma tristeza bem quotidiana. Ora, no dia da revolução havia em verdade a profunda e quase silenciosa alegria das libertações e das satisfações da justiça. Chegara afinal o dia que parecia não vir nunca! Não se derrubara só o presidente despótico, herdeiro de outros de sua igualha, mas também o espírito de prepotência encarnado de dez anos para cá em nossos homens de governo.

Não havia *confetti* nem serpentinas como no carnaval. Ou por outra, as serpentinas eram formidáveis, não se desenrolavam nos ares como as outras, mas no asfalto, porque as serpentinas da revolução foram as bobinas dos jornais atacados logo reduzidas a pedaços. Por toda a cidade havia papel de imprensa em branco. Em frente ao *País*, à *Notícia*, ao *Jornal do Brasil*, à *Noite* ardiam os restos das fogueiras justiçadoras. Exceto o *Jornal do Brasil*, cujo governismo guardava o respeito dos adversários, todos os outros jornais viviam desafiando a cólera popular pelos sarcasmos, pelos insultos, pelas sugestões de repressões inflexíveis e cruéis. Ainda na véspera de 24 a *Vanguarda* gritava em letras garrafais "NÃO SE TRATA DE REVOLUÇÃO MAS DE UMA HORDA DE SALTEADORES DO PODER"; a *Gazeta de Notícias* trazia artigo de fundo intitulado desprezivelmente "OS VALENTES..."; no *País* os poetas Carlos D. Fernandes e Hermes Fontes deitavam versalhada política chamando Cains aos inimigos políticos do presidente...

Pensava-se àquela hora que o senhor Washington Luís havia renunciado. Pelos jornais do dia seguinte se viu que não. O ex-presidente virara personagem de Pirandello, acreditando ainda na sua autoridade quando o Guanabara já era casa de mãe Joana, e se lhe chamavam "doutor Washington", dava o desespero e corrigia: "Doutor Washington, não! senhor presidente".

Assim toda a tarde e noite adentro o povo andava na Avenida com o ar esquecido desde as lutas da Independência e da Regência, de estar fazendo história do Brasil...

Diário Nacional, 3 de novembro de 1930

Guignard

Murilo Mendes

Haverá já lugar para as Musas nesta república revolucionária?[1] (Descansem os chefes de serviços públicos, não estou pedindo emprego para elas, sei bem que o famoso bonde vendido por Minas ao Rio Grande do Sul já vai com a tabuleta de LOTAÇÃO COMPLETA e leva mais gente que um trem de subúrbio da Central, às seis da tarde.)

Há sempre lugar para as Musas, fora, bem entendido, das repartições públicas. Mesmo quando os poemas não aparecem, elas andam como agora recolhendo matéria-prima das mais ricas para os poemas futuros. O mais extraordinário, porém, é que um poeta esquisitíssimo escolheu este momento de barafunda para surpreender a gente com a sua poesia, revolucionária também, porque nela se prova um sabor de forte vida de instintos misturado à quintessência das metafísicas mais arrojadamente líricas (*Poemas* editado em Juiz de Fora, na ocasião em que a mineirada desembestou a invadir São Paulo, Bahia, Goiás, Espírito Santo e estado do Rio).

Embora estes versos não falem da revolução, pode-se relacionar desde logo o poeta com ela e de maneira que o define imediatamente, citando o seu último poema inédito,[2] o qual pertence àquele gênero que o Mário de Andrade denominou com muita graça de poemas-piadas. Ei-lo:

---

1 Referência à Revolução de 30.

2 O poema foi posteriormente incluído no livro *História do Brasil*.

A maior batalha da América do Sul
Não houve.

Este poema é uma delícia, porque dá bem idéia de uma cousa que o Jaime Ovalle descobriu e que por sua vez é também poema (decididamente os poemas estão batendo chifre de todos os lados): o Brasil é porque ainda não existe...

Os paulistas devem conhecer Murilo Mendes através da declamação de Eugênia Álvaro Moreyra, que tem incluído nos seus recitais a gozadíssima "Biografia do músico", uma das mais perfeitas *réussites*[3] de Murilo.

Mas na "Biografia do músico" está apenas uma das faces do poeta, a sua capacidade de observação e sátira, o seu *humour* a par da aptidão para aproveitar a riqueza poética expressiva do calão; Muriel, o quarto arcanjo, dá pinotes mais danados quando lhe bate o desânimo dos empregadinhos de banco ou de inquilino das pensõezinhas burguesas de Botafogo.

Então ele sobe alto, evolui em distâncias astronômicas, estrelas e palavras petecam em suas mãos de demiurgo às avessas destruidor de mundos desinteressantes e ingratos:

Desaparece, gravura de primeira comunhão,
Some, primeiro olhar da namorada,
Corpo da prostituta da cidade sibilante,
Noite do crime, vida do amor, sombra do santo!
Desaparece,
Anjo da criação anterior,

---

3 Em francês, "êxitos".

> Manequim da nebulosa vermelha ardendo no quarto de febre,
> Vestido e sombra da mulher enorme e primitiva me tomando nos braços,
> Apaga-te, mão de Deus me formando na manhã resplandecente,
> Som, movimento, vontade, tempo, energia, desapareci.

Eu devia ter citado na íntegra esse "Canto do desânimo", que é na verdade um dos mais fortes e belos poemas de agora. Há nele, de palavra a palavra, uma constante invenção de realidades líricas substituindo-se a tudo que o poeta destrói ou manda desaparecer na sua raiva de desanimado. E que jogo verbal possante em cada voz ou articulação.

Em muitos poemas de Murilo reflete-se, não sei se influência ou fruto de afinidade, um pouco daquele mundo estranho de Cícero Dias, como se o poeta quisesse dar-nos uma réplica literária ao lirismo plástico do pintor pernambucano. Sinto isso especialmente nos versos tão curiosamente intitulados "Corte transversal do poema". Em Murilo Mendes os cortes transversais são freqüentes.

Já citei um título curioso. O livrinho está cheio deles, porque os poemas começam muitas vezes desde o título: "Sonata sem luar quase uma fantasia", um grupo de poemas forma mesmo um aparelho complicadíssimo que o poeta denominou "Máquina de sofrer". E esse sofrer o que é? No caso de Murilo Mendes parece que é, com a obsessão de ancas, sovacos e outras sensualidades, um desejo desesperado, e impotente, para se libertar "do mundo das formas".

Mas enquanto não se dissipa esse mundo interposto entre o seu espírito e a eternidade, Murilo é um homem "que anda no ar", que é, para felicidade nossa e talvez desinfelicidade dele, o ar do Brasil.

Diário Nacional, 29 de novembro de 1930

Vive ainda...

— Oh, como a vida é quotidiana! exclamou Jules Laforgue num dos seus poemas. A imaginação humana, sobretudo a dos artistas, sofre muitas vezes desse quotidiano da vida, ainda quando ele é afinal de contas bem aceitável. Por exemplo: a lua, apesar de velhíssima, e já uma vez doce e sorridente vítima de uma tentativa de assassinato da parte dos futuristas, continua a fornecer a toda a gente, e especialmente aos namorados, impressões muito agradáveis. Não deixou de ser nos crescentes e nos minguantes a "foice de ouro" de Victor Hugo, e espalha ainda o grande segredo de melancolia que, segundo Chateaubriand, ela gosta de contar aos velhos carvalhos e às praias antigas do mar... Todavia quem não gostaria de ver outras luas, ou pelo menos o outro lado da nossa?

A vida brasileira era bem quotidiana antes da revolução. A revolução brasileira, ainda quando não tivesse a vantagem, que todos esperamos dela, de sanear o ambiente político da nossa terra, deu alguma satisfação a essas exigências espirituais de renovação. Os perseguidos de ontem estão mandando agora (com bem mais brandura) nos seus perseguidores; jornalistas esportulários das situações decaídas, que como funcionários de repartições públicas nunca lá punham os pés, estão agora assinando com docilidade o ponto no livro de presença e trabalhando com todo o pessoal até cinco e meia; poetas para os quais os revolucionários não passaram de mazorqueiros, acolhem-se aos jornais adversários, onde escrevem sobre a pretendida mazorca cousas de uma tocante amenidade; os tigres sedentos que reclamavam a punição inflexível, viraram verdadeiras coelhas mijadas. Quanta cousa mudou! Positivamente é o outro lado da lua. Declaro que estou encantado.

Vejam por exemplo isto que é o meu espetáculo de todos os dias: na Escola Machado de Assis, escola pública municipal que fica em frente de minha casa, a meninada canta todos os dias o hino a João Pessoa. A primeira vez que ouvi, tive uma impressão estranha, o mesmo que experimentei quando no dia 24 andei pela Avenida. É que eu estava sentindo as mesmas emoções que me dão sempre as páginas da história do Brasil, que nos falam dos tempos da Independência e da Regência.

Mas eu quero falar é propriamente do hino. Não sei o que acontece no resto do Brasil: aqui na Capital Federal esse hino caiu em cheio na sensibilidade popular. É ouvido por toda parte e a todas as horas. Qualquer que seja o seu valor intrínseco, há um que ninguém lhe tira — o de responder às necessidades líricas destas horas de desafogo. O povo repetindo-o com gosto acrescentou-lhe aquele imponderável emotivo da mesma essência que o sentimento que nos prende amoravelmente a um objeto mesmo que pertenceu a um morto que amávamos. Para mim ao menos sucedeu assim. As primeiras vezes que ouvi o "João Pessoa" sorri. Achei ridículo o nome próprio reduzido a tema musical. No fundo o ridículo era eu que não via a grandeza da realidade. Eu tinha tanto menos desculpa quanto conhecia e achava muito interessante o hino em que os holandeses ainda hoje cantam as glórias de Pieter Hein, nome que nos é familiar porquanto o aprendemos em meninos, pois o holandês veio como vice-almirante da esquadra que acometeu a Bahia em 1624.

Piet Hein, Piet Hein,
Piet Hein zyn naam is klein...

"Piet Hein, Piet Hein, o nome dele é pequeno, mas os feitos foram grandes; ele tomou a Frota de Prata."

Ora, por que é que eu havia de estranhar o nome de João Pessoa, o qual mesmo pronunciado na conversação guarda o seu ritmo de marcha?

Hoje que a tola estranheza do princípio se desvaneceu, me sinto deliciosamente desprovido de liberdade crítica para julgar não só a música como a letra do hino. Me parece que isso constitui a verdadeira, a essencial excelência de uma canção patriótica. A que pega, a que exprime realmente o sentimento coletivo transcende todos os padrões estéticos e vive de uma beleza fascinante e misteriosa.

Fica-se com pena que a letra do nosso hino nacional não tenha nascido assim do seio de uma comoção popular. Quando o Congresso abriu o concurso de que resultou a adoção dos versos do falecido Osório Duque-Estrada, houve quem se opusesse à idéia na Câmara, alegando isso mesmo, que os belos hinos nasceram em ocasiões de comoção patriótica. Uma letra de hino assim encomendada não podia deixar de ser cousa fria, matéria inerte e morta. Foi de fato o que aconteceu. Que era matéria fria e morta se viu bem nos dias da revolução, nos quais ninguém tinha vontade de o cantar. O que se cantava era o "João Pessoa".

Noto que há nos versos de Osório Duque-Estrada duas cousas que me agradam bem: são a transcrição dos versos da "Canção do exílio" e a "mãe gentil", que vinha já do hino da Independência ("Já podeis da pátria filhos ver contente a mãe gentil"). Essas duas recorrências dão à letra uma espécie de perspectiva histórica, para mim comovente. Para mim: o povo não está sabendo disso e não [...][1] à mão de Deus Padre passar das do Ipiranga margens plácidas. Eu a princípio contava que o hábito de o repetir na escola primária acabaria por criar nos meninos aquele mesmo sentimento a

---

1 Trecho (talvez duas palavras) ilegível no jornal.

que me referi atrás, o tal que nos prende a um objeto feio que pertenceu a um morto amado. Qual o quê! Os homens de hoje, que pegaram em armas para depor o senhor Washington Luís, não digo todos, mas muitos tiveram nas escolas primárias tempo bastante para humanizar a inerte matéria. Nenhum o fez. O que os comove, o que me comove é a vulgaridade, seja, mas a vulgaridade vibrante, espontânea, viva do "João Pessoa". E graças aos senhores Eduardo Souto e Osvaldo Santiago o nome do grande paraibano se gravou de maneira impressionante, vive ainda e viverá para o sempre na imaginação popular.

Diário Nacional, 6 de dezembro de 1930

Retirada da Rússia

Sérgio Buarque de Holanda acaba de regressar da Alemanha onde passou dois anos preparando uma invasão da Rússia, que fracassou.

É a segunda tentativa desse gênero que ele leva a efeito. A primeira, todos devem estar lembrados, foi dentro do país. Sérgio planejava tomar Vitória de assalto. Os fins da campanha eram nobilíssimos e prendiam-se a motivos filosóficos, posso dizê-lo sem medo de errar, embora desconheça ainda hoje, como desconhecia então, os princípios que constituíam naquela época a "mensagem" (é a palavra elegante agora) de Sérgio. Como quer que fosse, o meu amigo não chegou nunca a atingir a capital do Espírito Santo. Conseguiu penetrar até Cachoeiro de Itapemirim (a invasão se fez pelo sul) e lá se defendeu com bravura pelo tempo de quase dois anos. É interessante notar que a capacidade de resistência de Sérgio vai sempre até dois anos, valor que podemos firmar como a "constante de resistência" de Sérgio. Afinal a sua situação em Cachoeiro de Itapemirim se tornou insustentável, sobretudo depois de um baile na sociedade recreativa local e de um ou dois passeios líricos no jardim da praça da matriz, Sérgio Buarque de Holanda bateu em retirada, abandonando u'a mala, que lá ficou indevidamente detida durante mais de um ano, o que motivou uma intervenção diplomática da província do Curvelo (Distrito Federal), porquanto dentro daquela mala se continham dois volumes preciosos, o *Up stream* de Ludwig Lewinsohn e a *Antologia modernista de língua inglesa* de Harriet Monroe com dedicatória de Constance Lindsay Skinner para um dos mais magros representantes sobreviventes da velha aristocracia rural pernambucana. Enfim tudo acabou bem, exceto para o Liceu de Vitória, que perdeu a única oportunidade talvez de arranjar para professor de filosofia um homem que se distingue notavelmente entre nós pela sua cultura.

A invasão da Rússia também redundou em fracasso, embora organizada com um senso mais agudo das realidades haurido na experiência anterior. Desta vez o objetivo de Holanda era morrer de fome em Moscou. Não o conseguiu, porém. Os exércitos vermelhos o atacaram e aprisionaram vinte e cinco quilômetros além da fronteira polaca. Expulso do território russo, Holanda coisou a nova Alemanha, entrevistou o comandante do Zeppelin e o romancista Mann, que descobriu ser neto de brasileira, assassinou o doutor Pontes de Miranda, foi redator da revista *Duco* e tradutor da *Ufa*, conversou várias vezes com Brigitte Helm (pronunciem Briguite), Marlene Dietrich (protagonista do *Anjo azul*, que Sérgio diz ser o maior filme do mundo) e outros colossos de Rodes.

Entrevista com Sérgio num bonde da Gávea à uma e meia da madrugada:

— ?...

— O poeta de mais influência sobre a geração nova é Hölderlin, toda a poesia atual deriva dele, é na Alemanha o que é Rimbaud na França, mais profundo que Rimbaud.

— ?...

— Dos velhos? Goethe.

— ?...

— Heine não, se lê muito menos. Schiller também caiu muito. Schiller é o representante na poesia do idealismo kantiano. O idealismo perde terreno cada vez mais na Alemanha. A mocidade está voltada para Klags, um nome quase inteiramente desconhecido fora da Alemanha e que dentro dela no entanto goza de enorme prestígio.

— ?...

— A filosofia de Klags é a da libertação dos instintos.

— ?...

— Quando saí daqui eu tinha uma tendência para o comunismo. Hoje estou achando nele o mesmo excesso racionalista do catolicismo. Comunismo e catolicismo são soluções extremamente racionalistas.

Por aí assim foi o Sérgio e passou depois a falar da prática da libertação de um certo instinto na Alemanha. Brasileiros que viveis uma vida apertada, conversai com o Sérgio! Ele vos contará cousas de deixar água na boca e traz detalhes surpreendentes, como o da venda em caixas automáticas, que se encontram por toda parte (nos cafés, nos bares, nas ruas, ao lado das caixas de correio) de um certo artigo de *caoutchouc*,[1] que aqui só se compra em farmácia e meio que encalistradamente. Desse mesmo artigo há uma casa especial na Wilhelm Strasse, em cuja vitrine se ostenta um modelo da mercadoria em tamanho aumentadíssimo, aí cousa de um metro.

Todas essas picantes notícias da Alemanha não me consolam do desapontamento que me causou o fracasso da invasão da Rússia pelo meu amigo Sérgio Buarque de Holanda. Tudo que se lê sobre a República dos Sovietes inspira desconfiança aos espíritos imparciais. As notícias são as mais contraditórias, segundo as idéias políticas dos viajantes que a visitam. E ainda se a gente pudesse acreditar na boa-fé que as ditam. Sérgio, com a sua inteligência, a sua cultura, o seu tino jornalístico, a sua probidade estava nas condições de nos fornecer um depoimento de primeira ordem e inteiramente digno de confiança. Estou certo que ele escreveria um livro notável, que interessaria não só a nós mas ao mundo inteiro. A mesma ausência de qualquer fé bem definida de sua parte,

---

1 Em francês, "borracha".

de adesão a qualquer sistema era uma garantia da isenção com que ele nos informaria. A leve tendência que ele manifestava para a doutrina comunista, tendência que se dissipou ao contato da Alemanha nova, influenciada pela filosofia de Klags, era apenas o necessário e bastante para que ele tudo olhasse com a simpatia desapaixonada de que não são capazes nem os comunistas militantes nem os seus adversários. E agora acabou-se! Sérgio é da... libertação dos instintos...

Diário Nacional, 24 de janeiro de 1931

O Salão de 1931

O arquiteto Lucio Costa, atual diretor da Escola Nacional de Belas-Artes, é um desses homens inteligentes, tranqüilos, ricos de vida interior, que sabem escolher o seu caminho e é sempre um caminho onde os outros não andam, caminho sem tumulto, sem competições nem ranger de dentes. Dão um pouco a impressão de já viverem numa sociedade mais bem organizada do que a nossa e no entanto é bem a mesma em que os demais se agridem, se estraçalham e se devoram.

Essa atitude aliás não implica nenhum propósito egoísta de isolamento, de não-cooperação. Se são chamados a colaborar numa obra social, então vê-los-eis abandonar com simplicidade e coragem aquela delícia sossegada da vida privada que tiveram o gosto e a força de criar, para estender a um círculo mais largo o seu talento de felicidade, o talento mais raro deste mundo.

Como profissional Lucio Costa, mal saído da Escola, essa mesma escola que hoje dirige, deixou-se seduzir pela ternura das velhas casas brasileiras, e entrou a fazer, como o senhor Ricardo Severo, em São Paulo, iniciador e principal propulsor da estética neocolonial, arquitetura nacionalista. Mas o arquiteto Lucio Costa nasceu poeta. Em geral se pensa que poeta é um sujeito que suspira, que vive no mundo da lua e quando vê flor, estrela e virgem casta cai em transe. Ora, é difícil convencer a geral que poeta não é nada disso e é antes o contrário disso: um homem que no domínio das relações artísticas tem o senso profundo das realidades. No caso que nos ocupa o mundo da lua, a flor, a estrela, a virgem casta é o neocolonial. Naturalmente Lucio Costa namorou a virgem casta (há uma idade pra tudo), mas o senso das realidades levou a melhor, como devia, pois do outro lado estava a vida de verdade com o cliente encomendando a casa de trinta contos (com garage) para o terreno de oito metros por quinze na avenida Atlântica ou o prédio de apartamentos (todos os quartos com banho) para uma renda mensal de 25 contos etc. etc. O pastiche a que fatalmente tinha que levar a adaptação de um sistema de construção a uma época de costumes, recursos e necessidades diferentes, acabou enjoando todo o mundo. Depois é sabido que o neocolonial dá azar.

Lucio Costa confessou, em artigo recente, que foi a sua visita de estudos às velhas cidades mineiras que o fez compreender o erro em que caíra. "A velha arquitetura brasileira era verdade da cabeça aos pés", escreveu. Não se deve repeti-la academicamente, senão estudá-la, como ele próprio fez, para praticar outra arquitetura, a do nosso tempo, e que seja, como ela foi, também "verdade da cabeça aos pés".

Convidado sem nunca ter pensado nisso para dirigir a Escola de Belas-Artes, e espírito liberal e tolerante, Lucio Costa não escorraçou ninguém, não cerceou ninguém: apenas introduziu no ensino a corrente que faltava, contratando alguns professores admiráveis. Em arquitetura a ação dos senhores Warchavchik e Budeus está provocando o entusiasmo dos alunos. Lucio Costa tem razão: atualmente há vida ali dentro.

Esse mesmo critério de liberdade está presidindo à organização do Salão deste ano. Quando Lucio Costa resolveu abrir as portas a artistas de qualquer tendência, para o que se fez preciso nomear um júri em que todos menos eu são moços e em que todos somos amigos das formas de arte contemporâneas, começaram a espalhar boatos tendenciosos e intrigantes, visando sobretudo afastar os mestres da velha guarda. Lucio Costa foi apontado como querendo organizar uma exposição "futurista". Dizia-se que a comissão cortaria tudo que não fosse "moderno".

É possível haver quem dê ouvidos a essas mentiras. O fato, porém, é que homens como Henrique Bernardelli e Carlos Oswald, dos mais ilustres com que conta entre nós a corrente infensa ao modernismo, já enviaram trabalhos. A Associação de Artistas Brasileiros votou outrossim uma moção aconselhando os seus membros a concorrerem ao Salão.

Parece pois que terá bom êxito a nobre tentativa do diretor da Escola de fazer este ano, que a organização do Salão lhe foi entregue discricionariamente, de fazer dele o que deveria ser sempre: um balanço anual das artes plásticas em nosso país, um ponto de encontro de todas as tendências, boas, más, péssimas ou sofríveis. Um ponto de fraternização acima de quaisquer correntes — o que não excluiria a crítica, a discussão, até a porrada se quiserem.

Isso é que é vida e *fair-play*. O ideal seria não cortar cousa alguma, por pior que parecesse, procedimento que não se pode adotar pela falta de espaço.

O Salão de 1931 será bom?

A pergunta não deve ser proposta a seguir, mas: O Salão de 1931 será interessante? Creio que sim e basta que o seja. O resto, como se diz no Evangelho, será acrescentado...

Diário Nacional, 15 de agosto de 1931

Ribeiro Couto

Os dois primeiros números de *Descobrimento*, a excelente revista portuguesa de cultura, dirigida por João de Castro Osório, trazem boa parte de colaboração brasileira: o primeiro, toda uma coletânea de poemas de Ribeiro Couto, intitulada *Província*; o segundo, poemas de Emílio Moura, o poeta mineiro que acaba de estrear com o lindo livro *Ingenuidade*, de Luís da Câmara Cascudo e um conto de Marques Rebelo, precedido este de uma nota crítica de Ribeiro Couto. É claro que anda o dedo de Ribeiro Couto em tudo isso. Ribeiro Couto esteve três dias em Portugal (vide conto "A herança" do livro *A casa do gato cinzento*). Conheceu os irmãos Osórios, os poetas da revista *Presença* de Coimbra, e imediatamente começou a agir: "Peço falar com o Aníbal Machado, Prudentinho etc., pois distribuirei a colaboração, segùn (como diz Afonso XIII), entre *Descobrimento* e *Presença* etc.". Outra carta:

> A revista é dirigida pelos irmãos Castro Osório (filhos da Ana). Simpatia ardente pelo Brasil. Seleção. O Valery Larbaud gosta deles, e até já pedi colaboração de Larbaud para *Descobrimento*, o que será surpresa para o José Osório de Oliveira (conhece o livrinho dele sobre literatura brasileira?). Mande cinco exemplares de *Libertinagem* para eles e para os avanguardistas portugueses de *Presença*. Ah, esquecia-me: peço escrever ao Mário de Andrade pedindo-lhe poemas. Quando tiver tempo, escreverei ao Mário sobre isso, mas você faça-o desde já. Etc.

Quem conhecia o Ribeiro Couto de Santos, São Paulo e Rio, não o imaginaria com capacidade para se adaptar à vida tão parada,

tão mansa de um São José do Barreiro ou de um Pouso Alto, ele que era a agitação mesma e quando partiu do Rio para o interior me deu a sensação de que faltava uma peça essencial no mecanismo da vida carioca... Ribeiro Couto no entanto levou a agitação a Pouso Alto, onde construiu um jardim público na praça, obrigado a herma de bronze de Correia Lima; descobriu entre assustado e comovido que era orador; e iniciou o escrivão, o coletor federal e o agente do correio no verso livre e nos poemas de Oswald de Andrade. Não se adaptou somente, antes incorporou definitivamente a si aquele jeito de vida que é noventa por cento do Brasil, sensibilizou-se até o fundo do coração, amou-o de tal maneira, que hoje instalado em Paris, pode sofrer, sofrer de privação à vontade impossível de uma pescaria de lambari com o coronel Macário.

É esse amor, essa ternura, onde não se vê sequer vestígio da eloqüência com que o promotor doutor Rui engasgava de emoção os júris locais, é essa faculdade de compreender e como que afogar os destinos humildes que faz o encanto dos pequenos poemas de *Província*. Não satisfeito de amar os vivos, vai aos cemitérios e se comove todo numa vibração que desce à faculdade de compreender e como que afagar os destinos humildes que faz não só nas cidadezinhas pobres do interior brasileiro, mas em toda a parte:

Não tenho aqui nenhum parente, nenhum amigo.
Mas ah! como estas sepulturas me entristecem.
Parece que guardam amigos... que guardam parentes.
Pobres criaturas que tiveram voz, que tiveram gestos,
Que existiram como eu mesmo existo neste instante,
Que deram risada, que se aborreceram.
Pobres sombras de há muitos anos
Perdidas num cemitério de província!

E vem em *Província* o serão dessas cidadezinhas, com os bichinhos que a noite manda, as velas ardendo ao relento como num altar, os quintais com goiabeiras magras, a festa do padroeiro, a cadeia, a rua da Palha, rua do amor ("Beiços grossos de negras que espiam/ Chupam pitos encardidos"), a romântica sempre na janela, e, para acabar, o banho dos meninos, um dos poemas mais belos que já inspirou a observação da infância.

Ribeiro Couto vai continuar em Paris a mesma obra infatigável, encetada em Marselha, de propaganda de nossa literatura. É admirável a sua coragem quando se pensa que o posto de auxiliar de consulado, "em que só os descarados enxergam uma sinecura", é trabalhosíssimo. Num grande porto de mar, como Marselha, só o serviço de *guichet* já é extenuante. E é nas horas de descanso que o poeta Ribeiro Couto funciona como embaixador da nossa cultura (a expressão é de Tristão de Athayde).

Trechos de cartas: "Tenho um artigo aceito na *Nouvel Age*, revista de Henri Poulaille". "Faça mandarem livros ao Supervielle (a quem remeti o seu artigo sobre Ouro Preto e ele ficou contentíssimo)."

Passei outro dia algumas horas em casa do Larbaud, que continua doente, porém, melhor. Vou interessá-los no Machado, Pompéia, minha mania! Estive também em casa do Supervielle. Você sabe que ele ocupa aqui um lugar de primeira plana na poesia. Estou puxando-o para o Brasil. Pode ser-nos útil, não sei quando nem como, mas pode. Conheci o Lionello Fiumi, italiano simpático, em casa do Pillement, este um moço de 33 anos, definitivamente ganho para a simpatia pelo Brasil, e disso me orgulho, pois é obra minha, começada com aquela carta violenta que escrevi a ele a propósito da guerra do Paraguai. Ainda agora no número de julho da *Revue de L'Amérique Latine* escreve sobre a antologia de poetas brasileiros de Ballivián e diz ser preciso fazer o mesmo em francês. Creio que será com ele que farei a antologia modernista do Brasil.

Etc., etc.

É assim a atividade de Ribeiro Couto na Europa, toda voltada para a lembrança e o serviço da pátria distante.

Diário Nacional, 22 de agosto de 1931

Impressões de estrangeiros

Estas magníficas revistas que se publicam em Buenos Aires, Santiago do Chile, Lima, Bogotá, etc., nos enchem do sentimento amargo da nossa inferioridade nesses assuntos de informação cultural. Não conseguimos ainda lançar e manter uma só boa revista de cultura! O que prospera e enriquece indecentemente alguns pobres diabos quase analfabetos, ex-agentes de companhias de seguros ou ex-enfermeiros do hospício, são os semanários mundanos, e sobretudo imundos, com reportagens fotográficas de chás de caridade, inaugurações oficiais, engrossamentos e texto de quinta ordem roubado das piores revistas congêneres estrangeiras.

Reste-nos o consolo de ver o nosso nome e as nossas coisas tratadas com espírito crítico ou verdadeira poesia em revistas como esta *Sur* de que tenho em mãos o número trimestral do verão deste ano. *Sur* é editada sob a direção de Victoria Ocampo em Buenos Aires. Há a assinalar neste formoso volume de duzentas páginas dois excelentes artigos sobre o Brasil, um do poeta uruguaio Jules Supervielle e outro do norte-americano Waldo Frank.

Poucos são os brasileiros, mesmo residentes no Rio, que conhecem *de visu* as velhas cidades de Minas. Há gente rica, "e" alguma fração dela culta, que todos os anos fazem uma viagem bastante incômoda às nossas longínquas estações de águas; há gente que vai freqüentemente à Europa onde dedicam jornadas especiais a uma Nuremberg. No entanto nunca puseram os pés em Ouro Preto, em Mariana, em Sabará. A enorme maioria dos nossos artistas só conhecem de nome e mal o nosso maior gênio plástico — o Aleijadinho.

Mas os estrangeiros inteligentes, mal desembarcam no Rio ou em Santos, vão logo tratando de organizar a excursão a Minas.

Paul Morand chegou anteontem e já parte depois de amanhã para Ouro Preto...

Supervielle demorou-se dez dias no Brasil. Pois viu Ouro Preto, Mariana e Samara. Samara deve ser Sabará. As impressões que nos dá são leves e superficiais, mas ricas de simpatia, com uma deliciosa espontaneidade.

O uruguaio gosta dos pretos. "Felizes as terras onde também há negros!" exclama Supervielle. Agrada-lhe, conta-nos ele, essa reserva, essa mensagem adiada dos negros, essa maneira de "não estar" no primeiro encontro e de dar não obstante valor à paisagem de em torno. Não escreveu a palavra *dignidade* que é para mim traço característico negro. Humilde, manso, sofredor, escravizável, sim; mas sempre com essa *mensaje diferida* de que fala Supervielle.

Aparece aqui citada a frase tão expressiva de Alfonso Reyes que "*en esta tierra los claveles brotan solos en el ojal de los smokings*".[1]

Mas aqui está Ouro Preto:

> Terra do primeiro ímpeto para o ouro. Milhares de escravos morreram aqui exaustos e de todas essas misérias e dessas epidemias, de todo aquele sofrimento, nasceram belas igrejas com as suas torres e suas fachadas e um grande escultor, glória de seus pais e da arte barroca, Aleijadinho.

Cidade onde as casas, as pedras é que parecem viver frescamente no meio de gentes tristes, habitantes de lugar onde houve ouro... "Como Rothenburg na Alemanha e Toledo na Espanha, Ouro Preto não parece governado por seus atuais habitantes, mas por belas e poderosas abstrações, por personagens mortas em séculos

---

1 Em espanhol, "nesta terra os cravos brotam sós na botoeira dos *smokings*".

passados." E a mais poderosa dessas sombras eternamente vivas é, está claro, o Aleijadinho.

Não escapou a Supervielle a característica das igrejas ouro-pretenses, sobretudo as do Aleijadinho, a boa luz clara das naves, "igrejas sem penumbra, tão magníficas e luminosas no interior como por fora".

Quem visita as velhas igrejas de Minas precisa tomar cuidado, porque a acreditar nos cicerones de sacristia acabará tomando tudo como do Aleijadinho. O que tem acontecido a muita gente boa... O comentário de Supervielle é interessante: "E isto?... É do Aleijadinho?". — "Sim, é do Aleijadinho", responde o sacristão. — "E isto aqui..." — "Também, é do Aleijadinho." — "*Quizá temor a contrariarnos y porque, indudablemente, nosotros merecemos que todo sea de Aleijadinho.*"[2]

Estas impressões que se estendem a Mariana, "onde as árvores têm o ar de ser mais árvores do que em qualquer outra parte", a Sabará e Belo Horizonte, nos restituem à lembrança a figura do poeta amigo na sua maciça bonomia e tranqüila força.

O capítulo de Waldo Frank é obra de crítico lúcido e direto. Não pensou em agradar, mas a sua franqueza viril agrada. Ninguém soube que Waldo Frank esteve no Brasil. Não veio aqui "matar" um livro. Não foi recebido nem na Academia Brasileira nem na Fundação Graça Aranha. Os americanistas não deram por ele.

Eis um norte-americano que não tem horror ao negro e lhe faz justiça. "A raça brasileira não está determinada pelo negro, mas o elemento africano é uma das mais claras razões que se nos apresentam para crer na grandeza do seu futuro." Para Waldo Frank o Brasil é a grande selva e o negro o homem prodigiosamente ajus-

---

2 Em espanhol, "talvez temor de nos contrariar e porque, sem dúvida, merecemos que tudo seja de Aleijadinho".

tado à selva tropical, "poderia chamar-se-lhe o seu gênio humano". Há mister da aliança negra para vencer essa selva. "O Brasil", diz ele, "é predominantemente um bosque tropical: a raça morena que o habita deve demonstrar, já que está feita da natureza mesma de seus bosques, o domínio de sua força criando uma cultura brasileira. Esta população morena não faz repúblicas e não aprendeu a dirigir nenhuma. Não estudou economia internacional. Sua potência se acha em nível mais profundo. Constitui a voz, a visão, as artes, o teatro e as paixões do mundo brasileiro. É a substância viva do Brasil, o núcleo donde há de surgir o seu espírito."

Em que pese aos nossos arianos.

Diário Nacional, 29 de agosto de 1931

POSFÁCIO

Uns dedos de prosa sobre a prosa esparsa de Manuel Bandeira

Júlio Castañon Guimarães

Numa crônica publicada em 20 de janeiro de 1929 no jornal pernambucano *A Província* sob o título "Nem críticos de música nem de pintura", Manuel Bandeira dizia:

> Não se pode falar em uma "sucessão de quintas" sem saber reconhecer de ouvido uma quinta. Um acorde de sétima diminuta é alguma coisa mais do que uma simples expressão literária. São raríssimos os nossos críticos musicais que possuem alguma tintura de ciência musical. Daí a inanidade de todos eles.
>
> Mas o pior é que não só lhes falta a ciência como até as qualidades literárias com que na crítica das outras artes os homens de talento disfarçam e suprem aquela insuficiência.

Ao ressaltar essa "inanidade", Bandeira afirmava a necessidade de conhecimento específico para que se pudesse desempenhar a atividade crítica — sem conversa fiada. E indicava a exceção: Mário de Andrade, "porque este sabe música, sabe escrever, possui cultura geral além da cultura musical própria, e para completar é homem de bem". Todavia, esse Bandeira é o mesmo que anos antes, em setembro de 1924, escrevia na revista *Ariel*: "Aqui o que faço é conversar fiado...". Em seguida, de certo modo se justifica e, como de hábito, minimiza seu trabalho: "Como faz muita gente boa em se tratando de música ainda não analisada, classificada e etiquetada em compêndios. Banville exclamou no ritornelo de uma balada: '*Je suis un poète lyrique*'. Eu gaguejarei com modéstia que não passo de cronista musical...". Pouco depois, em carta de 26 de outubro de 1925 a Carlos Drummond de Andrade, Bandeira, referindo-se a colaboração para o órgão modernista mineiro *A Revista*, menosprezava seu conhecimento: "Vou ver então se do nº 4 em diante posso mandar à *Revista* umas cartas do Rio. Não me confinarei, porém, no rincão musical, onde não passo de tapeador intruso".[1] A verdade é que Bandeira tinha o conhecimento necessário ao tipo de texto que produzia.[2] Diante dessas minimizações por parte do poeta, o que se imaginaria diante de conhecida foto em que ele empunha um violão? Há alguns indícios a seguir, como a crônica "Variações sobre o violão", publicada em 4 de agosto de 1929 em *A Província*, na qual expõe seu interesse pela literatura para o instrumento, o que o levou a escrever a Vincent d'Indy, de cujo tratado de composição era conhecedor. Em outra crônica, um pouco anterior, "Literatura de violão" (publicada em outubro de 1924 em *Ariel* e incluída em *Poesia e prosa*, de 1958), cujo tema é parcialmente o mesmo, Bandeira se estendia sobre questões bem específicas referentes ao instrumento e transcrevia a resposta de Vincent d'Indy, datada de "Genebra, 10 de janeiro de 1916".

A referência ao conhecimento necessário aos críticos poderia ser associada ao comentário que Bandeira viria a fazer no *Itinerário de Pasárgada* sobre o poema-piada, responsabilizando-o por descaminhos da poesia modernista. Poderia também ser asso-

---

1 Carta incluída na seção "Epistolário" de BANDEIRA, Manuel. *Poesia e prosa*. 2 vols. Rio de Janeiro: Aguilar, 1958.

2 Vasco Mariz observa: "Manuel Bandeira possuía bons conhecimentos musicais e freqüentava concertos no Rio de Janeiro". Ver MARIZ, Vasco. "Manuel Bandeira, o poeta e a música". In: LOPEZ, Telê Porto Ancona (org.). *Manuel Bandeira: verso e reverso*. São Paulo: T. A. Queiroz, 1987, p. 67.

ciada a uma referência ao "ramerrão modernista" feita na crônica "Um caso à parte" (*A Província*, 9 de novembro de 1928). Poderia ser encarada como uma atitude restritiva que se somaria a algumas revisões. Mas deveria ser vista como parte de sua não-condescendência para com as mazelas culturais, como parte de sua acuidade crítica. São numerosos os textos aqui reunidos em que se expõe a necessidade de conhecimento – da história, do patrimônio e das novas conquistas, sem o que o modernismo cai no ramerrão. O fato é que em todos esses textos há sempre uma parte de ironia, ou mesmo de auto-ironia, sendo importante detectar isso para perceber seu processo de acompanhamento da produção cultural da época.

Em sua colaboração para *A Província*, em que cabia por assim dizer de um tudo, ou quase, Bandeira escrevia esporadicamente também sobre música. Alguns anos antes, porém, escrevera mais assiduamente sobre o tema, ao colaborar para revistas de música, como *Ariel* e *Brasil Musical*, e mesmo para revistas não especializadas, como *A Idéia Ilustrada* e *Revista do Brasil*. Ao se dizer então mero cronista, estava contrapondo essa atividade à do crítico, de quem viria a exigir conhecimento especializado. De fato, seus artigos regulares sobre música tinham o caráter de um informativo a respeito dos acontecimentos musicais, mas traziam também algumas breves observações de natureza crítica. (Têm no geral alcance menor, o que talvez explique que nenhum tenha sido incluído por ele em seu primeiro livro de prosa, *Crônicas da província do Brasil*.) Todavia, seu trabalho na imprensa transita entre a crítica e a crônica, o que lhe permite e o leva a referir-se às especificidades e generalidades dessas atividades em diversas ocasiões.

Não é exclusivamente em Bandeira que se encontra essa situação do texto de imprensa – em escritores seus contemporâneos, como

Mário de Andrade e Antônio de Alcântara Machado, por exemplo, há situação similar.[3] Esses casos, porém, são de autores que já têm uma produção constante em torno de 1930, década que Antonio Candido considera como a da definição e consolidação da "crônica moderna" no Brasil.[4] No caso de Bandeira, seus textos de imprensa dessa época seriam justamente exemplos que fugiriam à noção que se veio a ter de crônica mais recentemente, quando ela "deixa de ser comentário mais ou menos argumentativo e expositivo para virar conversa aparentemente fiada".[5] Será conversa, mas não (tanto) fiada. Resumindo sua história, diz Candido:

> Antes de ser crônica propriamente dita foi "folhetim", ou seja, um artigo de rodapé sobre as questões do dia – políticas, sociais, artísticas, literárias [...] Ao longo deste percurso, foi largando cada vez mais a intenção de informar e comentar (deixada a outros tipos de jornalismo), para ficar sobretudo com a de divertir.[6]

Certamente não será com precisão que se poderá determinar em que ponto desse percurso se situa tal e tal produção de um cronista.

---

3 A propósito dessa situação em Antônio de Alcântara Machado, observa Cecília de Lara: "O próprio AAM se referia a sua colaboração em 'Teatros e música' como 'Crônicas' e via-se mais como 'cronista' que crítico. Mas, na realidade, sua atuação foi principalmente a do crítico militante, acompanhando a vida cultural da cidade e orientando o público". Ver LARA, Cecília de. "Antônio de Alcântara Machado. Uma faceta do cronista: a crônica de espetáculo". In: CANDIDO, Antonio *et al. A crônica: o gênero, sua fixação e suas transformações no Brasil.* Campinas: Editora da Unicamp; Rio de Janeiro: Fundação Casa de Rui Barbosa, 1992, p. 347.

4 CANDIDO, Antonio. "A vida ao rés-do-chão". In: ___ *et al. A crônica: o gênero, sua fixação e suas transformações no Brasil*, p. 17.

5 Idem.

6 Idem, p. 15.

Ainda mais quando a produção do cronista se estende por várias décadas, como ocorreu com Bandeira – e nesse caso essa produção individual pode também passar por percurso similar ou paralelo ao do gênero, como conjunto de uma produção. Assim, crônicas de Bandeira de período posterior ao deste volume podem ter largado pelo menos em parte aquela "intenção de informar e comentar". No entanto, o conjunto deste volume está bem longe da só intenção de divertir, o que se pode verificar até mesmo a partir da variedade que o compõe, afinal aqui se encontram crônicas de viagem, do cotidiano, de música, de literatura, de cinema, de arquitetura e assim por diante – variedade que apontaria firmemente para sua intenção ainda no plano da informação e do comentário.

Em vários textos, os assuntos se cruzam, se interpenetram. De outras vezes simplesmente se justapõem, dividindo a mesma coluna, como é o caso do artigo "A estética da capital – Concertos" (*A Idéia Ilustrada*, 15 de agosto de 1924), em que a primeira parte trata de questões do urbanismo carioca e a segunda comenta apresentações musicais recentes. Há crônicas em que a exposição de um assunto sério – concertos, por exemplo – pode ser entremeada por um comentário corriqueiro, como sobre a inadequação de um concerto após o ajantarado dominical ("Música", *A Idéia Ilustrada*, novembro de 1925). Não são raros os casos em que as crônicas habituais são pontuadas, um tanto de passagem, como que num mero acaso, por referências históricas. A propósito de um concerto da pianista Antonieta Rudge Miller, relata-se – não sem uma ênfase quase irônica – que sua realização foi "desgraçadamente" impossibilitada pela revolução de 1924 ("Crônicas do Rio", *Ariel*, julho de 1924).

Nas várias crônicas em que é feita pelo menos menção a episódios históricos, que de certo modo ocupam apenas o pano de fundo dos textos, essa menção constitui no mínimo uma como que marcação temporal. No conjunto, porém, além de obviamente mostrar o autor atento a essa dimensão da vida nacional, as referências insinuam a situação histórica em que se desenvolvem os vários temas das crônicas. Há, todavia, casos excepcionais, tanto por não serem freqüentes nos textos quanto por sua importância. Talvez o mais digno de nota seja o da crônica "O 24 de outubro que eu vi" (*Diário Nacional*, 3 de novembro de 1930), em que a partir de uma privilegiada visão da cena — de um contraforte da montanha de Santa Teresa — Bandeira relata tanto a movimentação militar quanto a reação popular. Quando desce até o centro da cidade, pode observar que o ar das pessoas era o de que estavam fazendo a história — de dentro da qual como que brota seu texto. Fatos históricos, porém, ainda marcam seus textos de um outro modo, que não pode ser diretamente lido neles, embora faça parte de seu percurso. Assim é que, por exemplo, a interrupção de sua publicação nos jornais *Diário Nacional* e *A Província* se deveu à Revolução de 30. Esses dados salientam em muitos dos textos o aspecto de registro documental, a que de resto se aplica com propriedade o termo *crônica*. E nesse plano ainda se pode lembrar a própria biografia de Bandeira, que nasceu nos últimos anos do segundo Império e cuja formação data de fins do século XIX. Tendo passado por várias mudanças fundamentais na história brasileira, na vida das pessoas e das cidades, ele passou também por várias mudanças no universo cultural, entre as quais o surgimento do modernismo. Essas mudanças aparecem regularmente em seus textos, que fogem assim à condição de comentários circunscritos a um breve assunto, sendo marcados por uma fina percepção e mesmo por um conhecimento objetivo do processo histórico e cultural de que fazem parte.

São ainda as crônicas iniciais de Bandeira sobre música que nos apresentam um outro aspecto que tanto as aproxima do restante de suas crônicas quanto permite perceber, se não um procedimento, pelo menos um ponto de vista que se presta como estratégia para a produção dos textos. Os artigos sobre música na revista *Ariel*, que inicialmente tiveram o título de "Crônica do Rio", logo passaram a se intitular "Carta do Rio". Como a revista era de São Paulo, nesses artigos Bandeira de certo modo já fazia o que anos depois faria de modo mais demorado e abrangente para *A Província*. Uma das bases de seus textos seria a informação, o comentário sobre fatos da capital da República. Se em alguns de seus textos sobre cidades brasileiras tem-se como que um Bandeira viajante, ao escrever para jornais e revistas de São Paulo e Pernambuco ele assumiria a função de divulgador das coisas da metrópole. No entanto, em pelo menos duas crônicas para *A Província* ("Um belo exemplo que *A Província* está dando", de 11 de novembro de 1928, e "Em louvor de um jornal provinciano", de 28 de setembro de 1930), Bandeira tratou da noção de província a partir da linha editorial adotada pelo jornal pernambucano. Esses textos em muito esclarecem o título que adotou para sua primeira coletânea de prosa, e da qual talvez matreiramente os tenha excluído — provavelmente por parecerem muito circunstanciais, já que à primeira vista se referiam ao jornal pernambucano, mas de fato tratavam tanto de questões referentes ao jornalismo em geral quanto da noção mais ampla de província, no plano das relações entre diferentes centros e periferias — noção essa fundamental na concepção literária bandeiriana.

A situação de colaborador de jornais de outras localidades naturalmente não é exclusiva de Bandeira, assim como escritores de outras localidades colaboravam em jornais cariocas. A menção a essa circunstância óbvia permite relativizar tentativas de delimitações e também perceber certas aproximações. Nesse sentido, é quase desnecessário lembrar que o grande interlocutor de Bandeira era o paulista Mário (de resto, também colaborador de jornais e revistas cariocas). Bandeira, na condição de colaborador de periódicos não cariocas, não apenas produzia informes sobre a capital – muitas vezes essa condição é a possibilidade de estabelecer um convívio intelectual, por meio como que de uma conversa, e vez ou outra as crônicas enveredam, mesmo que de modo reduzido, pelo diálogo, às vezes polêmico. A propósito de Mário de Andrade, Silviano Santiago associa "confraternização" e "projeto didático", tema que introduz com a observação de que "para Mário, a vida, ou, de maneira mais restrita, a chamada vida literária de um país, era uma conversa interminável".[7] Essa conversa, em grande parte palpável na multiplicidade das atividades do escritor, tinha algumas intenções claras. Preservadas as peculiaridades, elas também eram encontradas, embora matizadas pelo tom menor, nos textos de Bandeira, mesmo que este não as tenha, ainda por esse tom menor, exposto num projeto, tal como Mário, para quem, como aponta Silviano Santiago:

> as formas da conversa [...] servem a uma única necessidade intelectual: a de se dialogar com todo e qualquer ser humano, numa indistinção fraterna que, se por um lado, beira o amor à humanidade, por outro, demonstra o poder social do uso público do raciocínio.[8]

Assim, a observação sobre o preparo dos críticos de música, feita a partir de comentário de outro colaborador do jornal, vem a constituir indício claro da ampla discussão que se trava ao longo dos textos de Bandeira – e textos como os que tratam de Le Corbu-

---

7 SANTIAGO, Silviano. "Ora (direis) puxar conversa!". In: ___. *Ora (direis) puxar conversa*. Belo Horizonte: Editora da UFMG, 2006, p. 97.

8 Idem, pp. 97-98.

sier, da língua portuguesa ou de exposições de arte moderna estão claramente dentro de um projeto tácito. Em outras oportunidades Bandeira conversará no mesmo jornal, por exemplo, com os artigos sobre música de Ernâni Braga. Claro que não são apenas essas situações precisas que permitem ver os textos como discussão. O fato é que eles são algo mais do que simplesmente textos isolados que tratam de assuntos determinados. Constituem uma grande experiência de abordagem de questões que emergiam à época – em muitas das quais Bandeira estava envolvido – e de desenvolvimento de uma escrita, não só desses textos de imprensa, mas do conjunto da produção bandeiriana. Não é difícil ver aqui e ali alguma forma de relação entre o texto jornalístico e algum poema. E, se as crônicas têm então a ver diretamente com o aspecto de conversa (só ironicamente fiada), vale lembrar que esse é um aspecto bastante próprio das cartas, de modo que em muitos momentos crônica, poesia e correspondência ou convergem em termos de tema ou fornecem dados por meios dos quais uma contribui para melhor compreensão da outra.

Em carta para Mário de Andrade de outubro de 1922,[9] dizia Bandeira: "Quando escrevia a tua carta, estava eu escrevendo um artigo intitulado 'Mário de Andrade' para o 3º Número da *Árvore Nova* daqui". Meses depois, em carta de 2 de fevereiro de 1923, voltaria a se referir à revista:

> Não tenho a *Árvore Nova*. Em qualquer livraria do Rio a encontrará. A redação é no Schettino, rua Sachet 18. Não conhece o Tasso da Silveira? É um rapaz de olhar terno, bom e triste. Muito simpático. A impaciên-

---

9 Todas as cartas são citadas a partir de ANDRADE, Mário de: BANDEIRA, Manuel. *Correspondência*. Org. Marcos Antonio de Moraes. São Paulo: Edusp/ Instituto de Estudos Brasileiros (IEB), 2000.

cia em que você está de ler o meu artigo, vai-lhe pregar uma peça: o que escrevi foi pouco, superficial e indigno do que merece a sua obra.

Se a primeira referência anuncia um texto, a segunda confirma sua publicação (trata-se do texto de mesmo título incluído neste volume) e o comenta com a habitual autocrítica. Além disso, presta algumas informações sobre a revista (que tinha como subtítulo *Revista do Movimento Cultural Brasileiro*) nas referências a Tasso da Silveira, que a dirigia ao lado de Rocha Andrade, ao nome Schettino, livreiro e editor, e a seu endereço, a rua Sachet, atual travessa do Ouvidor, no centro do Rio de Janeiro, onde funcionaram outras tradicionais editoras e livrarias, como a Livraria Briguiet.

Em geral foi por intermédio de Mário que se deu a colaboração de Bandeira para periódicos de São Paulo. Numa primeira referência à revista *Ariel*, Bandeira, em carta de 23 de maio de 1924, indagava: "*Ariel* paga bem? Em que condições? etc. etc. Indague e responda". Essa consulta foi feita porque Bandeira pensava em sugerir que alguém escrevesse um artigo para a revista, mas o fato é que questões relativas a pagamento de colaboração na imprensa surgirão repetidas vezes na correspondência. Logo em seguida, porém, era o próprio Bandeira quem colaborava: "Rabisquei às pressas uma crônica para *Ariel*: chame-lhe como quiser: 'Temporada carioca', 'Notícias do Rio' etc. Ou conserve o título que está, senão doer o *cacá*" (carta de 5 de julho de 1924). À minimização de seu trabalho soma-se a indiferença para com o título, que ficou sendo "Crônicas do Rio", podendo supor-se que o *cacá* se devesse, por exemplo, a "crônica carioca". Em 1º de setembro do mesmo ano, escrevia Bandeira:

> Mande-me dizer em que data eu devo mandar a correspondência para *Ariel*. Hoje vi na Casa Mozart o nº de junho. Quando sairá o de julho, agosto e setembro?

> Escrever artigo? Hum! Tenho uma carta interessante de Vincent d'Indy sobre literatura de violão. Acha que isso, misturado com 3 lugares comuns e umas frasezinhas sentimentais pode dar um artigo intitulado "Literatura de violão"? Se acha, anuncie que eu misturo e mando sem vergonhissimamente.

Reduzindo a colaboração a um texto quase sem importância, o comentário na verdade chama a atenção para um fato não incomum na produção de Bandeira para a imprensa. Após esse texto da revista *Ariel* (que viria a ser incluído na edição das obras de Bandeira de 1958), ele voltaria ao assunto em crônica publicada em *A Província*. A retomada do assunto permite a apresentação de um novo texto, com outros elementos. Contudo, nem sempre a retomada se dava dessa forma; muitas vezes a reescrita dos textos tinha a ver não tanto com a exploração do tema ou com o propósito de reescrita, mas com o dado prático do compromisso e da necessidade (em vista do pagamento) de entregar a colaboração ao órgão da imprensa.

A sucessão das cartas acompanha a produção de ambos os missivistas. Assim, em carta de outubro de 1924 é a vez de Mário de Andrade informar:

> Número de aniversário de *Ariel* [outubro de 1924] saiu bonzinho, vais ver. Seis bons poemas, entre os quais o "Pianola" do Gui e o maravilhoso "Mercado de prata etc.", nome pau! do Ronald. Teu artigo, Florestan, um Amaral rabugento, o meu estudinho sobre o amor em Beethoven e Dante, coisa sem importância, apenas legível.

Na mesma carta, Mário comentava: "O Villa chegou então? Imagino o Villa contando!... Ainda com as mesmas filosofias? Conta-me dele alguma coisa. Ou pra *Ariel*, se quiseres". Se no primeiro trecho Mário informava sobre o sumário de um dos números da revista (com a presença de Guilherme de Almeida, o Gui, de Ronald de Carvalho, de A. G. Amaral e de Mário de Andrade, que também assinava com o pseudônimo Florestan), no segundo trecho, a propósito da volta de Villa-Lobos de uma viagem à Europa, Mário fazia uma notável aproximação de gêneros, um embaralhamento mesmo, ao propor que Bandeira, de maneira totalmente indiferente, ou lhe escrevesse uma carta sobre a volta de Villa-Lobos ou escrevesse sobre isso uma crônica para *Ariel*. Aqui então se aventa a possibilidade de uma aproximação entre os gêneros que vai além dos comentários ou dados que porventura se possam encontrar sobre as crônicas na correspondência. E aqui cabe lembrar — o que explica alguns dos dados presentes nas cartas — que Mário àquela altura era diretor da revista, cujo subtítulo era *Revista de Cultura Musical* e que se publicou mensalmente em São Paulo de outubro de 1923 a outubro do ano seguinte.

O episódio de uma publicação única em revista fora do circuito habitual de Bandeira encontra explicação numa das cartas. Em 24 de abril de 1927, escrevia Bandeira:

> Sucedeu que quando cheguei em Belém, entrando numa livraria dei com o *Amar* e o *Primeiro andar* expostos no balcão: Fiquei assanhado, comprei, devorei, escrevi pra você sobre, e como o diretor de uma revista me pediu colaboração, escrevi sobre o *Amar*. Não fiz crítica: falei do romance, de você, me estendendo mais sobre a questão da linguagem, pra preparar os seus futuros leitores. Pedi ao tal que lhe mandasse o nº da revista quando ela aparecesse, para o que dei o seu endereço. Mas nem a mim ele mandou nada até hoje.

Trata-se do texto publicado em *A Semana*, de Belém, Pará, em 23 de março de 1927, e escrito por ocasião de uma viagem de Bandeira a Salvador, Recife, Paraíba, Natal, Fortaleza, São Luís, Belém, a serviço de uma agência de notícias. Segundo o organizador da correspondência, esse artigo só chegaria a Mário de Andrade em 1928, junto com carta de Bandeira.[10]

É alguns meses depois dessa viagem que Mário escreve a Bandeira: "O pedido pro *Diário Nacional* fica de pé. Quando você puder ou quiser ou sentir, escreve uma coisinha" (31 de outubro de 1927). Bandeira viria a colaborar regularmente no *Diário Nacional*, o que ensejará numerosas referências ao assunto ao longo da correspondência. Os problemas mais recorrentes são atraso na entrega dos artigos, muitas vezes devido ao correio, e atraso no pagamento por parte do jornal, sendo Mário o intermediário nas tentativas de Bandeira para receber o que lhe era devido, o que é detalhado em minuciosas listas de artigos entregues e pagamentos feitos ou não. Tanto ele como Mário têm, no dizer deste, "uma desesperada esperança de ganhar dinheiro" (26 de outubro de 1931). Mas há também alguns comentários que ressaltam procedimentos habituais na elaboração dos artigos. Em 8 de setembro de 1930, escrevia Bandeira:

> Não sei se você não estranhou o que escrevi sobre o Aleijadinho. Aquilo na realidade era um artigo que eu destinava à *Província*, mas na hora me deu a preguiça de escrever outra coisa para o *Diário* e mandei para este.

Na obrigação de fornecer colaboração para mais de um periódico, Bandeira às vezes se via na obrigação de alguns expedientes para se desincumbir da tarefa. Além disso, o comentário fornece uma pequena, mas não desprezível, informação sobre a adequação entre texto e periódico. Embora *A Província* e o *Diário Nacional* fossem jor-

---

10 O artigo foi conservado no Arquivo Mário de Andrade, o que permitiu sua reprodução nesta coletânea.

nais diários, Bandeira aventava a possibilidade de Mário perceber alguma dissonância, porque provavelmente haveria alguma expectativa distinta quanto aos textos para os diferentes jornais, e talvez não seja descabido pensar na possibilidade de um ser mais da província do que o outro. Em outra carta (24 de julho de 1928), ao mesmo tempo que anunciava o início da colaboração em *A Província*, Bandeira referia outro episódio da produção dos textos de imprensa:

> Sobre ele (Segall, não jantar) escrevi uma nota no *Jornal*. Nota que desenvolvi depois para a *Província* do Recife, onde comecei a colaborar. Isso é novidade. *A Província* é um dos jornais tradicionais de Pernambuco. Ultimamente andava muito decaída. Agora foi adquirida por uma sociedade anônima que convidou o Gilberto Freire para diretor do jornal. Gilberto vai levantá-lo. O Manuel Bandeira pintor será diretor artístico e desenhista. Gilberto me convidou para escrever duas vezes por semana sobre atualidades cariocas. Poderei juntar um cobrinho regular. O Ribeiro Couto e o Prudentico [Prudente de Morais Neto] também foram convidados para escrever artigos e aceitaram.

Na mesma época, Bandeira também colaborava esporadicamente para a revista *Para Todos*, publicação semanal dedicada ao cinema, mas que também estampava poemas e crônicas, tendo tido entre seus colaboradores nomes como Carlos Drummond de Andrade. Em carta de 24 de julho de 1928, dizia Bandeira:

> Na mesma carta ele [Alcântara Machado] me pedia um poema para a revista. Eu não pretendia aparecer mais na *Antropofagia*, mas o sucedido me fez enviar imediatamente um poema em prosa ["Noturno da rua da Lapa"] que fiz ultimamente e do qual gosto bastante. Ia vendê-lo ao Álvaro [Moreira], mas depois considerei que era muito hermético para a clientela de *Para Todos*.

A forma de dizer que ia entregar o poema para publicação em *Para Todos* — "vendê-lo" — mostra mais uma vez a motivação para se desdobrar em colaborações para vários periódicos. No entanto, Bandeira deixou de lado essa motivação, tendo em vista a inadequação entre o texto e o veículo. Assim, a relação entre o texto e o veículo não será sempre casual, como que ao correr da escrita, conforme muitas vezes sugeria o poeta em seu procedimento de desconversa.

Outro aspecto do assunto referente ao *Diário Nacional* observado na correspondência é o de algumas interrupções na colaboração de Bandeira — uma vez porque, tendo havido mudança na direção do jornal, ele achava que devia se afastar e, se fosse o caso, ser novamente chamado; no final, a motivação não fica clara, mas talvez fosse pelos problemas com o pagamento — em carta de 26 de outubro de 1931, dizia Mário: "Vi ontem que você suspendeu de novo a colaboração pro *Diário Nacional*. Acho que fez bem, que aquilo lá dentro está um jogo danado de expedientes. No princípio de outubro me despedi do *Diário* que me devia dois contos". Mas há ainda uma interrupção que se deveu ao fato de o jornal deixar de circular na época da Revolução de 30. A carta de Bandeira de 29 de outubro de 1930 dizia:

> Tenho me perguntado o que foi feito de você e seu irmão nas horas difíceis anteriores ao 24. Me informou não sei quem que você se tinha ausentado de São Paulo. No começo do mês, já depois de declarada a revolução e receando que o meu artigo do *Diário* fosse retido no correio, mandei-o por seu intermédio. Soube depois que o *Diário* suspendera a publicação. Então lhe escrevi novamente pedindo a devolução do artigo. Não tive resposta destas duas cartas, pelo que suponho que de fato você saíra de São Paulo. Diga-me se as recebeu.
>
> Vou mandar hoje uma crônica sobre o dia 24 ao *Diário*. Estando com o Paulito, pergunte-lhe se recebeu um telegrama de felicitações

> que mandei a ele e aos demais amigos do *Diário*. Indague também se a colaboração deve continuar.

Tanto a correspondência quanto a colaboração na imprensa têm dimensão circunstancial, cujo andamento pode ter a ver com situações alheias aos interesses imediatos do autor. No entanto, muitas vezes é esse aspecto que não só as motiva como leva a seu entrecruzamento. Essa produção, para além do aspecto de comentário ou reflexão sobre os mais diversos temas, entre os quais se inclui a própria produção do autor, se constitui também como uma experiência de escrita, um laboratório que acaba se relacionando também com a poesia do autor. E isso não apenas no aspecto mais evidente de menção a poemas, mas muitas vezes de maneiras mais intrincadas. Assim, além dessas relações entre a prosa e a correspondência, é possível também detectar relações entre a prosa e a poesia. Cabe aqui lembrar um caso de relação bastante estreita, o de um dos textos de *Crônicas da província do Brasil*, "Romance do beco", em que é reproduzido como elemento da ficção um poema da obra de Bandeira.

Várias relações de diferentes tipos podem ser detectadas aqui e ali, ainda que de forma um tanto aleatória. Essas relações podem ser bastante imponderáveis, como no caso de uma relação por ausência, que envolve, para sua detecção, o dado fornecido pela correspondência. Em carta de 30 de setembro de 1924, dizia Bandeira:

> Margarida Lopes de Almeida teve muito sucesso, de casa e artístico, no recital do Instituto. Disse admiravelmente os meus "Sinos". Enorme impressão no auditório. E eu, que estava com os meus medos de que o bão-bão-bão degenerasse em ban-ban-ban! Na assistência Rosalina Coelho Lisboa, linda, linda! (Meu lindo verso freudiano! Sacrificado!).

A referência à declamação de "Os sinos" tem importância documental, ao mostrar, por exemplo, que um poema recente já entrava no repertório da declamadora. Todavia, o que mais interessa aqui é a referência entre parênteses, à primeira vista talvez um tanto obscura, que tem diretamente a ver com a menção à presença de Rosalina Coelho Lisboa, que deixa então de ser uma menção de caráter apenas social. Primeiramente há a relação com a prosa, pois em "Música e declamação", crônica publicada em *A Idéia Ilustrada* em outubro de 1924, lê-se: "Havia na assistência muitos grandes nomes dos nossos meios intelectuais, como a ilustre poetisa dona Rosalina Coelho Lisboa". Menos explícita é a relação com a poesia. No poema "Noturno da Mosela" (de *O ritmo dissoluto*), havia o verso "Rosalina Coelho Lisboa vai fazer no Recife uma conferência sobre Castro Alves". Esse verso se encontrava numa versão manuscrita preservada no arquivo de Mário de Andrade (na qual o título do poema era "Soneto") e que provavelmente é anterior de pouco à carta referida acima (nas edições em livro, Bandeira datou o poema de 1921, mas numa carta de 7 de março de 1923 ele se referia ao poema como se fosse mais ou menos contemporâneo à carta).[11] Tudo se passa então num pequeno espaço de tempo, pois o verso em questão foi substituído já na primeira publicação, no volume *Poesias* (que saiu logo a seguir, em 1924), por "uma pequenina aranha urde no peitoril da janela a teiazinha levíssima". Esse fato explica pelo menos em parte o que na carta está entre parênteses.

Um nome que percorre diferentes textos pode ser o catalisador de lembranças que passam a compor o imaginário do autor e que

---

11 Cf. LOPEZ, Telê Porto Ancona. "Um caminho de poemas". In: ___ (org.). *Manuel Bandeira: verso e reverso*. São Paulo: T. A. Queiroz, 1987; e BANDEIRA, Manuel. *A cinza das horas; Carnaval; O ritmo dissoluto*. Edição crítica de Júlio Castañon Guimarães e Rachel T. Valença. Rio de Janeiro: Nova Fronteira, 1994.

então podem se transformar, de um modo ou outro, em matéria textual. Palavras, expressões, frases deslocam-se entre diferentes textos, na medida em que estes dão conformação àqueles elementos do imaginário. Na crônica "Villegagnon tem hoje um aspecto pacífico" (*A Província*, 9 de outubro de 1929), aparece o nome Aninha Viegas na passagem que diz "descarregava a minha combatividade lendo uns boletins revoltosos que os jornaleiros vendiam, garatujando caricaturas de 'Barbosa Fera', e partindo as vidraças da casa de dona Aninha Viegas". Esse nome aparece também em dois poemas. Em "Evocação do Recife" (do livro *Libertinagem*), encontra-se este verso: "A Rua da União onde eu brincava de chicote-queimado e partia as vidraças da casa de dona Aninha Viegas". Em "Infância" (do livro *Belo belo*), este: "Uma noite a menina me tirou da roda de coelho-sai, me levou, imperiosa e ofegante, para um desvão da casa de Dona Aninha Viegas, levantou a sainha e disse mete". Vale observar que o primeiro poema, incluído em livro de 1930 e no qual se encontra formulação quase idêntica à da crônica, é anterior a esta, já que publicado na imprensa alguns anos antes, pois saíra em 1925 no *Livro do Nordeste*, comemorativo do centenário do *Diário de Pernambucano*.[12]

Um caso de expressão que ocorre pelo menos num poema e em duas crônicas poderia ser visto apenas como o emprego por duas vezes de uma expressão que talvez nem seja exclusiva do poeta. No entanto, por se tratar de caracterização de um procedimento importante não apenas na poética modernista, mas também em sua poética, não se deve pô-la apenas na conta de casualidade. Na crônica "Canudo", publicada em *Brasil Musical* (15 de novembro – 30 de dezembro de 1924), Bandeira fala da elipse mental de

---

12 Cf. BANDEIRA, Manuel. *Libertinagem. Estrela da manhã*. Edição crítica de Giulia Lanciani. Madri: ALLCA XX, 1998. Coleção Archivos.

Ricciotto Canudo; e na crônica "Música", publicada em *A Idéia Ilustrada* (junho de 1925), fala das "elipses mentais modernistas". A expressão irá aparecer no poema "Última canção do beco" (de *Lira dos cinqüent'anos*), no qual os dois primeiros versos dizem: "Beco que cantei num dístico/ Cheio de elipses mentais". O dístico a que o poema se refere é, por sua vez, outro poema de Bandeira, o "Poema do beco" (de *Estrela da manhã*), em que o poeta pratica as elipses mentais.

Na crônica "Em louvor de um jornal provinciano", publicada em *A Província* (28 de setembro de 1930), o poeta faz referência a seu quarto nesta bela abertura do texto:

> Passei o dia de hoje mergulhado na leitura do número do segundo aniversário da última fase da *A Província*. Foi como uma evasão para a longínqua província querida. O tempo favorecia-a, com um desses dias de chuva peneirada em que faz frio até o mais fundo do coração. Santa Teresa estava toda sitiada de névoas espessas, de sorte que eu me sentia bem confinado no meu quarto. E o meu quarto era Pernambuco, pelo sortilégio afetuoso dos bons amigos da *A Província*.

Em "meu quarto era Pernambuco" não se tem apenas uma força de expressão, uma imagem, tem-se a constituição de um importante elemento do imaginário bandeiriano. Essa representação do espaço da intimidade, em que se torna possível o desenvolvimento da criação, reaparecerá em diferentes momentos da poesia de Bandeira, como nos poemas "O silêncio" (de *O ritmo dissoluto*), em que se lê o verso "Na sombra cúmplice do quarto", e no poema "Comentário musical" (de *Libertinagem*), em que se lê o verso "O meu quarto de dormir a cavaleiro da entrada da barra". Mas virá a encontrar uma formulação importante para a poética de Bandeira em alguns versos do já referido "Última canção do beco":

Vão demolir esta casa.
Mas meu quarto vai ficar,
Não como forma imperfeita
Neste mundo de aparências:
Vai ficar na eternidade,
Com seus livros, com seus quadros,
Intacto, suspenso no ar!

Nessa depuração tanto de uma concepção quanto da fatura dos versos, cristaliza-se então um dos elementos (a relação entre transcendência e as coisas do cotidiano), que, se num momento assume posição fundamental para compreensão de todo um percurso poético, talvez já viesse se configurando desde a menção no antigo texto de jornal.

Uma palavra estranha, uma informação aqui, ali a lembrança de uma cidade, adiante um poeta pouco conhecido – elementos às vezes pequenos, breves, que vão se complementando, esclarecendo o caminho da leitura cruzada entre prosa e poesia. Assim, no poema "Mangue" (do livro *Libertinagem*), Bandeira empregou uma palavra não-dicionarizada, *cafange*, no verso "O preto – Eu sou aquele preto principá do centro do cafange do fundo do rebolo. Quem sois tu?" Na crônica "Greta Garbo, o rapazola que queria ser pintor e novos indícios da existência de Deus", publicada na revista *Para Todos* (29 de setembro de 1928), Bandeira a empregou dentro da mesma formulação, logo na frase inicial do texto: "O rapaz nasceu no centro do cafange do fundo do rebolo, quer dizer, no mais remoto sertão do Nordeste". A proximidade entre os dois textos permitiria que se levantassem diferentes indagações numa tentativa de traçar o percurso seguido pela formulação da frase. No mínimo, na crônica a frase carrega uma explicação para a expressão, explicação ausente do poema e que talvez auxilie na compreensão do verso.

Repetidas menções a um poeta podem pelo menos entrar no mapa das referências cultas do autor. Assim, na crônica "Música", publicada em *A Idéia Ilustrada* (Natal de 1924), fazia-se referência ao poeta Lenau. A propósito de trecho em que Mário de Andrade fala das "choradeiras impulsivas de Lenau", Bandeira retrucava com uma "dorzinha de ver maltratado o grande e nobre Lenau", poeta que já fora tema do poema "A sereia de Lenau" (do livro *Carnaval*) e de quem Bandeira tirara a epígrafe para outro poema do mesmo livro, "Toante".

A minuciosa crônica sobre Juiz de Fora, "Juiz de Fora é a sala de visitas de Minas Gerais", publicada em *A Província* (4 de maio de 1929), ao ser lida hoje pode servir para mostrar os descaminhos urbanísticos das cidades brasileiras. Dentro do universo bandeiriano, serve sobretudo para mostrar como a ligação do poeta com essa cidade (relatada no *Itinerário de Pasárgada*) tinha um embasamento documental que, nas várias referências à cidade se deixa perceber em poemas como "Declaração de amor" (do livro *Estrela da manhã*), no verso "Teu lindo parque senhorial mais segundo-reinado do que a própria Quinta da Boa Vista...".

Se aproximações como as exemplificadas aqui obviamente só se vão tornando possíveis quando os textos em questão estão disponíveis, não se pode deixar de observar que a produção de imprensa de Bandeira chegou ao público aos poucos, em diferentes volumes, vítimas de várias vicissitudes editoriais, e ainda hoje não são conhecidos em sua totalidade. No conjunto que compõe este volume estão textos exemplares, de excepcional importância, sendo lastimável que durante tanto tempo só pudessem ser consultados nas coleções de periódicos de algumas poucas bibliotecas e que só agora se criem condições para que cheguem a livro textos que datam de até oitenta anos. Bandeira insistia em relativizar a importância dessa produção, como nesta carta de 13 de outubro de 1926 a Antônio de Alcântara Machado:

> Quanto à minha prosa, não dou a ela a menor importância: me sinto como um cavaleiro desmontado. Ainda ultimamente no 2º nº da *Revista do Brasil* tive essa impressão comparando, envergonhado, as minhas notas à prosa tão ágil, tão moça! De você – sempre admirável na argumentação – do Prudentico, do Ribeiro Couto, do Gilberto Freyre. Como você escrevem bem! Me dá dor de corno, palavra.[13]

Certo que esse é um grupo de peso, mas hoje é no mínimo com um sorriso que podemos ler a observação da carta. Seus textos de imprensa reunidos neste volume são a continuidade, o desenvolvimento e muitas vezes o complemento do trabalho contido em *Crônicas da província do Brasil.* Testemunhos preciosos sobre a vida brasileira ou apresentação crítica de aspectos de nossa literatura, arquitetura, música, esses textos, por sua natureza e pelas circunstâncias de sua produção, não constituem um conjunto uniforme e sistemático; são, porém, peças de uma ampla reflexão, desenvolvimento de uma longa, inteligente e refinada conversa – em que entram os poemas e as cartas – com outros poetas, músicos, pintores e em especial com os seus leitores.[14]

---

13 Reproduzida na seção "Epistolário" de BANDEIRA, Manuel. *Poesia e prosa*. 2 vols. Rio de Janeiro: Aguilar, 1958.

14 Embora talvez não tenha conseguido escapar a repetições e redundâncias, este texto pode ser considerado como um complemento ao "Posfácio", também de minha autoria, das *Crônicas da província do Brasil*, reeditadas pela Cosac Naify em 2006.

NOTA SOBRE ESTA EDIÇÃO

Neste volume reúnem-se textos de Manuel Bandeira publicados na imprensa e que não foram aproveitados nos livros em que sua prosa foi reunida. Os textos aqui coligidos datam de abril de 1920 a agosto de 1931. Vários outros textos tanto desse período quanto anteriores a ele foram incluídos em diferentes volumes da obra de Bandeira, de modo que aqui não estão, por exemplo, todas as crônicas do jornal pernambucano *A Província* ou do paulista *Diário Nacional*, nos quais Bandeira colaborou com regularidade, pois algumas delas já haviam sido aproveitadas em *Crônicas da província do Brasil*. Além disso, não é possível afirmar que aqui estejam todos os textos de imprensa publicados por Bandeira no período e até hoje não recolhidos em livro. Procurou-se reunir o maior número desses textos, mas a própria situação esparsa deles torna arriscada qualquer pretensão de esgotar a matéria. Fez-se uma pesquisa exaustiva dos periódicos para os quais havia pelo menos indícios de que Bandeira neles tivesse colaborado. No entanto, nem sempre é fácil localizar determinados periódicos e, quando localizados, nem sempre se tem a oportunidade de contar com coleções completas.

Os textos incluídos neste volume foram localizados nos seguintes periódicos: *A Província* (jornal de Recife), *Diário Nacional* (jornal de São Paulo), *Revista Souza Cruz* (do Rio de Janeiro), *O Dia* (jornal do Rio de Janeiro), *Árvore Nova* (revista do Rio de Janeiro), *Ariel* (revista de São Paulo), *Brasil Musical* (revista de São Paulo), *A Idéia Ilustrada* (revista do Rio de Janeiro e São Paulo), *Revista do Brasil* (do Rio de Janeiro), *A Semana* (revista de Belém), *Para Todos* (revista do Rio de Janeiro), *O Jornal* (do Rio de Janeiro) e *Ilustração Brasileira* (revista do Rio de Janeiro). Esses periódicos puderam ser consultados na Fundação Casa de Rui Barbosa, na Biblioteca Nacional, no Arquivo Geral da Cidade do Rio de Janeiro e no Instituto de Estudos Brasileiros (IEB) da Universidade de São Paulo (USP).

Optou-se por dispor os textos numa ordem que leva em conta tanto a seqüência cronológica quanto o agrupamento por periódico. Assim, as crônicas publicadas, por exemplo, em *A Província* ou no *Diário Nacional*, aparecem em conjunto na seqüência cronológica em que saíram, porque a colaboração do autor nesse jornal foi regular durante um período considerável. Já os textos de *Para Todos*, por exemplo, aparecem em sua seqüência cronológica mas entremeados a textos de outros periódicos, porque a colaboração do autor nessa revista não foi sistemática, tendo havido longos espaços de tempo entre uma crônica e outra. Haveria naturalmente outras formas de ordenar os textos, mas talvez não correspondessem à realidade de sua produção, já que escritos ao sabor de circunstâncias variadas, ou talvez mesmo a falseassem. A atenção ao ordenamento cronológico e por periódico procura ressaltar tanto certas peculiaridades que podem ser atribuídas a características dos próprios periódicos quanto o caráter muitas vezes intermitente e disperso da colaboração de Bandeira na imprensa.

Essa colaboração foi reunida em livro pela primeira vez pelo próprio autor em 1937, em *Crônicas da província do Brasil*. Vinte anos depois, em 1957, o poeta publicou um pequeno volume, *Flauta de papel*, em que ao lado de um novo conjunto de crônicas retomava alguns textos do livro de 1937. No ano seguinte, 1958, quando da primeira edição de sua obra completa pela editora Aguilar, sob a responsabilidade de Afrânio Coutinho, publicou-se, sob o título *Flauta de papel*, além dos textos que faziam parte do livro de 1957, uma grande e importante recolha de crônicas inéditas em livro. Em 1966, saiu o volume *Andorinha, andorinha*, organizado por Carlos Drummond de Andrade, em que também se reuniam textos de imprensa inéditos em livro. Sobre esse livro é preciso observar que, organizados por assuntos, vários dos textos foram publicados de forma parcial, e não tal como estampados na imprensa.

Assim, do conjunto de sua produção no período abarcado pelo presente volume, Bandeira não só incluiu em *Crônicas da província do Brasil* textos tanto de *A Província* quanto do *Diário Nacional*, como também, em um caso pelo menos, uma crônica teve parte aproveitada em um texto do livro e parte em outro. É o caso da crônica "Urbanistas, cuidado! o Recife é uma cidade magra", publicada em *A Província* de 30 de dezembro de 1928. Bandeira aproveitou a metade inicial do texto em "Recife", de *Crônicas da província do Brasil*, tendo sido a segunda metade aproveitada como parte inicial da crônica "Um grande artista pernambucano", do mesmo livro. Em vários outros casos dos textos recolhidos em livro, Bandeira introduziu modificações, em geral de pequena monta, mas em alguns casos tais modificações chegaram à eliminação de parágrafos. Telê Ancona Lopez, em relação à situação similar em Mário de Andrade, observa o seguinte: "Esses escritos, porém, sofreram alterações consideráveis a ponto de se tornarem variantes. Assim sendo, pode-se hoje afirmar que essas mesmas crônicas, em sua feição original, continuavam inéditas em livro".[1] No caso de Bandeira, as modificações introduzidas nos textos aproveitados em volume não são de extensão tal que cheguem a justificar a republicação dos textos tal como publicados nos periódicos. De qualquer modo, essas situações tiveram de ser levadas em conta, pois houve casos em que Bandeira aproveitou em volume apenas trechos de um texto saído em jornal, como se deu com a crônica

---

1 LOPEZ, Telê Porto Ancona. "Propósitos de uma edição". In: ANDRADE, Mário de. *Taxi e crônicas no* Diário Nacional. Estabelecimento de texto, introdução e notas de Telê Porto Ancona Lopez. São Paulo: Duas Cidades/Secretaria da Cultura, Ciência e Tecnologia, 1976, p. 27.

"Poetas por poetas...", publicada originalmente em 21 de junho de 1930 no *Diário Nacional* e cuja segunda metade foi utilizada na crônica "Guilherme de Almeida", das *Crônicas da província do Brasil.* Assim, a inclusão do texto em sua integralidade neste volume significou republicar fragmento já incluído em outro volume. Já o caso de "*Monsieur* Sigogne e dom Pedro II" constitui exemplo de outra situação. Na edição ampliada de *Flauta de papel* (incluída em *Poesia e prosa*, 1958), há a crônica "Uns versos de dom Pedro II", que em substância é a mesma da anterior. No entanto, a redação é bem diferente, de modo que podem ser considerados dois textos distintos. Há ainda textos produzidos nesse período que foram recolhidos mais tarde no livro organizado por Carlos Drummond de Andrade, *Andorinha, andorinha*. Muitos dos textos incluídos nesse volume foram aproveitados apenas de forma parcial. Quando deixou de ser aproveitado fragmento significativo, este foi incorporado no presente volume. É o caso, por exemplo, dos tópicos sob o título geral de "Crônica da quinzena", publicados na *Revista do Brasil* em 30 de outubro de 1926 — alguns foram incluídos em *Andorinha, andorinha*, de modo que aqui se publicam os que não o foram.

Quanto ao estabelecimento dos textos, deve-se antes de tudo considerar que eles foram publicados apenas uma vez e que essa única publicação se deu em periódicos, em condições nem sempre favoráveis. Vale aqui lembrar trecho de uma carta de Bandeira a Mário de Andrade datada de 6 de janeiro de 1923: "A minha 'réclame' ao seu nome veio inçada de erros no nº 3 da *Árvore Nova*. Em vez de 'A lua, por exemplo', puseram 'A sua, por exemplo'. E outras coisas desse jaez". Trata-se aí do texto "Mário de Andrade", diante do qual só resta a indagação sobre o que nele pode estar errado de modo não evidente — o único erro mostrado por Bandeira naturalmente foi aqui corrigido. Esse tipo de situação é recorrente. Em numerosos casos de erros óbvios, fez-se a devida correção, mas há casos duvidosos, em que muitas vezes não há outra solução que não seguir o texto do periódico. Se nem sempre esses textos podem ser considerados inteiramente confiáveis, nem sempre também há sequer condições adequadas de leitura – seja pela má qualidade do papel e da impressão, seja pelo estado de deterioração em que se encontram vários dos periódicos. Além disso, em alguns casos não foi possível ter acesso aos periódicos diretamente, mas apenas a fotocópias ou microfilmes. Quando houve impossibilidade de leitura do trecho ou de passagem efetivamente truncada, esses fatos foram objeto de nota da edição.

Para esta edição, fez-se a atualização ortográfica do texto, levando-se em conta, porém, peculiaridades do autor e da época. Respeitaram-se termos estrangeiros empregados por Bandeira, mesmo que hoje tenham sido aportuguesados, pois representam um uso de Bandeira ou da época, fato que se julgou devesse ser preservado. Assim, sucedem-se termos como *team*, *truc*, *leader*, *box*, *film*, *foot-ball*, *sport*, *motocyclette*, *stock*, etc. A propósito do uso de estrangeirismos, veja-se o comentário de Telê Ancona Lopez na introdução a sua edição de crônicas de Mário de Andrade:

> A quantidade expressiva de palavras estrangeiras, sobretudo francesas, nas crônicas decorre do fato de serem elas realmente comuns na época. Estavam de tal forma inseridas no cotidiano que forçosamente apareceriam nas páginas de um cronista que nunca se mostrou adversário ferrenho de estrangeirismos na língua. Na linguagem de um modernista, são traços de cosmopolitismo.[2]

2 Idem, pp. 34-35.

Não há, portanto, razão para tratar o fato no âmbito apenas de uma atualização, em que o aportuguesamento desconheceria um aspecto próprio dos textos. Ainda no tocante a essa questão, Telê Ancona Lopez dá preciosa informação sobre "Taxi", o título da coluna de Mário de Andrade: "Consultando contemporâneos do cronista, pudemos saber que o título da coluna era originalmente pronunciado à francesa, isto é, com sílaba tônica final. Talvez por se tratar de palavra estrangeira, não foi grafada no jornal com o acento agudo no *i* que a abrasileiraria dentro das normas da época".[3] O exemplo mostra como vários dados podem estar envolvidos no uso dos estrangeirismos, a cujo uso se deve dar atenção, pois seu simples aportuguesamento constituiria simplificação desses dados.

No caso de palavras para as quais há mais de uma forma dicionarizada, respeitou-se a forma empregada por Bandeira, mesmo que não seja hoje a mais usual. Exemplos dessas situações são formas como *oiteiro*, *regímen*, *espécimen*, *registamos*, *abóbodas*, etc. Note-se que há oscilação no uso dessas formas por parte de Bandeira, o que também foi respeitado. Foram respeitadas também formas não dicionarizadas, sobre cuja leitura nos periódicos não houve dúvida, como "caboches" e "dalilais".

No caso de nomes próprios, sobretudo estrangeiros, que aparecem grafados de diferentes maneiras nos vários textos, eles foram padronizados seguindo-se formas adotadas atualmente por obras de referência. Respeitaram-se, porém, formas que representam uso da época ou pessoal. Por exemplo, na crônica "Lenine", das *Crônicas da província do Brasil*, lê-se: "Lenine!... Lembram-se como essas três sílabas começaram a aparecer no serviço telegráfico da guerra?". Atualizar o nome para a forma hoje mais corrente, Lênin,

---

3 Idem, p. 32.

seria tornar incompreensível a menção do texto às "três sílabas". Assim, preservaram-se outras formas similares, como Borodine ou Scriabine. Preservou-se também um aportuguesamento parcial, num caso de nome próprio em que esse procedimento não é habitual – trata-se da forma Josephina Baker, sem dúvida alguma empregada intencionalmente por Bandeira, tendo em vista o teor da crônica, incluída neste volume, "Josephina Baker é uma mulata clara". Nas referências a cada uma das obras de Villa-Lobos da série intitulada "Choros", preservou-se o uso da forma singular, pois Bandeira a emprega de modo regular. Ainda no campo dos títulos, respeitou-se também o emprego de certos títulos ora em português, ora em outra língua, não só por Bandeira tê-los assim empregado, mas também por se tratar de uso corrente na época, quando, por exemplo, obras russas chegavam por meio de traduções intermediárias – exemplo dessa situação é o título da ópera de Tchaikovsky que aparece em português, italiano e francês como *A dama de espadas*, *Dama di Picche* e *Dame de Pique*.

A pontuação só foi objeto de modificação em raros casos em que, infringindo as regras, destoava do uso habitual de Bandeira, ou quando era evidente o erro tipográfico. Quando houve dificuldade de leitura do periódico, não ficando clara qual a pontuação empregada (indistinção entre, por exemplo, vírgula e ponto-e-vírgula), fez-se a opção pela pontuação mais condizente com a passagem.

O uso de realces, como aspas, maiúsculas, itálico, foi adaptado a padrões hoje correntes, adotados pela editora, procurando-se, porém, respeitar a intenção autoral.

Foram corrigidos vários erros, sempre que se pôde considerá-los como erros óbvios, geralmente tipográficos – situações que não se julgou necessário assinalar. São casos como o de "Dauzat", que aparece como "Danzat", ou de "Farinacci", que aparece como "Farinacel", e assim por diante. Em alguns trechos de identificação mais difícil, o fato foi assinalado em nota. Houve uns poucos casos em que, apesar da estranheza da forma, não foi possível identificar o nome ou localizá-lo em alguma fonte de referência, ficando então mantida a forma constante do periódico.

As crônicas de *A Província* foram publicadas no jornal com subtítulos. Como Bandeira, ao aproveitar algumas dessas crônicas em seu *Crônicas da província do Brasil*, eliminou esses subtítulos, aqui se procedeu da mesma forma (com base ainda na suposição de que eles tenham sido acrescentados pela edição do jornal). No caso de um texto estampado sem título na revista *Para Todos*, acrescentou-se neste volume um título de responsabilidade do organizador, "Onestaldo e Ascenso".

Em várias crônicas, há citações de poemas de outros autores; essas citações foram respeitadas, mesmo quando não correspondem às formas como esses poemas são encontrados em suas edições atuais — Bandeira fez as citações a partir de edições posteriormente alteradas pelos autores. Isso se verifica até mesmo quando na crônica "Poesia", publicada em *Para Todos* em 3 de novembro de 1928, Bandeira cita trabalho de sua autoria. As traduções aí mencionadas foram depois publicadas com pequenas modificações no volume *Poemas traduzidos*.

Em pé de página, encontram-se notas que procuram tanto esclarecer elementos do texto quanto assinalar alguns procedimentos de edição. As notas de esclarecimento se ocupam sobretudo da tradução de passagens em outras línguas e da identificação sumária de certos episódios históricos e nomes considerados menos conhecidos. As notas sobre procedimentos de edição indicam sobretudo passagens em que houve dificuldade ou mesmo impossibilidade de leitura de certas passagens nos periódicos.

◆

Durante a realização deste trabalho contei, para a localização de textos, esclarecimento de certas passagens e correção de meus equívocos, com a ajuda de alguns colegas e amigos – Maraliz de Castro Vieira Christo, Ivette Savelli, Raúl Antelo, Adriano da Gama Kury, Marcos Antonio de Moraes, Ricardo Carvalho, Ayla Pereira Melo, Ângela Porto, Luiz Antonio de Almeida, Rachel T. Valença –, bem como da equipe editorial da Cosac Naify, e a todos sou muito grato.

Índice remissivo

As entradas marcadas com p *remetem ao posfácio.*

Sobre o autor

MANUEL Carneiro de Sousa BANDEIRA Filho nasceu em Recife, no dia 19 de abril de 1886. Já morando no Rio de Janeiro, lançou seu primeiro livro em 1917, *A cinza das horas*, ainda ligado à poesia simbolista e parnasiana. A seguir publicou *Carnaval* (1919) e *O ritmo dissoluto* (1924). Com *Libertinagem*, de 1930 (a que se seguiram *Estrela da manhã*, *Lira dos cinqüent'anos*, *Belo belo* e *Estrela da tarde*), passa a ser considerado um dos autores mais importantes do modernismo brasileiro. Por essa ocasião já colaborava assiduamente não só em revistas literárias, mas também na grande imprensa, escrevendo sobre literatura, artes plásticas e música. Em 1937, reuniu em volume uma seleção desses textos de imprensa – trata-se do volume *Crônicas da província do Brasil*, reeditado em 2006 pela Cosac Naify. Mesmo com a publicação de outras coletâneas de suas crônicas, como *Flauta de papel* (1957) e *Andorinha, andorinha* (1966), que serão reeditadas pela Cosac Naify, permaneceu inédito um grande número dos textos que escreveu para a imprensa – seja para grandes jornais como o *Diário Nacional*, de São Paulo, seja para revistas como *Para Todos* ou *Ilustração Brasileira*. Este volume reúne um conjunto dessas crônicas até hoje inéditas em livro, estando prevista ainda a publicação de outras coletâneas semelhantes, relativa às décadas de 1930 e 1940.

Bandeira também foi assíduo tradutor – além das traduções de poesia reunidas no volume *Poemas traduzidos*, traduziu várias peças teatrais, como *Maria Stuart*, de Schiller, *Colóquio-Sinfonieta*, de Jean Tardieu, *O círculo de giz caucasiano*, de Bertolt Brecht (Cosac Naify, 2002), *Macbeth*, de Shakespeare, e *A máquina infernal*, de Jean Cocteau. Autor de uma autobiografia literária, *Itinerário de Pasárgada* (1954), um de seus livros mais apreciados, Bandeira escreveu também importantes estudos literários, como "A autoria das Cartas chilenas"; preparou edições de obras de poetas como Alphonsus de Guimaraens e Gonçalves Dias; e organizou diversas antologias – entre elas, a *Antologia dos poetas brasileiros da fase romântica* (1937) e algumas de seus próprios textos, como os *50 poemas escolhidos pelo autor* (1955), que a Cosac Naify relançou em 2006, acompanhada de um CD com Bandeira lendo 29 poemas. A editora também relançou a antologia *Poemas religiosos e alguns libertinos* (2007), organizada por Edson Nery da Fonseca.

Manuel Bandeira morreu no Rio de Janeiro, em 13 de outubro de 1968, aos 82 anos de idade.

Crédito das imagens

[capa] Vista do Rio, fotógrafo desconhecido. Coleção particular. © Selva/ Leemage. **[guardas]** Bonde Praça XV, passando perto da Central do Brasil, Rio de Janeiro (1924), fotografia de Augusto Malta. Coleção Brascan Cem Anos no Brasil. Acervo Instituto Moreira Salles (CBCAB/IMS). *Double deck bus*, Rio de Janeiro (c. 1927), fotografia de Augusto Malta. CBCAB/IMS. **[pp. 2 e 461]** Rua do Riachuelo, vendo-se os arcos de Santa Teresa, Lapa, Rio de Janeiro (1920), fotografia de Augusto Malta. CBCAB/IMS. **[pp. 4 e 459]** Av. Rio Branco, Rio de Janeiro, depois da substituição da iluminação a gás por lâmpadas incandescentes (c. 1920). IMS. **[pp. 10-11]** Teatro São José e Camisaria Progresso, praça Tiradentes, Rio de Janeiro. Acervo Iconographia. **[p. 24]** Capa da revista *Árvore Nova*, out. 1922. Fundação Casa de Rui Barbosa (FCRB). Reprodução: Vicente de Melo (VM). **[p. 29]** Programa do recital de Guiomar Novaes de 03/07/1924. Secretaria de Estado de Cultura do Rio de Janeiro/ Fundação Teatro Municipal do Rio de Janeiro (FTM/RJ). VM. **[p. 30]** Páginas de *Ariel*, jul. 1924. FCRB. VM. **[p. 33]** Capa de *Ariel*, ago. 1924. FCRB. VM. **[p. 56]** Elenco de *Orfeu*. *Para Todos*, 12 out. 1929. FCRB. VM. **[p. 63]** Capa do programa de *O contratador de diamantes*, 20/09/1924. FTM/RJ. VM **[p. 113]** Capa de *Para Todos*, 5 nov. 1927. FCRB. VM. **[p. 119]** *Rio de Janeiro I* (1927), água-forte e ponta-seca de Lasar Segall (Vilna, 1891-São Paulo, 1957). São Paulo, Museu Lasar Segall/Iphan/MinC. **[p. 153]** Edifício A Noite em construção (1928), fotografia de Augusto Malta. Acervo Arquivo Geral da Cidade do Rio de Janeiro (AGCRJ). **[p. 156]** Washington Luís e o presidente eleito dos Estados Unidos, Herbert Hoover, no Jockey Club, Rio de Janeiro (23/12/1928). Fundação Museu da Imagem e do Som do Estado do Rio de Janeiro (MIS/RJ). Reprodução: Iconographia. **[p. 176]** Av. Rio Branco, Rio de Janeiro (c. 1925). Acervo MIS/RJ. Reprodução: Iconographia. **[p. 188]** "O grande concurso de beleza promovido pela *A Noite*", revista *Careta*, 30 de março de 1929. Acervo Biblioteca Nacional/Brasil (BN). **[p. 195]** Av. Rio Branco, Juiz de Fora (c. 1930). Doação de Arthur Arcuri. Acervo Fotográfico da Fundação Museu Mariano Procópio. Reprodução: Nina Mello. **[p. 202]** "Olga Bergamini de Sá passa pela Avenida", *Para Todos*, 18 mai. 1929. FCRB. VM. **[p. 205]** "O concurso de *A Noite* para a escolha de *miss* Brasil", revista *Careta*, 20 de abril de 1929. BN. **[p. 209]** Mesa de ligações, Antiga Estação Norte, Rio de Janeiro (1929). Acervo Museu das Telecomunicações/Oi Futuro. **[p. 214]** Cena de *O barro humano* (1929), filme de Adhemar Gonzaga: Carlos Modesto e Carmen Violeta dançando no terraço do Cinema Íris. Arquivo Alice Gonzaga/Cinédia. **[p. 224]** Cine Palácio, Rio de Janeiro (1932), noite de estréia do filme *Grande Hotel*. Acervo Atlântida Cinematográfica. Fótografo P. Botelho. **[p. 275]** Josephine Baker, caricatura de Di Cavalcanti. *Para Todos*, 23 nov. 1929. © Elisabeth di Cavalcanti Veiga. **[p. 277]** Le Corbusier com Josephine Baker (1929), desenho de Le Corbusier. © Fondation Le Corbusier (FLC). **[p. 281]** Le Corbusier e Monteiro Aranha no Rio de Janeiro. © FLC. **[p. 284]** Croqui de Le Corbusier. © FLC. **[p. 321]** Casa-grande do engenho Megaípe Muribeca, óleo sobre tela de Manoel Bandeira. Recife, Acervo Fundação Gilberto Freyre. **[p. 330]** Capa de *Para Todos*, 26 out. 1929. FCRB. VM. **[p. 340]** *Tennis* (1928), óleo sobre tela de Vicente do Rego Monteiro. Acervo Artístico-Cultural dos Palácios do Governo do Estado de São Paulo. **[p. 367]** Av. Afonso Pena, Belo Horizonte

(c. 1932-35). Col. particular. **[p. 369]** *Monumento à civilização mineira*, escultura de J. Starace, praça da Estação, Belo Horizonte (c. 1932-35). **[p. 376]** Souza Lima ao piano. Arquivo Nacional. **[p. 380]** Getulio Vargas em sua primeira revista militar após a Revolução de 1930, Rio de Janeiro (24/10/1931). Fundação Getulio Vargas/CPDOC. **[p. 384]** *Retrato de Murilo Mendes* (1931), óleo sobre tela de Alberto da Veiga Guignard. Col. particular. **[p. 398]** Inauguração do apartamento de Manoel Dias, numa cobertura na av. Atlântica, posto 6, reformada por Gregori Warchavchik, década de 1930. Na foto, José Cortez, dr. Dias (irmão de Cícero Dias), Rodrigo M. F. de Andrade, Manuel Bandeira, Lucio Costa, Gilberto Trompowski, Fernando Valentim, Brasil Gerson, Gregori Warchavchik, Odete Monteiro, sra. Dias (dona da casa), Mina Klabin, Leleta. Acervo Lucio Costa. **[p. 401]** *Retrato de Rui Ribeiro Couto* (1920), óleo sobre tela de Vicente do Rego Monteiro. **[p. 410]** Retrato de Manuel Bandeira. FCRB/Arquivo-Museu de Literatura Brasileira VM. © Condomínio dos proprietários dos direitos de imagem de Manuel Bandeira. Direitos cedidos por Solombra Agência Literária. (solombra@solombra.org).

Coordenação editorial AUGUSTO MASSI e PAULO WERNECK
Projeto gráfico do miolo ELAINE RAMOS
Capa FLÁVIA CASTANHEIRA
Composição JUSSARA FINO
Preparação VANESSA BARBARA
Revisão CRISTINA YAMAZAKI
Índice remissivo LUCIANO MARCHIORI
Pesquisa iconográfica GABRIELA MIRANDA e CÉLIA EUVALDO
Tratamento de imagens WAGNER FERNANDES

Dados Internacionais de Catalogação na Publicação (CIP)
(Câmara Brasileira do Livro, SP, Brasil)

Bandeira, Manuel [1886-1968]
Crônicas inéditas I 1920-1931: Manuel Bandeira
Organização, posfácio e notas: Júlio Castañon Guimarães
São Paulo: Cosac Naify, 2008
464 pp., 37 ils.

ISBN 978-85-7503-618-1
1. Crônicas brasileiras I. Guimarães, Júlio Castañon

08-00400 CDD 869.93

Índices para catálogo sistemático:
1. Crônicas: Literatura brasileira 869.93

COSAC NAIFY
Rua General Jardim, 770, 2º andar
01223-010 São Paulo SP
Tel [55 11] 3218 1444
Fax [55 11] 3257 8164
www.cosacnaify.com.br

Atendimento ao professor: [55 11] 3218 1473

FONTE Legacy

PAPEL Paperfect 104 g/m²

IMPRESSÃO RR Donnelley

TIRAGEM 7.000

VIAÇÃO EXCELSIOR
95
RIO DE JANEIRO